Woestijnnacht

Michael Connelly bij Boekerij:

Tunnelrat
Betonblond
Nachtgoud
De laatste coyote (Hartzuur)
De dichter
Kofferdood
Bloedbeeld
Spoordood
Maanstand
Donkerder dan de nacht
Stad van beenderen
De jacht
Verloren licht
Stroomversnelling
Slotakkoord
De Lincoln-advocaat
Echo Park
Blind vertrouwen
Het laatste oordeel
Ongrijpbaar
Tweede leven
De herziening
Het recht om te zwijgen
De val
De zwarte doos
De interne jury
Brandhaard
Over de grens
De keerzijde
De nachtploeg
Twee soorten waarheid
De stilte van de nacht
Het nachtvuur
Een gewaarschuwd man
De wet van de onschuld
Het holst van de nacht
Woestijnnacht

boekerij.nl

Michael Connelly

Woestijnnacht

Renée Ballard en Harry Bosch werken samen aan de zaak van een man die verantwoordelijk is voor de moord op een heel gezin

Vertaald door David Orthel en Mylène Delfos

BOEKERIJ

ISBN 978-90-225-9730-9
ISBN 978-94-023-1977-4 (e-book)
NUR 330

Oorspronkelijke titel: *Desert Star*
Omslagontwerp: Johannes Wiebel | punchdesign, München
Omslagbeeld: Adobe Stock, Shutterstock
Zetwerk: Mat-Zet bv, Huizen

Ter herinnering aan Philip Spitzer,
voor zijn geloof in Harry Bosch

DEEL 1

DE BIBLIOTHEEK VAN DE VERLOREN ZIELEN

1

Bosch had de pillen voor zich op een rijtje gelegd en was er klaar voor. Hij schonk net water uit de fles in het glas toen er werd aangebeld, maar ging aan tafel zitten en dacht bij zichzelf dat hij niet zou opendoen. Zijn dochter had de sleutel en belde hoe dan ook niet aan, en hij verwachtte niemand anders. Het moest wel iemand zijn die iets wilde verkopen, of een van zijn buren, maar hij kende zijn buren niet meer. De buurt leek elke paar jaar te veranderen en na meer dan drie decennia was hij ermee opgehouden de nieuwkomers nog welkom te heten en ze te groeten. Eigenlijk vond hij het wel prettig om die rare ex-agent in de buurt te zijn die mensen niet durfden aan te spreken.

Maar toen werd er weer aangebeld, en een bekende stem riep hem.

'Harry, doe open. Ik weet dat je thuis bent. Je auto staat voor de deur.'

Hij trok de la onder het tafelblad open. Er lag plastic bestek in, servetjes, eetstokjes die hij bij afhaalmaaltijden had gekregen. Hij veegde de pillen in de la en schoof hem weer dicht, stond op en liep naar de deur.

Voor hem stond Renée Ballard. Bosch had haar bijna een jaar niet gezien. Ze zag er magerder uit dan hij zich haar herinnerde en hij kon zien waar haar jasje opbolde door het wapen op haar heup.

'Zo, Harry,' zei ze.

'Kort koppie,' zei hij.

'Ja, al een tijdje.'

'Wat kom je doen, Renée?'

Ze fronste haar voorhoofd, alsof ze wel een warmer welkom had verwacht. Maar Bosch kon niet bedenken waarom, gezien de manier waarop een en ander vorig jaar was afgelopen.

'Finbar,' zei ze.

'Hoe bedoel je?'

'Weet je toch wel. Finbar McShane.'

'Wat is daarmee?'

'Die loopt nog steeds vrij rond. Ergens. Zullen we proberen de zaak samen op te lossen of wil je blijven mokken?'

'Waar gaat dit precies over?'

'Als je me nou even binnenlaat, kan ik het uitleggen.'

Bosch aarzelde even, maar deed toen een stap naar achteren en wuifde haar met een nukkig gebaar naar binnen.

Ballard liep door tot bij de tafel waaraan Bosch net had gezeten.

'Geen muziek?' vroeg ze.

'Vandaag niet,' zei Bosch. 'Hoe zit dat met McShane?'

Ze knikte. Tijd om ter zake te komen.

'Ze hebben mij de leiding over de cold cases gegeven.'

'Toen ik daar voor het laatst iets over hoorde werd de afdeling Cold Cases opgeheven en ontbonden omdat het belangrijker was dat er meer blauw op straat kwam.'

'Dat klopt, maar de tijden zijn weer veranderd. De afdeling wordt onder druk gezet om cold cases weer in behandeling te nemen. Je weet wie Jake Pearlman is, toch?'

'Raadslid.'

'Voor je eigen district, zelfs. Zijn jongere zus werd jaren geleden vermoord. De moord werd nooit opgelost. Toen hij verkozen werd kwam hij erachter dat de eenheid in stilte was opgeheven en niemand zich nog met onopgeloste zaken bezighield.'

'En dus?'

'En dus kreeg ik daar lucht van en ben ik naar de hoofdinspecteur gegaan met een voorstel. Ik ga weg bij Moordzaken en blaas de afdeling Cold Cases nieuw leven in.'

'In je eentje?'

'Nee. En daarom ben ik hier. Op de tiende verdieping zijn ze akkoord gegaan: er komt één ingezworen agent – dat ben ik. Verder wordt de eenheid samengesteld uit reservisten, vrijwilligers en freelancers. Dat was niet mijn idee. Andere afdelingen hanteren hetzelfde model al een paar jaar en lossen inderdaad zaken op. Het is een goed model. Eigenlijk kwam ik erop vanwege je werk voor San Fernando.'

'En nou wil je mij ook in dat... team, of hoe je het noemen wilt? Ik kan in elk geval geen reservist zijn. Ik kom al niet door de keuring. Dacht je echt dat ik nog twee kilometer in een kwartier kon lopen?'

'Precies. Dan word je dus vrijwilliger. Of we stellen een contract op. Ik heb alle moorddossiers van de zaak-Gallagher uit het archief gehaald. Zes mappen over vier moorden – meer materiaal dan jij hebt meegenomen, dat weet ik wel zeker. Je zou weer aan de zaak-McShane kunnen werken. Officieel.'

Bosch liet dat even tot zich doordringen. McShane had in 2013 het hele gezin Gallagher uitgemoord en in de woestijn begraven. Maar Bosch had dat nooit kunnen bewijzen. En was met pensioen gegaan. Hij had niet alle zaken weten op te lossen die hem gedurende dertig jaar bij Moordzaken waren toegewezen. Dat lukte geen enkele rechercheur. Maar dit betrof een heel gezin. Dit was de zaak die hij met de grootste tegenzin moest laten liggen.

'Je weet dat ik niet op een fijne manier ben weggegaan,' zei hij. 'Ik was al vertrokken voor ze me konden ontslaan. En ik heb ze nog voor de rechter gedaagd ook. Ze laten me daar nooit meer binnen.'

'Als jij ja zegt is dat geen probleem,' zei Ballard. 'Dat had ik al geregeld voor ik hiernaartoe kwam. Er zitten nu een andere hoofdinspecteur en andere mensen. En om eerlijk te zijn, Harry, er zijn er niet zo veel meer die nog weten wie je bent. Hoelang ben je nu al weg, vijf jaar? Zes? De hele afdeling is veranderd.'

'Op de tiende weten ze vast nog heel goed wie ik ben, hoor.'

Op de tiende verdieping van het Police Administration Building was het kantoor van het hoofd van de politie en dat van de meeste commandanten gevestigd.

'En we hoeven niet eens vanuit het PAB te werken,' zei Ballard. 'We zitten in Westchester, in het nieuwe moordzakenarchief. Dat scheelt een hoop qua politiek en pottenkijkers.'

Dat vond Bosch toch wel interessant.

'Zes mappen,' zei hij, hardop denkend.

'Op een stapel. Op een verder leeg bureau met jouw naam erop,' zei Ballard.

Bij zijn pensionering had Bosch kopieën van veel documenten van die zaak meegenomen, zoals het chronologisch verslag van het onderzoek en de andere verslagen die hij het meest van belang achtte. Met onderbrekingen had hij er sindsdien aan gewerkt, maar hij moest erkennen dat hij geen stap verder was gekomen en dat Finbar McShane nog steeds ergens daarbuiten vrij rondliep. Bosch had nooit een snipper hard bewijs tegen hem gevonden, maar wist diep vanbinnen voor de volle honderd procent zeker dat hij het had gedaan. McShane was de schuldige. Ballards aanbod was verleidelijk.

'Dus ik mag terugkomen en aan de zaak-Gallagher werken?' vroeg hij.

'Je mag daaraan werken, ja,' zei Ballard. 'Maar je zult ook aan andere zaken moeten werken.'

'Altijd weer het addertje.'

'Ik moet met resultaten komen. Ik moet ze kunnen laten zien hoe fout ze zaten toen ze de eenheid ophieven. De zaak-Gallagher gaat nogal wat werk kosten. Zes dossiermappen moeten worden doorgenomen, geen DNA, voor zover bekend geen vingerafdrukken. Het is een zaak waarvoor je de straat op moet en dat vind ik prima, maar ik moet ook zaken oplossen om het bestaan van de eenheid te rechtvaardigen en de loop erin te houden, zodat jij aan jouw zaak kunt werken. Zie je dat als een probleem?'

Bosch gaf niet meteen antwoord. Hij haalde zich voor de geest hoe

Ballard een jaar eerder het kleed onder hem weg had getrokken. Ze was weggegaan bij de afdeling, gefrustreerd door de politiek, de bureaucratie, de vrouwenhaat, álles; ze waren een partnerschap overeengekomen om als privédetectives verder te gaan. En toen was ze hem komen vertellen dat ze toch terugging, verleid door de belofte van het hoofd van de politie dat ze zelf haar werkplek mocht uitkiezen. Ze had voor Moordzaken gekozen. Exit partnerschap.

'Ik was al op zoek naar kantoorruimte,' zei hij. 'Er was een leuk kantoor in een gebouw achter de Hollywood Athletic Club.'

'Kom op nou, Harry,' zei Ballard. 'Ik heb me verontschuldigd voor mijn gedrag toen, maar het ligt ook aan jou.'

'Aan mij? Dat is echt flauwekul.'

'Nee. Jij was zelf degene die tegen me zei dat je een organisatie beter van binnenuit dan van buitenaf kunt veranderen. En dat is wat ik besloot te doen. Dus geef mij vooral de schuld, als jij je daar beter door voelt, maar ik heb gewoon gedaan wat je zei.'

Bosch schudde zijn hoofd. Hij herinnerde zich niet dat hij dat zo had gezegd, maar hij wist wel dat hij dat vond. Toen zijn dochter overwoog bij de politie te gaan, in de nasleep van alle protesten en uitingen van haat tegen de politie, had hij tegen haar hetzelfde gezegd.

'Oké,' zei hij. 'Ik doe mee. Krijg ik een badge, eigenlijk?'

'Geen badge, geen wapen,' zei Ballard. 'Maar wel dat bureau met die zes dossiermappen erop. Wanneer kun je beginnen?'

Een ogenblik lang schoten Bosch de pillen door het hoofd die hij geen tien minuten geleden voor zich op tafel had gelegd.

'Wanneer je wilt,' zei hij.

'Fijn,' zei Ballard. 'Dan zie ik je maandag. Bij de receptie hebben ze een pasje voor je en we laten een nieuwe legitimatie voor je maken. Ze zullen je op de foto zetten en je vingerafdrukken nemen.'

'Dat bureau staat toch wel bij het raam, hè?'

Bosch zei het met een glimlach. Ballard glimlachte niet.

'Overspeel je hand nou niet,' zei ze.

2

Ballard zat aan haar bureau een subsidieaanvraag voor DNA-onderzoek te schrijven toen haar telefoon ging. Het was de agent bij de receptie.

'Er staat hier iemand die zegt dat er een pasje voor hem klaar zou liggen. Heron... Her... Ik kan het niet uitspreken. Bosch heet hij.'

'Sorry, dat ben ik vergeten te regelen. Geef hem een bezoekerspasje en stuur hem door. Hij komt hier werken, dus krijgt hij later nog een ID. Hij heet Hiëronymus. Het rijmt op anonymus.'

'Oké, ik stuur hem door.'

Ballard legde de hoorn op de haak en stond op om Bosch bij de ingang van het archief op te vangen, in het besef dat hij de pest in zou hebben om de misser bij de receptie. Toen ze bij de deur kwam stond Bosch anderhalve meter verder met zijn hoofd in de nek te kijken naar iets boven haar. Ze glimlachte.

'En, wat vind je ervan?' zei ze. 'Dat heb ik erop laten schilderen.'

Ze ging naast hem staan en keek naar de tekst boven de deur.

ONOPGELOSTE MISDRIJVEN

IEDEREEN TELT OF NIEMAND TELT

Bosch schudde zijn hoofd. 'Iedereen telt of niemand telt' was de overtuiging waarmee hij zijn werk aan moordzaken deed, maar het was zijn persoonlijke overtuiging. Het was geen motto en al helemaal geen slogan die hij graag op de muur zag staan. Het was iets wat je vanbinnen moest voelen. Moest weten. Niet iets wat moest worden aangepreزen, laat staan iets wat je kon leren.

'Kom op,' zei Ballard. 'We moeten toch íéts hebben. Een motto. Een richtlijn. Ik wil wat esprit de corps in de eenheid. We gaan er met volle kracht tegenaan.'

Bosch zei niets.

'Kom binnen, dan zal ik je wegwijs maken,' zei Ballard.

Ze ging hem voor en liep om een balie heen waarachter de rijen archiefkasten met moorddossiers stonden, geordend naar jaar en zaaknummer. Ze liepen links van de kasten het gangpad door naar de officiële werkruimte van de heropgerichte eenheid Cold Cases. De ruimte bestond uit een cluster van zeven werkplekken, drie aan drie gescheiden door wandjes en met een extra werkplek aan het uiteinde.

Er waren twee medewerkers aan het werk; hun hoofd kwam net boven de wandjes uit. Ballard bleef staan bij de werkplek aan het eind. 'Hier zit ik,' zei ze. 'En ik had jou hier gedacht.'

Ze wees naar een aangrenzende werkplek en Bosch liep erheen. Ballard boog zich over haar eigen bureau naar voren, legde haar armen op het wandje en keek neer op Bosch' bureau. Ze had er al twee stapels moorddossiers neergelegd, een grote en een kleine.

'Die grote stapel is Gallagher. Die ken je vast nog wel.'

'En wat is dit?' Bosch sloeg de bovenste map van de kleine stapel op.

'Dat is het addertje,' zei Ballard. 'Sarah Pearlman. Ik wil graag dat je die eerst doorneemt.'

'De zus van het raadslid,' zei Bosch. 'Heb je daar zelf eigenlijk al naar gekeken?'

'Jazeker. En het ziet er behoorlijk hopeloos uit. Maar ik wil horen wat jij ervan vindt – voor ik het raadslid met slecht nieuws lastig moet vallen.'

Bosch knikte. 'Ik zal ernaar kijken,' zei hij.

'Voor je erin duikt wil ik je even voorstellen aan Lilia en Thomas,' zei Ballard.

Ze liep naar het andere eind van de cluster. De achterste twee bureaus werden bezet door een man en een vrouw van, op het oog, achter in de vijftig. De man zat het dichtste bij en Ballard legde een hand op zijn schouder terwijl ze hem voorstelde. De twee maakten een professionele indruk. De man had zijn jasje over zijn stoel gehangen en droeg een strak aangetrokken das. Hij had donker haar en een snor en een half leesbrilletje. De vrouw had eveneens donker haar en tevens een donkere huid, en droeg hetzelfde als Ballard altijd droeg: een pak met een witte bloes. Ze had een speldje met de Amerikaanse vlag op haar revers en Bosch vroeg zich af of ze daarmee vragen naar haar afkomst voor wilde zijn.

'Dit is Thomas Laffont, die vorige week bij ons is gekomen,' zei Ballard. 'Hij werkte bij de FBI, is nu met pensioen en ik heb hem gekoppeld aan Lilia Aghzafi, die twintig jaar bij Vegas Metro achter de rug had en toen de zee wel eens wilde zien. Lilia is ook met pensioen. Tom en Lilia nemen zaken door op zoek naar kandidaten voor genealogisch onderzoek. Je zult wel gehoord hebben dat dat hot is in coldcasekringen.'

Bosch knikte naar de twee medewerkers en gaf ze een hand.

'Dit is Harry Bosch,' zei Ballard. 'LAPD en gepensioneerd. Hij blaast niet hoog van de toren, dus doe ik dat. Hij was een van de oprichters van de oude coldcase-eenheid en heeft langer bij Moordzaken gewerkt dan wie ook op deze afdeling.'

Vervolgens stond Ballard te kijken hoe Bosch zich onhandig door het 'aangenaam kennis te maken' en de kletspraatjes heen werkte. Hij slaagde er niet helemaal in zijn oude wantrouwen jegens de FBI te verbergen. Ten slotte redde ze hem, nam hem mee naar zijn werkplek en zei tegen Aghzafi en Laffont dat ze nog een en ander wilde doornemen met de 'nieuweling'.

Terug aan het andere eind van de cluster gingen ze ieder naar hun eigen bureau en Ballard legde haar armen weer op het wandje, zodat ze elkaar konden zien terwijl ze praatten.

'Wauw zeg,' zei ze. 'Ik zie dat je dat pornosnorretje hebt afgeschoren. Heb je dat na ons gesprek gedaan?'

Ze wist het wel zeker. Als hij het bij hem thuis al niet meer had gehad, had ze dat beslist opgemerkt. Bosch bloosde terwijl hij een snelle blik naar het andere eind wierp om te zien of Aghzafi en Laffont het gehoord hadden. Toen streek hij met zijn duim en wijsvinger over zijn bovenlip, als om er zeker van te zijn dat hij geen snor meer had.

'Het werd grijs,' zei hij.

Geen nadere verklaring dan die. Maar Ballard wist dat het al grijs werd voor ze Bosch zelfs maar had leren kennen.

'Maddie is er vast blij mee,' zei ze.

'Ze heeft het nog niet gezien,' zei hij.

'Hoe is het met haar?'

'Goed, voor zover ik weet. Hard aan het werk.'

'Ik hoorde dat ze recht van de academie naar bureau Hollywood is gestuurd. Heeft zij even mazzel.'

'Ja, ze zit daar in de nachtdienst. Zeg, hoe zit dat met dat genealogisch onderzoek?'

Het was Ballard wel duidelijk dat Bosch persoonlijke vragen ontweek en alles aangreep om van onderwerp te veranderen.

'Daar hoef jij je geen zorgen om te maken,' zei ze. 'Het is nuttig, maar het is wetenschappelijk en dus duur. Het is het enige terrein waarop we zuinig aan moeten doen. We krijgen subsidie van de Ahmanson Foundation, die ons dit hele kantoor heeft geschonken, maar een volledig genetisch onderzoek kost zo'n achttienduizend dollar als we het buiten de afdeling gaan halen. Dus moeten we zorgvuldig zijn in onze keuzes. Daar zijn Tom en Lilia mee bezig, en een andere onderzoeker die je waarschijnlijk morgen zult leren kennen. Wat gewoon DNA-onderzoek betreft hebben we carte blanche, want die faciliteiten zijn in huis. Daar moeten we gewoon wachten tot we aan de beurt zijn. Per maand kan ik één keer een joker inzetten, dan krijg ik voorrang. Die heb ik van de chef gekregen. Hij heeft ook een laborant ter beschikking gesteld die zich specifiek met zaken van onze eenheid bezighoudt.'

'Aardig van hem.'

'Ja. Maar laten we het weer even over jouw inzet hebben. Wat ik van de reservisten en vrijwilligers verwacht is dat ze ten minste één dag per week ter beschikking zijn. De meesten doen wel meer dan dat, maar ik schuif er zo mee dat er in elk geval van maandag tot donderdag iemand is. Ik ben hier voltijds. Tom en Lilia zijn er op maandag, Paul Masser en Colleen Hatteras op dinsdag, Lou Rawls op woensdag, en jij... Ik zou zeggen donderdag, maar ik weet nu al dat je er veel vaker zult zijn. Dat zijn de meeste anderen ook.'

'Lou Rawls – meen je dat?'

'Nee. Hij is niet eens zwart. Hij heet Ted Rawls. Als je tien jaar als agent hebt gewerkt is het onmogelijk dat zo'n voor de hand liggende bijnaam niet op een gegeven moment aan je blijft kleven. Dus zegt iedereen Lou tegen hem en hij vindt het wel best zo.'

Bosch knikte.

'Maar ik moet je wel iets zeggen,' zei Ballard. Ze boog zich voorover en praatte zo zacht verder dat haar stem nauwelijks over het wandje reikte. 'Rawls was niet mijn keus.'

Bosch rolde zijn stoel dichter bij zijn bureau om haar beter te kunnen horen.

'Hoe bedoel je?' vroeg hij.

'We hebben meer aanmeldingen gekregen dan we werkplekken hebben,' zei Ballard. 'De chef zei dat ik kon uitkiezen wie ik wilde, en dat heb ik ook gedaan, maar Rawls kwam via Pearlman.'

'Het raadslid.'

'Hij stond erop. En zijn chef-staf ook. Het gaat wel om zijn zus, maar ook om politiek. Hij ambieert meer dan het raadslidmaatschap en het succes van de eenheid kan hem daarbij helpen. Dus kwam hij met Rawls en ik moest hem nemen.'

'Ik heb nog nooit van hem gehoord en dat zou wel moeten, met zo'n naam. Hij is niet van het LAPD, hè?'

'Nee, hij komt van Santa Monica en hij is met pensioen, maar dat is al vijftien jaar geleden, dus heeft hij niet zo veel bij te dragen. Je moet hem bij het handje pakken en de kwestie is ook dat hij een rechtstreeks lijntje heeft met Pearlman en Hastings.'

'Hastings?'

'Nelson Hastings, Pearlmans chef-staf. Ze zijn de beste maatjes met zijn drieën, lijkt het. Rawls ging weg bij de politie van Santa Monica en zette een bedrijf op. Hij doet dit er dus bij.'

'Wat voor bedrijf? Privédetective?'

'Nee, een bedrijf-bedrijf. Hij is eigenaar van een hoop postagentschappen, zoiets als UPS, FedEx, dat soort verzendbedrijven. Ze schijnen in de hele stad te zitten en hij verdient er goed aan. Hij rijdt in een mooie auto en heeft een huis in Santa Monica in de universiteitenbuurt. En als je het mij vraagt is hij een van Pearlmans belangrijkste campagnefinanciers.'

Bosch knikte. Dat was duidelijk. Voor wat hoort wat. Ballard keek op, zag dat hun fluisterend gesprek was opgemerkt door Laffont en Aghzafi en ging zitten. Over het wandje heen konden ze elkaar nog net aankijken. Ze praatte op normale toon verder.

'Morgen stel ik je voor aan Paul en Colleen,' zei ze. 'Die zijn goed. Masser is een gepensioneerde substituut-officier van justitie die op Zware Criminaliteit heeft gezeten en ons dus behulpzaam is als het gaat om huiszoekingsbevelen, juridische zaken en strategieën. Het is erg fijn over hem te kunnen beschikken en niet steeds de officier van justitie te hoeven bellen als we met een vraag zitten.'

'Volgens mij ken ik die nog,' zei Bosch. 'En Hatteras?'

'Geen ervaring in de wetshandhaving. Ze is onze specialiste in genealogie en wat ze wel noemen een burgerdetective.'

'Een amateurdetective? Echt waar?'

'Echt waar. Ze is een fantastische rechercheur op internet en met die genetische zaken moet je daar zijn. IGG, je weet toch wel wat dat is?'

'Eh…'

'Investigative Genetic Genealogy, forensische genetische genealogie. Je uploadt het DNA-profiel van een verdachte via GEDmatch bij een aantal databanken en wacht rustig af of er een match is. Daar moet je toch wel van weten. Dat was een tijdlang een rage, tot de privacypolitie kwam, en nu is de toegang beperkt. Maar het is nog steeds de moeite waard.'

'Hebben ze de Golden State Killer zo niet gepakt?'

'Precies, ja. Je stopt er het DNA in en als je geluk hebt krijg je verbanden met familieleden. Een neef in de vierde graad hier, een broer van wie niemand wist daar. En vanaf daar wordt het puzzelen. Je legt online contact en stelt een stamboom samen in de hoop dat een van de takken naar jouw mannetje leidt.'

'En daar houdt een burger zich mee bezig.'

'Ze is een expert, Harry. Geef haar een kans. Ik vind haar aardig en ik denk dat ze veel voor ons kan betekenen.'

Bosch keek voor zich en ze zag hevige twijfel in zijn ogen.

'Wat nou?'

'Zijn we hier een podcast aan het maken? Of willen we zaken oplossen?'

Ballard schudde haar hoofd. Ze wist dat hij zo zou reageren.

'Je zult het vanzelf wel zien, Harry,' zei ze. 'Je hoeft niet met haar samen te werken, maar ik durf te wedden dat je dat uiteindelijk zelf graag wilt. Zo zeker ben ik van haar. Helder?'

'Helder,' zei Bosch. 'Ik ga er geen probleem van maken. Ik ben blij dat ik hier zit. Jij bent de baas en ik twijfel nooit aan de baas.'

'Je meent het. Het moet ook niet gekker worden.'

Bosch keek om zich heen.

'Ik ben dus de laatste,' zei hij.

'Maar de eerste die ik hier wilde hebben,' zei Ballard. 'Ik moest alleen alles op zijn plaats hebben voor ik bij jou langsging.'

'En je moest zeker weten dat ik door de ballotage zou komen.'

'Ja, dat ook.'

Bosch knikte.

'Oké... waar kun je hier een kop koffie krijgen?' vroeg hij.

'Er is een keuken. Daar is koffie en een koelkast,' zei Ballard. 'Als je door die deur...'

'Ik laat het hem wel even zien,' zei Laffont. 'Ik lust zelf ook wel een bakje.'

'O fijn, dank je,' zei Ballard.

Laffont stond op en vroeg of er nog meer liefhebbers waren. Ballard en Aghzafi bedankten en Bosch liep achter Laffont aan naar de voorzijde van de archiefruimte.

Ballard keek hen na en hoopte dat Bosch aardig zou zijn tegen de voormalige FBI-agent en geen botsingen zou veroorzaken op zijn eerste werkdag.

3

Bosch was eraan gewend thuis in zijn eentje oude mappen en moorddossiers door te nemen en te proberen zaken anders te doordenken dan tot dan toe. Het was grotendeels werk dat je in stilte deed. Nu moest hij er weer aan wennen dat met een team om zich heen te doen, en opnieuw te leren de gesprekken om hem heen te negeren en zich te concentreren op wat hem te doen stond.

Terwijl Ballard aan gene zijde van de nutteloze scheidingswand telefoontjes pleegde en voldeed aan de politieke eisen die haar baan stelde, sloeg Bosch het eerste moorddossier open met verslagen van het tot nu toe zonder succes gebleven onderzoek naar de moord op Sarah Pearlman.

Er waren drie mappen. Hij begon met map 1, bladerde meteen door naar de inhoudsopgave en las dat alle foto's van de plaats delict en van het gerechtelijk onderzoek waren opgenomen in map 3. Daar ging hij verder; zonder nog iets van de zaak te weten wilde hij hetzelfde zien als wat de rechercheurs hadden gezien op de ochtend van 11 juni 1994, toen Sarahs verminkte lichaam in bed werd aangetroffen, in haar ouderlijk huis aan Maravilla Drive in de Hollywood Hills.

De derde map bevatte meerdere plastic hoezen. In elke hoes zaten twee foto's. Het waren kleurenfoto's, standaard fel uitgelicht, waarop bloed donkerpaars leek, witte huid een albasten tint kreeg en het slachtoffer van al haar menselijkheid werd ontdaan. Sarah Pearlman was net zestien toen haar leven wreed werd beëindigd door een verkrachter die haar had gewurgd en gestoken. De eerste foto's toonden Sarah zoals ze op bed lag: een flanellen nachtpon was over haar gezicht getrokken, haar lichaam was bloot. In eerste instantie nam Bosch aan dat de moordenaar dat had gedaan om te voorkomen dat zijn slachtoffer zijn gezicht zou zien. Maar toen hij verder door de foto's bladerde zag hij dat de nachtpon over haar gezicht was getrokken nadat ze was aangevallen en vermoord. Nu zag Bosch het als een uitdrukking van spijt. De moordenaar bedekte het gezicht van zijn slachtoffer zodat hij het niet meer hoefde te zien.

Er waren een aantal steekwonden in de borst en hals van het slachtoffer te zien, en de lakens en het dekbed waren doorweekt met bloed. Aan de blauwe plekken in de hals was ook te zien dat het slachtoffer op een gegeven moment verstikt was. Als je de tijd die hij in de oorlog en bij de politie had doorgebracht bij elkaar optelde, had Bosch de onnatuurlijke dood al meer dan een halve eeuw gadegeslagen. Het zou niet juist zijn om te zeggen dat hij gewend was geraakt aan de wreedheid en de mishandeling die mensen elkaar aandeden, maar hij was er al lang geleden mee opgehouden die geweldsexplosies als afwijkend te beschouwen. Hij was zijn vertrouwen in de goedheid van mensen grotendeels kwijtgeraakt. In zijn ogen was geweld geen afwijking van de norm. Het was de norm.

Dat was een pessimistisch wereldbeeld, besefte hij, maar vijftig jaar ploeteren in de van bloed doortrokken stad had hem van veel hoop beroofd. Hij wist dat de duistere moordmachine nooit gebrek aan brandstof zou hebben. Niet gedurende zijn leven. Gedurende niemands leven.

Hij bladerde verder door de foto's om ze zich stuk voor stuk voor altijd in te prenten. Dit moest zijn aanpak zijn, wist hij. Dit was de manier waarop hij razend van woede werd en hij zichzelf onontkoombaar committeerde aan een slachtoffer dat hij alleen van foto's kende. Dit zou het vuur in hem ontsteken.

Na de foto's van de plaats delict kwamen foto's uit het lab – losse foto's van bewijsmateriaal en van mogelijk bewijsmateriaal, daarbij inbegrepen ook foto's van bloedspatten op de muur boven het hoofdeinde van het bed en op het plafond boven het slachtoffer; foto's van haar gescheurde en op de vloer geworpen ondergoed; een gebitsbeugel die in de plooien van het dekbed was aangetroffen.

Er waren een aantal foto's van vingerafdrukken die door de technische recherche waren opgemerkt, ingepoederd en op tape gezet. Bosch wist dat ze waarschijnlijk van het slachtoffer waren, aangezien zij daar woonde. Dit werd ondersteund door aantekeningen van de oorspronkelijke rechercheurs. Een foto van iets wat op de onderste helft van een handafdruk leek was echter gemerkt met de letters ONB. Onbekend. Hij was aangetroffen op de vensterbank en de plaatsing was zodanig dat hij achtergelaten leek te zijn door iemand die door het raam naar binnen was geklommen.

In 1994 zou een gedeeltelijke handafdruk nutteloos zijn geweest, tenzij hij direct met de afdruk van de verdachte kon worden vergeleken. Bosch werkte toen ook al aan moordzaken en wist dat er destijds geen databanken van waren. Ook nu, bijna dertig jaar later, waren er maar weinig handafdrukken ter vergelijking in de databanken.

Bosch keek over de scheidingswand naar Ballard. Ze beëindigde net een telefoontje met een plaatselijke zakenman die erom bekendstond dat hij honderden appartementen in het centrum had gebouwd. Ze had hem gevraagd de goede zaak te steunen en financieel bij te dragen aan het werk van de eenheid Cold Cases.

'En, hoe ging het?' vroeg hij.

'Dat moeten we nog merken,' zei Ballard. 'Wie weet schrijft hij een cheque uit. Van de Police Foundation heb ik een lijst met potentiële sponsors gekregen. Ik probeer er elke dag twee of drie te bellen.'

'Wist je van tevoren dat je dit ook zou moeten doen?'

'Niet echt. Maar het geeft niet. Ik heb er wel lol in, mensen een schuldgevoel aan te praten zodat ze ons geld geven. Je zou ervan staan te kijken hoeveel mensen iemand kennen die het slachtoffer was van een onopgelost misdrijf.'

'Ik niet.'

'Nou ja, jij misschien niet. Wat denk je van Pearlman?'

'Ik ben nog bij de foto's.'

'Ja, ik dacht wel dat je daarmee zou beginnen. Het was een nare zaak.'

'Zeg dat wel.'

'Eerste indrukken?'

'Nee, nog niet. Ik wil er nog eens naar kijken. Maar die handafdruk... Ik mag aannemen dat je die meteen door de databanken hebt gehaald?'

'Ja. Meteen. Niks, nada.'

Bosch knikte. Dat verbaasde hem niet.

'En VICAP?'

'Ook niks.'

VICAP was de databank met geweldsmisdrijven en seriedaders van de FBI. Die was echter notoir incompleet. Veel wetshandhavende overheidsdiensten vroegen niet van rechercheurs dat ze hun zaken daarin registreerden, vanwege de tijd die het kostte om de VICAP-vragenlijst in te vullen.

'Als ik die foto's zo zie is het moeilijk om aan te nemen dat het bij één keer bleef.'

'Mee eens. Behalve met de VICAP heb ik gebeld met alle coldcase-afdelingen, van San Diego tot San Francisco. Geen matches, geen overeenkomsten. Ik had je ouwe maat Rick Jackson nog aan de lijn. Hij werkt aan onopgeloste zaken in district San Mateo. Hij heeft daar nog voor me rondgevraagd, maar niemand had enig idee.'

Jackson was een gepensioneerde rechercheur Moordzaken uit Bosch' tijd.

'Hoe was het met Rick?'

'Het klonk alsof hij links en rechts zaken wist af te sluiten,' zei Ballard. 'Zoals ik hoop dat wij hier ook gaan doen.'

'Maak je geen zorgen. Dat gaan we zeker doen.'

'Oké. Luister. Elke maandag ga ik naar het PAB om de chef te spreken en hem bij te praten over het werk, het budget en dergelijke. Waarschijnlijk zit ik in het centrum tot ik klaar ben en ga ik daarna naar huis. Is dat oké? Tom en Lilia kunnen je helpen als je iets nodig hebt.'

'Ja, dat is oké. Wat is er afgesproken over het mee naar huis nemen van dossiers?'

'Je mag de dossiers niet meenemen. Dat druist min of meer in tegen het idee om alle onopgeloste zaken bij elkaar te hebben, begrijp je?'

'Duidelijk. Is er een kopieerapparaat?'

'Maak geen kopieën van dossiers, Harry. Ik wil daar geen ruzie met de chef over krijgen.'

Bosch knikte.

'Is dat duidelijk?' zei Ballard. 'Ik meen het serieus.'

'Ja, het is duidelijk.'

'Oké. Goede jacht dan. Denk je dat je er morgen weer kunt zijn? Het hoeft niet, hoor.'

'Ik denk van wel, ja.'

'Fijn, zie ik je dan.'

'Prima.'

Bosch keek Ballard na terwijl ze de kamer uit liep en wierp toen een blik naar het andere eind van de cluster, waar Laffont en Aghzafi zaten. Hij zag alleen hun kruin boven de scheidingswanden uit komen. Hij ging weer aan het werk en bekeek nogmaals de foto's van de plaats delict om zich die goed in zijn geheugen te prenten. Toen hij klaar was met de foto's pakte hij map 1 er weer bij en begon de zaak vanaf het begin door te nemen.

De oorspronkelijke rechercheurs die de zaak hadden behandeld waren Dexter Kilmartin en Philip Rossler geweest. Bosch kende wel de namen maar niet de mensen. Ze waren toegewezen aan de afdeling Moordzaken die de grotere zaken uit de hele stad behandelde. Bosch bekeek het chronologisch verslag dat ze hadden opgesteld. Daaruit bleek dat rechercheurs van de eenheid Moordzaken van bureau Hollywood in eerste instantie op de ochtend van 11 juni de zaak hadden opgepakt, maar dat ze die al snel hadden overgedragen aan Moordzaken-centraal omdat het ging om een seksueel misdrijf tegen een zestienjarig meisje in de Hollywood Hills; een misdrijf dat aanzienlijke aandacht in de media zou krijgen.

Bosch werkte destijds wel bij Hollywood Moordzaken, maar de beurt was op dat moment niet aan hem en Jerry Edgar, zijn vaste partner. Hij had wel vage herinneringen aan de zaak en de snelle overdracht aan Moordzaken. Ze konden niet weten dat de media er maar één dag aandacht voor zouden hebben. De nacht daarop zou de ex-vrouw van de beroemde footballspeler en niet zo heel goede acteur O.J. Simpson samen met een kennis dood worden aangetroffen in Brentwood, wat alle media-aandacht wegzoog van de zaak-Pearlman en überhaupt van wat dan ook in de stad. De moorden in Brentwood zouden het daaropvolgende jaar en daarna alle aandacht opeisen en er zou niets overblijven voor Sarah Pearlman.

Kilmartin en Rossler dachten daar anders over. Aan hun chrono was te zien dat ze alles goed hadden gedaan, dacht Bosch. Het belangrijkste was dat ze zich terughoudend hadden opgesteld en niet te snel hadden besloten dat de moord door een onbekende was gepleegd. Het feit dat de moordenaar was binnengekomen door een niet afgesloten, of geopend, raam deed vermoeden dat het slachtoffer de indringer niet kende, maar dat weerhield de rechercheurs er niet van een grondig veldonderzoek te doen. Ze hadden de achtergrond van het slachtoffer in kaart gebracht en talrijke vrienden en familieleden ondervraagd. Sarah bezocht een particuliere meisjesschool in Hancock Park. Hoewel de school voor de zomer gesloten was namen de rechercheurs er meerdere dagen de tijd voor om klasgenoten, vrienden en personeel op te sporen, in een grootschalige poging een beeld te schetsen van de wereld en het sociale leven van het meisje. In de week voorafgaand aan de moord was Sarah begonnen met een vakantiebaantje als serveerster bij een restaurant aan Melrose Avenue dat Tommy Tang's heette. Eén zomer eerder had Sarah ook bij het populaire Thaise restaurant gewerkt; sommige andere personeelsleden kenden haar nog. Ze vonden haar aardig. Ook zij werden ondervraagd en de rechercheurs bestudeerden zelfs de creditcardafrekeningen van de dagen waarop Sarah had gewerkt. Ze spoorden een aantal klanten op die eveneens werden ondervraagd, maar geen van hen bracht het tot verdachte.

In het onderzoek waren ook de ouders van het slachtoffer meegenomen. Sarahs vader was jurist en gespecialiseerd in grote transacties met onroerend goed. De rechercheurs verhoorden zijn eigen personeel en veel van zijn zakelijke contacten, daarbij inbegrepen cliënten die wellicht ontevreden waren over zijn werk en mensen die bij moeilijke onderhandelingen tegenover hem hadden gestaan. Niemand kwam daar als verdachte uit tevoorschijn.

Ten slotte was er nog Sarahs vriendje. Vier maanden voor haar dood had ze een punt gezet achter een korte relatie met een jongen die Bryan Richmond heette; ze had hem ontmoet op een jaarlijks feestje van haar eigen school en een jongensschool die eveneens in Hancock Park stond. Hij werd uitgebreid ondervraagd en nagetrokken maar uiteindelijk onschuldig verklaard. Hij had de relatie achter zich gelaten en ging inmiddels met iemand anders.

Ten tijde van de moord waren Sarahs ouders op golfvakantie in Carmel, waar ze speelden op de banen op en rond Pebble Beach. Sarah was thuis, samen met haar twee jaar oudere broer. Op de bewuste vrijdagavond had Sarah gewerkt in het restaurant. Rond tien uur 's avonds was ze thuisgekomen. Ze had een rijbewijs en reed in de auto van haar moeder tijdens haar vakantie. Jake Pearlman was uit met zijn vriendin en kwam pas rond middernacht thuis. Sarahs kamerdeur was dicht en hij besloot haar niet te storen; er scheen geen licht onder de deur door en hij nam aan dat ze sliep.

De volgende morgen belde Sarahs moeder om te horen of alles goed was met haar kinderen. Jake zei dat hij Sarah nog niet had gezien. Aangezien het al bijna elf uur was vroeg ze hem om haar toch maar even wakker te maken, zodat ze Sarah kon spreken. Toen ontdekte Jake dat Sarah op brute wijze in haar eigen bed was vermoord en begon de nachtmerrie voor het gezin.

Bosch maakte geen aantekeningen terwijl hij de vele samenvattingen van verhoren in deel 1 doornam. Het oorspronkelijke onderzoek was grondig uitgevoerd en leek uitputtend. Bosch had niet de indruk dat er iets over het hoofd was gezien of nader onderzoek vereiste. Toen hij bij de vroegere afdeling Cold Cases werkte, kwam het regelmatig voor dat hij een zaak doornam en er de matige kwaliteit of zelfs luiheid aan af kon zien. Bij Sarah Pearlman was dat niet het geval. Bosch had de indruk dat Kilmartin en Rossler zich de zaak hadden aangetrokken en geen steen op de andere hadden gelaten. Wat dat nog indrukwekkender maakte was het gegeven dat het slachtoffer ten tijde van het onderzoek niet gerelateerd was aan een machtige politicus. Dat zou pas jaren later zo zijn.

Na twee uur was hij toe aan map 2. Deze bleek gevuld met updates na dertig dagen, negentig dagen, zes maanden en vervolgens elk jaar, tot de zaak na vijf jaar officieel werd geclassificeerd als cold case en als niet langer actief. Er was geen enkele verdachte of zelfs maar een interessante persoon uit tevoorschijn gekomen. Evenmin was ooit vastgesteld of Sarah haar moordenaar had gekend.

Achter in map 2 waren verslagen gearchiveerd van verzoeken om inlichtingen, in de loop der jaren gedaan door de familie van het slachtoffer en anderen. Daaruit bleek dat de ouders van Sarah Pearlman vele malen hadden gevraagd om nadere inlichtingen over het onderzoek. Zeven jaar geleden waren ze daarmee gestopt. Na dat tijdstip werden dergelijke verzoeken gedaan door raadslid Jake Pearlman of zijn chef-staf, Nelson Hastings. Bosch maakte daaruit op dat Sarahs ouders waren overleden voordat hun dochter recht was gedaan.

Bosch nam ten slotte de foto's in de derde map nog eens door. Langzaam bladerde hij door de plastic hoezen en zocht nogmaals naar iets in Sarahs slaapkamer, wat dan ook, dat een gemiste aanwijzing of bewijsmateriaal kon zijn. Hij kwam weer uit bij de labfoto's en de laatste plastic hoes, die een foto bevatte van de zwarte kaart waarop een laborant de gedeeltelijke handafdruk had geplakt. Hij zat ernaar te kijken, merkte dat er iemand in zijn buurt kwam, keek op en zag Tom Laffont.

'Alles goed?' vroeg hij.

'Eh, ja, het gaat,' zei Bosch. 'Ik neem dit dossier door.'

Het gesprek haperde en viel even stil.

'Ze heeft je op die grote klus gezet, hè?' zei Laffont.

'Hoe bedoel je?' vroeg Bosch.

'De zus van het gemeenteraadslid. Ik heb zelf zo'n vermoeden dat we hier niet lang meer zullen zitten als we die zaak niet oplossen.'

'Denk je?'

'Nou, Ballard zit veel en lang met hem aan de telefoon. Houdt hem op de hoogte van alles wat hier gebeurt. Die gesprekken lijken steevast uit te komen op zijn zusje. Ze staat onder druk. Daar twijfel ik niet aan.'

Bosch knikte.

'Heb je iets gevonden waar we achteraan moeten?' drong Laffont aan. 'Ik zou die zaak wel dolgraag afsluiten.'

'Nog niet,' zei Bosch. 'Ik ben nog aan het kijken.'

'Nou, veel geluk. Dat zul je nodig hebben.'

'Wat deed jij bij het Bureau? Zat je op het kantoor in L.A.?'

'Begonnen in San Diego, heb wel klussen in Sacramento en Oakland gedaan en kwam toen hierheen. Ik zat bij Zware Criminaliteit. Na twintig jaar had ik het wel gezien. Was de bankrovers toen wel zat.'

'Kan ik wel in komen, geloof ik.'

'Lilia en ik houden ermee op voor vandaag. Welkom bij de club en tot de volgende keer.'

'Tot dan.'

Bosch zat even te kijken hoe Laffont en Aghzafi hun spullen pakten en weggingen. Hij wachtte nog even, stond toen op en ging op zoek naar een kopieerapparaat.

Op weg naar de uitgang van het archief bleef Bosch even staan en keek een van de gangpaden in. Aan weerskanten stonden de schappen vol moorddossiers. Sommige waren helderblauw en nieuw, andere verbleekt en ouder. Een enkele map was wit. Hij liep het gangpad in en liep langzaam langs de dossiers, liet zijn linkerhand langs de plastic ruggen gaan. Elke rug was een onopgeloste moord. In Bosch' ogen was dit heilige grond. De bibliotheek van de verloren zielen. Te veel voor hem en Ballard en de anderen, meer dan ze ooit zouden kunnen oplossen. Te veel om de pijn ooit te kunnen stillen.

Toen hij aan het eind van het pad kwam draaide hij zich om en liep het volgende pad in. Ook hier stonden de schappen vol met dossiers. Door een daklicht boven hem viel het natuurlijke licht van de middagzon op de onnatuurlijke sterfgevallen. Bosch bleef een ogenblik staan. In de bibliotheek van de verloren zielen heerste slechts de stilte.

4

Ballard haalde Pinto op bij de kennel op Hillhurst, lijnde hem aan en liep met hem naar huis. Het hondje trok heftig; zijn interne klok zei hem dat het avondeten klaarstond aan het eind.

Toen ze aankwam bij de trap voor het appartementengebouw kreeg Ballard een telefoontje. Op het scherm zag ze Bosch' naam staan.

'Harry?'

Op de achtergrond hoorde ze muziek. Jazz. Ze nam aan dat hij thuis was.

'Hoi. Waar ben jij nu?'

'Praktisch thuis,' zei Ballard. 'Wat heb je opstaan? Het klinkt mooi.'

'Clifford Brown with Strings.'

'En, heb je de zaak kunnen doornemen?'

'Ja. Een paar keer.'

'En?'

'En het team heeft goed werk geleverd. Heel goed werk zelfs. Geen fout te bekennen.'

Ballard had ook niet verwacht dat Bosch de zaak zou openbreken of zelfs fouten zou vinden. Ze had het dossier zelf ook doorgenomen en nergens losse eindjes gevonden.

'Tja, het was de moeite van het proberen waard,' zei ze. 'Ik zal ons gemeenteraadslid te spreken vragen en hem laten weten dat we...'

'Ik zit hier naar de foto van die handafdruk te kijken,' zei Bosch. 'Althans, die gedeeltelijke.'

'Hoe bedoel je, je zit te kijken? Je zat toch thuis?'

'Ja, ik ben thuis.'

'Dus je hebt kopieën gemaakt terwijl ik had gezegd dat niet te doen. Lekker bezig op je eerste dag, Harry. Je bent nog niet begonnen of je...'

'Wil je horen wat ik denk of wil je me ontslaan omdat ik me niet aan de regels hou?'

Ze liet een korte stilte vallen en besloot niet verder op de overtreding in te gaan.

'Oké. Wat denk je?'

'Dit is alleen een foto. Is de originele afdruk nog ergens te vinden of is die gedigitaliseerd en vernietigd?'

'Afdrukken worden niet vernietigd, want alle digitale matches worden gevolgd door een visuele vergelijking met en bevestiging van de eigenlijke afdruk; pas dan kunnen ze in de rechtszaal worden gebruikt. Dat is tegenwoordig het protocol. Waarom wil je de originele afdruk zien?'

'Omdat ze misschien ook, toen ze de afdruk op tape namen, ik weet niet... misschien hebben ze ook...'

'Een beetje DNA.'

'Ja.'

'Shit zeg, Harry. Dat zou nog waar kunnen zijn ook. Ik vraag me af of dat eerder is gedaan.'

'Maar één manier om daarachter te komen.'

'Ik bel morgenochtend meteen met het lab.'

'Zorg eerst dat je die afdruk in handen krijgt. Dat je weet of die er nog is, na achtentwintig jaar.'

'Ga ik voor zorgen en dan ga ik ermee naar het lab. Goed gedaan, Harry. Ik had het zelf moeten bedenken, maar daar heb ik jou voor. Het geeft mij hoop, en dat zal Pearlman ook hoop geven.'

'Als ik jou was zou ik het voor me houden tot ik wist dat ik iets in handen had.'

'Ja, daar zeg je wat. Laten we eerst maar eens kijken waar we uitkomen. Hoe dan ook praat ik niet met Pearlman zelf. Zijn chef-staf zit in mijn nek te hijgen of ik al resultaten heb.'

Bosch besefte dat Laffont zich had vergist in degene met wie Ballard aan de telefoon hing. Hastings dus, niet Pearlman.

'Ja, Hastings,' zei hij. 'Ik kwam zijn naam ook tegen in het moorddossier. Misschien leggen we hem hiermee het zwijgen op.'

'Dank je wel, Harry,' zei Ballard. 'Dit is nou precies waarom ik jou bij het team wilde hebben. Meteen resultaat.'

'Nog niet. Laten we eerst eens horen wat het lab zegt.'

'In elk geval kun je nu door met de zaak-Gallagher, als je wilt.'

'Oké, dan ga ik daar nu mee verder.'

'Laat me even raden. Heb je de dossiers al gekopieerd die je niet al had?'

'Nog niet, nee.'

'Zie ik je dan morgen op Ahmanson?'

'Ja. Tot morgen.'

Ballard beëindigde het gesprek, tikte de cijfercombinatie in naast het rolhek en ging naar binnen.

Nadat ze de hond te eten had gegeven en een joggingpak had aangetrokken bestelde Ballard een pasta cacio e pepe bij Little Dom's, verderop in de straat, zelf ophalen. Dat zou een half uurtje duren, dus klapte ze haar laptop open op de keukentafel en begon te zoeken naar zaken waarbij DNA was onttrokken aan vingerafdrukken.

In eerste instantie vond ze niets en raakte ze gefrustreerd. Ze pakte haar telefoon van het aanrecht en belde Darcy Troy op haar mobiel. Zij was de DNA-specialist die de zaken van de afdeling Cold Cases behandelde.

'Hoi, meid.'

'Darcy, hoe is het?'

'Mag niet klagen, zolang jij me niet met werk komt storen.'

'Voorlopig heb ik alleen een vraag.'

'Kom maar op.'

'Heb jij ooit gehoord van zaken waarbij DNA werd vergaard uit vinger- of handafdrukken?'

'Het is wel eens besproken op forensische seminars. Of wil je weten of het wettelijk als bewijs is toegestaan?'

'Nee, het gaat mij er vooral om of je überhaupt DNA uit vingerafdrukken kunt halen.'

'Vingerafdrukken bestaan uit olieachtige vloeistoffen op je vingers. Dat is een lichaamssap.'

'Handafdrukken ook?'

'Ja dus. En als het om iemand met zweterige handen gaat wordt de kans waarschijnlijk nog groter.'

'Zweterig in de zin van op het punt staan iemand te verkrachten en vermoorden?'

'Kijk, jij begrijpt het.'

'Zou je het leuk vinden de eerste bij het LAPD te zijn die er een gooi naar doet?'

'Een welkome afwisseling. Wat heb je voor me?'

'Ik weet niet of ik iets heb. Maar een van mijn mensen herziet een zaak uit '94 – insluiping, verkrachting, moord – en ze hebben een halve handafdruk gevonden op het vermoedelijke toegangspunt.'

'Hoe is die afdruk vergaard?'

'Grijs bepoederd en op zwart karton geplakt.'

'Shit, dat wordt lastig. Dat poeder zal de olie hebben opgezogen en die tape is ook niet bevorderlijk. Maar ik zou kunnen kijken.'

'Morgenochtend ga ik hem halen uit het archief.'

'Als hij er nog is, bedoel je.'

'Zou wel moeten. De zaak is niet gesloten. Geen opdracht tot afstoten.'

De afdeling gaf alleen opdrachten tot afstoten als een zaak was opgelost en werd beschouwd als afgerond.

'Nou, als je hem vindt, breng je hem maar langs. Ik zal hem ook niet meetellen als joker voor deze maand. Omdat het iets nieuws is.'

'Klinkt als een aanbod dat ik niet kan weigeren. Ik ga ophangen voor je van gedachten verandert.'

De vrouwen schoten allebei in de lach.

'Tot morgen, Darcy.'

Ballard beëindigde het gesprek en keek hoe laat het was. Ze moest haar eten gaan ophalen. Ze lijnde Pinto aan en nam hem mee naar buiten. Little Dom's was twee blokken verderop. Ze kenden haar daar goed, omdat ze er elke week wel eten kwam afhalen. Het was een van haar favoriete plekken geworden sinds ze naar deze buurt was verhuisd. Haar eten stond klaar en was nog goed warm. En er was zelfs een hondenkaakje voor Pinto.

5

Bosch ging nog voor de ochtendschemering van huis omdat hij op zijn bestemming wilde zijn terwijl de zon nog laag stond. Hij reed de 210 op naar het oosten. Er was maar heel weinig verkeer. Bij snelweg 15 sloeg hij af naar het noordoosten en voegde zich bij de auto's die op weg waren naar Las Vegas. Vlak voor de grens met Nevada nam hij de afslag naar Death Valley Road en de Mojavewoestijn, recht naar het noorden. De weg voerde door een dor landschap met struiken en zand. In de verte was de laaggelegen zoutpan te zien die sneeuwwit straalde in de ochtendzon.

Bij de Old Spanish Trail naar Tecopa stond een Inyo County sheriffstelefoon annex gsm-antenne, gevoed door een zonnepaneel. Hij parkeerde langs de weg, zette een Dodgers-pet op en stapte uit. Het was nu zeven uur en al 26 graden, als hij zijn smartphone mocht geloven. Bij de telefoon liep hij een meter of tien tussen de struiken door van de weg af. Hij vond de juiste plaats met gemak terug. De eenzame mesquiteboom stond er nog en wierp zijn schaduw deels over de vier hopen op elkaar gestapelde stenen die een soort sculptuur vormden die de vindplaats van het graf aanduidden. Drie van de vier steenhopen waren in de loop der jaren uit elkaar gevallen door de woestijnwind of aardbevingen.

Voor Bosch was ook dit heilige grond. Hier was een heel gezin aan zijn eind gekomen. Vader, moeder, dochter en zoon waren hier vermoord en begraven onder de rotsen en het zand, en zouden nooit zijn teruggevonden als er geen geologische expeditie van de staat Californië onderzoek had gedaan in de naburige zoutpan, op zoek naar bewijzen voor klimaatverandering.

Bosch merkte rond de stenen en de stam van de mesquiteboom een overdaad aan bloemen op. Iedere bloem had een gele knop in het midden met witte blaadjes eromheen. Ze groeiden laag bij de grond en vonden waarschijnlijk zowel schaduw als water bij de mesquite; Bosch wist dat de wortels daarvan wel dertig meter diep konden reiken als er onder de stenen en het zand en het zout water te vinden was. Ze waren erop gebouwd om het vol te houden in de ruigste omstandigheden.

Bosch was niet van plan lang te blijven. Maar hij wist dat dit het beginpunt moest zijn van het werk dat hem te wachten stond. Voordat hij opnieuw de afgrond in dook moest hij zijn eigen worteling in de zaak vinden. De emotionele kern. En hij twijfelde er niet aan dat die hier vóór hem lag. Iedereen had het altijd over de zaak-Gallagher. Bosch niet. Hij kon de zaak niet op die manier reduceren. Voor hem was het de zaak van het gezin Gallagher. Er was een heel gezin vermoord. Met zijn vieren waren ze 's nachts van hun bed gelicht. En hier waren ze ruim een jaar later teruggevonden – volkomen toevallig.

Bosch hurkte neer tussen de bloemen, begon de stenen opnieuw op te stapelen en zorgde ervoor dat ze goed op elkaar kwamen te liggen. Hij had een oude spijkerbroek en werkschoenen aangetrokken. Terwijl hij de hopen weer opbouwde waakte hij ervoor dat zijn vingers klem kwamen te zitten onder de zwaardere stenen. Natuurlijk zou de natuur zijn werk op den duur ongedaan maken, dat wist hij, maar hij voelde de behoefte de kleine rotstuin opnieuw op te bouwen, zoals hij ook de zaak opnieuw zou opbouwen.

Hij was bijna klaar toen hij achter zich een auto hoorde naderen. Even later klonk het gruizige geluid van zand en stenen toen de auto van de weg af reed en stopte. Bosch wierp een blik over zijn schouder en zag een grote witte SUV, met daarop de tekst INYO COUNTY SHERIFF'S DEPARTMENT.

Een man in uniform baande zich een weg tussen de struiken door tot bij Bosch.

'Harry,' zei hij. 'Wat een verrassing!'

'Beto,' zei Bosch. 'Dat kan ik ook wel zeggen. Kwam je toevallig langs?'

'Nee. Een paar jaar geleden hebben we een camera op dat zonnepaneel gezet. Ik krijg daar meldingen van. Ik zag een auto stoppen en toen zag ik jou. Dat is lang geleden, man.'

'Zeg dat wel.'

Beto Orestes was de rechercheur van district Inyo die acht jaar geleden als eerste het bericht kreeg dat er lichamen waren aangetroffen in de woestijn. De gruwelijke ontdekking leidde tot een uniek partnerschap tussen Orestes en Bosch en hun afdelingen. De misdrijven die tegen het gezin Gallagher waren gepleegd hadden hun wortels in Los Angeles, maar de lichamen waren gevonden in district Inyo. Het LAPD nam de leiding over de zaak, maar het onderzoek op de plaats delict werd geleid door Orestes en gedaan door het sheriffskantoor. Er werd aanvullend onderzoek gedaan naar de vraag waarom dit deel van de woestijn was uitgekozen – of dat volkomen toeval was of misschien het gevolg van een besluit dat terug te voeren was tot een verdachte. Er volgde geen conclusie uit het onderzoek, maar het werd grondig gedaan en Bosch was onder de indruk geweest van Orestes' inzet voor de zaak.

Naarmate de weken en maanden voorbijgingen nam de betrokkenheid van district Inyo steeds verder af. Orestes' superieuren beschouwden het als een zaak van L.A. die zich onhandig genoeg binnen hun rechtsgebied afspeelde. Aan Orestes werden andere onderzoeken en verantwoordelijkheden toegewezen. Tegelijkertijd werd ook Bosch niet langer voltijds op het onderzoek gezet en kreeg hij andere onopgeloste zaken te doen. De twee afdelingen trokken zich allebei terug en de zaak-Gezin Gallagher viel tussen wal en schip.

'Ik heb een jaar geleden nog eens gebeld om te vragen hoe het ging, maar ze zeiden dat je met pensioen was,' zei Orestes. 'En nu sta je in de rotstuin die we al die jaren geleden samen bouwden.'

'Ik zit weer op de zaak, Beto,' zei Bosch. 'En ik dacht dat ik hier maar moest beginnen.'

'Hebben ze je teruggenomen?'

'Op vrijwillige basis.'

'Nou, als ik iets kan doen: je weet me te vinden.'

'Ja.'

Bosch stond op en klopte het stof van zijn broek. Hij was klaar. Orestes boog zich voorover en plukte een bloem.

'Moeilijk te geloven dat hier nog zoiets moois kan groeien,' zei hij. 'En dan zijn er mensen die zeggen dat God niet bestaat. Als je 't mij vraagt heb je 'm hier voor je neus.'

Hij draaide het steeltje tussen zijn vingers en het bloemetje draaide als een wieltje.

'Weet jij wat dat is?' vroeg Bosch.

'Zeker,' zei Orestes. 'Een woestijnster.'

Bosch knikte. Hij was er niet van overtuigd dat het God zelf op aarde was, maar hij vond het mooie bloemetjes.

Ze liepen terug naar hun auto's.

'En McShane?' vroeg Orestes. 'Is die nog ergens opgedoken?'

'Voor zover ik weet niet,' zei Bosch. 'En ik ben nog niet begonnen met zoeken. Maar dat gaat vandaag wel gebeuren.'

'Wat betekent dat, "op vrijwillige basis"?'

'De afdeling Cold Cases wordt geleid door een beëdigde agent. De rest werkt in deeltijd of is vrijwilliger.'

'Weet je, ik heb altijd gedacht dat jij er zo een bent die dit werk ook voor nop zou doen.'

'Ja, nou, dat zou kunnen.'

Ze kwamen terug bij de weg en Orestes stond even naar Bosch' oude Cherokee te kijken.

'Haal je het wel, daarmee?' vroeg hij. 'Ik heb nog vijfentwintig liter water bij me, als je de radiator wilt bijvullen.'

'Nee, dank je, dat komt wel goed,' zei Bosch. 'De motor is oké. Alleen de airco stelt weinig voor. Daarom was ik hier al zo vroeg.'

'Hou me op de hoogte van hoe het gaat, oké?'

'Zal ik doen.'

Orestes liep naar zijn SUV en riep over zijn schouder: 'Ik zou graag zien dat deze zaak werd opgelost voor ik er zelf niet meer ben.'

'Ik ook,' zei Bosch. 'Ik ook.'

6

Ballard kwam het moordarchief binnen in de verwachting Bosch op zijn eigen plek bezig te zien met de dossiers van de zaak-Gallagher. Ze zag ernaar uit hem te vertellen over het bezoek dat ze die ochtend aan Piper Tech en het DNA-lab had gebracht. Maar Bosch was nergens te bekennen.

Paul Masser, Lou Rawls en Colleen Hatteras zaten wel op hun plek en ze groette hen. Rawls was er een dag eerder dan van hem was gevraagd. Ballard vatte het op als een teken dat hij een mazzeltje had in een van de zaken waaraan hij werkte, of dat hij alleen uitzag naar de kennismaking met Harry Bosch, het nieuwste lid van het team. Ze besloot dat het het laatste moest zijn, aangezien zijn zaak voortschreed met het tempo van een gletsjer en doorbraken ijdele hoop waren. In feite was hij het enige teamlid behalve Bosch dat nog een zaak rond moest krijgen – zelfs al kreeg hij een DNA-match op een presenteerblaadje.

'Ik dacht dat we vandaag die nieuwe zouden ontmoeten over wie je het in je e-mail van zondag had,' zei Masser.

'Klopt,' zei Ballard. 'In elk geval was dat de bedoeling. Ik weet niet waar hij precies uithangt, maar hij zei wel dat hij zou komen. Laten we dus maar beginnen met het evalueren van de lopende zaken en dan zien we wel of hij nog komt opdagen.'

Het daaropvolgende uur bracht Ballard door met luisteren, terwijl haar ploeg vrijwilligers verslag deed over hun zaken en pogingen daar klaarheid in te brengen. Ze was meer dan alleen hun chef. Aangezien ze de enige voltijdse en beëdigde agent van het team was, had ze niet alleen de leiding maar was ze ook de partner van elk individueel teamlid als het erop aankwam besluiten te nemen die op een dag in de rechtszaal konden worden aangevochten of herzien door een beroepskamer. Als een zaak het uiteindelijk bracht tot het rechtssysteem, zou zij zelf waarschijnlijk de rechercheur zijn die de leiding had en getuigde namens de eisende partij.

Lou Rawls begon en was snel klaar. Hij vertelde simpelweg dat hij nog steeds de zaken van de stapel die Ballard hem drie weken eerder had gegeven bestudeerde en verzoeken om DNA-analyse voorbereidde. Het was exact hetzelfde praatje als hij een week eerder had gehouden. Aangezien Rawls de enige binnen het team was die Ballard van buitenaf was opgedrongen, aarzelde ze niet haar teleurstelling over zijn trage vorderingen onder woorden te brengen.

'Kom op, joh,' zei ze toen hij klaar was. 'We moeten ermee door. We weten allemaal dat het lab het druk genoeg heeft. Maar we moeten wel met zaken klaarstaan. De afdeling en het stadsbestuur gaan daar niet eeuwig op zitten wachten. Deze eenheid moet resultaten boeken. We kunnen beter zeggen dat we wachten op resultaten uit het lab dan dat we bezig zijn verzoeken voor te bereiden.'

'Tja, ik denk dat de druk voor ons allemaal wat verlicht zou worden als er schot zat in de zaak-Pearlman,' zei Rawls.

'Nou, ik kan je zeggen dat daar inderdaad schot in zit,' zei Ballard. 'Daar hebben we het straks over, als Bosch er is. Was dat het, Lou?'

'Ja, dat was het,' zei Rawls.

De irritatie om Ballards standje was in zijn stem te horen.

'Oké, wie wil het woord?' vroeg Ballard.

'Ik ben snel klaar,' zei Masser. 'Ik heb vanmiddag een afspraak met Vickie Blodget bij de officier van justitie. Zoals jullie weten is zij onze coldcase-liaison. Ik ga haar vragen de zaken-Robbins en -Selwyn te sluiten. Hopelijk kun je die meenemen in het volgende verslag aan de leiding en de gemeente.'

De zaken die Masser noemde waren DNA-zaken die herleid waren tot verdachten die schuldig waren, maar nooit vervolgd zouden worden vanwege verhinderende omstandigheden; een verdachte kon overleden zijn of al een levenslange gevangenisstraf uitzitten voor andere misdrijven. De zaken konden niet officieel worden geclassificeerd als opgelost of gesloten zonder dat ze waren beoordeeld en goedgekeurd door het kantoor van de officier van justitie en de hun toegewezen beoordelaar. Nu Vickie Blodget hun aanspreekpunt was, waren het hamerstukken, maar het protocol moest worden gehandhaafd. Vanwege het ontbreken van vervolging zouden de zaken worden geclassificeerd als 'afgesloten – overig'.

De DNA-match in de zaak-Robbins had geleid naar een man die in de gevangenis in Colorado was gestorven terwijl hij levenslang uitzat voor een andere moord. In de zaak-Selwyn was ook een DNA-match gevonden, maar hier was de verdachte nog in leven. Hij was drieënzeventig en zat in de dodencel in San Quentin. Hij zou nooit meer vrijkomen. In de hoop een bekentenis los te krijgen was Ballard naar San Quentin gegaan om hem te verhoren, maar de moordenaar had zijn betrokkenheid ontkend. Daar had Ballard zich niet door laten ontmoedigen, aangezien zijn DNA in het lichaam van zijn dertienjarige slachtoffer was gevonden. Ze twijfelde er niet aan dat hij de moordenaar was en verzocht de officier van justitie een aanklacht in te dienen maar vervolging uit te stellen. Dat was de meest efficiënte gang van zaken, daar de moordenaar de dodencel alleen nog zou verlaten wanneer hij naar zijn executie werd geleid. De familie van het slachtoffer had zich verenigd met dit besluit. Ze waren er niet in geïnteresseerd de afschuwelijke dood van hun dierbare nog eens op te rakelen, eenenveertig jaar later.

'Zodra Blodget heeft getekend wil ik graag dat de familie op de hoogte wordt gebracht,' zei Ballard. 'Kun je daarvoor zorgen, Paul?'

'Met genoegen,' zei Masser. 'Ik heb hun contactgegevens in het dossier.'

Ook al leek het alsof de daders hun gerechte straf hadden ontlopen, toch had Ballard gemerkt dat er bij de nabestaanden grote behoefte was aan zulke berichten. Het was de nobele roeping van de eenheid om een laatste reactie te geven op de vragen en de pijn die een gezin in veel gevallen tientallen jaren hadden vergezeld. Ballard had de mensen in haar team ook verteld dat dat hun mandaat en plicht was, en dat ze die niet licht moesten opvatten.

'Oké,' zei Ballard, alweer op weg naar de volgende. 'Colleen, hoe is het met Cortez?'

'Ik ben nog bezig met het sociale netwerk,' zei Hatteras. 'De boom groeit. We komen in de buurt.'

Ballard knikte. Hatteras werkte aan een DNA-zaak. Het betrof een verkrachting en moord uit 1986. Het DNA uit de wattenstaafjes van de verkrachtingskit had geen match in de Californische of landelijke databanken opgeleverd. De volgende stap was om het profiel aan te leveren bij de genealogische databanken en te proberen familieleden van de oorspronkelijke eigenaar van het DNA te identificeren. Hatteras noemde dit proces het 'bewateren van de boom'. Tot nu toe had het haar gebracht tot bij een jonge vrouw in Las Vegas van wie Hatteras dacht dat ze een verre verwant van de moordenaar kon zijn. Voordat ze direct contact met haar zocht probeerde ze via sociale media de boom verder te laten groeien, tak voor tak, tot ze uiteindelijk een verdachte kon aanwijzen.

'Wanneer denk je dat je rechtstreeks contact legt met die verwante?' vroeg Ballard.

'Eind van de week,' zei Hatteras. 'Als je een ticket naar Vegas voor me hebt ga ik de punten met elkaar verbinden.'

'Als je zover bent dien ik een aanvraag in.'

Ze begon de vergadering af te sluiten.

'Oké. Goed werk, allemaal. Blijf erbovenop zitten en vergeet niet je uren aan mij door te geven. Jullie krijgen dan wel niet betaald, maar we moeten dat wel voor de bazen bijhouden. Die horen dolgraag wat ze voor niks hebben gekregen.'

'Is dat alles?' zei Rawls. 'Ga je ons niet vertellen hoe het zit met

Sarah Pearlman? Moeten we dan op die nieuwe wachten voor we wat horen?'

Uit de vraag was op te maken dat Rawls het al gehoord had van Nelson Hastings, Pearlmans chef-staf, die door Ballard op de hoogte was gebracht terwijl ze in de auto op weg was vanuit het centrum. Ze was in de verleiding een antwoord te geven waaruit bleek dat hij rechtstreeks en zonder haar toestemming contact had gehad met het kantoor van het raadslid, maar besloot de confrontatie uit te stellen en een beter moment af te wachten.

'Nou, het is nu meer een kwestie van kijken wat eruit voortkomt dan dat er groot nieuws is,' zei ze. 'Maar dankzij het out of the box denken van ons nieuwste teamlid hebben we een behoorlijk betrouwbare genetische aanwijzing. Vanmorgen heb ik bij het archief van Piper Tech een kaart opgehaald met een gedeeltelijke handafdruk waarvan sinds dag één wordt gedacht dat die door de verdachte is achtergelaten. Ik heb hem afgeleverd bij het DNA-lab. Daar hebben ze de tape opgelicht en de afdruk afgenomen met een wattenstaafje. Er is een positieve reactie op DNA. Dat sturen ze nu naar de databanken. Wie weet hebben we geluk.'

'Wauw,' zei Masser. 'Het zou wel fantastisch zijn als we een match hadden.'

Op datzelfde moment werd Ballards aandacht getrokken door beweging in het gangpad tussen de stellingen met dossiers. Harry Bosch kwam naar hen toe lopen. Hij droeg een stoffige spijkerbroek, werkschoenen met veters en een spijkerhemd met zweetvlekken onder zijn armen.

'Als je het over de duivel hebt,' zei Ballard.

7

Bosch liep op het coldcaseteam af met de ogen van vier mensen op zich gericht. Drie van hen kende hij niet.

'Harry,' zei Ballard. 'Ik was net het team aan het bijpraten over Pearlman. Het is gelukt om DNA uit de handafdruk te isoleren en dat wordt nu met spoed vergeleken. Eind deze week hebben we uitsluitsel.'

'Dat is mooi,' zei Bosch.

Hij stak een hand op naar de medewerkers die hij nog niet had ontmoet.

'Hallo allemaal,' zei hij.

'O ja,' zei Ballard. 'Dit is Harry Bosch.'

Terwijl Bosch in de richting van zijn werkplek liep stelde Ballard Masser, Rawls en Hatteras aan hem voor. Masser en Rawls knikten hem toe, en Hatteras stond op en stak haar hand over het scheidingswandje naar hem uit. Nadat ze zijn hand geschud had hield ze hem nog een paar ongemakkelijke seconden vast, alsof ze probeerde op die manier meer van hem te weten te komen. Toen liet ze los. Dit was voor Rawls aanleiding om ook op te staan en zijn hand uit te steken.

'Dat was slim bedacht van die handafdruk,' zei hij.

'Ach, anders was iemand anders er wel opgekomen,' zei Bosch.

'Pearlman zal onder de indruk zijn,' zei Rawls.

'Nou,' zei Ballard, 'laten we niet op de zaken vooruitlopen. Eerst maar eens zien of we een match vinden.'

Toen herinnerde Bosch zich dat Rawls degene was die Ballard niet zelf voor het team had uitgekozen. Hij ging zonder iets te zeggen aan zijn bureau zitten. Rawls en Hatteras volgden zijn voorbeeld terwijl Ballard doorpraatte.

'We hadden net een soort teamvergadering, Harry,' zei ze. 'Ik neem graag de zaken door waar we aan werken, en omdat we allemaal een andere achtergrond hebben en van verschillende afdelingen en bureaus komen is het prettig om alles op tafel te hebben. Een goed idee kan uit een onverwachte hoek komen. Zoals jij met die handafdruk.'

'Oké,' zei Bosch.

Hij voelde zich niet op zijn gemak met al die ogen nog steeds op zich gericht. Het was alsof hij op school een beurt kreeg en zijn huiswerk niet had gedaan.

'Dus,' zei Ballard. 'Ik weet dat je nog niet aan de zaak-Gallagher bent begonnen, maar misschien kun je het eerdere onderzoek even globaal voor ons samenvatten en je gedachten delen over hoe je het verder denkt te gaan aanpakken.'

'Eh, oké,' zei Bosch aarzelend. 'Om te beginnen noem ik het trouwens niet de zaak-Gallagher. Voor mij is het de zaak-Gezin Gallagher omdat het om een viervoudige moord gaat op een heel gezin: vader, moeder, dochter van negen en zoon van dertien.'

'Wat vreselijk,' zei Hatteras.

'Ja, niet best,' zei Bosch. 'Een heel gezin om zeep helpen, dan hebben we het niet over een doorsnee moordenaar.'

Bosch wachtte even om te zien of er nog iemand iets wilde zeggen en ging toen door.

'De Gallaghers woonden in de Valley, min of meer op de grens tussen Sherman Oaks en Van Nuys. In eerste instantie ging men ervan uit dat ze vrijwillig waren verdwenen. Geen van de buren had ze zien vertrekken, maar zodra duidelijk werd dat ze weg waren dachten ze dat ze ertussenuit waren geknepen vanwege zakelijke en financiële problemen. Dat ze gewoon hun biezen hadden gepakt en met de noorderzon waren vertrokken.'

'Een familiebedrijf?' vroeg Masser.

'Niet echt,' zei Bosch. 'Stephen Gallagher was een grote aannemer. Hij had een paar flinke loodsen en een opslagterrein voor materieel aan San Fernando Road in Sylmar, én hij verhuurde kranen en hydraulische liften en allerlei apparatuur die in de utiliteitsbouw worden gebruikt. Hij had één loods die alleen was bestemd voor steigers en dat soort zaken.'

'En toen werden ze dood gevonden,' zei Hatteras. 'Ik herinner het me weer. In de woestijn. Daar was je vanmorgen.'

Bosch keek haar een ogenblik aan en knikte toen.

'Ja, een jaar later werden ze gevonden. Een geoloog van de universiteit in Northridge was met zijn studenten in de Mojave een of ander klimaatonderzoek aan het doen, en toen vonden ze het lichaam van het zoontje. Of wat ervan over was. Het graf was door dieren overhoopgehaald. Coyotes of zo. Algauw werden ze toen alle vier ontdekt en uiteindelijk geïdentificeerd als de Gallaghers. Dat werd gedaan aan de hand van de tandheelkundige dossiers; de zoon, Stephen Jr., had een beugel.'

'Maar was het dan geen zaak voor San Bernardino County?' vroeg Masser.

'De exacte locatie was Inyo County, en het was een gezamenlijk onderzoek,' zei Bosch. 'Ik zat destijds in de eerste eenheid Cold Cases, en we kregen de zaak omdat het spoor na een jaar dood leek te lopen. Ik stond aan het hoofd. Ik heb er verdomd hard aan gewerkt maar heb die zaak nooit weten open te breken. Een paar jaar later ging ik met pensioen en belandde hij in een la... Maar nu zit ik er weer op. En, inderdaad, ik ben er vanmorgen naartoe gegaan.'

Bosch keek Ballard aan om te zien of hij genoeg had gezegd.

'Waarom ben je erheen gegaan?' vroeg ze.

Hij wist dat ze het antwoord al kende. Hij hield er niet van om zo voor het blok te worden gezet, om zijn stappen te moeten bespreken of rechtvaardigen.

'Het leek me gewoon een goeie plek om te beginnen,' zei hij. 'Om momentum te krijgen. Ik heb ook de rechercheur gesproken van het bureau van Inyo County met wie ik toen heb gewerkt.'

'Kun je ons iets vertellen over Finbar McShane?' vroeg Ballard. 'Hoe meer we als groep weten, hoe groter de kans dat er ideeën op komen borrelen.'

'Stephen Gallagher werd geboren in Ierland,' zei Bosch. 'Dublin. Hij ontmoette een Amerikaanse uit L.A. die daar op bezoek was, Jennifer Clarke. Hij kwam met haar mee hiernaartoe, trouwde uiteindelijk en startte zijn bedrijf. Op een gegeven moment nam hij een andere Ier aan, Finbar McShane. Die kwam uit Belfast in Noord-Ierland en we zijn er nooit achter gekomen of ze elkaar al eerder kenden. McShane was geen vennoot, maar hij leidde het bedrijf wel samen met Stephen. Nadat de familie Gallagher was verdwenen hield McShane het bedrijf draaiende en begon hij stukje bij beetje het materieel te verkopen. Lang verhaal kort: een jaar later werden de lichamen ontdekt die nooit gevonden hadden moeten worden. En drie keer raden. McShane is pleite en het opslagterrein en de loodsen zijn leeg. Het was een klassieke uitkleedoperatie.'

'Wat bedoel je daarmee?' vroeg Hatteras.

'Een vooropgezet plannetje,' zei Bosch, 'om een bedrijf leeg te trekken door producten te bestellen en te verkopen, net zo lang tot alles verkocht is en er niks meer over is. Het bedrijf valt om, en de leveranciers krijgen hun rekeningen niet meer betaald en moeten voor de verliezen opdraaien.'

'Kijk je wel eens *The Sopranos*?' vroeg Rawls. 'Fantastische serie. Daar deden ze dat de hele tijd.'

'Dus McShane is je verdachte,' zei Masser in een poging om de draad weer op te pakken. 'Enig idee hoeveel al dat materieel ongeveer heeft opgebracht?'

'We hebben de transacties weten te achterhalen,' zei Bosch. 'Het was nog net geen achthonderdduizend dollar.'

'Vier levens voor acht ton,' zei Rawls.

'Als hij het heeft gedaan,' zei Hatteras.

'Vertel eens van die brief,' zei Ballard.

'We kregen een brief die was geadresseerd aan het LAPD, naar alle waarschijnlijkheid afkomstig van hem,' zei Bosch. 'Hij beweerde dat hij onschuldig was en was vertrokken omdat hij niet valselijk beschuldigd wilde worden.'

'En het poststempel?' vroeg Hatteras.

'Lokaal,' antwoordde Bosch. 'We hebben zijn paspoort laten signaleren. Als hij het land uit is en is teruggegaan naar Ierland of waar dan ook, dan moet hij dat zonder zijn paspoort voor elkaar hebben gekregen.'

'Hij is vast nog hier,' zei Hatteras. 'Ik voel het.'

Bosch keek naar haar en vervolgens naar Ballard.

'Hoe zat het met het bewijs?' vroeg Ballard. 'Hoe zijn ze vermoord?'

'Ze zijn geëxecuteerd,' zei Bosch. 'Met een spijkerpistool uit een van de loodsen van Gallagher. Het lag bij hen in het graf. En er was bewijs dat het graf is gedolven met een minigraver.'

'Wat is dat nou weer?' vroeg Masser.

'In dit geval een graafmachine met twee wielen die je achter een pick-uptruck kunt hangen,' zei Bosch. 'Ik heb er wel ergens een plaatje van. Maar het punt is dat het graf niet met een schop is gegraven. Het was te netjes en er was duidelijk een massief stuk steen doormidden gehakt met meer kracht dan je met een spade of een pikhouweel voor elkaar krijgt. Het graf was dicht genoeg bij de verharde weg om zijn pick-up er met de graver achteruit in te steken, zodat hij redelijk snel ook weer weg kon zijn. En een van de eerste machines die McShane verkocht nadat het gezin verdwenen was, was een minigraver. Daar is bewijs voor.'

Bosch sloeg een van de moorddossiers op zijn bureau open en begon erin naar een foto van de graafmachine te zoeken. Onder het bladeren praatte hij door.

'We hebben die transactie kunnen achterhalen en konden bij de koper de machine onderzoeken. Er zat nog creosoot in het profiel van een van de banden, dat overeenkwam met wat er op de plek van het graf lag.'

'Lagen ze alle vier in één graf?' vroeg Rawls.

'Ja,' antwoordde Bosch. 'Dat zal de snelste manier geweest zijn. Het gat was ongeveer 1,80 bij 1,20 meter, en ook 1,20 diep. De ouders waren er eerst in gegooid en de kinderen lagen erbovenop. Plus het spijkerpistool.'

Hij vond een brochure van Shamrock Industrial Rentals waarin de betreffende graafmachine stond. Hij gaf hem over het tussenschot aan Masser.

'Maar dat was het enige dat we rechtstreeks aan McShane konden koppelen, en het was niet genoeg voor een arrestatiebevel,' zei Bosch.

'Ben je hiermee naar de officier van justitie gedaan?' vroeg Masser. 'Ik zou wel geneigd zijn vervolging in te stellen.'

'Dan wou ik dat ik naar jou was gegaan,' zei Bosch. 'Degene die er toen over ging zei dat hij meer nodig had. Dat McShane die graafmachine verkocht had was geen bewijs dat hij dat gezin ermee had begraven. Er zaten gaten in de omheining. Het opslagterrein was 's nachts onbewaakt. Iemand kon Stephen Gallaghers sleutels hebben gebruikt om op het terrein te komen en de graafmachine 's nachts hebben geleend.'

'Dat is nogal vergezocht,' zei Masser.

'Dat vond ik ook,' zei Bosch. 'Maar ik kwam niet verder. Ik moest met meer bewijs komen… en dat lukte me niet. Dus plan B was McShane opsporen, hem in een kamer zetten en hem te laten zingen. Maar dat is nooit gebeurd en hij is ervandoor. Zo staat het ervoor.'

Bosch was klaar met zijn relaas en wachtte op vragen of ideeën van de anderen. Maar het bleef stil, tot Hatteras uiteindelijk vroeg: 'Heb je het origineel nog van die brief waarin McShane zei onschuldig te zijn?'

'Jazeker,' zei Bosch. 'Het is een handgeschreven brief op papier van het bedrijf.'

'Ik bedoel eigenlijk: heb je hem ook hier of ligt hij in het bewijsarchief?' vroeg Hatteras. 'Ik zou het origineel graag willen zien.'

'Ik heb hem hier,' zei Bosch.

Hij opende het dikste moorddossier omdat hij wist dat daarin de plastic mappen zaten met de foto's uit die zaak. De brief zat in een ervan. Hij opende de ringband, pakte het hoesje met de brief van McShane eruit en gaf het aan Hatteras.

Ze keek er een ogenblik naar terwijl ze het hoesje met beide handen aan de randen vasthield.

'Mag ik hem eruit halen?' vroeg ze.

'Waarom?' vroeg Bosch. 'Het is bewijsmateriaal.'

'Ik wil hem vasthouden,' zei Hatteras.

'Hij is destijds toch door de molen gegaan, hè?' vroeg Ballard.

'Ja,' antwoordde Bosch. 'Geen vingerafdrukken, maar de handtekening kwam overeen met die van McShane. Hij komt van hem.'

'Ik bedoel, ze mag hem er wel uithalen,' zei Ballard. 'Hij is verwerkt.'

'Dat zal dan wel,' zei Bosch.

Hij keek toe hoe Hatteras het hoesje opende en het document eruit trok. Vervolgens hield ze het op dezelfde manier vast, zonder handschoenen. Maar ze las niet. Bosch zag dat ze haar ogen dicht had.

Bosch keek Ballard verwonderd aan. Voor een van hen iets kon zeggen zei Hatteras:

'Ik geloof dat hij de waarheid spreekt.'

'Wat?' vroeg Bosch.

'McShane,' zei Hatteras. 'Ik geloof dat hij de waarheid sprak toen hij schreef dat hij onschuldig was maar het niet kon bewijzen.'

'Hoe bedoel je?' vroeg Bosch. 'Je hebt die brief niet eens gele...'

Toen drong het tot hem door. Maar voor hij iets kon zeggen, zei Ballard: 'Harry, we laten dit even rusten. Het lijkt me het beste als iedereen nu verdergaat met zijn eigen zaak en dan leid ik Harry hier verder rond.'

Masser gaf de brochure terug aan Bosch, waarna Hatteras hem de brief aanreikte die ze weer in het beschermhoesje had gedaan.

Ballard stond op.

'Laten we beginnen met de verhoorruimten,' zei ze.

Ballard liep in de richting van het gangpad dat naar de archiefkamer leidde. Bosch deed de brochure en de map met de brief weer terug in de ringband, klikte die dicht en volgde haar.

8

Ballard stapte verhoorkamer 2 binnen en zette zich schrap voor wat ze wist dat ze van Bosch te horen zou krijgen, maar deed verder alsof alles de gewoonste zaak van de wereld was. Bosch volgde haar naar binnen en sloot de deur achter zich.

'Je hebt een medium in je team?' vroeg hij. 'Ben je wel helemaal lekker? Verwacht je dat ik met een paranormale ga samenwerken? Is het de bedoeling dat we seances gaan houden en de doden gaan vragen wie het gezin Gallagher vermoord heeft?'

'Harry, rustig aan,' zei Ballard. 'Ik wist dat je Hatteras niet zou trekken. Ik had alleen niet verwacht dat het meteen zou gebeuren. En voor alle duidelijkheid: ze noemt zichzelf empaat, geen paranormaal medium, oké?'

Bosch schudde zijn hoofd.

'Hoe je het ook noemt,' zei hij, 'voor mij is het allemaal kul. Je weet dat je in de rechtszaal niks met haar kunt. Ze laten niks van haar heel en je zaak is naar de filistijnen. Hou haar alsjeblieft uit de buurt van Gallagher. Ik wil niet dat die zaak met die wappieonzin besmet raakt.'

Ballard reageerde niet meteen. Ze wachtte tot Bosch was uitgeraasd. Toen trok ze een van de stoelen onder de tafel vandaan en ging zitten.

'Ga even zitten, Harry.'

Met tegenzin deed Bosch wat hem gevraagd werd.

'Luister, ik wist niks van dat empatengedoe toen ik haar erbij haalde,' zei Ballard. 'Dat is niet de reden waarom ze in het team zit en dat is ook niet waar ze zich hier mee bezighoudt. Zoals ik je verteld heb doet ze het genealogisch onderzoek. En haar vermogen om mensen te lezen – dat invoelen, zoals ze het noemt – kan handig zijn bij de hele sociale kant die daarbij komt kijken.'

'Zoals ik al zei: ik wil haar niet in de buurt van Gallagher en McShane. Want ik ben van plan McShane op te sporen en daarbij kan ik niks gebruiken wat die zaak in een dubieus daglicht zet.'

'Best. Ik hou haar erbuiten.'

'Mooi.'

'Kun je dan nu een beetje bedaren?'

'Ja, ja, ik ben al rustig.'

'Mooi. Blijf maar bij Colleen uit de buurt, en dan zorg ik dat ze jou niet voor de voeten loopt. Maar vergeet niet dat dit allemaal vrijwilligers zijn, net als jij. Ze besteden hun tijd en talent hieraan, en Colleen doet goed werk. Ik wil haar niet kwijt.'

'Begrepen. Zij doet haar ding en ik het mijne.'

'Dank je, Harry. Kom, we gaan terug.'

Ballard stond op. Bosch niet.

'Wacht even,' zei hij. 'Hoe zit het nou met die handafdruk? Ik kreeg de indruk dat je het al aan het team verteld hebt.'

'Ja, omdat we nog niet eerder zo'n doorbraak in deze zaak gehad hebben,' zei Ballard. 'Darcy Troy – onze DNA-specialist – heeft hem onderzocht en zei dat er genoeg DNA was voor een volledige analyse. Ze deed er behoorlijk opgewonden over. Ik denk dat ze de eerste wil zijn die DNA uit een afdruk gaat isoleren, dus ze heeft het de hoogste prioriteit gegeven. Ik zal dus wel snel iets horen, maar tot die tijd is er nog niet veel over te zeggen. En zodra ik meer weet ben jij de eerste die het hoort.'

'Oké.'

'En, hoe ben je van plan de zaak-Gallagher aan te gaan pakken?'

'De boeken doorspitten, de bezittingen en bewijzen doornemen, kijken of er na al die jaren iets boven komt drijven. Naast McShane had Gallagher nog vier mensen in dienst. Ik denk dat ik die nog eens ga ondervragen. En nu ik wat gezag heb kan ik kijken of ik McShane kan vinden. Hij had familie in Belfast. Niet dat zij hem zullen aangeven, maar misschien is hij wel ergens opgedoken. Je weet maar nooit wat er na een paar jaar nog uit de boom komt vallen als je eraan schudt.'

'Laat maar weten hoe ik je kan helpen. Ik ben hier niet alleen om de boel te leiden. Ik wil ook het handwerk doen. Vooral in een zaak als deze. Ik heb geen zin om alleen maar de oppas te zijn.'

'Goed om te weten.'

'Ik meen het.'

'Check.'

'Mooi.'

Ze keerden terug naar het team en gingen elk zonder iets te zeggen achter hun eigen bureau zitten. Bosch pakte de stapel mappen van de zaak-Gezin Gallagher en spreidde ze voor zich uit zodat hij de etiketten op de voorkant kon lezen. Deel 1 bevatte het chronologisch verslag van het onderzoek, zijn Bijbel: een lijst van een paar bladzijden met alle stappen die hij tijdens het oorspronkelijke onderzoek had gezet, allemaal voorzien van datum en tijd, plus waar nodig een verwijzing naar een uitgebreider verslag als er een vervolg op was gekomen.

Hij wilde nu met de chronologie aan de slag, om zich de zaak weer eigen te maken, maar ook om te kijken of er geen stappen waren die hij de eerste keer had overgeslagen of interpretaties van de feiten die de moeite van het heroverwegen waard waren. Maar als eerste wilde hij de foto van Emma Gallagher zien, die in een plastic hoesje voor in de map zat. Die had hij er zelf jaren geleden in gedaan zodat hij, of iemand anders die de zaak op enig moment na hem zou oppakken, er niet omheen kon zodra hij het moorddossier opensloeg om het chronologisch verslag te bekijken.

Hij schoof de foto van het negenjarige meisje uit het hoesje. Het was een schoolfoto. Ze droeg een groengeruite trui die erop duidde dat ze naar een katholieke school ging, en ze lachte, zodat de tand die doorkwam in haar ondergebit zichtbaar werd. Hij werd altijd verdrietig van deze foto. Hij was aanwezig geweest bij de lijkschouwing en wist dat die tand nooit meer de kans zou krijgen om helemaal door te komen.

Hij prikte de foto met een punaise op het halfhoge tussenschot dat zijn werkplek van die van Colleen Hatteras scheidde. Hij boog zich daarbij naar voren, en op dat moment keek zij over het scheidingswandje heen.

'Inspecteur Harry?' vroeg ze.

'Zeg maar gewoon Harry,' zei Bosch.

'Oké, Harry. Ik wilde alleen maar even zeggen dat ik je niet tegen de haren in had willen strijken vanmorgen.'

'Dat deed je niet. Het is wel goed.'

'Toen ik zei dat ik dacht dat Finbar McShane nog hier was bedoelde ik: hier in de vs, maar ik denk niet dat hij nog in leven is.'

Bosch keek haar lang aan voordat hij reageerde.

'Waarom denk je dat?' vroeg hij.

'Dat kan ik niet uitleggen,' zei Hatteras. 'Het is een gevoel. Meestal klopt het. Weet je zeker dat hij nog leeft?'

Bosch wierp over het scheidingswandje een blik in de richting van Ballard. Ze zat op haar scherm te kijken, maar Bosch wist dat ze meeluisterde. Hij keek weer naar Hatteras.

'Nadat ik drie jaar naar hem op zoek was geweest dacht ik dat ook,' zei Bosch. 'Dat hij misschien dood was. Maar toen kreeg ik de bevestiging dat hij nog leefde.'

'Hoe dan?' vroeg Hatteras.

'Stephen Gallagher had een officemanager, Sheila Walsh, zijn eerste werkneemster, die het langst bij hem in dienst was geweest. Drie jaar na de moord werd er bij haar ingebroken. Iemand was bij haar thuis in haar kantoor door haar papieren en haar bureau heen gegaan. Er was een presse-papier op het bureau verplaatst en daar zaten vingerafdrukken op.'

'Finbar McShane.'

Bosch knikte.

'Ik had een opsporingsbericht uitstaan, dus ik werd op de hoogte gebracht,' zei hij. 'Ik heb Sheila gevraagd waar hij naar op zoek kon zijn geweest, maar dat wist ze niet. Ze had niet het idee dat er iets van waarde uit haar kantoor was meegenomen.'

'Gek,' zei Hatteras.

'Ja. Dus toen was hij nog in leven. Of hij dat nu nog steeds is blijft gissen.'

'Ik ga af op mijn intuïtie. Ik denk niet dat je hem nog levend zult terugvinden.'

'Wat krijg je nu binnen?'

'Wat bedoel je?'

'Achter je is de bibliotheek van de verloren zielen. Zesduizend onopgeloste moorden. Praten die niet met je, sturen ze je geen boodschappen?'

Voordat Hatteras een antwoord kon formuleren brak Ballard in.

'Harry,' zei ze.

Meer zei ze niet. Alleen zijn naam, op een toon die klonk als een moeder die een kind waarschuwt op te houden met wat het aan het doen is.

Bosch keek naar haar en toen weer naar Hatteras.

'Ik moet aan het werk,' zei hij.

Hij boog zich over zijn bureau, uit haar blikveld en dat van Ballard, en bekeek de inhoudsopgave voor in map 1. De getuigenverhoren en -verklaringen zaten in map 3. Hij nam die erbij en vond de samenvattingen die hij had geschreven na drie verhoren van Sheila Walsh.

Sheila Walsh was de eerste werkneemster die Stephen Gallagher aannam toen hij in 2002 zijn machineverhuurbedrijf startte, en zij had het bedrijf in de jaren daarna zien groeien. In de loop van het onderzoek had ze een sleutelrol gekregen: zij had Bosch verteld hoe het bedrijf functioneerde, zij had de boeken geopend en apparatuur weten te achterhalen die McShane verkocht had.

Shamrock had nog drie andere werknemers, maar Walsh was voor het onderzoek het belangrijkst. De andere drie waren mannen die in de loods en op het opslagterrein werkten. Walsh werkte in dezelfde kantoorruimten als Gallagher en McShane. Als er iemand was die het bedrijf van binnenuit kende, dan was zij het wel.

Bosch herlas de samenvattingen van de verhoren van Walsh en schreef haar naam, geboortedatum en adres op in een zakboekje. Toen keek hij over het tussenschot naar Ballard.

'Heb ik toegang tot de voertuigenregistratie?' vroeg hij.

'Eh, nee,' zei ze. 'Alleen bevoegde agenten. Wat heb je nodig?'

Bosch scheurde de bladzijde uit het zakboekje en gaf die over het wandje heen aan Ballard.

'Kun je haar even natrekken?' vroeg hij. 'Ik wil weten of ze nog op dat adres woont.'

'Ja, momentje,' zei Ballard.

Aan het getik op het toetsenbord hoorde Bosch dat ze de kentekendatabase opriep en de naam en geboortedatum van Sheila Walsh invoerde.

'Haar huidige kenteken staat op hetzelfde adres,' meldde ze.

'Bedankt,' zei Bosch.

Hij stond op en leunde over het tussenschot.

'Ga je naar haar toe?' vroeg ze.

'Ja,' antwoordde Bosch. 'Het lijkt me een goed idee om daar te beginnen.'

'Vind je het niet erg om alleen te gaan?'

'Natuurlijk niet. Maar ik heb wel een vraag. Destijds heb ik allerlei documenten die we uit het huis van de familie en het kantoor hadden gehaald naar het beslaghuis gestuurd. Ben ik nog bevoegd om die hiernaartoe te laten sturen, of moet dat via jou?'

'Dat zal ik wel moeten doen. Maar het zal wel vlotter gaan als we hun vragen het klaar te leggen en dat een van ons het dan daar ophaalt. Het hangt ervan af hoe snel je ze wilt hebben. Als je ze ophaalt heb je ze morgen wel. Als je ze laat bezorgen kan het wel een week duren.'

'Dan haal ik ze op, als ik daar toestemming voor heb. Ik heb nog geen accreditatie.'

'Ik heb het zaaknummer. Ik zal de spullen aanvragen en erbij zeggen dat jij ze morgenochtend komt ophalen. Laat ze maar je oude ID zien. Dat voldoet nu wel. Maar je moet hier bij de administratie een afspraak maken voor je foto en vingerafdrukken. Dan kun je een nieuw ID krijgen.'

'Oké. Bedankt. Nog een vraagje: heb ik ook toegang tot de kleedkamers hier? Ik wil me even opknappen en een ander overhemd aantrekken.'

'Heb je nog altijd een reservesetje kleren in je auto?'

'Vandaag wel. Omdat ik de woestijn in ging.'

'Je kunt de kleedkamer en de douches gebruiken. Maar ik kan niet beloven dat er een kluisje voor je vrij is.'

'Het zijn allemaal agenten in opleiding daar, toch? Ik draag geen wapen en mijn portefeuille zullen ze niet stelen.'

Het Ahmanson Center fungeerde als dependance van de politieacademie. De velddienstoefeningen werden nog gehouden in het gebouw aan Elysian Fields. Het Ahmanson werd gebruikt voor het theorieonderwijs en in sommige gevallen voor herscholing. Het moorddossierarchief besloeg slechts een klein deel van het complex.

'Je kunt je portefeuille wel hier laten en hem ophalen zodra je je hebt opgefrist,' zei Ballard.

'Nee, niet nodig,' zei Bosch.

'Nou, goede jacht dan maar.'

'Jij ook.'

Bosch liep in de richting van de deur en passeerde de kopse kanten van de kasten met de moorddossiers. Aan het eind van elke rij waren indexkaartjes geplakt waarop stond welke mappen zich in de kasten bevonden. Ze waren gesorteerd op het zaaknummer, dat altijd begon met het jaar waarin het misdrijf had plaatsgevonden. Het was een Dewey-classificatie des doods.

Bosch liet onder het lopen zijn hand langs de rijen gaan. Hij geloofde niet dat de geesten van de doden vanuit het duister daarachter zich naar hem uitstrekten. Maar toen hij er op weg naar buiten langsliep voelde hij wel empathie en ontzag.

9

Ballard rondde de samenvatting af die ze had gemaakt voor een subsidieaanvraag bij de Ahmanson Foundation voor een stamboomonderzoek. Tom Laffont had het onderzoek opgezet en zou er samen met Hatteras aan gaan werken.

'Colleen, Tom is er niet, dus ik stuur die subsidieaanvraag even aan jou door,' zei ze zonder haar ogen van het scherm te halen. 'Wil je de samenvatting van de zaak even doorlezen en kijken of alles klopt?'

'Stuur maar, ik zal hem lezen,' zei Hatteras.

'Ik wil hem vandaag nog indienen. Hopelijk krijg ik snel antwoord, zodat jij en Tom ermee aan de slag kunnen.'

'Dat hoop ik ook. Stuur maar door.'

Op het moment dat Ballard het document sloot ging haar vaste telefoon over. Ze zag op het scherm dat het Darcy Troy was van het DNA-lab. Ze nam op en opende tegelijkertijd haar e-mailprogramma om de subsidieaanvraag naar Hatteras door te sturen.

'Darcy, wat heb je voor me?'

'Goed en slecht nieuws over Sarah Pearlman.'

'Zeg het maar.'

'Het goede nieuws is dat het DNA dat we uit die handafdruk hebben gehaald een match heeft opgeleverd. Het slechte nieuws is dat het een match met een andere zaak is.'

Dat betekende dat het DNA-profiel van de handafdruk overeenkwam met een ongeïdentificeerd profiel uit een andere openstaande zaak. Met zulke matches kwam je algauw uit bij een genealogisch onderzoek. Dat was een teleurstelling voor Ballard omdat ze uitkeek naar een zaak waarvoor ze de deur uit zou moeten. Ze wilde de straat op en bij huizen aankloppen, op zoek naar een geïdentificeerd persoon van wie het DNA in de databanken van de politie was opgeslagen. Dat was waar Bosch mee bezig was bij zijn jacht op McShane, en dat wilde zij ook. Dat was waar een echte rechercheur het voor deed.

Ze pakte een pen van haar bureau en hield hem in de aanslag om aantekeningen te maken in haar schrijfblok.

'Oké, het is beter dan niks,' zei ze. 'Wat is de naam en het zaaknummer?'

Troy las eerst het zaaknummer op. Het was een moordzaak uit 2005. Er zat dus elf jaar tussen de moord op Sarah Pearlman en deze zaak. De naam van het slachtoffer was Laura Wilson en ze was op het moment van de moord vierentwintig jaar oud.

'Kun je me er nog iets meer over vertellen?' vroeg Ballard.

'De wetenschappelijke kant ervan is wel opmerkelijk,' zei Troy. 'In de zin van hoe ze in die zaak uit 2005 aan het DNA zijn gekomen.'

'O, ja? Vertel op.'

'Je weet toch wat we altijd zeggen? Afscheiding, geen uitscheiding. We halen DNA uit lichaamssappen, voornamelijk bloed, zweet en sperma. Maar niet uit afvalstoffen, omdat de enzymen het DNA vernietigen.'

'Geen poep en pies.'

'Juist. Maar in dit geval was het DNA kennelijk uit urine gehaald. Als je het hele dossier opvraagt zul je de volledige details vinden, maar aan de hand van de aantekeningen die ik hier heb werd er urine op de plaats delict afgenomen in de hoop zwemmers te vinden – zaadcellen. Die vonden ze niet. Maar wel bloed.'

'Bloed in de urine.'

'Inderdaad. Het werd snel afgehandeld en ze hebben er geen volledig profiel uit weten te halen, maar ze hadden wel genoeg om het in CODIS op te nemen. Toen werd er geen match gevonden, maar we kunnen deze gegevens nu wel aan onze zaak koppelen.'

CODIS was een nationale database die miljoenen overal in het land door de politie afgenomen DNA-monsters bevatte.

'Hoe wisten ze dat die urine met dat bloed erin van de moordenaar afkomstig was?' vroeg Ballard.

'Ik was er niet bij, dus daar weet ik het antwoord niet op,' zei Troy. 'Het staat niet in onze notities. Maar hopelijk wel in het moorddossier.'

'Oké. Je zei dat het profiel niet volledig was. Bedoel je dat het geen volledige match is met Pearlman?'

'Nee, het is beslist een match. Maar als je ermee naar de rechter wilt moet ik eerst aan het rekenen, en dat duurt even. Het komt erop neer dat ik het aantal nullen moet terugbrengen. We hebben het hier niet over een geval van één op de dertien biljard. Iets minder dan dat, maar nog steeds iets wat de hele menselijke bevolking van de afgelopen honderd jaar omvat.'

Ballard wist dat Troy nog wel eens de neiging had om zich in de magie van de cijfers te verliezen. Maar ze had intussen genoeg DNA-gevallen onder handen gehad om te begrijpen wat ze bedoelde.

'Dus je kunt wel verklaren dat dit DNA uniek is.'

'Om precies te zijn kan ik verklaren dat niemand anders op deze planeet de afgelopen honderd jaar dit DNA had.'

'Ik snap het. Meer heb ik niet nodig. Nu hoeven we die vent alleen nog maar te vinden. Ik pak er meteen het dossier bij. Bedankt dat het zo snel kon, Darcy.'

'Graag gedaan. Hou me op de hoogte.'

'Doe ik.'

Ballard hing op en kwam overeind.

'Goed nieuws?' vroeg Hatteras.

'Ik denk het wel,' zei Ballard. 'Misschien nog iets voor jou. Heb je die aanvraag doorgelezen?'

‘Gelezen en alweer teruggestuurd. Hij kan er zo uit.’

‘Oké, dank je. Ik stuur hem zo snel mogelijk op.’

Ballard liep de gang in langs de rolstellingen met dossiers en ging op zoek naar 2005. Daar draaide ze aan het wiel, waardoor de kasten begonnen te rollen en de rij openging. Ze tikte met haar nagel op de ruggen van de moorddossiers tot ze zaaknummer 05-0243 had gevonden. Ze pakte de map met de zaak-Laura Wilson van de plank. De map was zo volgepropt dat Ballard zich meteen voornam hem te splitsen om makkelijker door de documenten heen te kunnen bladeren. Ze keek voor de zekerheid ook nog even of er niet ergens een tweede map stond die per ongeluk verkeerd op de plank was gezet, maar zag geen andere map met hetzelfde zaaknummer.

Ze liep tussen de kasten vandaan en draaide het systeem weer dicht, terwijl ze de hele tijd moest denken dat ze Bosch dit archief ‘de bibliotheek van de verloren zielen’ had horen noemen. Nu had ze een van die verloren zielen in haar handen.

Eenmaal terug op haar werkplek verstuurde Ballard eerst de e-mail met de subsidieaanvraag en sloeg vervolgens de dikke map open die ze uit het archief had gehaald. Omdat de herkomst van het DNA in deze zaak zo ongebruikelijk was bladerde ze meteen naar het deel met het forensisch onderzoek om te zien wat de reden was om DNA uit urine te willen halen.

Uit een samenvattend verslag van de rechercheur die het onderzoek had geleid werd het verhaal duidelijk. Het slachtoffer was vermoord in haar eigen huis, waar ze alleen woonde. Het was de technisch rechercheurs opgevallen dat de wc-bril van het toilet bij de slaapkamer omhoog stond, wat erop duidde dat een man het had gebruikt. Bij het controleren van de wc-bril en de spoelknop op vingerafdrukken zag een van de onderzoekers druppeltjes urine op de rand van de pot. Ze hadden een roodbruine kleur, wat wees op bloedcellen in de urine. De druppeltjes werden verzameld op wattenstaafjes en het DNA werd nog dezelfde dag geïsoleerd omdat de vrees voor degradatie bestond. Er werd een gedeeltelijk profiel opgesteld, dat in de CODIS-databank werd ingevoerd maar geen matches opleverde.

Uit een nadere analyse, en na medisch advies te hebben ingewonnen, was de rechercheurs gebleken dat de urine afkomstig was van iemand met een nieraandoening, wat het bloed in de urine verklaarde.

Ballard las dat allemaal met grote belangstelling en was benieuwd of de rechercheurs de nieraandoening als uitgangspunt bij het onderzoek hadden gehanteerd. Hadden ze naar een verdachte gezocht onder mannen die werden behandeld voor een nierziekte? Ze trok de onderste la van haar bureau open en pakte er twee lege mappen uit. Ze haalde alle documenten en plastic hoesjes uit het oorspronkelijke moorddossier, verdeelde de stapel in tweeën en deed de twee helften elk in een nieuwe ringband. Toen stond ze op om in de keuken koffie te gaan halen voordat ze zich aan het chronologisch verslag van het onderzoek zou gaan wijden.

Laura Wilson was een jonge Afro-Amerikaanse vrouw die probeerde als actrice door te breken. Ze woonde op zichzelf in een appartement dat door haar ouders in Chicago werd betaald. Twee jaar voor haar dood was ze naar L.A. verhuisd; nu was ze halverwege de belofte die ze aan zichzelf en haar sponsors had gedaan om het binnen vijf jaar te maken en haar eigen broek op te kunnen houden. Lukte dat niet, dan zou ze terug naar huis komen. Ze volgde acteerlessen en deed geregeld auditie voor rolletjes in films en tv-series. Ze was ook lid geworden van een toneelgezelschap dat in Burbank een theatertje met twintig plaatsen bespeelde. Haar appartement bevond zich aan Tamarind Avenue, vlak bij het Celebrity Center van de Scientology Church aan Franklin Avenue. Wilson was lid geworden van die organisatie; ze volgde er lessen, die ook door haar ouders werden betaald, en hoopte dat ze er contacten zou leggen die haar verder konden helpen in de amusementsindustrie.

Op zaterdag 5 november 2005 werd ze 's morgens gevonden door een vriendin met wie ze naar een Scientology-seminar zou gaan. Die vriendin had gezien dat de deur van haar appartement op een kier stond, was naar binnen gegaan en had het slachtoffer dood in haar bed aangetroffen. De doodsoorzaak was wurging: er was een zijden sjaaltje om haar hals geknoopt. Nadat de dood was ingetreden was het lichaam verminkt.

'Wat heb je daar?'

Ballard was zo opgegaan in wat ze las dat ze niet had gemerkt dat Rawls om de bureaus heen was gelopen en over haar schouder meekeek.

'Het DNA dat we van de zaak-Pearlman hebben houdt verband met een zaak uit 2005,' zei ze.

'Wauw, interessant,' zei Rawls.

Ballard deed de map dicht en draaide haar stoel een halve slag, zodat ze hem aan kon kijken.

'Wat is er, Lou?' vroeg ze.

'Ik ga ervandoor,' zei Rawls. 'Ik moet een brandje blussen op de zaak in Encino. Een klant is kwaad omdat we volgens hem een pakket zijn kwijtgeraakt dat een antiek stuk van onschatbare waarde bevatte.'

'Pijnlijk. Ben je er deze week nog?'

'Dat weet ik nog niet. Ik laat het je weten.'

'Oké. Dan zie ik je wel verschijnen.'

Rawls liep weg en Ballard dook meteen weer in de map. In haar hoofd zat ze alweer midden in de moord op Laura Wilson.

10

Bosch herkende het huis van Sheila Walsh van de vorige keer – zes jaar geleden – dat hij er had aangeklopt. Ze deed snel open, maar het was duidelijk dat ze hem niet meer kon thuisbrengen. Hij was ouder en grijzer, en misschien waren zijn ogen niet meer zo scherp als toen, maar na een tijdje wist ze hem weer te plaatsen, al kon ze zich zijn naam niet herinneren. Ze glimlachte.

'Inspecteur,' zei ze. 'Wat een verrassing.'

'Mevrouw Walsh,' zei Bosch. 'Ik had gehoopt dat u me nog zou kennen.'

'Doe niet zo gek, natuurlijk wel. En zeg maar Sheila, hoor. Is er nieuws over de zaak?'

'Kunnen we binnen praten?'

'Ja, natuurlijk. Kom binnen.'

Walsh deed een stap opzij en liet Bosch binnen. Ze zag er precies zo uit als Bosch zich haar herinnerde. Ze liep nu tegen de zestig en had meer kraaienpootjes rond haar ogen, maar ze was nog steeds een aantrekkelijke vrouw, die eruitzag alsof ze niet meer dan één maaltijd per week at. Haar magere lichaam, smalle schouders en grote bos haar waren totaal niet veranderd, wat het vermoeden van Bosch destijds bevestigde dat ze een pruik droeg.

'Wilt u een kop koffie of een glas water of zo?' vroeg ze.

'Nee, doe geen moeite,' zei Bosch. 'Maar we kunnen wel in de keuken gaan zitten als u wilt. Ik weet nog dat we daar destijds ook zaten.'

'Prima, dan doen we dat nu weer.'

Ze ging hem voor door de eetkamer, die nog steeds als kantoor dienstdeed, naar de keuken, waar een kleine ronde ontbijttafel met vier stoelen stond.

'Ga zitten,' zei Walsh. 'Is Finbar McShane eindelijk opgedoken?'

'Eh, nee,' zei Bosch. 'Dat was eigenlijk mijn eerste vraag aan u. Hebt u onlangs nog iets over hem gehoord? Wat dan ook?'

'O, nee. Dan zou ik u direct gebeld hebben. Maar ik dacht dat u zei dat u met pensioen zou gaan toen ik u voor het laatst zag.'

'Dat was ook zo. Ik ben gepensioneerd. Maar ik ben nu terug om aan onopgeloste zaken te werken, vandaar... Ik zit weer op de zaak-Gezin Gallagher. En ben weer op zoek naar McShane.'

'O, juist. Nou, als u het mij vraagt zit hij weer in Belfast of daar ergens.'

'Ja, dat is de heersende opinie, maar ik ben daar niet zo zeker van.'

Bosch keek achter haar langs door de schuifdeur de tuin in. Er was een zonneterras en een verzonken zwembadje. In lange houten plantenbakken was een moestuintje aangelegd met schermen erboven om herten en coyotes en andere dieren buiten te houden. Het huis stond in Chatsworth in de noordwestelijke hoek van de Valley, waar 's nachts de wilde dieren uit de dichtbijgelegen heuvels kwamen. In de verte achter de plantenbakken zag hij het dagzomende rotsgesteente van Stony Point Park.

'Ik loop een beetje vast op die inbraak bij u, drie jaar na de moorden,' zei Bosch. 'Daar breek ik nog steeds mijn hoofd over. Waar was hij naar op zoek?'

'Tja, dat zal een mysterie blijven tot u hem vindt,' zei Walsh. 'Want ik sta ook voor een raadsel. Ik had niks van hem. Ik wist niet meer over de zaak dan wat ik aan de politie verteld had.'

Bosch stak zijn hand in de binnenzak van het colbert dat hij had aangetrokken nadat hij had gedoucht in de kleedkamer van Ahmanson.

Hij trok een document tevoorschijn, vouwde het open en las het nog een keer door voordat hij iets zei.

'Dit is het proces verbaal,' zei hij. 'Opgesteld voordat bekend werd dat die vingerafdrukken van McShane waren. Hierin staat dat de inbreker eten uit de koelkast had gegeten, en geld en een iPhone uit uw handtas had gepakt.'

'Dat klopt,' zei Walsh.

'Hij had het bureau in het kantoor doorzocht, een presse-papier verplaatst, een glazen Tiffany-wereldbol, en in uw post zitten neuzen.'

'Klopt, ik zette die presse-papier altijd op de stapel met dingen die ik nog moest doen. Rekeningen en post. Ik deed destijds een online opleiding tot reisagent. Want toen Shamrock failliet was moest ik wat anders. Dus in die stapel zaten ook documenten en brochures van cruises. Dingen die ik nodig had voor die online studie.'

'Waarom zou McShane daarin geïnteresseerd zijn?'

'Geen idee. Ik wist het toen niet en weet het nog steeds niet. Maar hij kon pas weten wat er in die stapel zat toen hij erin keek, toch?'

Bosch knikte en bekeek het proces verbaal weer. Het was maar een van de vele vragen die hem dwarszaten in deze zaak. Waar was McShane naar op zoek?

'Het is de enige plek waar zijn vingerafdrukken zijn gevonden,' zei hij. 'Er waren afdrukken van hem, van uw zoon en van u. Meer niet.'

'Dat weet ik nog,' zei Walsh. 'Ik herinner me ook nog dat ik daar toen een theorie over had.'

'En die luidde?'

'Nou, die presse-papier was zo'n Tiffany-ding. Gemaakt in Ierland. Hij kwam uit Ierland. Misschien pakte hij hem daarom op.'

'Oké. Maar hij kwam uit Noord-Ierland. Ik... zag het verband niet. En als hij wist dat het Tiffany was of als het een of andere nostalgische waarde voor hem had, waarom nam hij hem dan niet mee?'

'Tja... dat weet ik ook niet. Misschien weet alleen hij dat.'

'Wie weet... Hoe gaat het trouwens met uw zoon?'

'Goed. Hij woont nu in Santa Clarita en werkt daar op een golfbaan.'

'Mooi. Geeft hij er les, of...'

'Nee, hij speelt helemaal geen golf. Vindt het maar saai. Maar hij werkt graag buiten. Hij is terreinknecht op Sand Canyon. Een goede baan. Vroeg beginnen en weer vóór de files terug naar huis.'

Bosch knikte en besloot dat er wel weer genoeg gekletst was.

'Heel fijn dat u even tijd vrij kon maken, mevrouw Walsh, vooral nu ik hier zo onaangekondigd op de stoep stond,' zei hij. 'Maar ik zou graag nog even teruggaan naar het jaar van de moorden om te kijken wat u zich nog kunt herinneren van wat er in het bedrijf en op kantoor gaande was tussen Stephen Gallagher en Finbar McShane. Als u er geen bezwaar tegen hebt. Hebt u nog een paar minuutjes?'

'Als u denkt dat u er iets aan hebt,' zei Walsh. 'Maar het zal me waarschijnlijk niet meer zo helder voor de geest staan als destijds.'

'Dat geeft niet. Het grappige is dat mensen zich juist soms pas na verloop van tijd dingen herinneren die ze niet eerder hadden verteld en andere dingen die ze gezegd hebben vergeten zijn. Dus het kan helpen om overal nog eens doorheen te gaan. Ik denk dat dat gezin het verdient, en vooral die twee kinderen.'

'Natuurlijk. Daarom help ik ook graag. Ik denk de hele tijd aan die kinderen. Verschrikkelijk.'

'Dank u. Ik wil graag terug naar de tijd voor de moorden, toen de relatie tussen Gallagher en McShane gespannen leek te zijn. Ik herinner me dat u me vertelde dat ze woorden hadden gehad.'

'Ja, dat was zo. Maar dat gebeurde altijd achter gesloten deuren. Ik kon de stemverheffing horen, maar niet precies wat er werd gezegd. Dus dat.'

'Hoe vaak hadden ze ruzie?'

'Nou, een tijdlang leek het wel elke dag.'

'Maar volgens de boeken die we hebben ingezien liep het bedrijf goed, toch? Voordat de Gallaghers verdwenen, bedoel ik.'

'Inderdaad. Het was de hele tijd druk. Een van de dingen die Fin wilde, was meer mensen aannemen en uitbreiden. Misschien nog een ander terrein erbij nemen om meer machines te kunnen neerzetten.'

'Maar dat wilde Stephen niet.'

'Nee, hij was heel behoudend. Hij had het bedrijf uit het niets opgebouwd. Dus was hij voorzichtig, maar Fin wilde meer. Ze ruzieden, maar uiteindelijk was Stephen de eigenaar en had hij het laatste woord. Wie had gedacht dat het zover zou komen? Die arme, arme kinderen. Ik bedoel, als het een zakelijk geschil was, waarom moesten ze dan allemaal dood?'

Het was een herhaling van zetten, maar Bosch wilde de zaak helemaal doornemen om er weer grip op te krijgen. Hij ondervroeg Walsh nog een half uur, zonder dat ze klaagde of het gesprek af wilde kappen. Ook kwam ze met niets nieuws in de zin van belangrijke informatie over de zaak. Maar haar verhaal over de laatste dagen van Shamrock Industrial Rental was niet gewijzigd in de jaren sinds Bosch het voor het laatst gehoord had, en dat was ook veelzeggend.

Hij rondde het gesprek af met vragen over de maanden na de verdwijning van de familie Gallagher, toen zij en McShane probeerden het bedrijf draaiende te houden terwijl ze ogenschijnlijk wachtten tot de eigenaar en zijn gezin weer terugkeerden. Ze zei opnieuw dat ze niet had geweten dat McShane op Craigslist adverteerde en apparatuur aan het verkopen was in plaats van verhuren. Dat wil zeggen, tot het moment waarop ook hij verdween en het bedrijf achterliet met de loodsen en het opslagterrein zo goed als leeg.

'Hij heeft mij net als iedereen erin geluisd,' zei ze. 'We waren gewend dat steigers en kranen en andere apparatuur langere tijd weg waren, omdat ze gebruikt werden bij langdurige bouwprojecten. Ik had geen idee dat die spullen nooit meer terug zouden komen omdat hij alles verkocht had.'

'Wat weet u nog van de dag dat McShane verdween?' vroeg Bosch.

'Het voltrok zich eigenlijk in de loop van een paar dagen. Op een ochtend kwam hij niet opdagen, en later belde hij om te zeggen dat hij ziek was. Hij zei dat hij wel een paar dagen uit de running zou zijn.'

'Maar dat was niet zo.'

'Nee, er gingen een paar dagen voorbij en hij had zich nog steeds niet laten zien, en toen kwam er een klant die een probleem had met een JLG-hoogwerker die Fin volgens zijn zeggen aan hem verkocht had. Hij zei dat Fin hem een garantie had gegeven en hij wilde de kraan laten repareren. Zo kwam ik erachter dat hij spullen aan het verkopen was. Ik belde hem op, maar de lijn was dood. Afgesloten. Toen ben ik de bankrekeningen gaan controleren en zag dat ze leeg waren. Hij had alles meegenomen en de benen genomen.'

'U belde de politie.'

'Ik belde met die man van Vermissingen die ik ook had gebeld toen de familie was verdwenen, en hij zei dat hij er werk van zou maken. Maar toen werden die lichamen in de woestijn gevonden en nam u de zaak over. Bent u er ooit achter gekomen waar hij dat geld naar had overgemaakt?'

Bosch schudde zijn hoofd. Hij hield er niet van als hij degene was die ineens vragen moest beantwoorden, maar hij antwoordde wel.

'Het was omgezet in cryptovaluta,' zei hij. 'Bitcoin was in die tijd nog vrij nieuw, maar het was daarna niet meer te achterhalen. Het was weg.'

'Jammer,' zei Walsh.

'Ja, jammer. Goed, ik ga u weer verlaten. Bedankt voor uw tijd. Als u nog een papiertje voor me hebt, geef ik u mijn mobiele nummer voor het geval u nog iets te binnen schiet. Ik heb geen visitekaartjes.'

'Geen probleem.'

'Soms kan een gesprek nieuwe herinneringen bovenhalen.'

Walsh stond op en opende een la onder het aanrecht. Ze pakte een kladblok en een pen, en Bosch gaf haar zijn nummer.

'Denkt u dat u hem dit keer zult pakken?' vroeg ze.

'Dat weet ik niet,' zei Bosch. 'Ik hoop het. Daarom ben ik teruggekomen.'

'"De boog van het morele universum is lang, maar hij buigt naar gerechtigheid."'

'Was dat niet King? Laten we hopen dat hij gelijk had.'

In de tijd dat Bosch nog een jonge rechercheur was die er bij bureau Bijzondere Moordzaken in het centrum twee pakjes sigaretten per dag doorheen joeg had hij altijd een vaste routine wanneer hij iemands huis verliet na een verhoor. Je wist nooit wat een onaangekondigd bezoek van een rechercheur van de politie bij een getuige of verdachte teweegbracht. Hij bleef buiten voor de voordeur staan en haalde zijn sigaretten tevoorschijn. Dan stak hij er een op met een aansteker die niet meteen aansloeg. En vervolgens draaide hij zich een klein stukje om als om beschutting te zoeken tegen de wind, maar in werkelijkheid om een oor aan de deur te kunnen houden. Dan luisterde hij, in de hoop op te vangen wat er binnen gezegd werd na zijn vertrek. Bij meer dan één gelegenheid hoorde hij gespannen, soms boze stemmen. Er was zelfs een keer dat hij binnen iemand hoorde zeggen: 'Hij weet dat wij het waren!'

Zijn laatste sigaret had hij al enkele tientallen jaren geleden gerookt, dus zodra hij buiten op de veranda van Sheila Walsh stond haalde hij in plaats van een pakje sigaretten zijn telefoon tevoorschijn. Hij keek of er nog berichten binnen waren gekomen tijdens het gesprek. Er was er slechts één en dat was een appje van Ballard:

Ik heb nieuws. Bel me zodra je klaar bent.

Hij draaide zich half om om te luisteren of er iets te horen viel. Hij hoorde de stem van Walsh. Het was een eenzijdig gesprek, wat erop duidde dat ze iemand aan de telefoon had.

'Die rechercheur was hier net,' zei ze. 'Hij stond zomaar ineens op de stoep...'

Daarna verstond hij niets meer omdat de stem wegebde en Walsh blijkbaar bij de voordeur vandaan liep, verder het huis in.

Bosch stapte van de veranda af en liep naar zijn auto. Hij glimlachte toen hij zich de zaak herinnerde waarbij hij buiten op de stoep een bekentenis gehoord had. Nu vroeg hij zich af wie Sheila Walsh had gebeld en of het misschien Finbar McShane was.

11

Ballard was eerder bij Birds dan Bosch. Hij moest helemaal uit de verste uithoek van San Fernando Valley komen en dat zou wel even duren, ook al ging de avondspits nu de andere kant op. Ze had een biertje besteld, maar wachtte nog even met iets te eten bestellen. Ze zat het chronologisch verslag uit het moorddossier van Laura Wilson door te nemen, dat ze voordat ze wegging had gekopieerd. Ze wist dat ze de geen-kopieënregel schond, maar vond dat ze haar eigen regel wel mocht overtreden.

Dit was de derde keer dat ze de vijfenveertig bladzijden van het verslag helemaal doorlas. Nu de Wilson-moord aan de zaak-Pearlman was gekoppeld wilde Ballard deze zaak door en door kennen. En die kennis moest ze uit het chronologisch verslag halen, wat een minutieuze opsomming was van alle opsporingshandelingen van het oorspronkelijke onderzoeksteam. Ook al had hun werk niet tot een aanhouding en vervolging geleid, hun aanpak kon wel veel informatie opleveren.

Als jonge actrice in de dop had Laura Wilson talloze mensen ontmoet op haar tocht van de ene massa-auditie naar de andere bij studio's en productiebedrijven overal en nergens, van Culver City tot Hollywood tot Burbank. Ze had er een dagtaak aan gehad om in de amusementsindustrie een sociaal netwerk op te bouwen dat haar kon attenderen op eventuele baantjes in het beroep dat ze wilde uitoefenen. Daarnaast was ze ook een regelmatige bezoeker van de locaties en evenementen van de Scientology Church in Hollywood, volgde ze tweemaal per week met elf andere cursisten toneellessen en voerde haar gezelschap eens in de maand een stuk op in hun theatertje in Burbank. En boven op al die activiteiten kwamen nog haar vele persoonlijke interacties met andere mensen, van wie iedereen haar moordenaar had kunnen zijn.

Zoals Ballard had verwacht bevatte het chronologisch verslag een gedetailleerde uiteenzetting van de inspanningen van de rechercheurs om op de een of andere manier grip te krijgen op het leven van deze jonge vrouw. Ze hadden al haar interacties ondergebracht in groepen met de titels 'Hollywood', 'Scientology' en 'Overige'. Twee ex-vriendjes, één in L.A. en één in Chicago, waren verhoord maar konden van de lijst omdat ze een alibi hadden. De rechercheurs waren weken bezig geweest – weken die maanden werden – met het verhoren van bekenden van haar en het checken van het strafregister. Bij degenen onder hen met een strafblad werden de duimschroeven extra aangedraaid, maar ondanks dat kwam er niet echt iemand bovendrijven die van belang kon zijn, en uiteindelijk liepen alle sporen dood.

De laatste gegevens in het verslag waren de jaarlijkse verplichte vermeldingen in het kader van de zorgvuldigheid waarin niet meer stond dan dat de zaak nog openstond in afwachting van nieuwe informatie.

Ballard hechtte de bladzijden weer aan elkaar en liet het verslag op tafel liggen. Ongetwijfeld zou Bosch het mee willen nemen om het thuis te lezen. Ze pakte net haar telefoon om hem te vragen of hij al in de buurt was, toen er een telefoontje binnenkwam van Nelson Hastings.

'Dag, inspecteur,' zei hij. 'Ik hoor dat er een belangrijke doorbraak is in de zaak-Sarah Pearlman. Heb je iets wat ik aan het raadslid kan doorgeven?'

'Wie heeft u dat verteld?' vroeg Ballard.

Ze wist dat het Rawls moest zijn, maar ze was benieuwd hoe Hastings zou reageren. Die informatie ging in wat Ballard haar 'vertrouwensmatrix' noemde. Aan de hand van alle details, acties, reacties en uitspraken van degenen met wie ze in contact kwam bepaalde ze hoeveel of weinig vertrouwen ze bereid was in een bepaalde persoon te investeren. De informatie over Hastings en zijn chef, het raadslid, had ze nog niet compleet.

'Ik sprak toevallig Ted Rawls in de auto onderweg naar huis en hij had het erover,' zei Hastings. 'Het verbaasde me dat hij het al wist, maar dat ik nog niet was geïnformeerd. Ik dacht dat we hadden afgesproken dat je het me zou vertellen als er iets was.'

'Eigenlijk vind ik het nogal voorbarig om van een grote doorbraak te spreken en daarom had ik u nog niets verteld,' zei Ballard. 'We hebben de moord op Sarah in verband gebracht met een andere moord die elf jaar later plaatsvond. Maar die nieuwe zaak is ook nog altijd niet opgelost, dus ik kan dit moeilijk als een doorbraak zien. We hebben nu twee slachtoffers in plaats van één.'

'Hoe werden ze met elkaar in verband gebracht?'

'DNA.'

'Ik wist niet dat er DNA was gevonden in Sarahs zaak.'

'Tot gisteren niet, maar nu hebben we het en dat leidde naar die nieuwe zaak.'

'Hoe heette het slachtoffer?'

'Laura Wilson. Ze was een paar jaar ouder dan Sarah. Maar er zijn een paar overeenkomsten. Zij werd ook verkracht en vermoord in haar bed.'

'O, juist.'

'Maar dat is alles wat we op dit moment hebben, dus maakt u zich niet druk, meneer Hastings. Als hier iets uit voortvloeit wat raadslid Pearlman moet weten, dan bel ik u meteen.'

'Dank je, inspecteur.'

Hastings hing op en toen Ballard opkeek zag ze Bosch het restaurant in komen lopen. Ze zwaaide om zijn aandacht te trekken en hij schoof bij haar aan in het hoekzitje.

'Hoe ging het gesprek?' vroeg Ballard.

'Niks nieuws eigenlijk,' zei Bosch. 'Maar het was goed om daar weer te beginnen. Meteen zodra ik weg was belde ze iemand, dus dat is interessant.'

'Is dat die truc waarover je me een keer vertelde, dat je buiten aan de deur luistert?'

'Soms werkt het. Maar wat is er?'

'Nou, dankzij jou en het DNA dat we van die handafdruk konden halen zitten we nu met nog een zaak.'

'Waar? Wanneer?'

'Hier en in 2005. Sterker nog, hier vlak om de hoek, op Tamarind Avenue.'

'Ik parkeer net mijn auto op Tamarind.'

'Ik was van plan er straks na het eten heen te lopen om even te kijken. Hier is het verslag. Neem het maar mee als je het vanavond wilt lezen.'

'Ik dacht dat er geen kopieën uit Ahmanson meegenomen mochten worden.'

Ballard glimlachte.

'Jij hebt niks meegenomen. Ik ben de baas. Ik mag kopietjes maken.'

'Ik snap het. Die dubbele standaard... daar kun je nog ver mee komen bij de politie.'

'En jij vindt dat grappig?'

'Oké, en wat weet je verder van die zaak?'

Ballard gaf een overzicht van wat zij na het doornemen van het moorddossier van Wilson als de belangrijkste punten beschouwde.

'Het komt erop neer dat als er geen genetische link tussen deze zaken zou zijn geweest, ik ze nooit met elkaar in verband zou hebben gebracht,' zei ze. 'Het ene slachtoffer is wit, het andere zwart; de een is een tiener, de ander in de twintig; de een is gewurgd, de ander doodgestoken. De een werd vermoord in haar huis, waar ze met haar ouders en haar broer woonde; de ander werd vermoord in een appartement waar ze op zichzelf woonde.'

‘Maar beiden werden vermoord in hun bed,’ zei Bosch. ‘Heb je de plaats delict al bekeken? Had hij het gezicht van het tweede slachtoffer bedekt?’

‘Nee. Ik denk dat hij zich elf jaar na de moord op Sarah Pearlman niet meer schaamde voor wat hij had gedaan.’

Bosch knikte. Er kwam een ober aan hun tafel en ze bestelden allebei de gegrilde kip, en Bosch zei dat hij hetzelfde wilde drinken als Ballard. Bosch wachtte tot de ober buiten gehoorafstand was en zei toen: ‘Elf jaar tussen twee zaken. Dat is niet gebruikelijk.’

‘Inderdaad,’ zei Ballard. ‘Er moeten er meer zijn.’

‘Dit zijn de twee waarbij hij een fout maakte.’

‘Waar hij DNA achterliet.’

‘En wat me ook opvalt: twee zaken, elf jaar ertussen, allebei in L.A.’

‘Allebei in Hollywood.’

‘Hij is honkvast.’

‘Hij is nog hier.’

Bosch knikte.

‘Waarschijnlijk wel,’ zei hij.

Na het eten gingen ze een kijkje nemen op Tamarind Avenue. Ze sloegen rechts af en liepen de straat in, waar aan beide zijden twee verdiepingen hoge appartementenblokken stonden die namen droegen als The Capri en The Royale. Ballard vond het appartementenblok van Laura Wilson – The Warwick – halverwege, aan de oostzijde van de straat.

Bosch en zij stonden zwijgend naast elkaar naar de gevel te kijken. Het was ontworpen in de Streamline Moderne-stijl en geschilderd in aqua en roomwit. Het zag er aerodynamisch en veilig uit. Niets deed denken aan het geweld dat hier zoveel jaar geleden had plaatsgevonden.

Ballard wees omhoog naar de ramen aan de linkerkant van de eerste verdieping.

‘Ze woonde aan de voorkant op de eerste verdieping,’ zei ze. ‘Die hoek.’

Bosch knikte alleen maar.

‘Morgen zet ik het hele team hierop,’ zei Ballard. ‘We moeten die vent te pakken krijgen.’

Bosch knikte weer.

‘Vind je het niet erg om McShane even in de wacht te zetten?’ vroeg Ballard.

‘Jawel,’ zei Bosch. ‘Maar als het moet, dan moet het.’

12

Vanaf zijn werkplek keek Bosch toe hoe Ballard de focus van het team verlegde naar de zaken-Sarah Pearlman en -Laura Wilson. De vorige avond bij Birds had ze hem verteld dat ze van plan was iedereen op te roepen behalve Rawls, omdat ze niet wilde dat hij alles wat ze deden naar Nelson Hastings zou lekken. Ze stuurde hem een appje en zei hem dat hij een dag vrij kon nemen als hij nog tijd nodig had om de brandjes in zijn bedrijf te blussen.

Ballard gaf elke rechercheur in het team een taak, in de hoop dat ze met meer nieuwe, frisse blikken verder zouden komen en het punt zouden vinden waar de twee slachtoffers het pad van dezelfde dader hadden gekruist. De twee jonge vrouwen waren van verschillende leeftijd, ras, opvoeding en ervaring, maar ergens in hun leven moest een verband zijn. Ballard vroeg Bosch de plaats delict nog eens te bestuderen. Anderen kregen de opdracht verklaringen van familie, vrienden en getuigen door te nemen. Tom Laffont zou het medische spoor volgen. Het leek er niet op dat de oorspronkelijke rechercheurs de potentiële aanwijzing van het bloed in de urine nader hadden onderzocht. Bloed in de urine was een indicatie van een nier- of blaasaandoening die behandeld werd of uiteindelijk behandeld zou moeten worden.

'Dat betekent dat onze verdachte dood kan zijn,' zei Laffont.

'Ja, dat kan,' zei Ballard. 'Maar ook dan moeten we hem identificeren om de zaken te kunnen sluiten. Ik hoef jullie er niet aan te herinneren dat raadslid Pearlman onze schutspatroon is bij het stadsbestuur. Als we antwoord kunnen geven op de vraag wat er met zijn zus is gebeurd zullen we de eenheid nog jaren overeind kunnen houden.'

Bosch had geen boodschap aan de politieke machinaties die de zaak met zich meebracht, maar wel alle begrip voor de behoefte van de familie aan antwoorden. Het had hem zelf dertig jaar gekost om antwoorden te krijgen op vragen over de moord op zijn moeder, die gepleegd was toen hij nog een jongen was. Die antwoorden hadden geen helderheid verschaft, maar hij had zich in zijn pogingen niet van de wijs laten brengen. In dat opzicht begreep hij volkomen wat Jake Pearlman zocht, wat hij nodig had. Dat hij zijn politieke macht aanwendde om dat te krijgen was begrijpelijk. Als hij zelf over dergelijke middelen beschikte had Bosch hetzelfde voor zijn moeder gedaan. Op zijn beurt had hij de macht van zijn badge gebruikt.

Ballard was al vroeg op kantoor gekomen en had individuele pakketjes kopieën voor de medewerkers gemaakt. Aan het eind van de vergadering deelde ze die uit. Ze gaf Harry een stapeltje van drie centimeter dik met kopieën van gerechtelijke verslagen en foto's van de plaats delict van de zaak-Wilson.

Voor hij met zijn taak begon wilde Bosch iets doen dat aan hem had geknaagd sinds hij Sheila Walsh had ondervraagd. Hij had een groot deel van de nacht wakker gelegen en gedacht dat hij de zaak van het gezin Gallagher had verknald omdat hij iets had gemist over de inbraak bij haar thuis.

Toen Ballard weer op haar plek zat stond Bosch op en liep naar haar toe.

'Ik wil graag een naam natrekken op veroordelingen,' zei hij. 'Kun jij dat voor me doen?'

'In de zaak-Wilson? Nu al?'

'Nee, in de zaak-Gezin Gallagher.'

'Harry, ik wil graag dat je aan de slag gaat met Wilson en Pearlman.

Ik dacht dat we het daar gisteravond over eens waren en ik heb net iedereen verteld hoe belangrijk dit voor ons is.'

'Ik ga er vandaag nog mee beginnen, maar ik heb de hele nacht liggen malen. Ik wil dit nu in gang zetten, zodat ik weet wat er na de zaak-Wilson op me ligt te wachten. Kan dat?'

'Wat voor naam?'

Bosch had het vingerafdrukkenverslag van de inbraak bij Sheila Walsh bij zich. Ballard opende de portal van de National Crime Information-databank en Bosch las de naam voor van de man van wie hij de criminele geschiedenis wilde zien.

'Jonathan Boatman, geboren 1 juli '87.'

Ballard tikte naam en geboortedatum in. Ze wachtten terwijl de databank werd doorzocht.

'Wie is dat?' vroeg ze.

'De zoon van Sheila Walsh,' zei Bosch. 'Waarschijnlijk is hij een zoon uit een eerder huwelijk en veranderde ze haar naam toen ze scheidde of hertrouwde.'

'En je had hem nog niet eerder nagetrokken?'

'Destijds wel. Toen was hij schoon. Dat staat ook in het moord-dossier. Maar ik wil graag weten of hij schoon gebleven is.'

'Waarom denk je van niet?'

'Omdat ik denk dat ik het destijds heb verknald. Ik werd bij die inbraak geroepen nadat McShanes afdrukken waren gevonden. En daar heb ik me door laten meeslepen – het was een teken dat McShane nog leefde en in de buurt was. Ik heb er al mijn energie in gestoken. Maar ik had een stapje terug moeten doen en naar het misdrijf zelf moeten kijken. Wat ik gisteren deed.'

'En?'

'Eten meegenomen uit de koelkast, geld uit een portemonnee, een mobiele telefoon en een verzameling oude elpees gestolen. Werk van een amateur. Werk van een junk die wil scoren. Iets te eten, contant geld en iets wat hij kon verkopen voor een shot.'

'De platen. Ik herinner me nog dat heel Hollywood vol stond met zaken die vinyl opkochten. Je had Amoeba, bijvoorbeeld, en er waren er nog meer.'

'Ik heb het stom aangepakt. Ze vonden wel afdrukken van de zoon maar die werden genegeerd omdat de moeder, Sheila Walsh, zei dat hij regelmatig over de vloer kwam.'

'Ik begrijp waar je naartoe wilt. Voordat ze echt in de problemen komen nemen drugsverslaafden gewoonlijk eerst hun familie te grazen, omdat ze weten dat hun familie geen aangifte doet. In ieder geval niet meteen.'

'Precies.'

'Dus als de zoon de inbraak heeft gepleegd werpt dat een heel ander licht op die afdrukken van McShane.'

'Dat dacht ik ook. Komt bij dat ze na mijn vertrek gisteren een telefoontje pleegde. Ik hoopte dat ze McShane belde, maar het ligt meer voor de hand dat het haar zoon was.'

'Maar waarom zou ze die inbraak nog aangeven als ze dacht dat haar zoon erachter kon hebben gezeten?'

'Misschien besefte ze dat pas later.'

De zoekresultaten verschenen op Ballards scherm.

'Kijk kijk, Boatman heeft nu wel een strafblad,' zei Ballard.

Bosch boog zich naar voren, met één hand op haar bureau, om mee te kunnen lezen. Jonathan Boatman had sinds vijf jaar een strafblad wegens drugsbezit, rijden onder invloed, verstoring van de openbare orde en wangedrag. Alle aanhoudingen hadden plaatsgevonden na de moorden op het gezin Gallagher, toen Bosch zijn naam routinematig had nagetrokken. Sindsdien was Boatman verdergegaan op het pad van verslaving en misdaad. Toen hij beschuldigd werd van drugsbezit pleitte hij schuldig en hoefde hij niet de gevangenis in, op voorwaarde dat hij een afkickprogramma van zes maanden volgde in het County-USC Medical Center. Het verslag van de databank bevatte ook foto's, genomen bij de arrestaties, en je kon eraan zien dat Jonathan hard op weg was naar beneden. Op elke volgende foto was zijn gezicht verder ingevallen; op de laatste was hij vel over been, had hij puisten en een zweer op zijn onderlip. Het meest veelzeggend was wel de doodse blik in zijn ogen, waarin geen reactie te zien viel op het feit dat hij het rechtssysteem werd binnengezogen.

'Als ik die foto's zo zie gok ik op meth,' zei Ballard.

'Ja,' zei Bosch. 'En alle aanhoudingen waren na de inbraak. Misschien was het me opgevallen als ik hem zelf destijds had gezien.'

'Harry, jij kreeg die inbraak op je bordje nadat McShanes afdrukken in beeld kwamen. Je was niet eens op de plaats delict. Je hoeft jezelf niets te verwijten. Ik hoop dat het nu ergens toe leidt. Maar ik vind niet dat jij het toen hebt verknald.'

'Hoe je het wendt of keert, ik heb er een potje van gemaakt. Ik had die inbraak moeten aanzien voor wat hij was.'

'Sheila Walsh zag het ook niet en belde de politie. Je bent dus de enige niet.'

'Zij is zijn moeder. Ik ben politieagent.'

'Hoor nou even, ik zeg net...'

'Kun je me alsjeblieft dat verslag mailen? Met de foto's?'

'Harry, kom op nou. Dit is precies waarom we zaken herzien. Om met een frisse blik te kijken. Om te zien wat eerder niet opviel. Dus kun je hier misschien met een volkomen nieuwe invalshoek aan de slag.'

'Stuur je me dat even door?'

'Ja, komt in orde. Kalm aan maar. Maar laat je hier nou niet meteen door meeslepen. Ik heb je nodig bij Pearlman en Wilson. Dat meen ik serieus.'

'Geen zorgen. Eind van de middag krijg je mijn mening over de plaats delict en de gerechtelijke verslagen.'

Bosch liep terug naar zijn werkplek om op Ballards e-mail te wachten. Toen het verslag van het NCIC op zijn beeldscherm verscheen stuurde hij het door naar de printer. Hij zag dat Boatman twee jaar geleden voor het laatst was aangehouden. Het kon zijn dat hij was afgekickt en weer op het rechte pad was – althans, niet langer op ramkoers met justitie. Dat hij een baantje als terreinknecht had was een sterke aanwijzing van herstel.

Bosch bekeek de arrestatiefoto's en prentte zich Boatmans gezicht in het geheugen. Daarna googelde hij het adres van de Sand Canyon Country Club en zette het in de gps-app van zijn telefoon.

Bosch klapte zijn laptop dicht en stond op om via de printer naar zijn auto te gaan.

'Harry, ga je ervandoor?' vroeg Ballard terwijl hij achter haar langs liep.

'Naar de printer,' zei Bosch, 'en even een ritje maken.'

'Een ritje? Waarnaartoe?'

'Maak je geen zorgen, ik kom weer terug.'

Hij voelde haar ogen in zijn rug terwijl hij wegliep.

Toen hij een paar minuten later zijn veiligheidsgordel omdeed kreeg hij een berichtje.

> Je gaat tegen mijn gezag in als je zomaar wegloopt.
> Doe dat alsjeblieft niet nog eens.

Bosch voelde zich schuldig en geërgerd. Hij probeerde de moord op een gezin op te lossen, en in zijn ogen was dat belangrijker dan wat ook. Hij stuurde een berichtje terug, maar weerhield zichzelf ervan iets te schrijven dat de toestand verder kon laten escaleren.

> Sorry. Je weet hoe ik ben als ik op een zaak zit. Het zal niet meer gebeuren.

Hij wachtte af. Toen er geen reactie meer kwam startte hij de motor en reed naar de uitgang van het parkeerterrein.

Een paar minuten later reed hij in noordelijke richting over de 405 in de gewone ochtenddrukte. De snelweg was hier verhoogd aangelegd en hij had goed zicht op de torenflats van Century City, schuin rechts voor hem, en de Santa Monica Mountains recht vooruit.

Volgens de gps-app had hij nog achtenvijftig minuten te gaan tot de Sand Canyon Country Club. Hij zette de radio op station K-Jazz en hoorde nog net het einde van Shelly Bergs versie van 'Blackbird' van de Beatles.

Hij zette het geluid iets harder. Het was fijne snelwegmuziek.

13

Ballard hield zichzelf voor zich niet aan Bosch te ergeren. Ze wist heel goed dat ze geen teamspeler van hem zou maken door hem in een team te zetten. Het zat niet in zijn genen. Ze stond op en liep naar zijn werkplek. Het stapeltje kopieën van de zaak-Wilson dat ze voor hem had samengesteld lag op zijn bureau. Hij had gezegd dat ze aan het eind van de dag zijn beoordeling zou krijgen, maar als hij de verslagen niet meenam zou het er niet van komen. Ze nam het stapeltje mee naar haar eigen plek. Als hij het werk niet deed, zou ze het zelf doen.

Bij het verdelen van de taken van de zaak had Ballard zichzelf de digitale media in verband met Laura Wilson toebedeeld. Gegevens uit de laptop van het slachtoffer en haar telefoon waren door de oorspronkelijke rechercheurs op USB-sticks gezet die in een plastic hoes in het moorddossier zaten. Ballard had het materiaal eerder gezien, maar wilde het nauwkeuriger bestuderen. Nu besloot ze dat werk uit te stellen en eerst de verslagen te bekijken die ze Bosch had toebedeeld.

Aangezien ze de gerechtelijke verslagen en foto's van de plaats delict al uitgebreid had gezien nadat ze de zaken-Pearlman en -Wilson met elkaar in verband had gebracht, besloot ze deze keer anders te werk te gaan. Of je nu in levenden lijve ter plaatse was of foto's bekeek, als rechercheur werd je blik altijd naar het midden getrokken

– naar het lichaam. De foto's waren even gruwelijk om te zien als die van Sarah Pearlman. Ze toonden het lichaam van een jonge vrouw die op vele manieren was verkracht. Een stilleven van gestolen hoop en dromen. Ballard besloot ze opzij te leggen en van buiten naar binnen te werken.

De fotograaf was grondig te werk gegaan en had tientallen 'omgevingsfoto's' gemaakt van het huis van het slachtoffer ten tijde van de moord. Daarin waren ook foto's begrepen van de inhoud van kasten en laden en van ingelijste foto's aan de muur. Met dat alles hadden de onderzoekers van de zaak rechtstreeks toegang tot de volledige omgeving van de plaats van de moord. Het stelde hen ook in staat het slachtoffer beter te begrijpen, daar ze konden zien hoe ze haar huis had ingericht. Het gaf hun een idee van de dingen die belangrijk waren in haar leven.

Hoewel Wilson in een appartement met slechts één slaapkamer had gewoond was er ruimschoots bergruimte voor kleding en andere bezittingen. Ballard nam de foto's langzaam door, stuk voor stuk, en vergrootte af en toe gedeelten die haar aandacht trokken. Aan de kleren in de inloopkast was te zien dat Wilson een groot deel van haar inkomen besteedde aan wat ze droeg, of dat ze geld voor haar garderobe kreeg van haar ouders of kennissen. Nergens bleek uit de verslagen dat ze een vriendje had gehad. Ze was actief op twee aankomende sociale media – MySpace en Facebook – maar uit Ballards eerdere beoordeling kwam Wilson niet naar voren als een Hollywoodse partygirl. Ze leek haar vijfjarenplan serieus te nemen en de ruime collectie kleren en schoenen in haar woning maakte daar naar alle waarschijnlijkheid deel van uit. Aan de opnamen van een paar audities op haar computer te zien had ze meer dan eens een gooi gedaan naar jonge, maar diepgravende rollen in bioscoop- en tv-films. Ze had er steeds de bijbehorende kleren voor aangetrokken en Ballard zat nu te kijken naar de inloopkast waarin Laura die kostuums bewaarde. Het was deprimerend – dat de jonge vrouw een plan had gehad, daar hard voor had gewerkt en zichzelf erop had voorbereid, dat ze voor de spiegel aan de binnenkant van de kastdeur had gestaan en ervoor had gezorgd dat ze er precies goed uitzag, en dat al haar ambities haar in een afschuwelijke, gewelddadige nacht waren afgepakt. Ballard zwoer bij zichzelf dat ze deze zaak nóóit terug op de plank zou zetten. Wat er ook gebeurde, zolang ze aan zaken werkte zou ze ook aan deze zaak werken.

De emotie van het besef kwam hard aan. Ze pakte het moorddossier en bladerde door naar de pagina met contacten. De naaste familie stond vermeld als Philip en Juanita Wilson in Chicago. Volgens de korte beschrijvingen was Philip deelraadslid van een 14e Ward-commissie en Juanita lerares. Ballard wist dat ze oude wonden zou openrijten als ze belde, maar ze wist ook dat ouders nooit over de dood van een kind heen kwamen, hoe oud ze ook waren. Ze wilde dat de ouders wisten dat de zaak niet langer op de plank stond en dat eraan gewerkt werd.

Ze belde het nummer, dat na zeventien jaar nog steeds juist bleek. Een oude vrouwenstem nam het gesprek aan. Als Laura Wilson nog had geleefd was ze nu over de veertig geweest; haar moeder was dus op zijn minst in de zestig, en waarschijnlijk ouder.

'Mevrouw Wilson?'

'Jawel. Is dit het LAPD?'

Ballard begreep dat het telefoonnummer op het toestel van mevrouw Wilson werd weergegeven.

'Ja, mevrouw. Mijn naam is Renée Ballard. Ik ben rechercheur bij het LAPD. Ik ben belast met onopgeloste misdrijven.'

'Hebt u hem te pakken? De moordenaar van mijn meisje?'

'Nee mevrouw, nog niet. Ik bel u om te vertellen dat we het onderzoek hebben heropend en nieuwe aanwijzingen natrekken. Dat wilde ik u graag laten weten.'

'Wat voor aanwijzingen?'

'Daar kan ik u nu niets over vertellen, mevrouw Wilson. Maar als er iets gebeurt en we iemand aanhouden, zal ik u en uw man bellen en het u meteen laten weten. Op dit moment wil ik graag mijn...'

'Mijn man is dood. Hij is twee jaar geleden aan covid gestorven. Meteen in het begin al.'

'Wat naar om te horen.'

'Hij is nu bij Laura. Tegen het eind kon hij niet meer ademen. Hij stierf net als zij. Zij kon ook niet meer ademen.'

Ballard wist niet hoe ze het gesprek moest beëindigen. Ze dacht dat ze de ouders van Laura Wilson hoop zou geven, maar besefte dat ze de moeder vooral aan een oneindig trauma herinnerde.

'Ik kan u één ding zeggen, mevrouw Wilson, even tussen u en mij. We hebben Laura's zaak aan een andere zaak gekoppeld. We hopen dat het onderzoek naar de twee zaken samen ons zal helpen de man te pakken die het gedaan heeft.'

'Wat voor andere zaak? Bedoelt u een moord?'

'Ja. Een zaak van vroeger. Het DNA komt overeen.'

'Bedoelt u dat die man al iemand anders had vermoord voor hij Laura vermoordde? Een ander meisje? Is daar dan niet voor gewaarschuwd?'

'Het verband werd pas onlangs gelegd door middel van DNA, en de bijzonderheden van de misdrijven verschilden zo veel dat dat verband niet werd gelegd toen ze werden gepleegd. Hebt u misschien een pen bij de hand? Ik geef u graag mijn mobiele nummer, voor het geval u nog vragen hebt of zich iets herinnert.'

Het was een onhandige overgang, maar Ballard hoopte dat ze daarmee het gesprek kon afsluiten. Juanita Wilson schreef haar naam en nummer op en Ballard herhaalde haar uitnodiging om te bellen als ze vragen had of zich iets herinnerde wat het onderzoek kon helpen.

Toen ze het gesprek eindelijk had beëindigd stak Colleen Hatteras haar hoofd over het scheidingswandje.

'Was dat de moeder?'

'Ja,' zei Ballard.

Het irriteerde haar dat Hatteras had meegeluisterd.

'Is de vader dood?'

'Ja,' zei Ballard. 'Hij is gestorven voordat zijn dochter recht is gedaan.'

'Covid?'

'Ja.'

Ballard keek haar aan en vroeg zich af of ze gewoon goed had gegokt of oprecht iets aanvoelde. Ze besloot er niet naar te vragen.

'Hoe gaat het met de getuigenverklaringen?' vroeg ze in plaats daarvan.

Ze had Hatteras de verklaringen gegeven die de bekenden uit Laura Wilsons professionele en sociale kringen hadden afgelegd, om te bepalen of er tegenstrijdigheden in te vinden waren of dat ze nader onderzocht moesten worden. Dat laatste had weinig kans van slagen, aangezien de moord lang geleden was gepleegd en de ondervraagde personen zich die tijd nauwelijks meer zouden herinneren.

'Tot nu toe komt er niets bovendrijven,' zei Hatteras. 'Maar ik ben nog niet klaar.'

'Oké,' zei Ballard. 'Hou me op de hoogte.'

'Heb je het bewijsmateriaal opgevraagd bij het beslaghuis?'

'Ja. Dat zei ik al bij de vergadering. Het zou hier vandaag of morgen moeten zijn. Hoezo?'

'Mag ik de lijst zien?'

'Ja, natuurlijk.'

Ballard vond de lijst in een handomdraai, klikte de ringband open en gaf Hatteras de lijst over het wandje aan.

'Wat zoek je precies?' vroeg ze.

Hatteras gaf geen antwoord tot ze de lijst van eigendommen en bewijsstukken, die in 2005 waren opgeslagen had doorgenomen.

'Ik wilde alleen even zien wat er was,' zei Hatteras. 'Ze hebben haar nachtpon en de lakens gehouden.'

'Inderdaad,' zei Ballard. 'Dat zou bewijsmateriaal in de rechtszaal zijn geweest als er ooit een zaak was gekomen.'

'Soms kan ik een bericht krijgen van zulk bewijsmateriaal.'

'Hoe bedoel je, een bericht?'

'Ik weet niet. Een gevoel. Een boodschap.'

'Colleen, ik denk niet dat we het in die richting moeten zoeken. Ik moet ervoor waken dat ons onderzoek met succes in de rechtszaal kan worden aangevochten. Begrijp je dat? Ik denk dat de paranormale weg – en vat dat alsjeblieft niet persoonlijk op – zal leiden tot problemen met de geloofwaardigheid.'

'Dat weet ik. Ik begrijp het. Het is maar een idee, iets om te overwegen als we in het onderzoek tegen een muur op lopen.'

'Oké. Ik zal het onthouden. Maar je zegt dat je van soortgelijk bewijsmateriaal berichten krijgt. Wanneer heb je dat eerder gedaan?'

'Nou, ik heb het officieel niet eerder gedaan. Maar soms ben ik gebeld door gezinnen omdat ze van mijn gave hebben gehoord. Zo kwam ik terecht op het terrein van de genealogie. Omdat familieleden antwoord op hun vragen wilden.'

Ballard knikte en zei niets. Ze had graag gewild dat Hatteras dat tijdens de intake had gezegd.

'Ik ga hier weer even mee verder, Colleen,' zei ze.

'Natuurlijk,' zei Hatteras. 'Ik ook.'

Hatteras verdween uit het gezicht achter het wandje en Ballard probeerde de gedachte uit haar hoofd te zetten dat ze een verkeerde keus had gemaakt door haar in het team op te nemen. Ze ging verder met het doornemen van de foto's van de plaats delict. In Laura Wilsons inloopkast stond een bureau naast het schoenenrek. De fotograaf had alle zes de laden opengetrokken en de inhoud gefotografeerd zonder die aan te raken. De onderste vier laden zaten propvol opgevouwen kleding: ondergoed, sokken. De twee kleinere laden bovenin waren vooral gevuld met sieraden, haarbanden en andere accessoires. In een van de laden lag allerhande rommel. Bonnetjes, luciferboekjes, ansichtkaarten, kleingeld, oordopjes, telefoonladers, snoepgoed voor Halloween en dergelijke.

Maar één ding in die la sprong Ballard meteen in het oog, en geen klein beetje. Het was een ronde, witte button waarop in oranje letters

JAKE! stond. Aan de onderkant waren twee rood-wit-blauw gestreepte lintjes gehecht.

Ballard aarzelde even, draaide zich toen snel om naar haar computer en googelde de naam Jake Pearlman. Het raadslid was dan geen internationaal bekende politicus, hij had wel een eigen pagina op Wikipedia waar zijn gang naar de macht in Los Angeles werd beschreven. De eerste keer dat hij zich verkiesbaar had gesteld voor de gemeenteraad was in 2005. Hij was toen kandidaat voor de zetel van Hollywood; die kwam vrij toen een raadslid aftrad na een federale beschuldiging van overtreding van de regels voor campagnefinanciering. Jake Pearlman had de verkiezing verloren maar was actief gebleven in de politiek en won meer dan tien jaar later alsnog de zetel van Hollywood in de raad.

Ballard wist niet dat Pearlman zich zo vroeg al kandidaat had gesteld, maar herkende de campagnebutton wel omdat het raadslid dezelfde eenvoudige stijl had gekozen in zijn meer recente campagnes.

Ballard leunde naar achteren in haar stoel en dacht erover na. De verkiezingen van 2005 hadden plaatsgevonden op 8 november, slechts drie dagen na de moord op Laura Wilson. Op een gegeven moment had ze tijdens de campagne die button opgespeld of gekregen. Hij was in de la met rommel terechtgekomen. Als het iets betekende, wat moest dat dan zijn? Was het toeval dat ze een button in huis had waarop een kandidaat werd gesteund wiens zus elf jaar geleden was vermoord door een man die ook Laura zou vermoorden?

Ze moest in overweging nemen dat het geen toeval was en dat het verband iets in de zaak te betekenen had. Ze moest erachteraan. Ze moest meer informatie zien te krijgen.

En ze moest met Harry Bosch praten.

14

Bosch speelde geen golf. Dat was een sport waarvoor je meer geld nodig had dan hij als jongen kon besteden, en toen hij volwassen was had hij het te druk gehad met zijn werk om zich te kunnen overgeven aan uitstapjes van vijf uur op de golfbaan. Ook toen kostte het trouwens meer geld dan hij zich kon veroorloven, en hij had er bezwaar tegen om bezigheden waarbij gedronken en gerookt werd een sport te noemen. Evengoed wist hij er genoeg van om te vermoeden dat het onderhoud van de banen vroeg in de ochtend werd gedaan, voordat de golfers kwamen met hun elektrische karretjes, clubs en sigaren.

Hij kwam tegen elven aan bij de Sand Canyon Country Club en vond al snel het verscholen, afgescheiden gedeelte waar de machinerie waarmee de golfbanen werden onderhouden was gestald. Onder de uitgespreide takken van een oude zandden stond een lange tafel waaraan de werklieden hun pauzes konden doorbrengen. Bosch was niet op het golfspel gekleed, dus wisten ze meteen dat hij daar niet naar een verloren bal kwam zoeken. Bosch herkende Boatmans gezicht uit de vele die hem werden toegekeerd en wuifde.

'Jonathan, ik zou je graag even willen spreken,' zei hij.

'O... waarover?' zei Boatman. 'Wie ben jij?'

'Harry Bosch. Ik heb je moeder gisteren even gesproken. Ik dacht dat ze je wel zou vertellen dat ik vandaag even langs zou komen.'

'Mijn moeder? Die heeft niks gezegd. Ik heb pauze, man. Je kunt hier niet zomaar binnenlopen.'

Bosch keek om zich heen alsof hij de uitgang zocht. Op die manier viel zijn jasje open en was de badge aan zijn riem te zien. De badge was echt, maar waar onderaan vele jaren RECHERCHEUR had gestaan stond nu GEPENSIONEERD. Hij dacht dat hij zo ver van de tafel stond dat Boatman noch de anderen dat konden zien.

'Prima,' zei hij. 'Ik dacht dat dit wat tijd zou schelen. Maar dan maak ik wel een afspraak op het kantoor in het clubhuis.'

Hij draaide zich weer om naar de openstaande poort in het hek waardoor hij was gekomen. Zoals hij al verwachtte werd hij teruggeroepen. Boatman hield de leiding bij voorkeur buiten alles wat er maar aan de hand mocht zijn.

'Oké, het is wel goed, ik kom even mee,' zei hij.

Bosch draaide zich om en zag Boatman van de bank schuiven. Hij liep om de tafel heen naar Bosch toe. Harry zag dat zijn huid gaaf was en zijn gezicht voller dan op de politiefoto's. Op het oog was hij clean. Volgens de processen-verbaal die Bosch had gelezen was Boatman nu vijfendertig. Of hij nu wel of niet gestopt was met gebruiken, je kon hem zijn verleden als verslaafde aanzien in zijn verschijning en gedrag. Hij zag eruit als minstens veertig, had dun bruin haar en kromme schouders. En hoewel zijn armen bruin waren door het werken in de zon zag hij grauw in zijn gezicht. En nog steeds was de blik in zijn ogen doods en leeg.

'Waar gaat dit over?' vroeg hij. 'We hoeven de leiding er toch niet bij te halen?'

'Kunnen we ergens rustig praten?' vroeg Bosch.

'Niet echt. Maar hier buiten kan het wel even. Dit is wel klote, man. Het is mijn werk, ja? Ik zit er niet op te wachten dat de politie hier naar me vraagt.'

Boatman ging Bosch voor om het onderhoudsterrein heen naar een veld waar nieuwe graszoden lagen, door een in de wind opbollend zeil beschermd tegen de zon. De zoden waren ruim een meter hoog op houten pallets opgestapeld, klaar om te worden weggebracht naar delen van het golfterrein waar behoefte was aan nieuw gras.

Hij draaide zich abrupt om naar Bosch.

'Nou, waar gaat dit over? Ik ben volkomen clean. En dat ben ik al twee jaar, vier maanden en zes dagen.'

'Het interesseert me niet of je clean bent, Jonathan,' zei Bosch. 'Dit gaat niet over je drugsverleden.'

'Waarover dan wel? En wat heeft mijn moeder ermee te maken?'

'Weet je nog dat er bij je moeder werd ingebroken? Ik had het er gisteren over met haar. Toen werd jouw naam ook genoemd en ik dacht dat ik jou maar even moest vragen wat jij je ervan herinnert.'

Boatman zette zijn handen in zijn zij en nam een intimiderende houding aan – dacht hij. Hij was bijna tien centimeter langer dan Bosch en ging er ten onrechte van uit dat hij met zijn lengte en leeftijd in het voordeel was.

'Kom je helemaal hiernaartoe om dáárover te praten?' zei hij. 'Een inbraak van tien jaar geleden waar een mobieltje werd gejat?'

'Ik dacht aan een inbraak van zes jaar geleden,' zei Bosch kalm. 'En er werd wel meer gejat dan alleen een telefoon.'

'Als jij het zegt. Wat kan het verdomme schelen? Ik was er niet eens bij. Waarom kom je naar mijn werk voor dit soort ongein? Probeer je me te laten ontslaan, klootzak? Je mag dan twee keer zo oud zijn als ik, maar ik mep die rotkop...'

Voor hij de bedreiging kon afmaken schoot Bosch' linkervuist uit naar Boatmans keel. Boatman kon geen woord meer uitbrengen, deed een stap naar achteren en boog zich voorover om te proberen lucht binnen te krijgen. Bosch legde een hand op zijn schouder om hem overeind te houden.

'Het komt zo weer goed,' zei hij. 'Ontspan even en het komt weer terug.'

Boatman zakte door zijn knieën en kwam met zijn achterwerk op de grond terecht. Bosch liet hem voorzichtig zakken tot hij op zijn rug lag.

'Je bent je adem even kwijt, meer niet,' zei hij. 'Als je je rustig houdt krijg je vanzelf weer lucht.'

Boatmans gezicht was bijna paars, maar Bosch zag zijn huidskleur alweer bijtrekken en zijn ademhaling weer langzaam normaal worden.

'Zie je wel,' zei hij. 'Zo gaat-ie weer. Gewoon blijven ademen.'

'Krijg de tyfus,' zei Boatman.

Het kwam er moeizaam en piepend uit.

'Je bedreigde me. Daar moest ik iets tegen doen,' zei Bosch.

'Ik bedreigde...'

Hij praatte niet verder, besefte dat het daar nog te vroeg voor was. Bosch zat op zijn hurken naast hem, klaar om weer een mep uit te delen als Boatman zo stom was wraak te willen nemen.

Maar nee. Hij ontspande en draaide zijn hoofd om, om te kijken of zijn collega's hadden gezien dat hij door een ouwe kerel was gevloerd.

'Wat wil je verdomme van me?' zei hij ten slotte.

'Ik wil weten of jij die inbraak pleegde.'

'Waarom zou ik mijn eigen moeder bestelen?'

Boatman wilde overeind komen, maar Bosch legde een hand op zijn borst en duwde hem terug.

'Blijf liggen. Je stal haar geld om drugs te kopen. Crystal meth, hè?'

'Ik praat niet met jou, man,' zei Boatman. 'Ik vertel jou helemaal niks, nada.'

'Zeker weten? Ik bedoel – het doet er toch niet toe. Het is allang verjaard. Als ik destijds een betere agent was geweest hadden de zaken er anders voor gestaan. Maar je had mazzel. Je kunt nu niet meer worden beschuldigd. Dus kun je 't net zo goed gewoon vertellen.'

'Ik zei al, ik zeg helemaal niks.'

Hij keek weg, weigerde Bosch aan te kijken.

'Het is oké, Jonathan. Zo weet ik het ook.'

'Nietwaar, eikel,' zei Boatman.

'Juist. En wat zei je moeder gisteren toen ze je belde nadat ik was weggegaan?'

'Ze zei dat je een klootzak bent.'

'O, echt? Dat komt hard aan.'

'Mooi.'

Bosch klopte hem op zijn wang.

'Doe geen verkeerde dingen, Jonathan.'

Zijn knieën kraakten terwijl hij overeind kwam. Hij wankelde even terwijl hij zijn evenwicht hervond en probeerde zijn eigen uitputting te verbergen. Hij draaide zich om en liep naar het parkeerterrein.

'Krijg de tyfus, ouwe zak!'

Het kwam er nog best hard uit, maar weinig overtuigend. Bosch nam niet de moeite om nog achterom te kijken. Hij wuifde even, sloeg een hoek om en was uit het zicht.

Toen hij aankwam bij zijn auto voelde hij zich al een beetje beter over de fout die hij zovele jaren geleden bij die inbraak had gemaakt. In elk geval ondernam hij actie om de loop der gebeurtenissen te corrigeren.

Hij wist wel dat Boatman binnen een paar minuten zijn moeder aan de lijn zou hebben. Ook dat vond Bosch prima. Sheila Walsh mocht best weten dat dit in de verste verte nog niet voorbij was.

15

Ballard wilde weg uit Ahmanson om na te denken. Ze reed naar Abbott Kinney in Venice en bestelde een ‘oogstbowl’ bij The Butcher’s Daughter. Sinds het uit was tussen haar en Garett Single, de verpleegkundige, at ze meestal vegetarisch als ze in haar eentje was. Single had zich laten voorstaan op zijn barbecuekunsten, wat een vast onderdeel van de relatie was geweest. De afgelopen drie maanden had ze zichzelf van hem en van alle rood vlees gezuiverd. Ze gaf nu de voorkeur aan daikon boven stoofvlees en kon zich net als de dochter van de slager niet voorstellen dat ze ooit nog rood vlees zou eten.

Onder het eten maakte ze terloops een lijstje. Toen werd ze gebeld door een van de eerste namen die ze had opgeschreven. Nelson Hastings.

‘Ik laat maar even van me horen,’ zei hij, ‘om te zien of ik het raadslid vandaag nog iets kan voorleggen.’

‘U stond ook op mijn lijstje,’ zei Ballard.

‘Serieus? Is er nieuws dan?’

‘Ik wilde iets vragen. Hoe ver terug gaan de campagnearchieven van raadslid Pearlman?’

‘Als je de driemaandelijkse CDV bedoelt: die zijn er vanaf dag één. Vanwaar de vraag?’

‘Wat is een CDV?’

'Campagnedonatieverslag. Het is wettelijk verplicht de donaties bij te houden. Maar nogmaals: vanwaar de vraag, inspecteur?'

Zijn stem klonk dwingend en hoger dan gewoonlijk. Ballard besefte dat de financiën het meest waarschijnlijke terrein vormden waarop politici de wet overtraden – als het zover kwam. Ze probeerde vlug de bezorgdheid weg te nemen.

'Het heeft niet te maken met campagnebijdragen,' zei ze. 'Ik heb interesse in personeel, vrijwilligers, dat soort dingen. Tot hoe ver gaat dat terug?'

'Nou, we hebben er wel iets over,' zei Hastings. 'Dat zou ik moeten nakijken. Zoek je iets in het bijzonder?'

Ballard merkte op dat zijn stem weer de gewone klankkleur had gekregen.

'Laura Wilson,' zei Ballard. 'Er lag een JAKE!-campagnebutton bij haar in de la en ik vroeg me af of ze misschien vrijwilligerswerk voor hem had gedaan. Ze zou waarschijnlijk het geld niet hebben gehad om een donatie te doen, maar haar ouders waren actief in de politiek in Chicago. Ik kan me voorstellen dat ze zichzelf weer bij de politiek betrok toen ze hier kwam wonen.'

'Zei je eerder niet dat ze elf jaar na Sarah is vermoord?' zei Hastings. 'Dat zou dus zijn in 2005? 2006? Jake kwam pas tien jaar geleden in de raad.'

'Klopt, maar in 2005 was hij kandidaat in een speciale verkiezing voor dezelfde zetel. Hij verloor toen. Laura woonde in het district waarvoor hij zich verkiesbaar had gesteld, dus dacht ik dat er misschien...'

'Het is in elk geval van voor mijn tijd. Ik zal even moeten kijken wat we nog aan verslagen hebben. Wat zou het betekenen als het inderdaad zo is en ze meewerkte aan de campagne?'

'Dat weet ik nog niet. We zoeken verbanden tussen de slachtoffers, en als ze voor Jake werkte is dat een zeer interessant verband. Maar we zouden dan verder moeten kijken wat het ons oplevert.'

'Juist, ik begrijp wat je bedoelt. Dan ga ik kijken wat we nog aan verslagen hebben en kom er zo gauw mogelijk op terug. Oké?'

'Dat zou fantastisch zijn. Ik ben nu even niet op kantoor, maar als ik weer terug ben zou ik wel even een foto kunnen mailen. Misschien is dat handig.'

'Jawel, maar ik denk dat Jake het nog wel weet. Die vergeet nooit het gezicht van een supporter.'

'Prima. Als u hem zou willen laten zoeken...'

'Geen probleem, zal ik doen.'

'Dank u wel.'

Ballard beëindigde het gesprek en belde meteen Darcy Troy in het DNA-lab; ze wist wel dat ze Tom Laffont misschien schoffeerde, aangezien ze hem de medische aspecten te doen had gegeven, maar ze wilde druk op de ketel houden.

'Darcy, met Renée. Heb je nog van Tom Laffont gehoord vandaag?'

'Eh, nee, had dat gemoeten dan?'

'Niet speciaal, maar het had kunnen zijn dat hij had gebeld. Kun jij zien of de wattenstokjes er nog zijn waarmee DNA-monsters in de zaak-Wilson zijn genomen?'

'Dat kan ik wel nagaan, ja. Die zouden er wel moeten zijn, tenzij er een opdracht tot vernietiging is gekomen van de officier van justitie. Maar dat hoort alleen te gebeuren als een zaak gesloten wordt.'

'Mooi. Kun je dat nagaan, alsjeblieft? En dan wil ik je om een gunst vragen.'

'Je wilt nog nader onderzoek.'

'Ja. Ik wil meer over het bloed weten. In 2005 waren ze alleen geïnteresseerd in het opsporen van DNA. Ik wil weten waarom die kerel bloed in zijn urine had. De verslagen in het moorddossier zijn erg summier. Het kon aan de nieren liggen of aan de blaas. Ik zou zo denken dat het onderzoek naar lichaamssappen na al die jaren wel vooruitgang had geboekt.'

'Ik ga kijken en laat weten wat we hebben.'

'Hoelang gaat dat duren?'

'Het valt eigenlijk niet onder mij, maar ik regel wel wat. Als er nog materiaal is. Soms is alles opgegaan aan het DNA-profiel.'

'Duimen dan maar. Dank je wel, Darcy.'

'Tot je dienst.'

Ballard beëindigde het gesprek en herinnerde zichzelf eraan dat ze Laffont moest vertellen dat ze dit in gang had gezet. Ze stopte alles wat ze op tafel had gelegd in haar rugzak, legde geld bij de rekening en ging weg.

Twintig minuten later was ze terug op Ahmanson. Ze stapte net uit haar auto toen ze teruggebeld werd door Nelson Hastings.

'Hebt u iets gevonden, meneer Hastings?'

'Niets waarvan ik denk dat het het onderzoek verder kan helpen. Onze personeelsarchieven, CDV's en donorlijsten zijn compleet sinds zes jaar, toen Jake Pearlman tot raadslid werd verkozen. Alles van daarvoor werd blijkbaar niet bewaard omdat hij die eerdere verkiezing verloor. Ik heb nog even gevraagd op kantoor en aan Pearlman zelf of iemand zich Laura Wilson herinnerde, maar tevergeefs.'

'De kans was ook klein. Had het raadslid in 2006 een campagnemanager? Misschien weet die nog of Wilson toen vrijwilliger was.'

Terwijl Ballard de vraag stelde zag ze Bosch in zijn groene Cherokee het parkeerterrein op rijden.

'Ik weet wel zeker van wel en ik zal de naam voor je opzoeken,' zei Hastings. 'Maar ik denk dat de kans ook daar klein is, inspecteur. Pearlman zou het zich zeker herinneren als iemand die aan zijn campagne had meegewerkt was vermoord. En om eerlijk te zijn: een Afro-Amerikaanse vrijwilliger of supporter zou het team zich ook herinneren.'

Ballard knikte. 'Waarschijnlijk hebt u gelijk,' zei ze. 'Dank u wel voor de moeite. Het zou super zijn als u me de naam van de campagneleider nog even kon mailen.'

Ballard zag dat Bosch de achterklep van zijn auto opendeed en dozen begon uit te laden. Aan het rode plakband te zien waren het dozen met bewijsmateriaal uit het beslaghuis. Ze begon in zijn richting te lopen.

'Inspecteur Ballard, mag ik een gevoelig onderwerp aansnijden?' zei Hastings.

'Eh, ja, natuurlijk,' zei Ballard. 'Wat dan?'

'Je lijkt op weg om de dood van die vrouw te koppelen aan ons raadslid of zijn campagne, en ik wil je waarschuwen de nodige voorzichtigheid in acht te nemen. Iedere suggestie dat het raadslid hierbij betrokken is, is volkomen ongerijmd. Ik ben ervan overtuigd dat we het daarover eens zijn, maar als dit in de media terechtkomt kan het veel en ongewenst stof doen opwaaien. Wees dus voorzichtig, inspecteur Ballard. Je hebt het over een campagnebutton waarvan er honderden, zo niet duizenden zijn gemaakt.'

Ballard bleef tussen de auto's op het parkeerterrein staan om te reageren. Ze zag dat Bosch haar had zien aankomen en nu bij zijn Cherokee op haar wachtte.

'Natuurlijk gaan we zeer zorgvuldig en voorzichtig te werk, meneer Hastings. En mijn vraag heeft in geen enkel opzicht betrekking op het raadslid. Dat kunt u hem zeggen.'

'Dat zal ik doen, inspecteur.'

Hastings maakte een einde aan het gesprek en Ballard liep verder naar Bosch. Hij zag aan haar gezicht dat er iets was gebeurd.

'Wat is er?' vroeg hij.

'Niets,' zei Ballard. 'Alleen maar meer flauwekul van de waakhond van ons gemeenteraadslid. Ik zie dat je bij het beslaghuis bent geweest.'

'Ja. Ze hebben me een paar dozen van de zaak-Wilson meegegeven. Ze zeiden dat jij die had besteld en dat ik een koerier kon uitsparen als ik ze zelf meenam. Kun jij er ook een dragen?'

'Ja, natuurlijk.'

Ballard zwaaide haar rugzak over haar schouder en pakte de doos van het oorspronkelijke onderzoek in de zaak-Wilson. Het was een forse doos, maar hij was niet zwaar. Ze pakte hem op, zette hem toen op de bumper en keek Bosch aan.

'Heb je die junk gesproken?'

'Ja,' zei Bosch. 'Hij is nu clean, maar hij gaf zo goed als toe dat hij de inbraak in het huis van zijn moeder pleegde. Nu ik weet dat hij het was denk ik anders over McShane. Die kan op elk moment tussen de moorden en de inbraak in dat huis zijn geweest.'

'Harry, dit kun je niet maken.'

'Wat niet?'

'Buitenspelen met je troetelzaak terwijl ik duidelijk heb gezegd dat ik je voor Wilson nodig heb.'

'Troetelzaak? Er zijn vier mensen vermoord, een heel gezin, en begraven in de woestijn. Noem dat maar een troetelzaak.'

'Ja, natuurlijk is het een grote zaak. Een belangrijke zaak. Maar Wilson heeft op dit moment prioriteit. Ik zal je er niet van weerhouden aan de zaak-Gallagher te werken, maar op de korte termijn heb ik je nodig voor Wilson. En ik wil niet de feeks zijn die jou commandeert. Kun je dit alsjeblieft voor me doen?'

'Ik ben toch hier? Ik sta toch klaar? Wat ik vandaag heb gedaan zal Sheila Walsh aan het denken zetten. Wat is die Bosch van plan? Daar kan zij op kauwen terwijl ik aan Wilson werk en dan kom ik erop terug. Ik neem er de tijd voor, met haar. Dus: wat wil je dat ik doe?'

'Laten we dit even naar binnen brengen en verder praten.'

'Prima. Overigens ben je geen feeks, wat je daar ook onder verstaat. Ja? Jij bent meer een woestijnster.'

'Wat dat ook moge zijn.'

'Een bloem die zowel de hitte als de kou trotseert. Die álles trotseert. Zelfs een ouwe kerel die zijn eigen zin doet.'

Ballard dacht even na over het compliment dat hij haar gaf. Ze vond het eigenlijk wel leuk. Toen tilde ze de doos weer op en deed een stap naar achteren zodat Bosch, die twee dozen met één hand vasthield, de achterklep dicht kon doen.

'Laten we dit even op kantoor droppen en dan ergens praten,' zei Ballard. 'Ik wil weten wat je van een paar dingen denkt.'

'Check.'

'Dat moet je niet meer zeggen. Iedereen moet dat niet meer zeggen.'

‘Wat is er mis mee?’

‘Als influencers het op TikTok zeggen is het niet leuk meer.’

‘Ik begrijp geen woord van wat je zegt.’

‘En dat is alleen maar goed. Gaat het wel?’

Ze had de indruk dat Bosch het met de twee dozen toch niet makkelijk had.

‘Zeker wel,’ zei hij met nadruk.

‘Koffietje doen?’

‘Mijn idee.’

‘Prima. Op de eerste verdieping is een koffiekamer waar verder niemand van het team van weet. Hij is eigenlijk voor de docenten van de academie, maar die zijn vandaag allemaal naar het Elysian voor een diploma-uitreiking. Laten we daar maar even gaan zitten.’

‘Check.’

16

Nadat ze de dozen met bewijsmateriaal op hun werkplek hadden neergezet gingen Ballard en Bosch naar de koffiekamer op de eerste verdieping. Bij een kop zwarte koffie bracht Ballard Bosch op de hoogte van de laatste gebeurtenissen in de zaak-Wilson. Ze liet hem de foto van de la met rommel zien en vroeg wat hij ervan dacht. Bosch doorzag haar terughoudendheid. Ze vroeg dan wel neutraal om commentaar, maar hij merkte meteen dat ze opgewonden was over een mogelijke aanwijzing.

'Tja, ik geloof niet in toeval tot er geen andere verklaring is,' zei hij. 'Dit moet worden nagetrokken. Heb je...'

'Ik heb Pearlmans chef-staf gevraagd ernaar te kijken,' zei Ballard. 'Hastings kon geen verslagen vinden van de verkiezing waar Pearlman niet werd gekozen. Pearlman zei zelf dat hij zich Laura niet herinnerde en zijn huidige personeel is van na die tijd. Hastings zei dat hij zou opzoeken wie er campagneleider was in 2005. Die persoon wil ik spreken. Ik heb zelf het idee dat het een soort wilde actie was, een manier waarop Pearlman naamsbekendheid kon verwerven, maar dat hij vanaf het begin wist dat de kans klein was dat hij zou winnen.'

'En Wilson? Was er iets bij haar thuis waaruit bleek dat ze politiek betrokken was of gemotiveerd?'

'In haar woning niet, nee. Maar haar vader wordt in het moorddossier beschreven als deelraadslid van de 14e Ward in Chicago. Ze kreeg politiek dus van huis uit mee. Ze kan die interesse ook hier aan de dag hebben gelegd. Haar appartement was in het district waarvoor Pearlman kandidaat was. En hij is er nu inderdaad vertegenwoordiger van.'

Bosch zei niets, nam een slokje koffie en dacht na over de mogelijkheden van deze invalshoek en of het de moeite was er tijd in te steken terwijl er ook andere invalshoeken waren. Maar net als Ballard was ook hij geïntrigeerd door de campagnebutton. Elf jaar nadat Pearlmans zus werd vermoord lag zijn campagnebutton thuis bij een vrouw die door dezelfde dader was vermoord.

Het kon heel goed toeval zijn. Ballard zei dat er destijds honderden buttons waren verspreid. Maar het voelde niet aan als toeval en Bosch begreep Ballards vermoeden maar al te goed.

'Als je die campagnemanager spreekt herinnert hij zich misschien ook hoeveel van die dingen er zijn gemaakt,' zei hij. 'En aangezien Wilsons vader ook in de politiek zat zou je hem wel kunnen vragen of zijn dochter het erover had dat ze zich hier ook ergens voor wilde inzetten.'

'Haar vader is dood,' zei Ballard. 'Covid. Ik heb haar moeder gesproken, maar dat was voordat ik dit ontdekte. Ik zal haar nog eens bellen en vragen naar de politiek. En ik zal vragen wie Laura's appartement na haar dood heeft opgeruimd. De kans dat daar iets uitkomt is klein, maar misschien heeft iemand haar spullen nog.'

Bosch knikte. Daar had hij niet aan gedacht. Ouders die hun kinderen verliezen bewaren vaak alles wat hen aan ze herinnert.

'Goed idee,' zei hij. 'Is er nog nieuws over het bloed en het DNA?'

'Nog niet,' zei Ballard. 'Maar toen ik terugkwam van de lunch kreeg ik een mailtje van Darcy Troy van het lab. Ze heeft in de koeling van serologie gekeken. De wattenstaafjes van de zaak-Wilson – die van het toilet – zijn er nog en er is genoeg over om meer testen mee te doen. Ze hoopt dat ze ons morgen meer kan vertellen over wat de dader precies mankeerde.'

'Dat zou mooi zijn,' zei Bosch.

'Dat soort dingen werd destijds niet onderzocht.'

'Waarschijnlijk waren ze allang blij dat ze er DNA uit wisten te halen.'

'Tja, dat zij er niet bij stilstonden kan in ons voordeel zijn. Sinds 2005 zijn de technieken beter geworden. Misschien kunnen wij nu wel dingen waarnemen die ze toen niet konden zien.'

'Hou me op de hoogte.'

'Check. Ik zal – verdomme, nou heb ik het toch gezegd!'

Bosch glimlachte terwijl Ballard opstond en haar lege bekertje in de prullenbak gooide. Ze liepen de trap af, terug naar hun eigen verdieping. Toen ze daar aankwamen zag Bosch dat de doos met bewijsmateriaal die Ballard op haar bureau had gezet open was. Colleen Hatteras stond ernaast en hield iets omhoog dat eruitzag als een roze nachtpon. Ze was alleen.

'Colleen, wat sta je daar te doen?' vroeg Ballard.

'Ik moest het gewoon zien,' zei Hatteras. 'Om het te voelen.'

'Ten eerste had je dat hoe dan ook niet moeten doen na ons gesprek over dat soort zaken. Ten tweede, en nog belangrijker: je had handschoenen aan moeten doen.'

'Met handschoenen gaat het niet.'

'Pardon?'

'Ik moet haar kunnen voelen.'

'Leg het terug in de doos. Nu meteen.'

Hatteras deed wat haar was gezegd.

'Ga terug naar je werkplek,' beval Ballard.

Met een nors gezicht wendde Hatteras zich af van Ballards bureau en liep naar haar eigen plaats.

Ballard wierp Bosch een blik toe. Hij had haar nog nooit zo overstuur gezien. Hij liep naar zijn eigen werkplek, controleerde de dozen van de zaak-Gezin Gallagher en zag dat de rode tape daar niet was aangeroerd. Hij ging zitten maar zag dat Ballard nog te opgewonden was om dat ook te doen.

'Colleen, ik wil dat je naar huis gaat,' zei ze.

'Wat zeg je nou?' zei Hatteras. 'Ik zit midden in het onderzoek naar haar afkomst.'

'Interesseert me niet. Ik wil je hier vandaag niet meer zien. Je moet nu gaan. Ik moet hierover nadenken.'

'Hoezo, nadenken?'

'Ik heb je vanochtend gezegd dat we niet op deze weg verder zouden gaan en dat heb je toch gedaan. Dit is een team, maar ik heb wel de leiding en je bent recht tegen mijn bevel in gegaan.'

'Ik had het niet als een bevel begrepen.'

'Dat was het. Dus ga je weg. Nu.'

Ballard ging alsnog zitten en verdween uit Bosch' gezicht. Hij kon Hatteras niet zien, maar hoorde haar een la opentrekken en met een klap weer dichtschuiven. Een rits, vermoedelijk van een tas, werd met een ruk dichtgetrokken. Toen dook ze weer op en liep naar de deur. Ballard zei niets.

Hatteras was halverwege het gangpad dat naar de uitgang leidde toen ze een pirouette maakte en terugliep naar Ballard.

'Voor wat het waard is,' zei ze, 'hij is dichtbij. Haar moordenaar is in de buurt.'

'Ja, dat zei je ook over McShane,' zei Ballard. 'Ik neem het voor kennisgeving aan.'

'Ik zei niet dat McShane in de buurt was. Ik zei dat hij nog steeds in het land was. Zo gaat het nou altijd.'

'Ga gewoon naar huis, Colleen. Morgen praten we verder.'

Hatteras maakte weer een pirouette en liep naar de uitgang. Toen ze weg was ging Ballard rechtop zitten zodat ze Bosch over de scheidingswand kon aankijken.

'Wat moet ik daar nou mee?'

Bosch schudde zijn hoofd.

'Tja. Ik weet het ook niet. Ik weet niet hoe belangrijk het werk aan de stambomen is.'

'Heel belangrijk,' zei Ballard.

'Kun je er iemand anders op zetten? Lilia misschien?'

'Colleen is er volledig in thuis. Maar dat paranormale gedoe is een probleem. Heeft ze aan jouw dozen gezeten?'

'Nee, alles oké.'

'Dit gaat de verkeerde kant op. De leiding hebben is een klotebaan. Ik wil gewoon zaken uitpluizen.'

'Duidelijk.'

Ze zakte weer weg achter het wandje, maar het duurde niet lang of ze stond weer op.

'Ik moet hier weg, Harry,' zei ze. 'Ik moet naar de Valley en ik heb een partner nodig.'

Bosch stond op, klaar voor vertrek.

17

Ze namen Ballards stadsautootje. Pas toen ze al helemaal op de 405 North waren vroeg Bosch wat ze gingen doen.

'Ik heb onder de lunch een actielijst gemaakt en daar staat een verhoor op dat ik wil afstrepen,' zei Ballard. 'Het valt binnen de gepaste zorgvuldigheid en we kunnen het net zo goed nu doen. En ik moest gewoon even weg daar.'

'Best,' zei Bosch. 'Wie wil je verhoren?'

'Ene Adam Beecher. Hij zat in Burbank in hetzelfde toneelgezelschap als Laura Wilson. De OR's neigden destijds naar de theaterdirecteur, Harmon Harris, omdat ze hadden gehoord dat hij een jaar voor Wilsons dood een verhouding met haar had gehad. Ze dachten dat er misschien nog kwaad bloed zat. Harris ontkende de affaire en ze lieten het voor wat het was toen hij met Beecher kwam als alibi.'

Ze wist dat Bosch wel wist dat 'OR' coldcasejargon was voor 'oorspronkelijke rechercheur'.

'Beecher bevestigde dat hij op de avond van het misdrijf bij hem was,' zei hij.

'Precies,' zei Ballard. 'En daar zou ik het bij hebben gelaten als ik die types niet onder de lunch even gegoogeld had en erachter kwam dat Harmon Harris een paar jaar geleden door een Metootje de tent uit is geknikkerd. Het zat in een serie van de *L.A. Times* over de amusementsindustrie. Er kwamen klachten over Harris wegens seksueel geweld en intimidatie van zowel mannen als vrouwen. Hij zal in Hollywood wel zo'n player geweest zijn, en dat strookt voor mij niet helemaal met dat smoesje van ik-ben-onschuldig-want-ik-ben-gay.'

'Juist.'

'Volgens dat verhaal in de *L.A. Times* hadden diverse anonieme bronnen gemeld dat Harris in zijn lessen en het theater kasthomo's afperste. Hij dreigde hun acteercarrière te ontwrichten door het gerucht te verspreiden dat ze gay waren.'

'Dus jij denkt dat Beecher dat alibi misschien onder dwang heeft bevestigd. Heeft Harris nog steeds de leiding over dat theater?'

'Nee, hij is dood. Hij kwam vorig jaar om bij een auto-ongeluk. Een maand nadat hij aan de schandpaal was genageld. Hij was tegen een viaduct gebotst op de 101.'

'Zelfmoord?'

'Grote kans. Maar goed, zoals ik al zei, ik hoop dat ik dit gewoon kan afvinken. Ik zit niet te wachten op een 'Zaak gesloten – Dader overleden'. Ik heb geen zin om aan Jake Pearlman te moeten vertellen dat we de moordenaar hebben gevonden, maar dat het aardse recht geen vat meer op hem heeft.'

'Dat snap ik. En de OR's? Heb je die gesproken?'

'Een is er dood. De ander heeft me nooit teruggebeld. Hij is met pensioen en woont in Idaho.'

Veel politieagenten uit L.A. verhuisden na hun pensioen zover bij hun oude werkterrein vandaan als ze zich maar konden veroorloven. Idaho was een geliefde plek, velen noemden het 'Blue Heaven', vanwege de lage misdaadcijfers, de schone lucht, de conservatieve politiek en de algemene houding van met rust gelaten willen worden. Een van de redenen waarom Ballard Bosch zo sympathiek vond was zijn besluit om te blijven wonen in de stad waar hij zo veel jaren van zijn leven aan gewijd had.

'Ik heb twee boodschappen ingesproken,' zei ze. 'Hij lijkt me er zo een die niet gaat terugbellen. Zo van: als hij het niet kon oplossen, kan niemand het. Daar heb ik zó'n pesthekel aan.'

Het was niet voor het eerst dat ze op zulk gedrag stuitte bij onopgeloste zaken, en ze begreep er niets van dat een rechercheur zijn trots niet opzij kon schuiven om een slachtoffer en een familie die een dierbare was verloren recht te doen. Ze dacht ook dat het een typisch man-vrouwdingetje was. Die dinosaurussen moesten er niet aan denken dat een vrouwelijke rechercheur hun mislukte onderzoek oppakte en de zaak oploste.

'Hoe heet hij?' vroeg Bosch. 'Misschien ken ik hem nog wel van vroeger.'

'Dale Dubose,' zei Ballard. 'Hij werkte op Moordzaken bij bureau Northeast.'

'Ik kan me hem niet herinneren. Hoe kwam die zaak bij Northeast terecht? Tamarind valt onder Hollywood.'

'Blijkbaar had Hollywood die dag al twee zaken gekregen en moesten ze alle zeilen bijzetten. De hoofdinspecteur heeft deze bij Northeast gedumpt.'

Hollywood en Northeast lagen naast elkaar. Het was niet ongebruikelijk dat zaken afhankelijk van de werkdruk en de beschikbare mankracht heen en weer geschoven werden.

'Ik kan eens rondvragen bij de jongens die ik nog uit die tijd ken,' zei Bosch. 'Kijken of iemand hem kent en er wél telefonisch doorheen komt.'

'Dank je, Harry,' zei Ballard. 'Maar ik weet niet of we iets aan hem hebben. Zijn partner en hij hebben wel alles keurig bijgehouden, dat moet ik ze nageven.'

'En hoe zit het met dat bloed in de urine?'

'Dat kan ik ze eigenlijk niet kwalijk nemen. Destijds konden ze nog niet zo veel uit het serologisch onderzoek halen. En zelfs al hadden ze een lijst gehad van iedereen met nier- en blaasaandoeningen in L.A., wat kun je daar dan mee? Dat zouden duizenden mensen zijn.'

'Ze hadden op zijn minst kunnen kijken naar mensen met een strafblad, zedendelinquenten. Dat zou al een veel korter lijstje hebben opgeleverd.'

'Dat is waar. Maar vergeet niet dat ze bij bureau Northeast zaten, niet in het centrum bij Bijzondere Moordzaken. Zij waren het tweede echelon.'

'Dat doet er niet toe. Dat was ik ook, en elke persoon telt. Weet je waar het hier om gaat? Ze was zwart en ze hebben het spoor gewoon niet tot het einde gevolgd. Die kerel in Blue Heaven, mag ik zijn nummer? Dan bel ik hem wel even.'

'Om wat te zeggen? Dan krijg je zijn voicemail.'

'Ik zal hem zeggen dat ik naar hem toe kom als hij me niet terugbelt. En dat gaat hij niet leuk vinden.'

'Oké, Harry. Bedankt. Ik stuur je het nummer zo meteen, na dit verhoor.'

Ballard voegde in op de 101, reed langs de noordelijke hellingen van de Santa Monica Mountains en verliet de snelweg weer bij Studio City. Ze was op weg naar het adres dat op het rijbewijs van Adam Beecher stond vermeld: een huis aan Vineland Avenue in de heuvels.

Plotseling realiseerde ze zich iets.

'Verdorie, Harry,' zei Ballard. 'Sorry, ik bedenk nu pas dat we met twee auto's hadden moeten gaan. We zitten vlak bij jouw huis en nu moet je eerst weer helemaal terug naar Ahmanson voor je auto.'

'Geen probleem,' zei Bosch. 'Je moest me toch bijpraten.'

'En jou vervelen met Dubose. Weet je wat? Als we klaar zijn zet ik je thuis af en dan haal ik je morgen op als ik naar kantoor ga.'

'Ja… we zien zo meteen wel. Ik moet even bedenken of ik mijn auto vanavond misschien nog nodig heb.'

'Oké. Spannend afspraakje?'

'Eh, nee. Maar over spannende afspraakjes gesproken: ik was eigenlijk wel benieuwd hoe het met jou en die brandweerman gaat.'

'Hij is ambulancebroeder en hij is verleden tijd.'

'O, sorry, dat wist ik niet. Hopelijk was het jouw beslissing.'

'Dat was het.'

'Zagen jullie elkaar niet vaak genoeg?'

'Nee, integendeel. Hij draaide diensten van drie dagen op vier dagen af, en als hij vrij was wilde hij niks anders dan barbecueën en herhalingen van *Chicago Fire* kijken.'

'Hm,' zei Bosch.

Ballard wist dat ze zich bij Bosch niet hoefde in te houden, maar ze vertelde niet verder. Ze wilde zich concentreren op de zaak en het verhoor van Adam Beecher.

Ze zette de auto aan de kant voor een huis dat aan zo'n sterk hellend stuk straat was gebouwd dat de ene kant van het huis twee verdiepingen had en de andere slechts één. Een bochtig stenen pad leidde naar de voordeur in het hogere deel van het huis.

'Harry, denk je dat je die trap aankunt?' vroeg Ballard.

'Geen probleem,' zei Bosch. 'Is die vent nog steeds acteur?'

'Nee, niet meer. Ik heb hem op IMDb opgezocht en hij heeft een jaar of tien, twaalf geleden een paar rolletjes gehad bij de televisie. Zijn laatste vermeldingen zeggen allemaal "Afdeling Locaties" bij verschillende programma's die hier in L.A. zijn opgenomen.'

'Dat doet hij dan behoorlijk goed. De huizen hier lopen in de zeven cijfers.'

'Misschien huurt hij het. Zullen we?'

Ballard opende haar portier. De auto stond zo schuin dat de deur direct weer dicht sloeg onder zijn eigen gewicht. Ze probeerde het nog eens en duwde het portier nu met haar voet helemaal naar buiten, waar het bleef staan. Bosch worstelde zich ook naar buiten en liep om de achterkant heen naar haar toe.

'Verwacht hij ons?' vroeg hij.

'Nee,' zei Ballard. 'Ik wilde hem verrassen.'

Bosch knikte goedkeurend.

'Ik hoop wel dat hij thuis is,' zei Ballard. 'Tijdens de lockdown was het een stuk makkelijker om mensen thuis te treffen.'

Ballard liep omhoog naar de voordeur en wachtte daar op Bosch. Hij kwam puffend boven.

'Gaat het?' vroeg ze.

'Geen centje pijn,' zei hij.

Ballard drukte op een Ring-deurbel en wist dat ze op camera stonden. Vrij snel daarna werd de deur opengedaan door een man in een blauwe spijkerbroek en een denim overhemd.

'Meneer Beecher?' vroeg Ballard.

'Klopt,' zei hij. 'Wat kan ik voor u doen?'

Ballard liet haar badge zien en stelde zichzelf en Bosch als haar partner voor.

'We zouden u binnen graag een paar vragen stellen,' zei ze.

'Waarover?' zei Beecher. 'Ik ben aan het werk en heb over een minuut of twintig een Zoom-meeting, waar ik me nog voor wil voorbereiden.'

'Zo lang zal het niet duren. Mogen we?'

'Eh, jawel.'

Hij deed een stap naar achteren en liet ze binnen. Ze betraden een netjes en duur ingerichte woonkamer met een eetgedeelte en een keuken erachter, en een gang naar de achterkant van het huis. Er hingen grote schilderijen in houten lijsten aan de wanden, allemaal studies van mannelijk naakt.

'Gaat dit over de inbraak?' vroeg Beecher.

'Wat voor inbraak?' vroeg Ballard.

'Bij de Tilbrooks hiernaast. Er is een paar avonden geleden bij hen ingebroken. Ze gaan voor het eerst in meer dan twee jaar weer eens naar de film en dan wordt hun huis leeggehaald. Wat een stad.'

'Dat is een inbraak. Wij onderzoeken een moord.'

'Een moord? Shit. Wie?'

'Kunnen we gaan zitten?'

'Natuurlijk.'

Hij gebaarde naar de bank en de stoelen die waren opgesteld rond een salontafel die eruitzag als een schijf sequoia van een centimeter of zes dik. Op de tafel stond een beeldje van een rustende engel. Een van zijn vleugels lag gebroken op de grond aan zijn voeten. Ballard ging in het midden van de bank op het puntje zitten en trok een blocnote uit de zak van haar Van Heusen-colbert. Bosch nam een zwarte leren stoel op de hoek van de salontafel, zodat voor Beecher de bijbehorende stoel van de set overbleef.

Ballard begon met de ondervraging.

'Meneer Beecher, we hebben het onderzoek naar de moord op Laura Wilson in 2005 heropend. U was een kennis van haar, klopt dat?'

'O, Laura. Ja, we zaten samen bij het theater. Ach jee, ja, ik denk nog vaak aan haar. Het zat me echt dwars dat er nooit iemand voor gepakt is. Ik moet er niet aan denken wat haar familie heeft doorgemaakt.'

'U bent destijds verhoord door inspecteur Dubose. Herinnert u zich dat?'

'Zeker, ja.'

'U hebt inspecteur Dubose verteld dat u op de avond van de moord bij Harmon Harris was.'

Ballard zag hoe Beechers gezicht betrok en zijn ogen heen en weer schoten. Hij had duidelijk niet zulke warme herinneringen aan Harmon Harris als aan Laura Wilson.

'Dat heb ik gezegd, ja,' zei hij.

'We zijn hier omdat we u de gelegenheid willen geven uw verklaring in te trekken, mocht u dat willen,' zei Ballard.

'Hoezo, bedoelt u dat ik heb gelogen?'

'Ik bedoel: als het niet klopt dat u samen was, is dit het moment om dat recht te zetten, meneer Beecher. Dit is een onopgeloste moord. We moeten de waarheid weten.'

'Er valt niks recht te zetten.'

'Werkt u nog bij het theater, meneer Beecher? Als acteur?'

'Ik acteer nog maar zelden. Ik heb het te druk gekregen met mijn andere werk.'

'Wat voor werk is dat?'

'Ik ben locatiescout voor producties in L.A. Eerlijk gezegd is dat meer werk dan ik aankan.'

Het viel Ballard op dat hij niet kon erkennen dan hij het niet gemaakt had als acteur. Hij beweerde dat er iets anders was wat hem verhinderde dat werk te doen.

'U weet toch dat Harmon Harris dood is?' vroeg ze.

'Ja,' zei Beecher. 'Dat was een tragedie.'

'Hij is op de snelweg tegen een betonnen pilaar gereden, een maand nadat bekend was geworden dat hij zijn leerlingen en medewerkers in het theater seksueel had geïntimideerd. Het heeft in de *Los Angeles Times* gestaan. Wist u dat ook?'

Beecher knikte heftig. Zijn handen lagen stevig samengebald in zijn schoot.

'Ja, dat wist ik,' zei hij.

'In het artikel werden drie verschillende mannen anoniem geciteerd die zeiden dat Harris gedreigd had in de business het gerucht te verspreiden dat ze gay waren, als ze niet op zijn avances ingingen. Dat hebt u vast ook gelezen.'

'Ja.'

'U bent ook gay. Klopt dat? U gaf hem een alibi. U zou samen de avond hebben doorgebracht op het moment dat Laura Wilson werd vermoord.'

'Ja, dat klopt allemaal, maar wat heeft dat te maken met dit nieuwe onderzoek?'

'Werd u op enige manier door Harris onder druk gezet om hem een alibi te verschaffen?'

'Nee, zeker niet!'

'Was u een van de anonieme bronnen van dat *Times*-artikel?'

'Nee! U moest nu maar eens gaan. Ik heb een Zoom-meeting.'

Beecher stond op, maar Ballard en Bosch bleven zitten.

'Ga zitten, meneer Beecher,' zei Ballard. 'We hebben nog meer vragen.'

'Mijn Zoom is over nog geen vijf minuten,' klaagde Beecher.

'Hoe sneller u gaat zitten, hoe sneller u kunt zoomen.'

Beecher stond nu achter zijn stoel en steunde met zijn handen op de rugleuning. Hij boog zijn hoofd en hief het toen kwaad op.

'Ik wil dat u weggaat,' zei hij.

'Zitten,' zei Bosch. 'Nu.'

De eerste woorden die Bosch in het huis sprak gaven Beecher een schok en hij keek Bosch geschrokken aan.

'Alstublieft,' kwam Ballard hem tegemoet.

'Ach, wat kan mij het ook schelen,' zei Beecher.

Hij liep om de stoel heen en liet zich erin vallen.

'Laura's vader is vorig jaar aan covid overleden,' zei Ballard. 'Hij heeft niet meer meegemaakt dat zijn dochter recht gedaan is. Haar moeder leeft nog en hoopt daar nog steeds op. We hebben uw hulp nodig, meneer Beecher. We moeten de waarheid weten.'

Beecher woelde met beide handen door zijn dikke donkere haar en gooide zijn zorgvuldig in vorm gestylede kuif in de war.

'U bent aan het verkeerde adres,' zei hij.

Ballard boog zich iets meer naar voren. Hij ontkende niet en gaf ook niet toe dat hij had gelogen. Maar ze vatte het op als een teken dat er een nieuw verhaal aan zat te komen.

'Hoezo?' vroeg ze.

'Harmon heeft Laura niet vermoord,' zei Beecher. 'Dat kan onmogelijk gebeurd zijn.'

'Gaf u hem daarom een alibi?'

'Hij had een alibi, maar dat kon hij niet gebruiken.'

'En dat luidde?'

'Hij was bij iemand anders, niet bij mij. Maar die ander kon niet naar de politie gaan. Hij was beroemd en kon niet het risico lopen dat naar buiten kwam dat hij geen hetero was. Dat zou het einde van zijn carrière betekend hebben.'

'Kende u die man?'

'Ik wist dat toen wel van hem. Veel mensen wisten het. Dus Harmon vroeg me te zeggen dat ik die avond bij hem was, einde verhaal.'

'Wie was er die avond echt bij hem?'

'Dat zeg ik niet. Hij loopt vandaag nog hetzelfde risico als toen. Hij is nog steeds een ster. Ik ga zijn carrière niet kapotmaken.'

'We houden het vertrouwelijk. We zetten het niet eens op papier.'

'Nee. Geheimen komen uiteindelijk altijd naar buiten, maar als ik het vertel zou dat verraad zijn. Niet alleen aan hem, maar aan ons allemaal.'

Ballard knikte langzaam. Intuïtief voelde ze dat dit alles was wat ze van Beecher zouden krijgen. Hij had toegegeven dat hij had gelogen, maar het alibi van Harmon Harris bevestigd.

'Oké, laat me u dit nog vragen,' zei Ballard. 'Als u niet bij Harris was, hoe weet u dan zeker dat hij echt met die andere persoon was? Die filmster, Mister X.'

'Omdat ik het hem gevraagd heb.'

'U vroeg het Mister X?'

'Ja, ik was niet van plan om alleen op Harmons woord af te gaan en tegen de politie te liegen. Ik ben naar hem toe gegaan en heb het gevraagd. Hij bevestigde het. Einde verhaal en nu moet u gaan.'

'We kunnen u vervolgen omdat u destijds tegen ons hebt gelogen.'

'Na zeventien jaar? Dat betwijfel ik ten zeerste.'

Bijna op hetzelfde moment dat ze het zei wist Ballard dat haar dreigement als een boemerang bij haar terug zou komen. Ze had geen andere manier kunnen bedenken om de naam die ze nodig had aan Beecher te ontfutselen.

'Hebt u nog steeds contact met Mister X?' vroeg ze.

'Nee, niet echt,' zei Beecher. 'Hij is zo groot geworden dat je niet meer zomaar op hem af kunt stappen en vragen: "Hé, ken je me nog?"'

'Kunt u contact met hem opnemen en hem ertoe bewegen ons anoniem te bellen? Ik wil dit gewoon bevestigd hebben, zodat ik verder kan met het onderzoek.'

'Nee. Hij kan onmogelijk anoniem blijven. Binnen tien seconden zou u weten wie u aan de lijn hebt.'

Ballard knikte en wierp een vlugge blik naar Bosch. Dat was het teken voor hem dat als hij nog ergens mee zat, hij dat nu kon vragen. Maar hij schudde kort zijn hoofd. Hij had niets te vragen wat niet al gevraagd was.

'Goed, meneer Beecher, dank u voor uw medewerking,' zei ze. 'Ik geef u mijn kaartje en hoop dat u belt als u nog iets te binnen schiet wat u aan me kwijt wilt.'

'Best,' zei Beecher. 'Maar ik denk niet dat ik nog zal bellen.'

Ze stonden alle drie op en liepen naar de deur. Beecher opende de deur en deed een stap opzij om Ballard en Bosch uit te laten. Terwijl Bosch langs hem heen liep zei Beecher: 'U zegt ook niet veel, hè?'

'Meestal is dat niet nodig,' antwoordde Bosch.

18

Bosch luisterde naar het livealbum van King Curtis dat in 1971 was opgenomen in de Fillmore West, slechts een paar maanden voor hij werd vermoord. Bij 'A Whiter Shade of Pale' schoof hij het volume twee streepjes omhoog en dacht hij aan alle muziek die nooit meer zou kunnen worden opgenomen na Curtis' vroege verscheiden bij een vechtpartij voor zijn appartement in New York. Parker, Coltrane, Brown, Baker... de lijst met muzikanten die halverwege het nummer het podium hadden verlaten was lang. Het deed Bosch denken aan de familie Gallagher en alles wat zij verloren hadden. De kinderen die nooit de kans hadden gekregen om een liedje achter te laten.

Buiten werd er kort geclaxonneerd. Bosch tilde de naald van de plaat en zette de stereo-installatie uit. Hij pakte zijn sleutels en liep naar buiten. Ballard stond in haar autootje langs de stoeprand met de passagiersdeur al open. Daaruit maakte Bosch op dat ze om de een of andere reden haast had deze ochtend. Hij stapte snel in en deed zijn gordel om.

'Morgen,' zei hij.

'Goeiemorgen,' antwoordde ze. 'Was dat Procol Harum wat ik hoorde?'

Ze had het op verraste toon gezegd, terwijl ze optrok en richting Cahuenga reed.

'Warm,' zei Bosch. 'Het was een cover door King Curtis.'

'Mijn vader was dol op dat nummer,' zei Ballard. 'Dan zat hij na het surfen op het strand en speelde het op een of ander speelgoedfluitje dat hij had.'

'De eerste keer dat ik het hoorde was op een mondharmonica. Een jongen in Vietnam. Het klonk als een dodenmars voor mij. En die jongen is nooit meer thuisgekomen.'

Daarmee viel het gesprek dood en Bosch begon zich lichtelijk onbehaaglijk te voelen omdat hij de sfeer had verpest. Ballard redde de situatie door hem een stuk papier aan te reiken. Hij zag dat het uit haar schrijfblok kwam.

'Wat is dit?'

'Mijn actielijst. Bekijk de punten even en kies er eentje waar je iets mee kunt. Het mag er ook meer dan één zijn.'

Bosch bestudeerde de lijst. Er stonden verschillende punten op, maar sommige waren al doorgestreept.

'"Foto naar NH"?' vroeg hij.

'Ik zou Nelson Hastings een foto van Laura Wilson sturen,' zei Ballard. 'Maar hij vroeg op het bureau al naar haar voordat ik eraan toe was gekomen.'

'Ik zou hem evengoed sturen. Soms blijft een gezicht beter hangen dan een naam.'

'Ja, maar van de mensen die er nu werken heeft niemand die eerste verkiezingen meegemaakt. Ik moet Hastings eraan herinneren dat hij me de naam van de campagneleider doorgeeft. Ik kijk wel of hij dan die foto nog wil hebben.'

'Juanita. Is dat de moeder van het slachtoffer?'

'Ja, in Chicago. We moeten erachter zien te komen wat er is gebeurd met Laura's spullen, kijken of de campagnebutton nog kan worden teruggevonden.'

'Oké, als ik nu eens met haar praat? En dan ga ik ook naar Dale Dubose.'

'Fijn.'

'En verder?'

'Zodra we er zijn wil ik Darcy Troy bellen. Ze stuurde me onderweg een appje. Ze heeft wat voorlopige gegevens die ze kwijt wil over de gezondheid van de verdachten. Ik wilde het niet bespreken terwijl ik achter het stuur zat, omdat ik wil dat jij het ook hoort.'

'Heb je daarom zo'n haast?'

'Dat zei ik niet, maar ja: ik ben inderdaad benieuwd wat ze heeft en ik wil dat jij erbij bent. We kunnen haar in de verhoorkamer bellen. Dan kun je daarna met Juanita verder. Goed?'

'Best.'

Ze reden inmiddels op de 101 naar het zuiden. Voor hen doemden de torens van het centrum uit de mist op. Ze moesten uiteindelijk drie verschillende snelwegen nemen om in Westchester bij het Ahmanson Center komen.

'Nou,' zei Bosch, 'je hebt er een nachtje over geslapen. Wat vind je van Beecher?'

'Hm. Ik vind het maar niks dat ik zijn verhaal niet bevestigd krijg,' zei Ballard. 'Maar hij is nu eenmaal niet van plan te onthullen wie Mister X is, en we kunnen hem nergens mee dwingen.'

'Wat zegt je onderbuik?'

'Dat zijn verhaal klopt. En ik moet je ook nog vertellen dat ik gisteravond totaal verdwaald ben op het internet toen ik op zoek ging naar overeenkomsten en verbanden tussen Harmon Harris en mensen in de showbizz op het niveau waar Beecher het over had.'

'Ga je me nu vertellen dat Brad Pitt gay is?'

'Nee, ik ga je vertellen dat ik twee uur heb verspild, terwijl ik ook had kunnen slapen. Het heeft niks opgeleverd, zelfs niet iemand van wie ik zou kunnen vermoeden dat hij het is. Wat zegt jouw onderbuik?'

'In Beechers woorden: ik denk dat we de verkeerde hebben. We moesten dit doen, in het kader van de zorgvuldigheid en zo, maar ik zie Harmon Harris dit niet doen en Beecher leek me geloofwaardig.'

'Dan laten we dit voor wat het is en gaan verder.'

Om acht uur waren ze bij het Ahmanson Center en troffen er nog niemand van het coldcaseteam. Na een kort bezoek aan de pauzeruimte liepen ze ieder met een kop koffie naar de verhoorkamer en sloten de deur achter zich om ongestoord met Darcy Troy te kunnen praten.

'Denk je dat Colleen vandaag nog komt?' vroeg Bosch.

'Ze doet maar, als ze maar met haar tengels van de bewijsstukken afblijft.'

Ballard belde het nummer op haar mobiele telefoon en zette hem op de speaker. Troy nam meteen op.

'Hallo, Renée,' zei ze.

'Darcy,' zei Ballard. 'Fijn dat je ons te woord kunt staan. Ik zit hier met Harry Bosch, een van de coldcaserechercheurs met wie ik samenwerk.'

'Hallo, Harry,' zei Troy.

'Hallo,' zei Bosch. 'Leuk je te leren kennen.'

'We hebben elkaar al eens ontmoet,' zei Troy. 'Dat was jaren geleden toen ik net in het DNA-lab kwam werken.'

'O, oké,' zei Bosch ietwat gegeneerd. 'Leuk weer van je te horen dan.'

'Oké, je had nieuws voor ons?' vroeg Ballard.

'Inderdaad,' zei Troy. 'Ik zou het wel als voorlopig willen classificeren, want er is meer wat we kunnen doen, maar ik wist dat jullie haast hebben, dus wilde ik alvast vertellen wat we tot nu toe hebben. Zoals je weet hebben ze hier niet veel mee gedaan toen deze zaak voor het eerst, wat was het, zeventien jaar geleden, werd aangebracht. Maar we hadden nog genoeg van het monster hier opgeslagen om een nadere analyse te kunnen doen.'

'Puur geluk,' zei Ballard.

'Zo is het,' zei Troy. 'Afijn, we hebben een standaard urinecytologie gedaan op wat we hadden, en daarin zagen we hoge gehalten albumine en renale epitheelcellen. Dat is een duidelijke aanwijzing voor schade ergens in de nieren, de blaas of de urinebuis. Meestal wijst het op wat we "heldercellig niercelcarcinoom" noemen. Waarschijnlijk had deze man een tumor in één of misschien beide nieren, al kunnen we dat natuurlijk niet met zekerheid vaststellen omdat we hem niet zelf onderzocht hebben.'

'Zou hij geweten hebben dat hij kanker had?' vroeg Ballard.

'Uiteindelijk wel,' zei Troy. 'Maar op basis van wat we nu hebben weten we niet wat hij wist.'

'Ga je er dood aan?' vroeg Ballard.

'Als er niets aan gedaan wordt wel, ja,' zei Troy. 'Maar als je er vroeg bij bent kan nierkanker worden behandeld. En als het in maar één nier zit kan het zieke orgaan worden verwijderd. Tenslotte heb je er nog eentje.'

'En een transplantatie?' vroeg Bosch.

'Dat kan ook,' zei Troy. 'Maar met kanker kom je meestal niet in aanmerking voor een orgaantransplantatie, tenzij het heel vroeg wordt ontdekt. Een transplantatie wordt normaal gesproken alleen overwogen als de nieren zijn beschadigd door iets anders dan kanker. Ik moet er wel bij zeggen dat ik absoluut geen expert op dit gebied ben. Het meeste van wat ik jullie nu vertel heb ik gisteravond opgezocht.'

'Dat stellen we zeer op prijs, Darcy,' zei Ballard.

'Wij meiden moeten elkaar een beetje helpen, Renée,' zei Troy. 'Niets ten nadele van jou, Harry.'

'Zo vat ik het niet op,' zei Bosch. 'Wat kan deze kanker hebben veroorzaakt?'

'O, nu begeef je je op glibberig terrein,' zei Troy. 'Zoals ik al zei: het gaat hier om een onbekende, en we weten niets van zijn leven en zijn geschiedenis. Het kan erfelijke aanleg zijn of blootstelling aan een giftige stof. Ik weet dat jullie proberen erachter te komen wie hij is. Het zou iemand kunnen zijn die in een bedrijfstak heeft gewerkt waar hij langdurig is blootgesteld aan carcinogenen. Het zal wel niet heel veel helpen, maar dit is mijn beste inschatting op basis van wat we weten... wat niet veel is.'

'We weten in elk geval alweer heel wat meer dan vóór dit telefoontje,' zei Ballard. 'Zei je dat je dit nog verder kunt onderzoeken?'

'Ja, ik kan er nog wel wat dieper in duiken en het monster dat we hebben nader analyseren,' zei Troy. 'Wellicht kunnen we erachter komen wat voor aandoening deze persoon precies had. Maar dat zal wel minder snel gaan. Dan moet ik een oncologielab zien te vinden waar ik het naartoe kan sturen. Ik wil straks wel even rondbellen, maar waarschijnlijk wordt het County-USC.'

'Heel graag, Darcy,' zei Ballard.

'Geen probleem,' zei Troy.

Ze namen afscheid en hingen op. Ballard nam een slok koffie en vroeg Bosch wat hij van dit nieuws vond.

'Het is goede informatie, maar wel een beetje mosterd na de maaltijd,' zei hij. 'Ten tijde van de moord hebben Dubose en zijn partner de kans laten schieten om een lijst van mensen met een nierziekte op te stellen. Ik denk niet dat dat nu nog gaat lukken. We kunnen dit hooguit gebruiken om het bewijs sluitend te maken nadat de dader gearresteerd is. Maar dat kunnen we ook al aan de hand van het DNA.'

'Dus we hebben hier niks aan om hem te identificeren?' vroeg Ballard.

'Dat is het lastige, want we weten niet of hij ermee naar een dokter is gegaan, en of hij er überhaupt voor is behandeld. Misschien wist hij het helemaal niet en is hij gewoon ziek geworden en doodgegaan.'

Ballard knikte.

'Wat denk jij?' vroeg Bosch.

'Ik hoop gewoon dat er toch een manier is om op basis hiervan te zoeken,' zei Ballard. 'Misschien hebben de anderen nog ideeën wanneer we ze op de hoogte brengen.'

'Misschien kan Colleen je vertellen of hij dood is of leeft.'

'Harry, alsjeblieft. Dat is niet grappig. Ik weet niet wat ik met haar aan moet. Ik zou Lilia kunnen vragen het stamboomonderzoek over te nemen.'

'Maar Hatteras was volgens jou de beste van het team.'

'Dat is ze ook, maar ze moet geen bevelen in de wind slaan. Met die paranormale onzin kan ik wel dealen. Maar als ik haar zeg dat ze ergens van af moet blijven en zij dat dan niet doet, dan moet ik ingrijpen.'

'Dat zal dan wel.'

Ballard stond op om te gaan.

'Oké,' zei Bosch. 'Ik ga Juanita Wilson bellen. Heb jij haar gegevens?'

'Ik heb haar nummer en e-mailadres,' zei Ballard. 'Ik zal ze je sturen.'

Ze verlieten de verhoorkamer en liepen terug naar hun werkplekken. Hatteras, Masser, Aghzafi en Laffont zaten allemaal aan hun bureau. Bosch vermoedde dat ze meer dagen waren gaan werken omdat ze wel doorhadden hoe belangrijk deze zaak was voor het voortbestaan van de eenheid. Hij ging aan zijn bureau zitten en belde naar Chicago zodra Ballard hem het nummer van Juanita Wilson had gemaild. De telefoon werd direct opgenomen.

'Mevrouw Wilson?'

'Ja.'

'Goedendag, mijn naam is Harry Bosch. Ik werk voor de afdeling Cold Cases van de politie van Los Angeles. U hebt gisteren mijn collega gesproken, Renée Ballard.'

'Ja. Hebt u iemand gearresteerd?'

'Nog niet, mevrouw Wilson, maar we werken er hard aan. Ik was benieuwd of ik u nog een paar vragen mocht stellen.'

'Ja, natuurlijk. Ik ben zo blij dat er nog een onderzoek loopt. Ik dacht dat jullie het opgegeven hadden.'

'Nee hoor, mevrouw, we geven niet zomaar op. Ik begrijp dat het heel zwaar voor u is om weer terug te moeten denken aan die moeilijke tijden, maar kunt u zich nog herinneren wat er na de dood van uw dochter met haar spullen is gebeurd die hier in Los Angeles stonden?'

Het was lang stil voordat Juanita Wilson antwoordde.

'Tja, hoe zat dat ook alweer?' zei ze. 'Mijn man en ik zijn naar Los Angeles gegaan om haar op te halen. We mochten haar appartement in nadat de politie erdoorheen was gegaan. We hebben al haar spullen in dozen gedaan en hiernaartoe laten brengen. En we hebben wat meubels op straat gezet en verkocht.'

Bosch probeerde zich in te houden. Maar Juanita's eerste antwoord gaf hem hoop.

'Hoeveel dozen hebt u terug naar Chicago laten sturen? Weet u dat nog?'

'O, het waren er heel wat. Daarom hebben we ze laten opsturen. Het waren er te veel om mee te nemen in het vliegtuig.'

'En wat is er met die dozen gebeurd nadat ze in Chicago bezorgd waren?'

'Weet u, ik heb er heel lang heel erg tegenop gezien om ze open te maken en naar haar spulletjes te kijken. Dus hebben ze een eeuwigheid in de kast in haar slaapkamer gestaan. Maar op een gegeven moment ben ik er toch van tijd tot tijd in gaan kijken, gewoon om haar bij me te voelen.'

'Hebt u die dozen nog?'

'Natuurlijk, ik zou die spullen nooit weg kunnen gooien. Ze waren van mijn dochter.'

'Dat begrijp ik. Mevrouw Wilson, de politiefotograaf heeft omgevingsfoto's gemaakt van het appartement van uw dochter. Dat waren niet per se foto's van de plaats delict maar van de rest van de woning. Bijvoorbeeld van wat er in Laura's koelkast stond en wat er in haar bureauladen zat, dat soort dingen. En we hebben één foto waar een campagnebutton op staat voor iemand die kandidaat was voor de gemeenteraad hier destijds. We denken dat die van belang kan zijn voor de zaak.'

'Hoezo van belang?'

'Daar kan ik op dit moment niks over zeggen, maar ik vroeg me af of u misschien eens in die dozen zou willen kijken of die button erin zit. Ik kan niets beloven, maar u zou ons er wel mee helpen. Ik kan u de foto e-mailen die destijds is genomen. Denkt u dat dat lukt?'

'Jawel.'

'Wanneer denkt u?'

'Zodra ik de telefoon ophang. Als u denkt dat het het onderzoek vooruit kan helpen, dan doe ik het meteen.'

'Geeft u me even tien minuutjes, en kijkt u dan in uw e-mail. Ik zal u de foto sturen en de button omcirkelen, zodat u precies weet waar we naar op zoek zijn.'

Hij beschreef de button terwijl hij naar de foto keek.

'Stuurt u maar,' zei Juanita. 'Ik zit er klaar voor.'

'Nog één ding, mevrouw Wilson,' zei Bosch. 'Als we geluk hebben en die button is er nog, dan mag u er niet aan komen. Zodra u hem herkent, belt u me dan. Dan kunnen we bespreken hoe we hem veilig kunnen stellen. Voorlopig wil ik alleen dat u ernaar op zoek gaat, maar hem niet aanraakt, oké? Dat is belangrijk.'

'Oké. Stuurt u me die e-mail?'

'Ja, ik moet de foto eerst nog even inscannen, dus het kan een paar minuutjes duren.'

'Prima.'

'Dank u wel.'

Bosch hing op. De kans dat het iets opleverde was natuurlijk maar klein, maar de bereidheid van Juanita Wilson om mee te werken monterde hem op. Hij was ervan overtuigd dat positieve energie vaak iets opleverde.

19

Ballard had Colleen Hatteras meegenomen naar de verhoorkamer om haar onder vier ogen te kunnen spreken over de vervagende grenzen tussen haar IGG-werk en haar zelfverklaarde empathische vermogens. Dit was de eerste keer dat Ballard een leidinggevende functie had, maar intuïtief begreep ze hoe het baas-werknemerprincipe werkte: prijzen doe je in het openbaar, bekritiseren binnenskamers.

'Deze zaken zijn te belangrijk,' zei Ballard. 'We hebben te maken met slachtoffers en hun families. Het spijt me, maar ik kan hier geen risico's nemen. Als je bij het team wilt blijven moet je ophouden met dat paranormale, empathische gedoe.'

'Ik begrijp het niet,' protesteerde Hatteras. 'Wat is het risico dan?'

'Colleen, toe nou. Je weet best waar ik het over heb. Als we deze zaak rondkrijgen op basis van het genealogisch onderzoek zal de betreffende medewerker – in dit geval waarschijnlijk jij – voor een jury moeten getuigen hoe de verbanden zijn gelegd en hoe de verdachte is gevonden. Jij bent een burger. Je hebt nooit bij de politie gewerkt. Een beetje slimme advocaat zal proberen je geloofwaardigheid onderuit te halen. En als ze jou onderuithalen, halen ze de hele zaak onderuit. Dat noemen we "op de boodschapper schieten".'

'Bedoel je dat ik niet geloofwaardig ben omdat ik dit soort dingen voel?'

‘Ik bedoel dat de advocaat van de tegenpartij je geloofwaardigheid in twijfel zal willen trekken. En of jouw gevoelens al dan niet iets met deze zaak te maken hadden doet er niet toe. Die advocaat zal je onderuithalen. Weet je hoe dat gaat? Dat gaat zo: “Beantwoordt u deze vraag: mevrouw Hatteras, hebt u bij deze zaak met het slachtoffer gecommuniceerd?”’

Hatteras nam even de tijd om haar antwoord te formuleren.

‘Nee, dat heb ik niet,’ zei ze uiteindelijk.

‘“Maar u noemt zichzelf paranormaal begaafd, niet waar?”’ drong Ballard aan.

‘Nee, zo noem ik mezelf nooit.’

‘“Echt niet? U krijgt geen boodschappen van de doden?”’

‘Geen boodschappen.’

‘“Waarnemingen dan?”’

‘Nou…’

‘“Toen u de nachtjapon, die het slachtoffer droeg op de avond van haar moord, in uw handen hield, had u toen een spiritistische waarneming? Kunt u die delen met de jury?”’

Hatteras perste haar lippen op elkaar en er welden tranen op in haar ogen. Ballard zei op zachte, vriendelijke toon: ‘Colleen, ik wil niet dat je dit moet doormaken. En ik wil niet dat het gebeurt met een zaak, met een familie die al jaren wacht op gerechtigheid. Ik bescherm niet alleen jou maar ook hen. Dat deel van jou moet je buiten je werk hier laten. Je bent heel goed in de forensische genetische genealogie en daarom ben je hier. Begrijp je dat?’

‘Ik denk het.’

‘Ik wil een ja of een nee horen, Colleen.’

‘Ja. Ja.’

‘Goed zo. Ga er dan maar snel mee verder. Ik blijf nog even hier om een telefoontje te plegen.’

‘Oké.’

Hatteras stond op, liep de kamer uit en deed de deur achter zich dicht. Ballard keek naar de actielijst die ze op tafel had gelegd. Ze streepte het gesprek met Hatteras door en bekeek de resterende punten. Bovenaan stond: degene te spreken krijgen die in 2005 Jake Pearlmans campagnemanager was. Ze pakte haar telefoon om Nelson Hastings te bellen, maar voordat ze verbinding had werd er op de deur geklopt. Ze hing weer op.

'Hij is open.'

Bosch kwam binnen en sloot de deur achter zich.

'Wat heb je met haar gedaan?' vroeg hij.

'Met wie?' antwoordde Ballard.

'Colleen. Ze liep op hoge poten de tent uit. Volgens mij stond ze op het punt om in huilen uit te barsten.'

'Ik heb haar gezegd dat ze die paranormale shit voor zich moet houden als ze in het team wil blijven.'

Bosch knikte, ter bevestiging dat het onvermijdelijk was.

'Zeker wel leuk om de baas te spelen,' zei hij.

'Eén groot feest,' antwoordde Ballard. 'Wat wil je, Harry?'

'Naar Chicago. Juanita heeft de button gevonden.'

'Nee! Waar?'

'Na de moord heeft ze met haar man Laura's appartement uitgeruimd. Alle persoonlijke zaken hebben ze in dozen gedaan en naar Chicago laten brengen. Hij heeft gewoon al die tijd in een doos gelegen.'

'Heeft ze hem aangeraakt?'

'Vandaag niet. Ik heb haar gevraagd eraf te blijven. En ze kon zich niet herinneren dat ze hem eerder in haar handen heeft gehad. Dus: ik wil hem daar gaan ophalen.'

'Waarom? Kun je dat niet iemand van het bureau in Chicago vragen?'

'Dat duurt natuurlijk een eeuwigheid. Eerst moet je ze zover krijgen om het te doen, en dan moet dat ding nog hiernaartoe komen. Ik weet dat de kans klein is dat we er een bruikbare vingerafdruk of een beetje DNA van af kunnen halen, maar áls er iets op zit krijg je bij de rechter een hele hoop gedoe over het vergaren ervan. Elke agent in

Chicago die betrokken is geweest bij het ophalen en versturen zal moeten komen getuigen. Als ik ga hoef alleen ik maar te worden opgeroepen. Dat is een stuk efficiënter. Maar eigenlijk doet dat er allemaal niet toe, want Juanita zei dat ze niet van plan is om de politie van Chicago in haar huis toe te laten. Ze woont in de 14e Ward. Weet je wat daar gebeurd is?'

'Nee, wat dan?'

'Dat was waar LaQuan McDonald een paar jaar geleden door een agent werd neergeschoten. Weet je nog? Zestien schoten in zijn rug. Ze hielden het onder de pet tot er een filmpje van naar buiten kwam. Die agent zit nu vast.'

'Weer een rotte appel die ons allemaal te schande maakt.'

Bosch knikte.

'Ik heb alvast naar vluchten gekeken. Ik kan daar vanavond zijn, 's morgens bij Juanita langsgaan en dan ben ik morgenmiddag terug.'

'Ik krijg vandaag geen toestemming meer voor een reiskostenvergoeding, Harry. Als ik een verzoek indien mag ik van geluk spreken als ik eind van de week iets hoor.'

'Dat weet ik. Ik betaal het zelf. Ik heb al geboekt.'

'Harry, wacht nou eens even. Ik wil niet dat je met je eigen geld...'

'Ik ga en haal die button op, en jij dient een reiskostendeclaratie in. Als je die krijgt vergoed je me. En zo niet, dan was het mijn risico en dat neem ik graag.'

Ballard zei niets. Ze dacht erover na en kwam tot de conclusie dat het een goed plan was van Bosch.

'Als ik ga moet ik over een uur op het vliegveld zijn,' zei Bosch.

'Dan heb je nooit genoeg tijd om eerst nog naar huis te gaan en je spullen te pakken,' zei Ballard.

'Ik heb mijn noodtas in mijn auto.'

'Harry, hoe oud ben je nou, zeventig? Rij jij nog rond met een noodtas?'

'Die heb ik deze week in de auto gezet. Voor dit werk. Je weet nooit wanneer het van pas komt. Dus is het goed? Ik heb een paar handschoenen nodig, en wat tape en een bewijszak. En misschien een vingerafdrukset.'

'Rustig aan. Eerst moet ik weten of het mag.'

Ballard stond op en liep naar de deur. Ze riep Paul Masser en vroeg hem naar de verhoorkamer te komen.

Masser kwam binnen en Ballard nodigde hem uit te gaan zitten. Vervolgens legde ze hem het scenario voor van Bosch die naar Chicago wilde en vroeg of hij, in zijn hoedanigheid als voormalige substituut-officier van justitie, nog procedurele haken en ogen zag in het plan.

'Eens even denken,' zei Masser. 'Op het eerste gezicht lijkt het me koosjer. Harry is vrijwilliger. Hij heeft een enorme ervaring met dit soort zaken, en met het vinden en verzamelen van bewijsmateriaal. Als de verdediging het probeert aan te vechten kunnen we Harry's ervaring denk ik wel inzetten om eventuele aantijgingen van ongepast gedrag of incompetentie af te slaan. Ga je alleen?'

Bosch en Ballard keken elkaar aan en Ballard knikte.

'Ja,' zei ze. 'Alleen. Ik wil niet twee mensen missen. En eerlijk gezegd is het een slag in de lucht.'

'Dan wil ik voorstellen dat je het verzamelen van het bewijs vastlegt,' zei Masser. 'Film het en noteer de datum en de tijd en zo.'

'Geen probleem,' zei Bosch.

'Oké, dan lijkt het me in orde,' zei Masser.

'Mooi,' zei Ballard. 'Dank je, Paul.'

Masser stond op en liep de kamer uit.

'Handschoenen en die andere spullen heb ik in mijn auto,' zei Ballard. 'Ik loop met je mee.'

Haar telefoon zoemde en ze zag op het scherm dat het Nelson Hastings was.

'Ik neem eerst deze nog even,' zei Ballard.

'Ik ben aan mijn bureau,' zei Bosch. 'Denk eraan dat ik haast heb.'

Ballard nam op terwijl Bosch de deur door liep.

'Meneer Hastings, ik wilde u net bellen, maar ik...'

'Pearlman is naar jullie onderweg. Verrassingsbezoek.'

Hastings hing op.

'Shit,' zei Ballard.

Een van de dingen die eraan hadden bijgedragen dat Jake Pearlman werd verkozen en zijn baan met een tweede termijn wist te verlengen, was zijn gewoonte om zogenaamde verrassingsbezoekjes af te leggen in zijn district. Dat waren natuurlijk mooie fotomomentjes voor de media, die altijd werden uitgenodigd. En Ballard wist dat het seintje van Hastings bedoeld was om haar de tijd te geven zich voor te bereiden op wat in feite niet echt een verrassingsbezoek meer was.

Ze liep de verhoorkamer uit om het team te waarschuwen dat hij eraan kwam.

20

Vanwege een gigantisch bouwproject dat de LAX-terminals met een metrolijn moest verbinden waren twee van de zes parkeerterreinen gesloten en moest Bosch de aanrijroute naar de terminal verlaten, zijn auto parkeren in een garage aan Century Boulevard en vervolgens een pendelbus terug nemen naar de terminal van American Airlines. Daar stuitte hij op een lange wachtrij voor de securitycheck, en tegen de tijd dat hij bij zijn gate was aangekomen, was het boarden allang begonnen en was Bosch de allerlaatste passagier die nog mocht instappen.

Hij had gehoopt dat hij in de terminal nog wat tijd over zou houden om wat telefoontjes te plegen en een hotelkamer te reserveren voor die avond, én om te zien wat de jazzclubs van Chicago die avond te bieden hadden.

Zijn stoel was halverwege de economyclass aan het raam en er was geen plaats meer in de bergruimte boven zijn hoofd voor zijn handbagage. Hij propte zijn tas onder de stoel voor hem, waardoor er bijna geen ruimte meer was voor zijn voeten. Zo ingeklemd moest hij zich in zijn stoel opzijdraaien om zijn telefoon uit zijn zak te vissen. Het was bijna drie jaar geleden sinds hij voor het laatst in een vliegtuig had gezeten, en hij besefte dat hij het niet had gemist.

Zijn dochter draaide een nachtdienst, dus hij dacht dat ze wel wakker zou zijn, maar nog niet aan het werk. Net op het moment dat hij haar wilde bellen om door te geven waar hij naartoe ging werd hij gebeld door een onbekend nummer.

'Bosch.'

'Laat mijn zoon met rust.'

Het was een vrouwenstem en Bosch wist onmiddellijk van wie.

'Mevrouw Walsh? Hij...'

'Laat hem erbuiten. Is dat duidelijk? Je sloeg hem! Je sloeg mijn zoon!'

'Hij vroeg erom. Luister, ik weet dat hij degene was die bij u inbrak. Óf hij heeft het u verteld, óf u bent er zelf achter gekomen, maar tegen die tijd had u de politie al gebeld. Dus toen die vingerafdrukken van McShane opdoken was u maar al te blij dat u de inbraak op hem kon afschuiven, zodat wij niet achter uw zoon aan zouden gaan.'

'Je hebt geen idee waar je het over hebt.'

'Ik denk van wel, Sheila. En ik ben nu ergens mee bezig, maar we spreken elkaar snel. Ik wil de waarheid over hoe die vingerafdrukken van McShane daar kwamen.'

'Blijf bij mij en mijn zoon uit de buurt. Ik heb een advocaat en die kleedt je helemaal uit.'

'Luister nou, Sheila...'

Ze hing op.

Bosch overwoog haar terug te bellen, maar besloot het maar even zo te laten. Kennelijk was ze er flink van geschrokken dat hij haar zoon onder handen had genomen, en dat was precies wat hij beoogd had. Hij zou het een tijdje laten sudderen en dan bij haar aankloppen, advocaat of geen advocaat.

Bosch keek om zich heen. Het vliegtuig was nog niet in beweging gekomen en er was ook geen cabinepersoneel in het gangpad te zien dat hem kon verbieden zijn telefoon te gebruiken. Hij belde snel zijn dochter.

'Hallo, pap.'

'Hoe gaat het, Mads?'

Op dat moment schalde er een mededeling uit een speaker boven zijn hoofd en begon de copiloot van het toestel de passagiers de bijzonderheden te geven over het vluchtplan en de verwachte aankomsttijd.

'Sorry, wacht even,' zei Bosch.

De copiloot zei dat de vlucht vier uur zou duren en dat ze, rekening houdend met het tijdsverschil van twee uur, om 20.00 uur Central Time in Chicago zouden arriveren.

'Oké,' zei Bosch. 'Sorry daarvoor.'

'Zit je in het vliegtuig?' vroeg zijn dochter.

'Ja, ik ben onderweg naar Chicago. We kunnen elk moment opstijgen.'

'Voor een cold case?'

'Ja. Ik ben maar één nachtje weg, maar wilde even horen hoe het bij jou gaat.'

'Ga je met Renée?'

'Nee, alleen. Ik hoef alleen maar een bewijsstuk op te halen en mee terug te nemen. Niks gevaarlijks. Ik heb niet eens mijn wapen meegenomen.'

'Toch moet je dit soort dingen niet op je eigen houtje doen. Waarom kan de politie van Chicago dat bewijsstuk niet ophalen en opsturen?'

'Dat is een lang verhaal, maar echt, het stelt niks voor, Maddie. Even op en neer. Ik zou niet eens hebben hoeven overnachten als ik het eerder had kunnen plannen. Maar genoeg over mij. Hoe gaat het met jou? Hoe is het bij de ESP?'

Ze was onlangs toegetreden tot de Eenheid Speciale Problemen van bureau Hollywood. De strategie van deze eenheid bestond erin dat ze criminele brandhaarden bestreden door het probleemgebied te overspoelen met extra patrouilles en andere tactieken, gericht op de specifieke misdrijven die daar hoogtij vierden. Onder jonge agenten was dit een gewild baantje omdat het niet alleen uit uniformwerk bestond. Het hield ook surveillance in burger in, en lokacties. Bosch wist dat zijn dochter vooral trots was op het feit dat ze deze aanstelling al minder dan een jaar na haar afstuderen aan de politieacademie had gekregen.

'Goed hoor,' zei Maddie. 'Ik ben al een week aan het posten op Melrose Avenue. Ze hebben een probleem met tasjesdieven vanuit auto's. Maar tot nu toe heeft het nog niets opgeleverd.'

Bosch stelde zich voor hoe zijn dochter over het trottoir van die hippe winkelstraat liep met een tas los over haar schouder aan de kant van de weg, wachtend tot de dieven langszij kwamen rijden, de tas grepen en ervandoor gingen.

'Cool. Ben jij het enige lokaas of zijn er nog anderen?'

'Alleen ik en een paar volgteams.'

Het deed Bosch goed om te horen dat zij de enige was. Dan konden de volgteams hun volle aandacht op haar richten.

Er ging een schok door het vliegtuig en het begon achteruit bij de gate weg te rijden.

'Ik geloof dat we gaan vertrekken, we zijn aan het taxiën.'

'Oké, pap. Wees voorzichtig en laat me weten wanneer je terug bent.'

'Jij ook. Stuur je me een appje als je de boeven gepakt hebt?'

'Doe ik.'

Ze hingen op.

Snel pleegde Bosch nog één telefoontje. Hij toetste het nummer in dat Ballard hem had gegeven van oud-rechercheur Dale Dubose in Coeur d'Alene, Idaho. Hij verwachtte niet dat er opgenomen zou worden, dus was hij niet bang te moeten praten terwijl het vliegtuig opsteeg. Bovendien moesten de meeste vertrekkende vliegtuigen op LAX nog een goed kwartier taxiën voordat ze toestemming kregen om op te stijgen.

Zoals verwacht kreeg Bosch de voicemail en sprak hij een boodschap in.

'Dale Dubose, dit is Harry Bosch van het coldcaseteam van het LAPD. Bel me terug over de zaak-Laura Wilson, anders kom ik je opzoeken. Ik geef je een dag. Hoor ik niks, dan kom ik naar je toe. En dan ben ik niet in een goed humeur, want dan heb ik dat hele eind moeten vliegen voor een gesprek dat ik ook over de telefoon had kunnen afhandelen.'

Bosch herhaalde zijn mobiele nummer twee keer en hing toen op. Hij hoopte dat zijn toon Dubose ervan zou overtuigen dat de boodschap negeren geen optie was.

Toen zette hij zijn telefoon uit en stopte hem weer in zijn zak.

Een kwartier later hing het vliegtuig in de lucht. Overhellend zette het koers naar het oosten. Bosch keek uit het raam. Onder hem strekte de koude, donkere Grote Oceaan zich uit.

21

Nadat ze een seintje had gekregen van de receptie liep Ballard naar de ingang van het moordzakenarchief om raadslid Jake Pearlman en zijn gevolg welkom te heten. Ze kwamen vier man breed door de centrale gang aangelopen: twee mannen, twee vrouwen, plus een cameraman die achteruitlopend de hele processie filmde. Ballard had Pearlman nog niet eerder persoonlijk ontmoet. Alle communicatie was tot dan toe verlopen via de telefoon, Zoom-meetings of Nelson Hastings.

'Inspecteur Ballard?' vroeg Pearlman terwijl hij op haar af liep.

Ze gaven elkaar een hand. Pearlman had een stevige handdruk. Hij was gladgeschoren en had dik, krullend haar. Hij was langer en zag er sportiever uit dan ze verwacht had. Van de Zoom-meetings had ze de indruk overgehouden dat hij klein en gedrongen was. Maar dat kwam dan zeker omdat hij een vaste camera gebruikte die hem van bovenaf vastlegde. Pearlman droeg zijn standaard campagneoutfit: spijkerbroek, zwarte sportschoenen en een wit overhemd met losjes tot aan de ellebogen opgerolde mouwen.

'Welkom in het Ahmanson Center en het moordzakenarchief,' zei Ballard. 'Bedankt voor uw komst.'

'Ik moest het een keer zien,' zei Pearlman. 'En ik wilde jou eindelijk eens ontmoeten.'

Pearlman stelde zijn gevolg voor. Hastings kende ze; Ballard had hem al eerder gesproken. Hij was iets kleiner dan Pearlman, had gemillimeterd bruin haar en maakte met zijn afgemeten bewegingen een haast militaire indruk. De vrouwen waren Rita Ford, de politiek adviseur van het raadslid, en Susan Aguilar, zijn beleidsadviseur. Beide vrouwen waren halverwege de dertig en aantrekkelijk. Ze waren behoudend gekleed in een zakelijk mantelpak. Ballard vroeg zich af of politiek en beleid eigenlijk niet hetzelfde was, of in elk geval op adviesgebied overlappingen vertoonde, maar hield de vraag voor zich.

'Als u binnen wilt komen zal ik u laten zien wat we hier doen,' zei ze.

'Heel graag,' zei Pearlman. 'En ik wil graag het laatste nieuws over Sarahs zaak horen. Je hebt geen idee hoeveel het voor me betekent dat er vooruitgang wordt geboekt.'

'Na de rondleiding breng ik u graag op de hoogte.'

'Mooi, laten we maar beginnen dan.'

Ze gingen het archief binnen en Ballard leidde de groep langzaam langs de rijen met de stellingen met moorddossiers en vertelde hun de sombere cijfers en feiten die ze al kenden, want dankzij de druk die zij hadden uitgeoefend op de politie was de eenheid Cold Cases weer nieuw leven ingeblazen.

Uiteindelijk kwamen ze bij de werkplekken van het team en stelde Ballard elk van de rechercheurs met zijn of haar specialiteit voor. Ook wees ze naar de lege plek van Bosch en merkte op dat hun meest ervaren rechercheur in het veld was, zonder erbij te vermelden dat dat veld zich tot Chicago had uitgestrekt.

Tijdens het voorstelrondje zag ze dat Hastings achter de stoel was gaan staan waar Ted Rawls zat en kort zijn handen op zijn schouders legde. Dat, plus het feit dat Rawls heel toevallig een paar minuten vóór Pearlman was komen opdagen, bevestigde wat Ballard al wist: dat Rawls dikke maatjes was met Hastings en in het verlengde daarvan met Pearlman. Waarschijnlijk had Hastings niet alleen haar, maar ook Rawls van tevoren gewaarschuwd. En even waarschijnlijk was hij zelfs als eerste gebeld.

Het raadslid stelde de rechercheurs een paar vragen, voornamelijk voor de videocamera, tot Hastings zei dat het tijd werd om door te gaan.

'Ons raadslid heeft een strak schema,' zei hij. 'En ik weet dat hij ook nog een paar minuutjes met inspecteur Ballard wil spreken om te worden bijgepraat.'

Ballard rolde de bureaustoel van Bosch naar haar bureau en nodigde Pearlman uit te gaan zitten. Hastings bleef een paar passen achter hen staan, immer alert, terwijl Ford en Aguilar met Hatteras in gesprek gingen over haar rol in het team als deskundige op het gebied van de forensische genetische genealogie.

Ballard vreesde dat Hatteras over haar empathische gevoelens zou beginnen, maar ze probeerde zich niet te laten afleiden en concentreerde zich op haar gesprek met Pearlman.

'Voor ik u bijpraat over de staat van het onderzoek wilde ik beginnen met een paar vragen,' zei Ballard. 'Ik heb begrepen dat u zich niet herinnert of er een jonge vrouw met de naam Laura Wilson bij uw campagne in 2005 betrokken was. Klopt dat?'

'Ja, dat zei ik al tegen Nelson,' zei Pearlman. 'De naam zegt me niets en ik herinner me uit die tijd ook geen Afro-Amerikaanse vrijwilliger. Tegenwoordig krijg ik veel steun uit de zwarte gemeenschap, maar die eerste campagnes waren, nou ja, nog niet zo heel goed doordacht of uitgevoerd.'

Ballard opende het moorddossier van Laura Wilson, waarin ze een van de portretfoto's van de actrice had gedaan, met haar levensloop op de achterkant. Ze gaf de foto aan Pearlman.

'Dit is Laura Wilson,' zei ze.

Pearlman nam de foto aan en Ballard bestudeerde hem om te zien of de foto een reactie bij hem teweegbracht. Ze zag geen teken van herkenning in zijn ogen en Pearlman schudde langzaam zijn hoofd.

'Wat treurig,' zei hij. 'Echt een prachtige vrouw, maar ik herken haar niet, nee.'

'Wie leidde uw campagne in die tijd?' vroeg Ballard.

Hastings kwam dichterbij en boog zich naar voren om hun iets toe te fluisteren.

'Ik dacht dat u hem zou bijpraten,' zei hij zacht. 'Een vraag-en-antwoordspel was niet de bedoeling. Meneer Pearlman moet over een uur terug zijn op het gemeentehuis.'

'Sorry,' zei Ballard. 'Dat was mijn laatste vraag, daarna zal ik u de update geven.'

'Ga maar meteen naar de update,' drong Hastings aan.

'Het is wel goed, Nelson,' zei Pearlman. 'Campagne is een groot woord, maar wat het was werd gerund door onze vriend Sandy Kramer.'

'Kramer werkt niet meer voor u?' vroeg Ballard.

'Nee, hij is al lang geleden uit de politiek gestapt,' zei Pearlman. 'Het laatste wat ik van hem gehoord heb is dat hij smokings verkocht in Century City.'

'Hebt u zijn nummer nog?' vroeg Ballard.

'Dat kunnen we vast wel voor je achterhalen,' zei Pearlman. 'Nelson duikt wel even in de oude Rolodex. Goed, hebben jullie deze zaak al bijna opgelost, en komt er eindelijk gerechtigheid voor mijn zus en mijn familie?'

Ballard vertelde Pearlman niet alles over hun voortgang, maar gaf hem genoeg bijzonderheden zodat hij begreep dat er schot in de zaak zat, en dat was het allerbelangrijkste.

'We hebben meerdere ijzers in het vuur en ik heb goede hoop dat we snel een verdachte kunnen aanwijzen,' besloot ze.

Zodra ze dit gezegd had besefte ze dat ze zojuist een politieke belofte had gedaan en dat het waarschijnlijk gevolgen zou hebben als ze die niet nakwam.

'Fijn om te horen,' zei Pearlman. 'Ik kijk uit naar dat telefoontje. Ik wacht er al jaren op.'

Hastings kwam terug en legde een hand op Pearlmans schouder, een woordeloze herinnering dat ze de tijd in de gaten moesten houden. Pearlman negeerde het gebaar en stelde nog een vraag.

'Die campagnebutton,' zei hij. 'Is dat toeval? Het is wel een beetje gek, hè?'

'We kunnen hem nog niet zomaar van tafel vegen,' zei Ballard. 'We hebben hem gevonden en gaan kijken of we er iets mee kunnen. Daar is mijn rechercheur-in-het-veld momenteel mee bezig.'

'Fantastisch,' zei Pearlman. 'Hou me op de hoogte. Heb je hier verder alles wat je nodig hebt? Kan ik nog iets doen?'

'Dat is heel vriendelijk van u,' zei Ballard. 'Maar ik kan momenteel niets bedenken. Al missen we hier wel een beveiligde opslag. Er komen spullen en bewijsstukken uit de oude zaken binnen en we hebben geen plek om die veilig op te slaan. Voorlopig gebruiken we de tweede verhoorruimte als berging en dit is natuurlijk een politiegebouw, dus zal alles hier best redelijk veilig zijn, maar de meeste eenheden hebben wel een plek waar ze spullen achter slot en grendel kunnen bewaren.'

Voordat Pearlman kon reageren kwam Hastings tussenbeide. Dit keer liet hij het niet bij een zwijgende aansporing.

'Jake, we moeten er nu echt vandoor,' zei hij.

Pearlman stond op en Ballard ook.

'Bedoel je een kluis of zo?' vroeg Pearlman.

'Ja, een bewijskluis zou perfect zijn,' zei Ballard.

Pearlman richtte zich tot Hastings.

'Help me eraan herinneren, Nelly,' zei hij. 'Er moet hier een kluis komen.'

'Ik zal eraan denken,' zei Hastings.

Pearlman richtte zich weer tot Ballard en stak zijn hand uit. De cameraman stelde scherp op de handen die geschud werden.

'Bedankt voor je inzet, inspecteur,' zei Pearlman. 'Dit betekent heel veel voor mij, maar vooral ook voor deze stad en de gemeenschap. We mogen de slachtoffers nooit vergeten.'

'Geheel mee eens, meneer,' zei Ballard plichtmatig.

Ze liet de groep uit en keerde daarna terug naar haar bureau, waar ze verwachtte dat de anderen wel op haar af zouden komen om te informeren naar dit bezoekje op niveau. Maar alleen Colleen Hatteras stak haar hoofd boven het wandje uit.

'En, hoe ging het?' vroeg ze.

'Ik denk wel goed,' zei Ballard. 'Als we die zaak van het zusje kraken is de druk van de ketel.'

'Dat gaat lukken.'

'Nog IGG-nieuws?'

'Ik heb tot nu toe één treffer via GEDmatch. Een verre neef van onze onbekende verdachte. Ik zal vandaag contact zoeken, maar ik hoop eigenlijk op iets beters. Iets wat dichterbij is.'

'Oké. Ik hoor het wel.'

Hatteras verdween weer uit het zicht en Ballard ging aan het werk. Ze ging er niet van uit dat Hastings of iemand uit het team van Pearlman snel met een telefoonnummer van Sandy Kramer zou komen, dus ging Ballard er zelf naar op zoek. Ze dacht dat Sandy wel een roepnaam zou zijn en waarschijnlijk was afgeleid van een meer formele naam, zoals Alexander. Zoals ze al verwachtte had ze niets aan de voertuigenregistratie. Er waren te veel Alexander Kramers om met zekerheid de goede eruit te pikken. Daarnaast waren er ook nog verschillende registraties op naam van andere Sandy-alternatieven, zoals Sandor en Sundeep.

Haar volgende stap was in Google op zoek te gaan naar winkels met uitgaanskleding in Century City en eens rond te gaan bellen. Toen ze alle internetvermeldingen had afgewerkt en geen enkele verkoper met de naam Kramer had gevonden verplaatste ze haar zoektocht naar Beverly Hills, wat tegen Century City aan lag.

Bij haar derde telefoontje was het raak. Het was een zaak op Beverly Drive, die Tux by Lux heette. Ze kreeg te horen dat verkoper Alexander Kramer vandaag zijn vrije dag had, maar er de volgende dag om tien uur weer zou zijn. Als je smokings wilde verkopen in Beverly Hills moest je blijkbaar een iets formelere naam hebben dan Sandy, bedacht Ballard.

Ballard verbrak de verbinding. Ze zou zorgen dat ze de volgende ochtend in Beverly Hills zou zijn zodra Kramer op de zaak was.

22

Bosch kneep zijn ogen half dicht tegen de felle ochtendzon en zocht naar het huisnummer op een huisje van gele baksteen op de hoek van South Keeler en West 43rd Street. Hij was al een eind weg van het DoubleTree-hotel bij het meer waar hij de nacht had doorgebracht. En nog veel verder weg van Los Angeles. Met een licht katertje zat hij achter in een Uber die hem naar een buurt met kleine woonhuizen, opslagplaatsen en bedrijfsruimten had gebracht.

'Dit moet het zijn,' zei de bestuurder.

'Ik zie geen huisnummer.'

'Toch moet het hier zijn. Staat op mijn gps. Meer kan ik niet voor u doen, meneer.'

'Oké, dan stap ik hier uit. Wil je wachten? Ik ben hier in een half uurtje klaar en moet daarna naar de terminal van American op O'Hare. Ik wil ervoor betalen. Ik wil mijn vliegtuig niet missen.'

'Sorry, ik ga hier niet wachten.'

'Zeker weten? Vijftig dollar voor een half uurtje. Plus de rit naar het vliegveld.'

Bosch keek naar de bestuurder in de spiegel. Die wikte en woog. Volgens de app heette hij Irfan.

'Ik maak er tachtig van, Irfan. Contant.'

De man keek hem aan in de spiegel.

'Honderd,' zei hij. 'En vijf sterren in de beoordeling.'

Bosch knikte.

'Deal. Wil je dat ik een honderdje doormidden scheur, zoals ze in de film doen? Nu de ene helft en straks de andere?'

'Nee, betaalt u me maar als u dadelijk weer instapt,' zei Irfan. 'Contant. Anders mag u het verder zelf uitzoeken. Niemand die deze kant op komt en u mist uw vliegtuig.'

'Afgesproken. Ik heb toch alleen maar twintigjes.'

Irfan leek er de humor niet van in te zien. Bosch opende het portier en stapte uit, zijn rugzak in de hand.

Huis en tuin zagen er netjes uit. De gele baksteen maakte een onwrikbare, robuuste indruk, als van een fort tegen kou en hitte.

Juanita Wilson had hem zien aankomen en deed de deur open voor hij kon aanbellen. Ze was een oude vrouw en ze glimlachte flauwtjes tegen hem.

'Mevrouw Wilson?' vroeg Bosch. 'Ik ben Harry Bosch. We hebben elkaar aan de telefoon gehad.'

'Ja. Zeg maar Juanita,' zei ze. 'Kom binnen.'

Bosch gaf haar een hand en ging het huis binnen. Ze maakte een magere, breekbare indruk en droeg een ruime duster om het te verbergen. Haar haar ging schuil in een tulbandachtige, rood-zwart-groen gestreepte hoofddoek. Bosch zag de gelijkenis met de foto van Laura Wilson die Ballard hem had laten zien – vooral in de ogen.

Hij bedankte haar voor haar hulp en de bereidwilligheid hem op zo korte termijn te woord te staan, en legde uit dat het onderzoek des te sneller kon worden voortgezet naarmate de campagnebutton eerder op vingerafdrukken kon worden onderzocht. Om die reden had hij een vlucht geboekt waarmee hij in de loop van de middag weer terug zou zijn.

'Met andere woorden: ik heb een beetje haast,' zei hij. 'Ik wil het lab er zo snel mogelijk naar laten kijken.'

'Dat begrijp ik,' zei Juanita.

Ze ging hem voor in het krappe huis en liep naar de slaapkamer die van haar dochter was geweest. Het was een klein maar licht kamertje; de gordijnen waren open en de zon scheen naar binnen.

Bosch had de indruk dat de helft van de kamer nog was zoals Laura hem had achtergelaten en dat de andere helft was heringericht als thuiskantoortje. Op een klaptafel lagen stapeltjes post met elastieken erom en andere paperassen; er stond een bureaustoel voor.

'Toen Laura in L.A. was gaan wonen richtte mijn man hier een werkplek in,' zei Juanita. 'Maar we hielden het wel zo dat ze hier terechtkon als ze een paar dagen kwam logeren, of als ze haar droom opgaf en weer terug wilde komen. En uiteindelijk... We hebben er niets meer aan gedaan.'

Bosch knikte; dat begreep hij. Hij zag een verhuisdoos op het bed staan en wees ernaar.

'Is dat waar u de button hebt gevonden?' vroeg hij.

'Inderdaad, ja,' zei Juanita. 'Er lagen wat kleren bovenin, en een paar scenario's waar ze destijds mee bezig was, denk ik. Maar toen ik die eruit haalde zag ik de button liggen in de schoenendoos onderin.'

Bosch pakte zijn telefoon en zette de camera aan.

'Mevrouw Wilson, kunt u me dat laten zien zonder de button aan te raken?' vroeg hij.

Hij volgde haar met de camera terwijl ze naar de doos toe liep, de kartonnen flappen opzij klapte en erin wees. Hij kwam dichterbij en zag een schoenendoos in de verhuisdoos staan. Het deksel was eraf. Er lagen allerlei spulletjes in die Bosch herkende van de foto van Laura Wilsons rommella op de plaats delict. Hij dook met zijn telefoon de doos in en zoomde in op de button waarop JAKE! stond.

'Wilt u mijn telefoon alstublieft even overnemen en mij filmen terwijl ik de button eruit haal?' vroeg Bosch.

'Wilt u dat echt?' vroeg Juanita. 'Ik ben niet handig met camera's.'

'Dat geeft niet. Ik wil alleen vastleggen hoe de button vergaard is.'

'O, juist. Ik begrijp het.'

Bosch gaf haar de telefoon en ze nam hem op terwijl hij rubberen handschoenen uit zijn rugzak haalde en een plastic bewijszakje openmaakte. Daarna stak hij zijn hand in de verhuisdoos, haalde de button uit de schoenendoos en deed hem in het zakje, dat hij vervolgens verzegelde en in zijn jaszak stopte.

Hij nam zijn telefoon weer van haar over, noemde de datum en de tijd en beëindigde de opname.

'Dat zou voldoende moeten zijn,' zei hij. 'Dank u wel.'

'Kan ik verder nog iets voor u doen?' vroeg Juanita Wilson.

Bosch aarzelde. Hij had een vingerafdrukkenkit en een wattenstaafje bij zich, die Ballard hem had gegeven toen ze bij het Ahmanson Center met hem naar buiten liep. Volgens het protocol voor vergaring van bewijsmateriaal moest hij Juanita's vingerafdrukken en een DNA-monster nemen, zodat uitgesloten kon worden dat ze iets met de campagnebutton te maken had. Maar hij schrok ervoor terug de breekbare vrouw dat te laten ondergaan en haar wellicht het gevoel te geven dat ze het slachtoffer was van het onderzoek naar de moord op haar dochter. Hij besloot het protocol niet te volgen.

'U zei dat u de button niet had aangeraakt, toch?' vroeg hij.

'Nee, ik zag hem daar liggen en ben eraf gebleven, zoals u me had gezegd,' zei Juanita. 'Is er iets mis, dan?'

'Nee, helemaal niet. Alles is in orde. Dan denk ik dat ik hier klaar ben en laat ik u verder met rust. U hebt vast genoeg aan uw hoofd.'

'Wat gaat er nu gebeuren?'

'Ik ga terug naar Los Angeles en lever de button zo snel mogelijk af bij het laboratorium, zoals ik al zei. Als we geluk hebben zit er een afdruk op die niet van uw dochter is en die we in de databank kunnen terugvinden, zodat we wellicht te weten komen wie haar de button heeft gegeven. Rechercheur Ballard of ikzelf zal u op de hoogte houden van onze vorderingen.'

'Oké. Want ik weet niet hoelang ik nog kan wachten, begrijpt u?'

'Ik weet dat het zwaar is. U hebt heel erg lang gewacht en ik kan u zeggen dat ik weet hoe dat is.'

'Sorry, u begrijpt het niet. Mijn tijd zit er bijna op. Ik heb kanker.

Ik ben uitbehandeld en wil het graag weten voor... voor het is afgelopen.'

Ze trok de hoofddoek los en liet zien dat al haar haar was verdwenen door de agressieve behandeling van de tumor. Bosch schaamde zich meteen voor zijn opmerking dat ze genoeg aan haar hoofd had.

'Dat spijt me erg,' zei hij zacht.

'Ik had het al opgegeven en was er eigenlijk al klaar voor om dood te gaan,' zei Juanita. 'Toen belde uw collega, wat me weer hoop gaf. Ik zal nog even volhouden, meneer Bosch, tot u een antwoord voor me hebt.'

'Ik begrijp het. We zullen doen wat we kunnen, zo snel mogelijk. Meer kan ik niet beloven.'

'Dat hoeft ook niet. Dank u wel.'

Bosch knikte. Juanita ging hem voor naar de voordeur. Daar gaven ze elkaar een hand en namen afscheid. Bosch keek uit over de straat en zag nergens een auto op hem staan wachten.

'Shit,' mompelde hij. 'Nou Irfan, die sterren kun je wel vergeten.'

Hij liep het trappetje af en haalde zijn telefoon uit zijn zak om met de app een andere auto te zoeken. Uit een ooghoek zag hij iets bewegen, en toen hij opkeek kwam Irfan voorrijden. Zijn raampje stond open.

'Ik ben even gaan tanken,' zei hij.

Bosch stapte achterin in en gaf de man vijf twintigjes.

'Blijf nog even staan, alsjeblieft,' zei hij.

Dat deed Irfan. Bosch deed zijn oortjes in en zette op zijn telefoon de muziek aan die hij de vorige avond had gedownload. Hij was in de Winter's Jazz Club bij de Navy Pier naar het Pharez Whitted Quintet geweest. Ze hadden een eerbetoon aan Miles Davis gebracht, Bosch had ervan genoten en was te lang gebleven. Maar hij had ook graag Whitteds eigen muziek willen horen; dus had hij drie albums gedownload toen hij weer terug was in zijn hotelkamer. Nu klonk 'The Tree of Life' in zijn oren. Hij wierp nog een laatste blik op het huis waar Laura Wilson vandaan kwam.

Bescheiden was nog zwak uitgedrukt. Hij stelde zich Laura's nederige start in het gele bakstenen huis voor, en de droom die haar naar Los Angeles had gebracht, waar alles wat ze had en alles waarop ze had gehoopt haar was afgenomen. Bosch werd er razend van. Hij voelde een bekend vuur in zich opvlammen.

'Oké, Irfan. Naar het vliegveld, graag.'

23

Tux by Lux lag aan Beverly Drive, ten zuiden van Wilshire, dus aan de goedkopere kant van Beverly Hills. De zaak leek vooral kwantiteit te leveren, anders dan de salons aan Rodeo Drive, waar je alleen op afspraak terechtkon en die klanten bedienden die op weg waren naar de Oscars en de afterparty van *Vanity Fair*.

Ballard zat in haar auto, nipte van de koffie die ze bij Go Get Em Tiger had gehaald en wachtte tot de glazen voordeur van Tux by Lux open werd gedaan. Het was tien voor tien.

Haar telefoon ging. Bosch, zag ze. Ze nam het gesprek aan maar verloor de deur niet uit het oog.

'Ik laat maar even van me horen,' zei Bosch. 'Ik heb de button en ben nu op het vliegveld. Mijn vlucht gaat dadelijk.'

'Klinkt goed,' zei Ballard. 'Hoe was het met Juanita?'

'Zeer behulpzaam, maar ziek. Doodziek.'

'Wat zeg je nou?'

'Ze heeft kanker en is uitbehandeld. Ik weet niet hoeveel tijd ze nog heeft, maar veel kan het niet wezen. Er is geen haast bij, maar ze zei dat ze volhoudt omdat jij haar weer hoop gaf. Ze wil graag nog meemaken dat er iemand wordt beschuldigd.'

'Lekker dan: er is geen haast bij! Wat voor kanker heeft ze?'

'Niet gevraagd. Het soort dat je van binnenuit opvreet.'

'Jezus. Nou ja, we doen wat we kunnen. Ik hoop dat we de zaak rondkrijgen voor ze er niet meer is.'

'Zit je in de auto? Ik hoor verkeer, daar.'

Ballard vertelde hem wat ze aan het doen was. Terwijl ze praatte zag ze een man van in de veertig naar de deur van de modezaak lopen. Hij maakte onderaan het slot open en ging naar binnen.

'Als ik het goed zie is de zaak nu net open,' zei ze. 'Ik moet maar meteen naar binnen, voordat er klanten komen.'

'Dan laat ik je verder met rust,' zei Bosch. 'Maar als je terug bent op Ahmanson, kun je dan het lab even zeggen dat er iets onderweg is? Misschien kunnen ze een afdrukkenwagen sturen om het onderzoek ter plekke te doen. Weten we meteen of dit tijdverspilling was of niet.'

'Zal ik doen.'

'Succes daar.'

Ze beëindigden het gesprek en Ballard stapte uit. Tevreden constateerde ze dat ze niet met 'Check' had gereageerd op Bosch' verzoek.

Ballard liep de winkel in, een map met twee foto's in haar hand. Rechts langs de muur stonden kledingrekken met jasjes, links stonden stellingen van vloer tot plafond met witte overhemden. Achterin waren paskamers, voorin was een glazen toonbank met de kassa. Aan het ene eind van de toonbank stond een vitrine met vlinderdassen, aan het andere een vitrine met manchetknopen.

Geen teken van de man die Ballard net de winkel binnen had zien gaan.

'Hallo?' riep ze luid.

'Hallo?' riep iemand terug. 'Ik kom dadelijk bij u.'

Ballard liep naar de toonbank en bekeek de manchetknopen. Er waren zeer smaakvolle en delicate modellen, maar ook smakeloze en afstotelijke. Haar aandacht werd getrokken door een paar met het zilveren silhouet van een vrouw met de armen naar achteren en de borst vooruit, een beeld dat je nog wel eens tegenkwam op de spatlappen van twintigtonners.

'Wat kan ik voor u doen?'

Ballard draaide zich om en zag de man staan die de winkel had geopend. Ze nam haar badge van haar riem en hield hem die voor.

'Renée Ballard, LAPD. Ik ben op zoek naar Sandy Kramer.'

Hij stak zijn handen op.

'U hebt me te pakken!'

Hij liet zijn handen weer zakken en stak ze naar voren, klaar voor de handboeien. Ballard glimlachte plichtmatig. Het was niet de eerste keer dat iemand zo reageerde op haar legitimatie en dacht dat hij grappig was.

'Ik wil u graag enkele vragen stellen in het kader van een moordonderzoek.'

'Shit. Dat was niet handig van me,' zei Kramer. 'Ik had geen grappen moeten maken, hè?'

'Kunnen we ergens rustig praten? Ik wil het gesprek niet hoeven onderbreken omdat er klanten binnenkomen.'

'Tja, we hebben een koffiekamertje achterin, maar dat is wel krap.'

'We doen het ermee.'

'Ik heb geen afspraken tot elf uur. Ik kan even een papiertje op de deur plakken en afsluiten. Hoelang zijn we bezig?'

'Niet erg lang.'

De man liep achter de toonbank, scheurde een velletje papier van een notitieblok en schreef er *Om 10.45 terug* op, nam een stuk plakband en plakte het briefje op de voordeur. Daarna bukte hij zich en sloot de deur af.

'Nou, komt u maar mee,' zei hij.

Bij de paskamers was een gordijn; daarachter was een ruimte, half opslag, half pauzeruimte. Er stonden een tafel en twee stoelen. Kramer bood Ballard een van de stoelen aan en nam zelf de andere. Ze gingen zitten.

'Om wat voor moord gaat het?' vroeg hij.

'Daar kom ik dadelijk op,' zei Ballard. 'Eerst wil ik graag weten wanneer u Jake Pearlman voor het laatst hebt gesproken.'

'Jezus nee, is Jake dood?'

Zijn verbijstering leek oprecht. Ballard wilde graag weten of hij over het onderzoek was getipt door Pearlman zelf of iemand van zijn team.

'Nee, hij is niet dood,' zei ze. 'Kunt u zich de laatste keer herinneren dat u hem hebt gesproken?'

'Eh, nou ja, dat is al wel een tijdje geleden,' zei Kramer. 'Ik heb hem gebeld toen hij de verkiezingen had gewonnen. Was dat niet vier jaar geleden?'

'Hij werd zes jaar geleden gekozen.'

'Tjonge, wat vliegt de tijd. Nou ja, in elk geval heb ik hem toen gebeld en gefeliciteerd. Ik weet nog dat ik zei dat hij nu vast een hoop recepties zou gaan bijwonen en bood hem korting aan als hij hier zijn pakken kwam kopen. Maar dat was alles. Hij heeft me er nooit aan gehouden.'

'En Nelson Hastings? Hebt u die onlangs nog gesproken?'

'Hastings? Zeker niet. Daar hoef ik niet mee te praten. Ik kan me de laatste keer ook niet herinneren.'

'Maar u kent hem wel?'

'Kende, eerder. We zaten bij elkaar op school. Hollywood High. En dan bedoel ik ook high.'

Hij lachte om zijn eigen grapje. Maar het was een zenuwachtig lachje. Ballard hoorde de vijandigheid in zijn stem toen het over Hastings ging.

'Had u het niet op Hastings?' vroeg ze.

'Hij had het vooral niet op mij. Hij wilde Jake voor zichzelf en werkte mij eruit. Ik ben gewoon niet zo competitief. Dus nu runt hij de Jakeshow en zit ik hier.'

Ballard knikte.

'Als we even terug kunnen naar 2005,' zei ze. 'Toen leidde u de campagne. Klopt dat?'

'Ja, dat klopt. Maar ik weet niet of je het wel een campagne moet noemen. Dat klinkt heel groot, en heel gepland, en wat wij deden was helemaal niet groot en gepland.'

'Stelde het zo weinig voor, dan?'

'Nou, waarschijnlijk hadden we een betere campagne toen Jake zich kandideerde als voorzitter van de tweedejaars op Hollywood

High. Ik bedoel, de campagne in 2005 hing van stukjes plakband aan elkaar. We wisten niet wat we deden en het mislukte volkomen terecht. Jake bleef wel politiek actief, maakte betere plannen en won alsnog die zetel. Maar toen was ik allang weg. Maar nou wil ik wel weten wie er dood is en wat ik ermee te maken heb. Ik begin me toch zorgen te maken.'

'Laura Wilson is dood. Werd vermoord. Klinkt die naam bekend?'

'Laura Wilson? Nee, ik geloof van niet. Maar laat me een minuutje denken.'

'Natuurlijk.'

Kramer leek over de naam na te denken, maar haalde de minuut niet waarom hij gevraagd had.

'Bedoelt u dat dat iets te maken heeft met de campagne?' vroeg hij.

'Daar probeer ik achter te komen,' zei Ballard. 'Kende u alle vrijwilligers?'

'Toen wel, ja. Ik haalde ze zelf binnen. Maar het waren er niet zo veel en een Laura Wilson herinner ik me niet.'

'Ik wil u iets laten zien.'

Ze sloeg de map open op tafel en legde Kramer de foto van Laura Wilson voor. Hij boog zich naar voren om te kijken maar raakte de foto niet aan.

'Nee, die herinner ik me niet,' zei hij.

'Is het mogelijk dat ze vrijwilliger was?' vroeg Ballard.

'Een donker meisje zou ik me wel herinneren. We hadden er best een kunnen gebruiken. Maar we hadden er geen.'

'Dat weet u zeker.'

Kramer wees met nadruk naar de foto.

'Zij maakte geen deel uit van het campagneteam,' zei hij. 'En ik heb alle vrijwilligers zelf gerekruteerd. Zij was daar niet bij.'

'Oké,' zei Ballard. 'Kijk dan even naar deze foto.'

Ze schoof de foto van Laura's la met rommel over tafel naar hem toe.

'Ziet u die campagnebutton daar?' vroeg ze.

'Zeker,' zei Kramer. 'Mooi ding.'

'Hebt u die laten maken?'

'Jazeker. Dat was de luxe versie, met vrijheidslintjes eraan. Ik weet nog dat we discussie hadden over de extra kosten, maar Jake vond die lintjes mooi. Daar vielen die buttons mee op.'

'Wie kregen ze?'

'Nou, we hadden buttons op kantoor voor bezoekers. En we gingen van deur tot deur in het district. Niet iedereen kreeg er een, maar we gaven ze wel aan mensen die Jake wilden steunen.'

'Weet u nog hoeveel er werden gemaakt?'

'Ik geloof duizend, maar ze kwamen niet allemaal op. Toen het allemaal achter de rug was had ik nog een paar zakken over en die heb ik gewoon geloosd. Nu ik het erover heb, geloof ik dat ik Nelson voor het laatst sprak toen hij me belde en naar die buttons vroeg omdat Jake weer een gooi wilde doen. Ik zei dat ik ze al jaren geleden had gedumpt en hij hing gewoon op. Fijne kerel, die Nelly.'

'Herinnert u zich dat de mensen voor de campagne in 2005 ook in Franklin Village van deur tot deur gingen? Op Tamarind Avenue en omgeving, om precies te zijn?'

'Als dat bij het district hoort is dat wel zeker. We gingen elke avond op pad. De hele staf en alle vrijwilligers die we konden krijgen. We kwamen bij elkaar in die tent op Sunset... hoe heet hij ook weer... hij was wel honderd jaar oud, maar ze sloten definitief tijdens de pandemie.'

'Greenblatt's.'

'Precies ja, Greenblatt's, dat was het. Echt doodzonde. Zo'n leuke tent. Ze hadden een zaaltje boven en daar kwamen we elke avond om zes uur bij elkaar. Dan aten we een broodje met een biertje erbij, op kosten van de campagne, en verdeelden we de wijken zodat we geen dubbel werk deden. Dan werden de buttons en de flyers uitgedeeld en gingen we op weg om bij de mensen aan te kloppen. Echt *grassroots*. Maar om eerlijk te zijn wist ik de ballen van hoe je een campagne moest leiden. We hadden er lol in, dat wel.'

'Wie kreeg Tamarind Avenue?'

'Goeiedag zeg, dat weet ik nu echt niet meer. Ik kan u wel zeggen dat we probeerden om alle buurten twee keer aan te doen. Maar ik heb dat niet bijgehouden en het is veel te lang geleden dan dat ik me nu nog herinner wie precies waarnaartoe ging. Wilt u zeggen dat iemand van de campagne die vrouw heeft vermoord?'

'Nee, dat zeg ik niet. Ik volg alleen een spoor. Deze foto is genomen in haar woning. Ze werd daar de zaterdag voor de verkiezingen vermoord en die button werd gevonden in haar la met rommeltjes. Daaruit leid ik af dat iemand van de campagne waarschijnlijk kort voor de verkiezingen bij haar aan de deur was. Misschien betekent het niets, maar we moeten vragen stellen en aanwijzingen volgen. Waar ze ons ook brengen.'

'Duidelijk. Ik zou u graag verder kunnen helpen.'

Ballard legde de foto's weer in de map en sloeg die dicht.

'Ik neem aan dat u al contact hebt gehad met Jake en Hastings,' zei Kramer.

'Inderdaad, ja,' zei Ballard. 'Ik heb ze allebei gisteren gesproken. Hastings kan bij u geen goed meer doen, hè?'

'Ligt het er zo dik bovenop?'

'Ja. Maar er was een tijd dat jullie goeie maatjes waren, toch?'

'O ja, die was er. "Wij zijn de harde kern," zeiden we toen. Maar Nelson kwam tussen Jake en mij en dreef ons uit elkaar. Dat begon al tijdens die campagne, en toen we hadden verloren kreeg ik de schuld. Niet van Jake, maar van Nelson, en dat heeft me altijd dwarsgezeten omdat hij alleen maar chauffeur was. Hij schreef geen standpunten, bedacht geen mediastrategie. Hij zat alleen maar achter het stuur en gaf mij uiteindelijk overal de schuld van. Ik zou de reden zijn waarom we hadden verloren.'

Ballard zat plotseling stokstijf overeind. Ze probeerde niet te laten zien wat er in haar omging, maar ze was er zeker van dat Hastings, toen ze hem sprak over de campagne van 2005 en de button in Laura's la, had gezegd dat de verkiezingen plaatsvonden voor hij bij Pearlmans staf kwam.

'Momentje,' zei ze. 'Nelson Hastings was Pearlmans chauffeur tijdens de campagne van 2005? Was hij er toen al bij betrokken?'

'Jazeker,' zei Kramer. 'Hij was net terug uit Afghanistan, vers uit het leger, en Jake zei dat hij een chauffeur nodig had. Hij kreeg niet betaald. Hij was vrijwilliger.'

'Ging hij langs de deuren?'

'Dat deden we allemaal. Jake zelf ook. Dat werd gewoon van je verwacht.'

De adrenaline gierde door Ballards lijf. Ze had een tegenstrijdigheid ontdekt, misschien zelfs een keiharde leugen, gevangen in het net dat ze had uitgeworpen. Ze voelde dat het onderzoek opeens een nieuwe wending kreeg.

'Ik ben bijna klaar, maar voor ik ga wil ik nog iets anders vragen,' zei ze. 'Kende u Jakes zus, toen u op school zat?'

'Ja, natuurlijk,' zei Kramer. 'We kenden haar allemaal. Afschuwelijk, echt afschuwelijk wat er met haar gebeurd is.'

'Kwam u bij het gezin over de vloer toen ze werd vermoord?'

'Ja, ik kwam daar wel. Jake was mijn vriend. Maar wat kon ik zeggen? Het was een volslagen nachtmerrie.'

'Wie van zijn andere vrienden waren er toen ook?'

'Nou, ik was er. En Nelly. En een jongen die Rawls heette hoorde ook bij de groep. Hij is later bij de politie gegaan.'

'Die Rawls, hoorde die ook bij de harde kern waar u het net over had?'

'Ja. En, nou ja, we probeerden te doen wat we konden, maar we wisten niet hoe we moesten helpen. We waren ook maar kinderen.'

'Dat begrijp ik. Heeft de politie destijds met u allemaal gesproken?'

'Ik geloof van wel. Ze praatten in elk geval met mij. Ik was één keer met Sarah uit geweest, maar dat was al een hele tijd terug. Hoe dan ook kreeg ik een derdegraads verhoor. Is er dan een verband tussen die zaken? Sarah en dat meisje van die button?'

'Dat weten we niet. Waarschijnlijk is het alleen een gruwelijk toeval. Ik was er gewoon nieuwsgierig naar. Voor Jake is het nog steeds heel belangrijk.'

'En dat zal wel zo blijven, dat weet ik wel zeker. Sarah was een hartstikke leuke meid. Ze was superslim en bloedmooi en had alles mee. Ik heb nooit begrepen waarom iemand haar dat allemaal zou willen afnemen.'

Ballard knikte.

'Nou, het is bijna tijd voor uw afspraak,' zei ze. 'Ik denk dat ik u nu maar de tijd moet geven die voor te bereiden. Zeer bedankt voor uw tijd, meneer Kramer. Kunt u nog één ding voor me doen, alstublieft?'

'Natuurlijk,' zei Kramer. 'Wat mag het zijn?'

'Ik wil graag dat u dit gesprek onder ons houdt. Is dat een probleem?'

'Helemaal niet, inspecteur.'

Tegen de tijd dat Ballard weer aankwam bij haar auto liep ze nagenoeg te hyperventileren. Ze startte de motor en draaide de airco op. Ze nam een minuutje om tot rust te komen en pakte toen haar actielijst van de passagiersstoel. Ze las hem even door en probeerde rustig te ademen. Haar blik bleef strak gericht op een van de punten op de lijst.

Hastings – foto LW sturen

Ze besefte dat ze dat niet had gedaan. En dat wierp een grote vraag op.

Ze keek op de klok op het dashboard, zat even te rekenen. Harry Bosch hing nog in de lucht en het zou wel een paar uur duren voor ze hem weer kon spreken. Ze wist dat ze nog een hoop te doen had tot het moment daar was.

Ze zette de automaat in drive en reed weg.

24

Bosch reed het noordelijke parkeerterrein van Hawthorne Mall op en zag Ballards auto meteen staan. Het was dan ook de enige andere auto op de zee van asfalt die het verlaten winkelcentrum omringde. Hij reed recht op haar af en parkeerde zo dat hun ramen op elkaar uitkeken en ze met elkaar konden praten zonder uit te stappen. Standje 69 in LAPD-jargon.

Bosch' raampje was al open omdat de airco van zijn oude Cherokee weinig invloed had op het klimaat in de auto. Ballard liet haar raampje zakken terwijl hij aan kwam rijden.

'Harry. Hoe was je vlucht?'

'O, fijn. Ik heb goeie muziek zitten luisteren. Maar waarom zitten we hier met een code 69?'

'Ik wilde niet praten op Ahmanson. Rawls was er vandaag en hij heeft een direct lijntje met Hastings en Pearlman. Sterker nog: hij is deze week kind aan huis, en ik denk dat dat is omdat Hastings wil weten wat we precies doen.'

'Serieus? Maar Hastings kan jou toch bellen wanneer hij wil?'

'O ja, dat kan hij. Maar hij wil verbergen dat hij ons in de gaten houdt. Want Hastings is onze man.'

'Hoe bedoel je? De moordenaar?'

'Ik zou er mijn badge onder verwedden, Harry. Eén monster van zijn DNA en we hebben een match, zeker weten.'

‘Vertel.’

Ballard gaf hem een samenvatting van het gesprek dat ze die ochtend met Sandy Kramer had gehad, en vertelde dat een van haar laatste vragen aan de jasjesverkoper had onthuld dat Hastings tegen haar had gelogen toen hij zei dat de moord op Laura Wilson was gepleegd voordat hij voor Jake Pearlman begon te werken.

‘Hij was al die tijd al met Pearlman bezig,’ zei ze. ‘En dat is geen kleine leugen. Dat is een leugen om mij op het verkeerde been te zetten. Dus is het een grote leugen.’

‘Oké, daar kan ik in komen,’ zei Bosch. ‘Het is verdacht, maar de stap naar handboeien is heel groot. Heb je nog meer?’

‘Ja. Nadat ik Kramer had gesproken heb ik al mijn contacten met Hastings in de zaak doorgenomen. Hij was altijd de contactpersoon. Hij was steeds degene die belde en op de hoogte wilde worden gehouden, zogenaamd voor Pearlman. Maar nu denk ik dat hij zélf vooral wilde weten hoe dichtbij we kwamen.’

‘Nog steeds geen handboeien.’

‘Moet je dit even zien.’

Ze gaf hem een vel van haar notitieblok. Bosch bekeek het.

‘Je takenlijstje,’ zei hij. ‘Heb ik al gezien.’

‘Dat weet ik. Maar ik heb Hastings nooit een foto van Laura Wilson gestuurd. Daarom staat het nog op de lijst.’

‘En wat wil dat zeggen?’

‘Ik heb Hastings deze week twee keer over de zaak-Wilson aan de telefoon gehad. Ik heb het eerste gesprek nog eens de revue laten passeren. Ik vroeg hem of de naam Laura Wilson hem iets zei en of hij in eventuele verslagen van de campagne kon kijken of ze had meegewerkt als vrijwilliger of gedoneerd had of wat dan ook. Ik vroeg hem ook of hij dat het overige personeel kon vragen, inclusief Pearlman. Ik weet voor vijfennegentig procent zeker dat ik niet heb gezegd dat Laura zwart was. Ik was van plan een foto te scannen en op te sturen. Maar dat schoot erbij in. Ik was het vergeten.’

‘Oké.’

'Goed, en toen kwam het volgende gesprek. Hij vertelt me dat er geen verslagen zijn en dat niemand zich een Laura Wilson kan herinneren die vrijwilliger was of geld doneerde, ook Jake Pearlman niet. En om dat te onderstrepen zei hij dat Jake had gezegd dat hij het zich zeker zou herinneren als een Afro-Amerikaanse vrouw zich als vrijwilliger had gemeld.'

'Terwijl jij er zeker van bent dat je hem niet had verteld dat Laura zwart was.'

'Precies. En toen Jake gisteren bij ons op kantoor langs kwam zei hij precies hetzelfde: dat hij het zich zou hebben herinnerd als een Afro-Amerikaanse aan de campagne had meegewerkt.'

Bosch knikte. Voor hij op weg ging naar het vliegveld had Ballard hem verteld dat Pearlman een verrassingsbezoek aan de eenheid zou brengen.

'Zou Hastings er op eigen houtje achter kunnen zijn gekomen dat ze zwart was?' vroeg hij.

'Tja, alles is mogelijk,' zei Ballard. 'Maar ik heb het hem niet verteld. Dat weet ik zeker.'

'Afgezien daarvan: hoe verliep dat verrassingsbezoek?'

'Hijzelf en zijn gevolg waren er hooguit een half uur. Ik heb ze rondgeleid, ze hebben wat filmpjes geschoten en ik kreeg vijf minuten de tijd om Pearlman te vragen naar Laura. Nog zoiets: Hastings bleef ons maar onderbreken en zeggen dat Jake zo'n krap schema had en dat ze nu weg moesten. Nog een teken dat hij het onderzoek probeert te dwarsbomen. Hij wilde duidelijk niet dat ik Pearlman vragen stelde.'

Aan de dringende klank in haar stem kon Bosch horen dat Ballard high was van de adrenaline. Hij begon dezelfde high ook te voelen.

'Wat denk jij ervan, Harry?' vroeg Ballard. 'Hoe pakken we dit aan?'

'Simpel zat. We nemen hem DNA af,' zei Bosch. 'Dat denk je zelf toch ook? Als het DNA matcht is het gebeurd. Handboeien.'

Ballard knikte.

'Dit moeten we stiekem doen,' zei ze. 'We moeten het DNA afnemen zonder dat hij het merkt. Hier mag niemand van weten. Rawls is een regelrecht lek naar Hastings, en hoe meer mensen ervan weten, hoe meer er fout kan gaan. Daarom wilde ik je ook niet op kantoor spreken.'

'Helder,' zei Bosch.

Er viel een lange stilte die door Bosch werd verbroken.

'Ik zal het op me nemen,' zei hij.

'Wat?'

'Achter Hastings aan gaan en zijn DNA vergaren.'

'In je eentje?'

'Jij kunt het al niet meer doen. Je moet de eenheid leiden en Hastings kent je bovendien al. Maar mij kent hij niet. Ik was niet bij dat verrassingsbezoek. Ik hou hem in de gaten en zorg dat ik een monster te pakken krijg. Als we een match hebben lokken we hem in de val. We halen hem naar kantoor voor een update en laten hem met getuigen erbij zeggen dat hij Laura Wilson niet kende en nooit in haar appartement was geweest.'

'Prima. Dat klinkt goed. Maar hoe leg ik uit dat jij niet op je plek zit en niet aan de zaak werkt? Als jij niet meer komt gaan de anderen vragen stellen.'

'Dan houden we hen ook voor de gek. Ik heb die campagnebutton. Ik kom ermee binnen en jij springt uit je vel omdat ik zonder toestemming naar Chicago ben gegaan. Je hebt al laten zien dat je mensen kunt wegsturen als ze zich niet aan de regels houden.'

Ballard zei niets en nam bij zichzelf een mogelijk scenario door.

'Weet je? Dat zou best kunnen werken.'

'Laten we dat dan nu gaan doen,' zei Bosch. 'Ik wil achter Hastings aan zodra hij uitklokt en aan zijn weekend begint.'

'Er is nog iets.'

'O, wat?'

'Toen Hastings in beeld begon te komen heb ik hem nagetrokken. Pearlman houdt een website bij voor zijn electoraat en die heeft ook een sectie over zijn personeel. Foto's, minibiografietjes en hun taakomschrijving, dat soort dingen. In Hastings' bio staat dat hij een gehandicapte veteraan is. Toen moest ik denken aan het bloed in de urine en de kanker. Kramer zei dat Hastings net weg was bij het leger toen hij met die eerste campagne meedeed.'

Bosch dacht daar even over na. Dat kon aanleiding zijn om Hastings op een andere manier aan de zaak te verbinden.

'Ik ken een jongen bij de militaire archieven in St. Louis,' zei hij. 'Die kan zijn staat van dienst bekijken. Wie weet vinden we daar iets.'

'Wil je dat dan ook op je nemen?' vroeg Ballard.

'Ik denk dat alles wat met Hastings te maken heeft buiten het team moet worden gehouden.'

'Mijn idee.'

'En verder?'

'Voor zover ik weet was dit het.'

'Oké. Als jij nou eens terugging naar Ahmanson, dan kom ik daar later ook binnenlopen. Ik blijf hier en bel eerst even met St. Louis. Hebben we een geboortedatum van Hastings?'

'Stuur ik je dadelijk. Ik heb hem net vandaag van de site van de voertuigenregistratie geplukt omdat ik wilde weten waar hij woont.'

'Zei die jasjesman nog bij welk onderdeel Hastings had gediend?'

'Hij zei "leger", maar dat kan natuurlijk in het algemeen zijn bedoeld.'

'Ik zal mijn contactpersoon vragen om bij de landmacht te beginnen.'

Ballard keek op het scherm van haar telefoon, zocht Hastings' geboortedatum en stuurde hem door naar Bosch. Ze keek voor zich uit naar het verlaten winkelcentrum.

'Wat is dit eigenlijk voor plek?' vroeg ze.

'Het staat al twintig jaar leeg,' zei Bosch. 'Nadat de luchtvaartbedrijven wegtrokken uit de buurt en weg van de luchthaven was het snel gedaan. Het werd hier gesloten en nu staat het leeg. Af en toe wordt er een film opgenomen.'

'Raar, zo'n enorm, leeg winkelcentrum.'

'Ja.'

'Ik zie je zo op Ahmanson.'

'Ja. Tot straks.'

Ballard haalde haar auto uit z'n vrij en reed in een rechte lijn naar de uitgang.

Bosch pakte zijn telefoon en zocht in de contactenlijst het nummer van Gary McIntyre, een onderzoeker van het NCIS bij het National Personnel Records Center in Missouri.

In de loop der jaren had hij McIntyre regelmatig voor een zaak gebeld. Bosch wist dat McIntyre hem graag hielp, als hij er nog was.

De telefoon werd aangenomen door een vrouw.

'Ik zou Gary McIntyre graag willen spreken,' zei hij.

'Gary werkt hier niet meer,' zei de vrouw. 'U spreekt met inspecteur Henic. Wat kan ik voor u doen?'

'U spreekt met Harry Bosch, Los Angeles Police Department. Gewoonlijk legde ik mijn verzoeken aan Gary voor. Ik heb de staat van dienst nodig van een verdachte in het onderzoek naar een dubbele moord.'

'Gary is al een hele tijd weg. Wat was uw naam, zei u?'

'Harry Bosch.'

'Ik zal even kijken of uw naam in de lijst staat die hij heeft overgedragen.'

'Die zou er wel in moeten staan.'

Bosch hoorde de vrouw typen. Er viel een korte stilte. Toen deed Henic verslag van haar bevindingen.

'Hij heeft hier opgeschreven dat u bij San Fernando PD werkt.'

'Ik heb daar een aantal jaren gewerkt, ja. Ik ben nu terug bij het LAPD en werk daar aan cold cases.'

'Wat kan ik voor u doen?'

'Ik wil graag het pakket van een man die Nelson Hastings heet. Geboren 16-3-76.'

'Oké, ik heb het opgeschreven.'

Nu kwam het moeilijke gedeelte. Bosch wilde de informatie graag zo snel mogelijk hebben en moest Henic dus zien te paaien.

'Uw naam is Henic, zei u?' vroeg hij. 'Ik wil mijn contactenlijst graag bijwerken.'

'Ja, meneer.'

'Kunt u het spellen, alstublieft? Ik wil graag zeker weten dat ik het goed heb.'

'Hotel-Echo-November-India-Charlie.'

'Dank u. Ach, en uw voornaam?'

'Sarah. Met een h.'

'Oké, Sarah met een h, over welke termijn hebben we het? Er staat een deadline op de zaak.'

'Nou, u staat op de lijst. Gewoonlijk behandelen we de verzoeken in volgorde van binnenkomst. Wat voor deadline bedoelt u?'

'Als we het met deze man bij het juiste eind hebben is hij een seriemoordenaar. We moeten hem uit de roulatie halen voor hij weer iemand vermoordt. En ik heb zijn militaire geschiedenis nodig om te zien of hij in bepaalde jaren op bepaalde locaties kan worden gelokaliseerd. Hebben we die informatie eenmaal, dan kunnen we het net verder dichttrekken en hem van de straat halen voor hij weer iemand kwaad doet. Niemand wil dat op zijn geweten hebben. Begrijpt u wat ik bedoel?'

Er viel een korte stilte. Toen gaf Henic antwoord.

'Ik begrijp het. Geef me vierentwintig uur. Ik laat binnen die tijd van me horen. Gary heeft ook uw telefoonnummer en e-mailadres overgedragen. Kloppen die nog?'

'Die kloppen nog,' zei Bosch. 'Maar... morgen is het zaterdag. Lopen die vierentwintig uur tot maandag of denkt u dat u morgen al iets kunt laten weten?'

'Ik heb morgen weer dienst. Als het goed is hoort u van me.'

'Hartelijk dank, Sarah met een h.'

Bosch beëindigde het gesprek en startte de motor. Hij reed dwars over het parkeerterrein naar de uitgang en zette koers naar het Ahmanson Center.

25

Ballard zat op haar werkplek aantekeningen te maken van haar gesprek met Kramer. Bosch liep van achteren naar haar toe en zette het verzegelde zakje met de button op haar bureau.

'Wat is dat?' vroeg ze.

'Bewijsmateriaal,' zei Bosch. 'Het moet zo snel mogelijk naar het afdrukkenlab.'

'Ik zie wat het is. Hoe kom je eraan?'

'Ik kon niet wachten tot de bureaucratie d'r werk deed. Ik ben hem in Chicago gaan halen.'

Nu verhief Ballard haar stem.

'Ben je naar Chicago gegaan?'

'Je hebt me gehoord.'

Ballard gooide haar pen voor zich op haar bureau. Dat, en dat ze luider was gaan praten, trok gegarandeerd ieders aandacht.

'Harry, kom even mee.'

Ze stond op en liep naar de verhoorkamer voor een gesprek onder vier ogen. Bosch liep achter haar aan, met gebogen hoofd, als een veroordeeld man. Ze gingen de kamer binnen en Ballard sloeg de deur met een klap dicht. Meteen daarop sloeg ze haar hand voor haar mond om een lach te smoren.

'Goed gedaan,' fluisterde ze. 'Ze zaten allemaal te kijken.'

'Hoe dan ook moet die button naar het lab,' zei Bosch.

'Komt goed. Heb je die man in St. Louis gebeld?'

'Ja, maar hij werkte daar niet meer. Het is nu een zij. Ik heb haar gesproken en ze beloofde binnen vierentwintig uur een reactie te geven. We gaan het zien. De vorige man zou alles uit zijn handen hebben laten vallen en vertrouwde mij genoeg om geen dingen weg te lakken. Ik ben benieuwd naar deze dame.'

'Oké. Laat me weten waar ze mee komt. Ben je klaar om weer naar buiten te gaan?'

'Ja. Maar je moet nog een keer hard uitvallen, vind ik.'

Ballard glimlachte en hield weer een lach binnen. Toen haalde ze haar hand voor haar mond weg en riep luid genoeg om buiten de deur te worden verstaan: 'En ga maar naar huis. Nu meteen!'

Bosch knikte en fluisterde. 'Dat moet genoeg zijn.'

Hij deed de deur open en liep naar buiten in dezelfde houding als eerst. Ballard stond in de deuropening te kijken terwijl hij langs zijn werkplek naar de uitgang liep. Ze schudde haar hoofd, alsof ze helemaal klaar was met Bosch' insubordinatie.

Toen Bosch weg was liep ze terug naar haar eigen plek, ging daar niet zitten maar stopte haar laptop en het bewijszakje in haar rugzak. Ze merkte dat Colleen Hatteras naar haar stond te kijken.

'Colleen, als iemand me zoekt: ik ben even naar het lab in het centrum,' zei ze.

'Oké,' zei Hatteras. 'Kom je nog terug?'

'Waarschijnlijk niet.'

'Ik wilde je graag informeren over een IGG-update.'

'Heb je een verband gelegd?'

'Nee, dat nog niet.'

'Laten we dan maandag verder praten. Ik moet nu naar het lab.'

Hatteras fronste haar voorhoofd. Ze had behoefte aan aandacht.

'Misschien hebben we tegen die tijd een doorbraak, Colleen,' zei Ballard. 'Maandag ben je de eerste.'

'Oké,' zei Hatteras. 'Heb je Bosch net ontslagen?'

Het ontglipte haar, maar het deed Ballard genoegen te horen dat het toneelstukje had gewerkt.

'Dat weet ik nog niet,' zei ze.

'Ik denk dat hij vanbinnen een goed mens is,' zei Hatteras. 'Dat kan ik voelen.'

'Hij zal in elk geval een betere teamspeler moeten worden. Anders kan hij gaan.'

'Dat komt beslist goed. En ik vermoed dat hij dat weet.'

'Mooi.'

Ballard hing haar rugzak over haar schouder en keek naar de anderen. Iedereen zat met gebogen hoofd te doen alsof hij hard werkte en niets had gemerkt van het akkefietje met Bosch.

'Beste mensen,' zei Ballard, 'ik wil graag even zeggen dat ik het heel erg waardeer hoeveel uren en dagen jullie deze week hebben gemaakt. Dat was meer dan van jullie werd verwacht, en ik wil graag zeggen dat dat niet onopgemerkt is gebleven. Fijne avond, straks.'

Ze draaide zich om en liep naar de uitgang.

26

Bosch zette zijn auto langs de stoeprand in Los Angeles Street, een half blok bij de uitgang van de parkeergarage van het stadhuis vandaan. Ballard had ook de auto van Nelson Hastings nagetrokken bij de voertuigenregistratie en Bosch de gegevens gestuurd. Helaas moest Bosch uitzien naar een zwarte Tesla Model 3 uit 2020 en hij wist dat kleur, merk en model zeer populair waren in de straten van L.A. Aan de kentekenplaat zou hij moeten zien of hij de goede auto te pakken had, en hij had zich al twee keer vergist.

Het was nu tien over half zeven 's avonds. Hij had twee uur zitten wachten en kijken en was bang dat hij Hastings' vertrek had gemist. Hij pakte zijn telefoon, zocht even op internet en belde. Een vrouw nam het gesprek aan.

'Kantoor van raadslid Pearlman, wat kan ik voor u doen?'

'Goedendag, is Nelson daar nog?' vroeg Bosch.

Hij zei het als terloops, in de hoop familiariteit te suggereren.

'Hij is hier wel, maar hij is in gesprek met raadslid Pearlman,' zei de vrouw. 'Kan ik uw naam noteren en waar het over gaat?'

'O, het gaat alleen maar over een straatlantaarn,' zei Bosch. 'Hij weet er al van. Ik bel maandag wel weer.'

Hij beëindigde het gesprek. Hij had Hastings' vertrek in elk geval niet gemist. Hij bereidde zich voor op het nog langere wachten en hield via zijn buitenspiegel in de gaten of een verkeersagent, die hem al eerder had gezegd dat hij hier niet mocht parkeren, opnieuw kwam opdagen.

Na nog twintig minuten wachten kreeg Bosch een telefoontje. 208 – het kengetal van Coeur d'Alene, Idaho, zag hij. Hij nam het gesprek aan.

'Bosch hier.'

'Met Dubose. Je had een berichtje ingesproken.'

'Ja. En mijn partner eerder ook al twee. We vroegen ons al af waarom je zo druk bezig bent met je pensionering dat je geen tijd meer hebt om je oude afdeling terug te bellen.'

'Mijn oude afdeling kan de tering krijgen, Bosch. Die heeft nooit ene reet om me gegeven. Ik bel nu terug. Wat wil je?'

'Ik wil de zaak-Laura Wilson oplossen.'

'We hebben ons uit de naad gewerkt aan die zaak. Maar soms ligt een doorbraak niet op je pad. We hebben de zaak niet opgelost. Einde verhaal.'

'Voor haar familie niet. Dat verhaal heeft geen einde.'

'Ja, erg jammer. Maar alles wat we hebben gedaan en alles wat we over de moord te weten kwamen staat in het dossier. Ik heb er niets aan toe te voegen. Goeiedag verder.'

'Niet ophangen.'

'Ik kan je niet helpen, Bosch.'

'Dat weet je niet. Niet voor je me hebt laten uitpraten. Er is nog een andere moord.'

Dubose zei niets.

Bosch wachtte af.

'Wanneer?' zei Dubose ten slotte.

'Elf jaar eerder, om precies te zijn,' zei Bosch. 'Ze zijn gekoppeld via DNA.'

'Waar?'

'Afdeling Hollywood. In de heuvels, net als Wilson.'

'Zwart meisje?'

'Wit. Doet dat er dan toe?'

'Nee, ik zet de dingen op een rijtje.'

'Dacht jij dat ras in de zaak-Wilson van betekenis was?'

'Nee, dat niet.'

'Speelde het een rol tijdens het onderzoek?'

'Waar wil je naartoe, Bosch?'

'Niets in het bijzonder. Ik stel alleen vragen. Vertel me iets over dingen die niet in het moorddossier staan.'

'Die zijn er niet.'

'Die zijn er altijd. Niet-uitgeschreven verslagen, onverklaarde dode sporen. Waarom hebben jullie niets gedaan met het bloed in de urine?'

'Het wat?'

'Je hebt me gehoord. Je hebt nog DNA uit dat bloed gehaald. Er was dus sprake van een aandoening, maar in het dossier wordt daar verder niet op ingegaan.'

'Zit je me nou te dollen? Wat hadden we dan moeten doen? Het had van alles kunnen zijn. Als je een stomp in je buik krijgt zit er al bloed in je zeik. Hadden we dan naar elk ziekenhuis en elke dialysekliniek in de stad moeten gaan, en zeggen: "Geef ons een lijst van jullie patiënten"? Je kan de tyfus krijgen, Bosch. We hebben met man en macht aan die zaak gewerkt en...'

'Nelson Hastings. Zegt die naam je iets?'

'Nelson... wie?'

'Hastings. De naam staat niet in het dossier. Hij was destijds halverwege de twintig en net weg uit het leger. Zegt die naam je iets?'

'Nee. Ik heb nog nooit van hem gehoord.'

'Denk je dat je je hem zou herinneren als hij je wel iets zou zeggen?'

'Als die naam ter sprake was gekomen had hij in het dossier gestaan. We hebben niets weggelaten. Zijn we klaar, nu?'

'Zeker, Dubose. We zijn klaar.'

'Mooi.'

Dubose hing op.

Tijdens het gesprek had Bosch de uitgang van de parkeergarage in de gaten gehouden en geen zwarte Tesla zien wegrijden. Hij nam het gesprek met Dubose nog eens bij zichzelf door. Uit het gegeven dat de gepensioneerde rechercheur was begonnen over het bezoeken van ziekenhuizen en dialyseklinieken leidde Bosch af dat Dubose en zijn partner die onderzoekslijn wel hadden overwogen, maar niet hadden gevolgd. Dat hij tegen Bosch tekeerging lag er waarschijnlijk aan dat hij zich daar schuldig over voelde. De onderste steen was blijven liggen – Bosch wist dat rechercheurs het schuldgevoel daarover tot hun dood met zich meedroegen.

Hij stond op het punt Ballard te bellen over zijn gesprekje met Dubose, toen een rijtje auto's snel na elkaar wegreed uit de garage. De derde was een zwarte Tesla. Bosch legde zijn telefoon naast zich op de stoel, reed weg en volgde de auto. Bij First Street sprong het stoplicht op rood. Hij haalde de Tesla in en zag dat het kenteken klopte. Het was Hastings' auto, maar het glas was zo donkergetint dat hij niet kon zien of de man achter het stuur dezelfde was als degene wiens foto op de website van het gemeenteraadslid stond.

De Tesla sloeg rechts af op First, in noordelijke richting, weg uit het centrum. De bestuurder reed liever door de stad dan over de Hollywood Freeway, waar het verkeer dan ook vast stond. In je eentje een auto volgen was altijd lastig, vooral als die ene auto een in het oog springend, hoekig model van een dertig jaar oude Cherokee was. Bosch bleef zo ver achter als mogelijk, maar wist dat hij Hastings makkelijk kwijt kon raken als hij voor rood licht moest stoppen. En hij had dan wel het adres van Ballard gekregen, maar hij hoopte dat Hastings ergens zou stoppen en DNA zou achterlaten op een koffiebeker, een servetje of een pizzakorst. Losgeraakte huidcellen bevatten het DNA dat hij nodig had. Hastings hoefde alleen maar iets vast te pakken en achter te laten, zodat het vergaard kon worden.

Uiteindelijk reed de Tesla over Sunset Boulevard naar het westen, waar de zon nu onderging. In de gegevens die Ballard hem had gestuurd had Bosch gezien dat Hastings op Vista woonde, vlak bij de lage ingang van Runyon Canyon Park. Hij was teleurgesteld dat de

Tesla blijkbaar op weg naar huis was. Dat zou betekenen dat er die avond waarschijnlijk geen DNA zou worden vergaard.

Maar toen reed de Tesla Vista voorbij zonder af te slaan. Een paar blokken verderop stopte hij langs de stoeprand voor de Almor Wine & Spirits Shop. Bosch stopte een half blok daarvandaan. Hij zag een man uit de auto springen en snel de drankhandel binnengaan. Bosch gaf gas en reed het parkeerterrein aan de zijkant op, waar de bestuurder van de Tesla hem niet zou zien als hij weer wegging. Bosch zette een Dodgers-pet op, stapte uit en ging de winkel binnen. De pet verleende hem een klein beetje camouflage, maar hij gokte dat Hastings hem niet eerder had gezien en geen foto op internet had gezocht toen hij te horen kreeg dat Bosch aan het coldcaseteam was toegevoegd. En als hij al een foto had gezien, was het een oude uit Bosch' LAPD-dossier.

Eenmaal binnen zag Bosch dat de man inderdaad Hastings was. Hij was in elk geval een ogenblik lang opgelucht dat hij het niet verknald had door achter de verkeerde aan te gaan.

Hastings stond bij de schappen met rode wijn. Bosch liep verder de winkel in en bleef staan bij een uitstalling van witte wijnen. Over de uitstalling heen zag hij Hastings een fles rode wijn pakken en die in zijn hand houden terwijl hij het label op de achterkant las. Algauw zette hij de fles weer terug op de plank en pakte een andere. Hij las ook daarvan het etiket en leek tevreden met wat hij las. Hij draaide zich om en liep naar de kassa om af te rekenen.

Bosch prentte zich in waar de eerste fles die Hastings had gepakt precies stond en ging weg uit de winkel, zodat hij achter het stuur klaar kon zitten om Hastings te volgen wanneer die de winkel uit kwam. Bosch wist wel dat Hastings waarschijnlijk gewoon naar zijn eigen huis zou gaan om daar het weekend met een wijntje te beginnen, maar hij kon het risico niet nemen hem uit het oog te verliezen als dat niet zo was.

Even later zag hij Hastings de winkel verlaten, de fles aan de hals in zijn hand. Hij keek niet in Bosch' richting en sprong weer in zijn auto. Bosch zag alleen het achterste deel van de Tesla, voorbij de hoek van de winkel. Toen de auto verdween gaf Bosch gas en reed achter hem aan.

Hastings ging niet naar huis. Hij reed verder over Sunset naar het westen, stak Fairfax en Crescent Heights over en reed toen de Strip af tot hij bij Sunset Plaza kwam. Daar sloeg hij af naar het noorden, de heuvels in. Kort daarna sloeg hij nogmaals af op St. Ives Drive en parkeerde aan de kant van de weg voor een huis.

Bosch reed voorbij St. Ives en nog een paar huizen op de heuvel, keerde zijn auto en liet hem in z'n vrij afzakken tot bij de hoek. Hij stopte op een plek waar hij de Tesla net kon zien, evenals de ingang van het huis waar de auto voor was blijven staan. Hij wachtte af en keek toe, maar Hastings stapte niet uit. Bosch begon zich af te vragen of het een truc van Hastings was om erachter te komen of hij werd gevolgd.

Maar toen ging de garagedeur van het huis open en zag Bosch een auto Sunset Plaza op komen rijden. De richtingaanwijzer knipperde. Snel klapte hij de zonwering naar beneden en wreef over zijn voorhoofd, met zijn hand voor zijn gezicht, terwijl de auto vlak voor hem de bocht om ging en St. Ives op reed. Hij nam het kenteken in zich op terwijl de auto voorbijkwam en zag hem toen de garage in rijden. Nu stapte Hastings alsnog uit; hij liep met de fles wijn in zijn hand de garage in. Na een paar tellen ging de garagedeur achter hem dicht.

Snel pakte Bosch een pen en schreef het kenteken van de tweede auto op zijn handpalm. En belde Ballard.

'Harry.'

'Waar ben je?'

'Thuis. Wat is er?'

'Kun je een kenteken voor me natrekken? Hastings is niet naar huis gegaan. Hij heeft een fles wijn gekocht en meegenomen naar een huis bij Sunset Plaza. Ik zag een auto de garage in rijden en heb hier het kenteken.'

'Geef het me maar, ik bel je zo terug.'

Bosch las het nummer op van zijn hand en beëindigde het gesprek. Hij keek nog eens naar het huis en zag geen beweging achter de gordijnen. Aan zijn water voelde hij dat Hastings hier een romantisch etentje met iemand zou hebben en waarschijnlijk ook de nacht hier zou doorbrengen. Wat betekende dat Bosch zijn surveillance de volgende ochtend zou moeten voortzetten, en misschien wel het hele weekend.

Bosch wist dat er een Midway-autoverhuurbedrijf op Sunset zat, vlak bij Book Soup; hij zocht het nummer op zijn telefoon en belde om een auto te reserveren. Het zou de goden verzoeken zijn om Hastings nog twee dagen te blijven volgen in een jagergroene Cherokee uit 1992. Hij moest snel van auto wisselen.

Ballard had hem gebeld terwijl hij Midway aan de lijn had; hij had het gesprek niet aangenomen. Toen de reservering van de auto rond was belde hij haar terug.

'Staat dat huis met die garage aan St. Ives?' vroeg ze.

'Ja,' zei Bosch. 'Wat heb je voor me?'

'Dat kenteken staat op naam van Rita Ford op St. Ives. Ze is Pearlmans politiek adviseur. Kleine vrouw, blank, lang zwart haar. Is dat haar?'

'Ik heb haar niet gezien. Alleen het kenteken.'

'Nou, blijkbaar hebben we hier te maken met een binnenkantoorlijke relatie. Ik vraag me af of Pearlman ervan weet. Het zou hem in de problemen kunnen brengen als het fout loopt of algemeen bekend wordt.'

Bosch zei niets. Iets wat in zijn ogen neerkwam op roddel interesseerde hem niet.

'Ik heb zo'n donkerbruin vermoeden dat Hastings hier vannacht blijft,' zei hij. 'Misschien gaat hij alsnog naar huis, maar ik denk van niet. Ze zitten daar aan de wijn.'

'Goed punt,' zei Ballard.

'Dus. Wil je dat ik hier blijf of ga ik morgenochtend verder? Ik heb net een andere auto gehuurd. Dan zie ik er anders uit. Mocht je je zorgen maken vanwege de Cherokee.'

'Goed bedacht. Ik laat het aan jou over. Als je weg wilt moet je gaan.'

'Ik zag hem in de winkel een fles wijn vastpakken. Ik kan terugrijden en hem meenemen en bij jou afleveren. Kunnen ze morgenochtend kijken of er een handafdruk op staat.'

'Wauw! Ja, ga die fles maar halen, Harry, en laten we hopen dat niemand je voor is geweest.'

Bosch aarzelde even, maar sprak toen iets anders wat hij had bedacht hardop uit.

'En dan, weet je, als hij hier toch bij haar is...'

Hij onderbrak zichzelf.

'Ja?' vroeg Ballard.

'Ik dacht aan zijn eigen huis,' zei Bosch. 'Misschien kan ik kijken of daar iets te vinden is.'

'Harry, geen sprake van. Je bent geen privédetective meer en we moeten dit volgens de regels aanpakken. Er zijn regels voor heimelijke vergaring van bewijsmateriaal. Het vergaarde object moet in het openbaar zijn weggeworpen. Ga níét zijn huis in. Ik meen het.'

'En als ik er even langs rij en in de vuilnisbakken kijk? De rechter heeft eerder bepaald dat vuilnis vergaren is toegestaan.'

'Die staan op de openbare weg. Jij komt dus niet in de buurt van zijn huis, Harry. En dat wil ik je hardop horen zeggen.'

'Ik kom niet in de buurt van zijn huis. Zo goed? Het was maar een voorstel.'

'En een slecht voorstel.'

'Oké. Ben je thuis? Ik ga die fles wijn halen.'

'Ik ben thuis, ja.'

Vijfentwintig minuten later stopte Bosch voor Ballards appartementencomplex in Los Feliz. Ballard wachtte voor de deur op hem; hij had gebeld dat hij eraan kwam. Ze had Pinto bij zich, naast haar aan de lijn.

Bosch gaf haar door het raam de fles Portlandia pinot noir aan. Hij zat in een bruine papieren zak van Almor Wine & Spirits.

'Je kunt ze vertellen dat er een handafdruk op het etiket voorop zit,' zei hij. 'Hij hield hem daar vast en las het etiket achterop.'

'Duidelijk.'

Ze maakte de zak open, pakte de fles bij de hals en bekeek het etiket voorop.

'Ziet er goed uit,' zei ze.

'Dat moet haast wel,' zei Bosch. 'Maar deze was hem te duur. Hij nam iets goedkopers.'

'Dus Rita Ford is geen goede wijn waard – dat weet ze vast niet.'

'Er is nog wel meer wat ze niet van Hastings weet. Een heleboel.'

'Dank je wel, Harry. Morgen zal ik meteen kijken wie er werkt en dit afleveren. Misschien hebben ze dan ook nieuws over die campagnebutton.'

'Hou me op de hoogte.'

'En ik zet deze op je uitgavenlijstje.'

Ze glimlachte en Bosch knikte.

'Ja, zet hem daar maar bij,' zei hij.

Ballard deed een stap naar achteren en hij reed weg.

Dit was ook de buurt waar zijn dochter woonde. Hij besloot even langs haar huis te rijden, al nam hij aan dat ze nog bezig was met haar avonddienst. Het huisje dat ze met haar vriend deelde was donker. Bosch bleef een paar tellen staan, met lopende motor, en reed toen door. Hij pakte zijn telefoon en belde haar.

Kreeg haar voicemail.

'Hoi Mads, ik wilde je alleen even laten weten dat ik weer terug ben in L.A. Als je iets nodig hebt, of koffie wilt drinken, of een biertje, of als je samen een hapje wilt eten, dan ben ik er. Pas op jezelf. Ik hou van je.'

Hij beëindigde het gesprek, in de wetenschap dat ze hem niet terug zou bellen, noch terug zou komen op zijn aanbod. Hij reed verder door de nacht.

27

Ballard stapte in de auto, liet het raampje zakken en maande zichzelf tot kalmte.

'Shit,' zei ze.

Ze pakte haar telefoon en belde Bosch. Hij nam meteen op en Ballard kon verkeer op de achtergrond horen.

'Hoi Harry, met mij. Waar ben je nu?'

'In mijn huurauto. Ik volg Hastings naar het gemeentehuis.'

'Zeker weten? Het is zaterdag, hoor.'

'Ik weet het pas zeker als we er zijn, maar hij lijkt op weg naar de binnenstad. Hij ging weg bij Rita Ford om een uur of acht. Daarna is hij even thuis langsgegaan om zijn zaterdagse kloffie aan te trekken.'

'Wat bedoel je daarmee?'

'Jasje, overhemd, geen das.'

'Geen andere bestemmingen?'

'Tot nu toe niet. Ik heb zo het idee dat dit wel even gaat duren. Misschien moeten we wachten tot het vuilnisdag is.'

Waarmee hij bedoelde dat ze misschien Hastings' vuilnisbak moesten uitspitten om een DNA-monster te vergaren.

'Wil je op die manier zeggen dat ik je vannacht had moeten laten inbreken?'

'Nee, ik wil alleen zeggen dat hij vanochtend nergens anders meer langs lijkt te gaan.'

'Nou, ik heb nog meer slecht nieuws.'

'Geen afdrukken op de button?'

'Jawel, één. Maar hij is van Laura Wilson.'

'En die wijnfles? Heb je die nog...'

'Niet meer dan een veeg. Hebben we niets aan.'

'En het DNA?'

'Ik heb de fles en de button bij serologie afgegeven. Darcy had vrij, maar ik heb haar gebeld. Ze zei dat ze even naar het lab kon komen om monsters te nemen. Maar verwacht er niet te veel van. Ze zei dat we geluk hadden met die afdruk op de vensterbank omdat die gast waarschijnlijk nerveus was en zweterige handen had. Ik denk niet dat Hastings staat te zweten als hij een fles wijn moet uitkiezen.'

Bosch zei niets.

'Ben je daar nog, Harry?'

'Ja, ja. Ik denk alleen even na. Misschien moeten we hem aanhouden.'

'Wat? Hem arresteren? Maar we hebben niets.'

'Nee, maar laat hem naar Ahmanson komen. Ik weet het niet. We moeten iets verzinnen, tegen hem zeggen dat hij even langs moet komen voor een update.'

'En jij denkt dat hij op zijn vrije dag komt opdraven?'

'Zeg dan dat hij zelf moet komen omdat we gevoelige informatie hebben over het gemeenteraadslid. Wij weten dat de bescherming van Pearlman zijn eerste prioriteit is. Dan komt hij wel. En wij geven hem koffie met koek, we leggen een pakje kauwgum op tafel. We spelen ons spelletje, hij gaat weg en we hebben zijn afdrukken en DNA.'

Ballard overwoog het idee.

'Wat denk je ervan?' vroeg Bosch.

'Het zou kunnen werken, maar als hij het is weet hij meteen dat we flauwekul zitten te verkopen,' zei Ballard. 'We moeten iets hebben dat zo belangrijk is dat hij ervoor naar ons toe komt, maar hij moet ook geloven wat we hem vertellen.'

'Je zei dat Hastings en de jasjesman niet meer met elkaar praten, toch?'

'Kramer heet hij. Ja. Al jaren niet meer. Hastings werkte hem weg uit Pearlmans universum en dat zit Kramer nog steeds hoog.'

'Oké, dan nemen we dat als basis. Kramer heeft jou iets verteld. Iets wat Pearlman politiek schade kan berokkenen als het uitkomt. Een of andere beschuldiging.'

Ballard knikte instemmend, ook al hadden ze elkaar aan de telefoon.

'En het is onwaarschijnlijk dat Hastings dat bij Kramer gaat natrekken, omdat ze niet met elkaar praten,' zei ze. 'We zouden kunnen zeggen dat Kramer van die eerste campagne een logboek heeft bijgehouden en dat er iets is wat Pearlman en Laura Wilson met elkaar in verband brengt. Een aantekening of een telefoontje of zo. Dat moeten we nog even bedenken voor we hem spreken.'

Ze startte de auto en reed terug naar snelweg 10.

'Organiseer jij het verder?' vroeg Bosch.

'Ik probeer hem vandaag naar Ahmanson te krijgen,' zei Ballard. 'Goed wel dat het zaterdag is. Dan is er verder ook niemand. Ik zal hem zeggen dat we de zaak onder ons willen houden.'

'En als hij wil dat jij naar hém toe komt?'

'Dan zeg ik gewoon nee. Misschien zou Pearlman ook op een zaterdag komen opdagen. Dus wordt het Ahmanson of ergens in het midden. Als hij iets tegen Ahmanson heeft zal ik een koffietentje voorstellen. Ik zal te laat komen, zodat hij alvast aan zijn koffie begint en zijn bekertje weggooit als we klaar zijn.'

'Goed. Hij rijdt nu net de parkeergarage van het stadhuis in. Moet ik hier blijven voor het geval hij weer weggaat?'

'Nee. Kom maar naar Ahmanson, dan werken we samen ons verhaal uit en bereiden de boel voor.'

'Ik denk niet dat hij heeft gezien dat ik hem volg. Maar voor de zekerheid moet ik er zelf maar niet bij zijn. Ik hou me op de achtergrond.'

'Ja, neem het zekere voor het onzekere.'

'Oké. Tot straks.'

Ballard beëindigde het gesprek. Het kostte haar bijna drie kwartier voor ze via de binnenstad in Westchester was. Toen ze eindelijk op kantoor kwam zag ze Colleen Hatteras op haar werkplek zitten.

'Colleen, het is zaterdag. Wat doe je hier?'

'Ik wilde dit graag uitwerken voor de update van maandag.'

'Wat voor update?'

'Dat zei je toch? We zouden maandagochtend toch praten over het IGG-onderzoek Pearlman-Wilson?'

'O ja, natuurlijk.'

'Wat doe jij hier?'

'Gewoon... werken. Ik moest vanochtend naar het lab en wilde nog wat verslagen schrijven en een paar dingen natrekken. Ik haal even koffie en dan kunnen we het over het IGG-onderzoek hebben. Dan heb jij nog wat aan je vrije weekend.'

'Eh... oké. Ik zou maandag meer informatie hebben gehad, maar nu is ook goed. Wat zei het lab? Heb je goed nieuws?'

'Nee, geen goed nieuws. Daarom hoop ik dat het IGG-onderzoek iets oplevert.'

'En Harry? Komt hij nog terug?'

'Ja, inderdaad. Ik heb met hem gepraat en hij heeft het licht gezien. Alles oké.'

'Fijn. Ik vind Harry aardig. Hij is een goeie kerel.'

'Ja. Moment, ik ben zo terug. Zet maar vast klaar wat je me wil laten zien.'

Ballard liet haar rugzak naast haar stoel op de vloer staan en liep naar de pauzeruimte. Er was geen koffie gezet en dat was mooi, want daarom had ze een goede reden om even bij Hatteras en het kantoor vandaan te blijven. Ze zette een pot koffie en pakte haar telefoon om Bosch een berichtje te sturen.

Harry, blijf nog even weg. Colleen is hier. Ik probeer haar te lozen. Maar als ze jou ziet, gaat ze helemaal niet meer weg. Ik app je als je kunt komen.

Toen de pot vol was schonk Ballard zichzelf een kop in en liep terug naar het kantoor. Colleen had al een extra stoel klaargezet zodat Ballard kon meekijken op haar scherm.

'Een minuutje nog,' zei Ballard. 'Ik moet nog even een mailtje sturen.'

Ze pakte haar laptop uit haar rugzak, klapte hem open en schreef een bericht aan Hastings dat hopelijk zou leiden tot een ontmoeting.

> We hebben iets ontdekt. Ik weet dat het zaterdag is, maar ik heb verslagen van JP's eerste campagne gevonden en we moeten ergens over praten. Zou het mogelijk zijn elkaar op Ahmanson te spreken of ergens anders buiten het stadhuis? Hoor graag snel van u, RB

Ze las het bericht drie keer door en stuurde het naar Hastings. Toen pakte ze een notitieblok en een pen om mee te nemen naar Hatteras' werkplek. Maar ze was nog niet opgestaan of ze kreeg een telefoontje van Nelson Hastings.

'Inspecteur Ballard, waar gaat dit over?'

'Eh... dat wil ik niet over de telefoon bespreken,' zei Ballard. 'Kunnen we elkaar vandaag spreken?'

'Ik ben aan het werk vandaag. U zult naar de stad moeten komen. Ik kan om twee uur weg van kantoor. Weet u de Grand Central Market op Broadway?'

'Ja, natuurlijk. Daar kunnen we wel afspreken.'

'Er is een G&B Coffee bij de ingang aan Hill Street. Kom daarnaartoe om kwart over twee.'

'Oké.'

'Weet u zeker dat dit niet over de telefoon kan?'

'Nee, echt liever niet. Straks begrijpt u wel waarom.'

'Oké. Dan zie ik u om kwart over twee bij G&B.'

Hij beëindigde het gesprek. Ballard bleef nog even zitten en voelde de druk toenemen. Ze had drie uur om een verhaal te verzinnen dat geen argwaan bij Hastings zou wekken.

'Ben je zover?' zei Hatteras van achter de scheidingswand.

'Ja, ik kom,' zei Ballard, en ze stond op.

Ze liep naar Hatteras en ging naast haar zitten. Hatteras had haar laptop aan een 28 inch-scherm gekoppeld. Zo kon ze op grootbeeld DNA-stambomen weergeven en door de met kleur gecodeerde grafische weergave van iemands chromosomen en vermoedelijke geografische afkomst wandelen.

'Je maakt een gespannen indruk,' zei Hatteras.

'Probeer me niet te lezen, Colleen,' zei Ballard geïrriteerd. 'Ik ben niet in de stemming. Vertel me maar wat je hebt.'

Hatteras knikte, maar zag er gepikeerd uit.

'Goed,' zei ze. 'We hadden het eerder al over de grondbeginselen van IGG, weet je nog? Centimorgans, gedeelde overeenkomsten, meest recente gemeenschappelijke voorouders – wat we allemaal gebruiken om mogelijke voorouders van het DNA-monster te vinden.'

'Ja, dat weet ik nog wel. Maar ik ben geen geneticus of genealoog, dus hou het alsjeblieft simpel en vertel me of je dichter in de buurt van potentiële verwanten van onze verdachte komt.'

'Nou, we komen zeker dichterbij.'

De volgende twintig minuten nam Hatteras met Ballard haar IGG-resultaten door en wat daaruit misschien viel af te leiden. Het DNA-profiel dat uit de handafdruk op de vensterbank van Sarah Pearlmans slaapkamer was vergaard, was geüpload in de GEDmatch-databank. GEDmatch had vergelijkingen gegenereerd met de ruwe autosomale DNA-bestanden van honderdduizenden andere gebruikers die weer geüpload waren op genealogische platforms als 23andMe, Ancestry-DNA en andere.

Tot nu toe waren er vier andere gebruikers gevonden wier DNA ten minste gedeeltelijk overeenkwam met de man die zijn handafdruk had achtergelaten.

'Dat wil zeggen dat we nu vier mogelijke sporen naar onze verdachte hebben,' zei Hatteras. 'Gewoonlijk zouden we nu rond een of meerdere daarvan een stamboom bouwen om te zien op welke manier ze aan hem verwant zijn. Maar we hebben geluk gehad. Een van die mensen heeft zelf al een stamboom gebouwd, en die kunnen wij inzien. Die andere drie mensen lijken er ook in opgenomen te zijn. Als je een stamboom samenstelt kun je die privé houden of ter beschikking stellen aan andere gebruikers, die misschien naar je op zoek zijn. Deze is openbaar toegankelijk. Vooralsnog.'

Hatteras wees naar haar grote scherm. Een stamboom zag er meer uit als de plattegrond van een bedrijfsstructuur dan als een echte boom. Deze heette de Laughlin Family Tree. Het gedeelte dat Hatteras had uitvergroot had de vorm van een zandloper die bestond uit de namen van mannelijke en vrouwelijke voorouder-icoontjes met daarnaast naam, geboorte- en overlijdensdatum, woonplaats en vaak ook miniatuurtjes. Sommige icoontjes, waar familieleden aan de uiteinden van de structuur nog niet waren geïdentificeerd, waren blanco. Het was overduidelijk werk in uitvoering, dat stillag bij gebrek aan nieuwe verbanden.

'Er lijkt niemand in L.A. bij te zitten,' zei Ballard.

'Ja, ik zei wel dat we geluk hadden, maar zo veel geluk hadden we nou ook weer niet,' zei Hatteras. 'Deze stamboom geeft een strak omlijnd deel in de Midwest van de familie weer. Er staan genetische verwanten op uit Kansas, Missouri, Ohio en een paar plaatsen daartussen. Maar alles is nog niet verloren. Te oordelen naar de centimorgans die die mensen met elkaar delen denk ik dat dit neven en nichten in de tweede of derde graad van onze verdachte zijn. En een paar van de onbekenden die je daar bovenaan ziet zouden het familielid kunnen zijn dat naar de westkust is getrokken.'

'Maar zou je dan geen match met iemand van hier hebben gekregen?'

'Alleen als een verwant hier zijn DNA heeft afgegeven en toestemming heeft gegeven voor verspreiding via GEDmatch. Wij kunnen alleen werken met wat op de DNA-platforms is aangeleverd. Daarom is een persoonlijk verband zo belangrijk. Dan kun je op de man of vrouw af vragen of er iemand in de familie was, een grootvader of een oom bijvoorbeeld, die een tijdje geleden hiernaartoe is verhuisd.'

‘Heb je al contact gehad met iemand?’

‘Ik heb alle vier de matches gemaild via de portal van GEDmatch en van drie van hen een reactie gekregen. Dat is een mooi resultaat, want je wilt niet weten hoeveel mensen er niet reageren, of hooguit één keer reageren en je daarna negeren omdat je van de politie bent. Eigenlijk wel merkwaardig, want op de meeste platforms moet je aanvinken dat je toestemming geeft voor gebruik door wetshandhavers. Maar als puntje bij paaltje komt willen ze niet meer. Drie van de vier is dus helemaal geen slecht resultaat.’

‘Oké. Die drie die wel reageerden, wat zeiden die toen je vroeg naar de westkust?’

‘Dat was juist wat ik vandaag kwam checken. Ik heb tot nu toe maar één reactie gekregen, en die was negatief.’

‘En dat wil zeggen?’

‘Dat ze niet wist van familieleden in Los Angeles of Californië. Maar ze zei dat ze eens zou navragen.’

‘Daar hebben we niet zo veel aan.’

‘Nou, in zekere zin wel. Wat we hier hebben kan ons wel degelijk van nut zijn. Die vier DNA-verwanten zitten in een klein geografisch gebied bij elkaar. In de loop der jaren hebben ze zich niet verspreid over het land, wat ze meestal wel doen. Daar leid ik uit af dat we waarschijnlijk een familielid zoeken dat ten minste twee generaties geleden naar de westkust verhuisde. Omdat het gaat om twee misdrijven die elf jaar uit elkaar liggen is mijn conclusie dat het niet gaat om een toerist, maar waarschijnlijk om een inwoner van hier met wortels in de Midwest.’

‘Oké. Maar hoe gaat de persoon die wel reageerde proberen meer te achterhalen als het niet via deze site is?’

‘Kijk even mee. Dit is de vrouw die me terug schreef. Shannon Laughlin. Hier zie je dat ze nog één levende grootouder heeft; dat is haar oma van moederskant. Waarschijnlijk gaat ze aan haar vragen of ze weet van iemand in haar lijn – een broer, een neef, wie dan ook – die naar het westen is getrokken.’

Ballard voelde haar telefoon trillen in haar broekzak.

'Moment,' zei ze.

Ze pakte de telefoon en las het bericht. Het was van Bosch.

Ik ben er. Heb nieuws uit St Louis. We moeten praten.

Snel tikte Ballard een berichtje terug.

Ga naar boven, naar de pauzeruimte. Vijf min.

Ze legde de telefoon opzij en vestigde haar aandacht weer op Hatteras.

'Dus je wacht nu tot Shannon Laughlin haar grootmoeder heeft gesproken?'

'Ja.'

Ballard wees naar het scherm.

'En in de tussentijd weten we alleen zeker dat onze verdachte uit de Midwest komt.'

'Inderdaad,' zei Hatteras. 'En die lijn blijf ik volgen.'

'Hoe stel jij je voor aan die mensen?'

'Ik zeg dat ik genealogisch onderzoek naar onopgeloste zaken doe voor de politie. Je weet zelf ook wel dat de mensen het tegenwoordig niet zo op de politie hebben, dus pak ik het voorzichtig aan. Ik hoop dat ik hun vertrouwen kan winnen. Dat is beter dan dat ik pats-boem zeg dat ik van het LAPD ben.'

'Lijkt me goed. Maar onthoud wel dat je in wezen niet van het LAPD bent. Je bent vrijwillig burger.'

'Dat is duidelijk.'

'Oké, Colleen, goed gedaan. Blijf die lijn volgen en laat het me weten als je weer een verband hebt gevonden.'

Nu het gesprek met Hastings in de stad zou plaatsvinden zag Ballard geen noodzaak meer Hatteras het gebouw uit te werken. Als ze wilde kon ze hier de hele dag blijven.

'Zal ik doen,' zei Hatteras. 'En, eh, Renée?'

'Ja?'

'Zijn er dingen aan de hand waar wij van horen te weten? Het lijkt een beetje middelbare school, zoals Harry en jij een bondje hebben en de hele tijd zitten te smiespelen. En die zogenaamde ruzie van gisteren leek vooral een toneelstukje voor ons.'

'Nee, Colleen. Er is niets wat iemand anders nu moet weten. De zaak heeft wel een paar gevoelige kanten... politiek gezien. Daar komt bij dat Harry Bosch en ik jaren geleden al aan zaken hebben gewerkt, dus kun je je voorstellen dat we aan een half woord genoeg hebben en elkaar nu eenmaal blindelings vertrouwen. Is dat helder?'

'O ja, natuurlijk. Ik was gewoon nieuwsgierig. Het was niet...'

'Oké. Nou, doe je ding dan en laat zien wat je kunt, Colleen. En dank je wel voor de update. Ik moet er nu vandoor.'

'Ik dacht dat je een verslag wilde schrijven.'

'Ik ben van gedachten veranderd, dat ga ik thuis doen. En jij zou ook naar huis moeten gaan. Het is weekend.'

Ballard stond op en liep terug naar haar werkplek, stopte haar laptop weer in haar rugzak en liep naar de uitgang. Ze keek niet om, maar had het gevoel dat Hatteras naar haar bleef kijken tot ze uit het gezicht verdwenen was.

28

Bosch zat in de pauzeruimte op de eerste verdieping aan tafel op zijn telefoon te kijken toen Ballard binnenkwam. 'Heb je Hastings hierheen kunnen lokken?' vroeg hij.

'Nee, maar we hebben om kwart over twee in de stad afgesproken. Op Grand Central Market. Heb je iets in de militaire archieven gevonden?'

'Ik heb je net twee bestanden gemaild. Eentje heet St. Louis. Misschien kun je dat even openen?'

Ballard ging zitten en klapte haar laptop open. Terwijl ze haar wachtwoord invoerde en haar e-mail opende vertelde Bosch wat Henic hem had gestuurd. Hij deed zijn best de spanning die hij voelde binnen te houden.

'Die nieuwe vrouw bij het militaire archief in St. Louis heeft die kerel gebeld met wie ik vroeger altijd contact had,' zei hij. 'Hij stond voor me in en zei dat ik oké was. Dus ik kreeg het hele legerdossier van Hastings, zonder doorhalingen.'

Ballard zat tegenover hem naar haar scherm te kijken.

'Oké, waar moet ik op letten?' vroeg ze.

'Eerst heb je een overzicht van waar hij gestationeerd was en dan staat er op bladzijde 4 een verslag van zijn uitzendingen,' zei Bosch. 'Hij is een deel van zijn voet kwijtgeraakt in Afghanistan. Daarom heeft hij een invalide-veteranenstatus. Eervol ontslagen in 2004.'

'Dus hij was hier eerder dan Wilson.'

'Precies.'

'Hij mist een stuk van zijn voet...'

'Hij zal wel een prothese hebben. Voor zover ik gisteren en vandaag heb kunnen zien loopt hij niet mank.'

Ballard tuurde met samengeknepen ogen naar het scherm.

'Je moet een bril, Renée,' zei Bosch.

'Helemaal niet,' zei ze. 'Wat was het, een bermbom?'

'Dat stond er in het verslag niet bij. Toen ik in Vietnam zat waren er gasten die zichzelf in hun voet schoten om weg te kunnen.'

'In hun voet?'

'Meestal daar, ja.'

'Dan wilden ze wel erg graag weg. Denk je dat Hastings dat gedaan heeft?'

'Geen idee. Zo ging het in Vietnam.'

'Maar of hij dat gedaan heeft of niet, wat heeft dat met Sarah Pearlman en Laura Wilson te maken?'

'Niets. Open nu het tweede bestand maar eens.'

Terwijl Ballard dat deed vertelde Bosch haar hoe hij eraan kwam.

'Ik zei toch net dat ik het dossier ongecensureerd heb gekregen? In het eerste bestand stonden het burgerservicenummer en het militaire registratienummer van Hastings. Die gebruikte ik om toegang te krijgen tot zijn veteranenzorgdossier. Daar kijk je nu naar.'

'Jezus, Harry, dat mogen we helemaal niet hebben. Daar hadden we een huiszoekingsbevel voor moeten aanvragen.'

'Niemand komt ooit te weten dat we dit hebben en we zullen het niet in de rechtbank nodig hebben. Blader eens door naar 2008.'

'Shit, niet te geloven dat ik dit aan het doen ben.'

Daarna protesteerde Ballard niet meer en volgde ze zijn aanwijzingen. Bosch stond op en liep om de tafel heen om met haar mee te kijken.

'Oké, 2008,' zei Ballard. 'Hier staat dat hij in het Westwood-veteranenziekenhuis een urineonderzoek kreeg. De resultaten kan ik niet lezen.'

'Die doen er niet toe,' zei Bosch. 'Sinds 2008 komt hij er jaarlijks voor een urineonderzoek.'

'Gaat dit over een nieraandoening?'

'Het gaat hierover.'

Bosch boog zich naar voren over haar schouder en wees een woord aan in de behandelnotities na Hastings' bezoek in 2008.

'Nefrectomie,' zei ze. 'Wat is dat?'

'Ik moest het ook opzoeken,' zei Bosch. 'Het is de operatieve verwijdering van een nier.'

Ballard keek hem aan.

'Harry,' zei ze. 'Dit is hem.'

29

Ballard stond op First Street bij de hoek van het gebouw van Grand Central Market. Ze stond verdekt opgesteld zodat Hastings haar niet kon zien. Het was 14.25 uur en ze wachtte op een seintje van Bosch. Eerder had hij al een appje gestuurd dat hij er was en Hastings had gespot. Die had een koffie besteld en gekregen, en zat nu op zijn telefoon te kijken terwijl hij op haar wachtte.

Ze wilden er zeker van zijn dat Hastings niet met koffie en al weer weg zou lopen. Ze hadden de beker nodig voor zijn DNA.

Ballard liep wat heen en weer op de stoep langs de muur van de parkeergarage van GCM terwijl ze in haar hoofd haar verhaal repeteerde. Het nieuws dat Hastings in 2008 een nier had laten verwijderen gaf het onderzoek dat zij met Bosch deed weer vaart. In de afgelopen paar uur was er ineens veel meer op het spel komen te staan, en ze was ervan overtuigd dat ze zo meteen aan de koffie zou zitten met een seriemoordenaar. Ze moest oppassen dat ze geen wantrouwen wekte bij Hastings en niets zei waardoor hij op de vlucht zou kunnen slaan of iets anders onverwachts zou doen na hun gesprek.

Om 14.31 uur gaf Bosch groen licht.

Hij heeft zijn koffie half op. Ga maar naar binnen.

Ze stopte haar telefoon weg en liep meteen de hoek om naar Hill Street. De open entree naar de enorme verzameling eet- en drinkstalletjes en slagers- en groentewinkels was links. Aan de overkant van de straat bevond zich de onderste opstapplaats van de Angels Flight, het kabeltreintje dat voetgangers omhoog en omlaag transporteert over de steile Bunker Hill. Ballard zag Hastings met zijn rug naar haar toe aan een roestvrijstalen tafeltje zitten.

Ze tikte hem op zijn schouder.

'Sorry, dat ik een beetje laat ben,' zei ze. 'Het was druk bij het vliegveld. Wilt u er nog eentje?'

Ze moest de vraag stellen, ook al hoopte ze dat hij nee zou zeggen.

'Ik zou eigenlijk zo laat op de dag geen koffie meer moeten drinken,' zei Hastings. 'Dan doe ik geen oog meer dicht vannacht.'

'Oké, ik ben zo terug,' zei Ballard.

Er stond geen rij voor koffie halverwege de middag. Ballard bestelde snel een gewone zwarte koffie aan de bar. Terwijl ze stond te wachten keek ze zomaar wat om zich heen en zag Bosch aan een tafeltje zitten onder het neon wandkunstwerk aan de oostkant van de markt. Hij zat zo dat Hastings hem niet kon zien, ook al waren er geen aanwijzingen dat Hastings kon weten wie Bosch was.

Met haar koffie in de hand ging Ballard bij Hastings aan tafel zitten. Ze zag dat zijn beker bijna leeg was. De barista had er 'Nelson' op geschreven, waardoor de beker makkelijk te vinden zou zijn, mocht hij in de vuilnisbak belanden. Maar net als bij haar eigen beker zat er een geribbeld kartonnen houdertje omheen. Vingerafdrukken afnemen zou daardoor lastig worden, maar ze ging ervan uit dat het nog wel mogelijk zou zijn om uit Hastings' speeksel en epitheelcellen op de beker zijn DNA te verzamelen.

'Fijn dat u zo snel tijd kon vrijmaken,' zei ze.

'Geen probleem,' zei Hastings. 'Wat is er zo belangrijk dat je het onder vier ogen moest zeggen?'

Ballard knikte en nam een slok koffie om wat tijd te winnen terwijl ze in haar hoofd nog eens het scenario doornam dat ze met Bosch had uitgedacht.

'Zoals ik al zei, het is nogal delicaat,' zei ze. 'Ik ben me er goed van bewust dat de eenheid Cold Cases slechts bestaat dankzij Pearlman en dat elk eventueel schandaaltje niet alleen de eenheid maar ook hem kan schaden.'

'Wat voor eventueel schandaaltje, inspecteur?' drong Hastings aan.

'Ik heb Sandy Kramer gesproken. Het was overduidelijk dat jullie twee elkaar niet liggen, maar Kramer is nog wel loyaal aan Jake Pearlman.'

'Heb je hem gesproken over dat meisje met die button in haar la?'

'Die vrouw, ja. Laura Wilson.'

'Die vrouw. Oké, en wat had Kramer te zeggen?'

'Toen ik hem naar Laura vroeg en de foto liet zien zei hij dat hij zich haar herinnerde.'

'Is dat alles?'

'Nee. Hij zei dat ze inderdaad een vrijwilliger geweest kon zijn en dat ik het maar aan Jake moest vragen, omdat die haar ook kende.'

Onmiddellijk schoof Hastings zijn beker opzij, alsof hij er klaar mee was. Hij schudde zijn hoofd.

'Onmogelijk,' zei hij. 'Dat zou ik geweten hebben. Ik weet niet wat hij nu doet, maar destijds kon Kramer niet van de drank afblijven. Daarom moest hij uiteindelijk het veld ruimen toen Jake serieus de politiek in ging.'

'Hoe weet u dat zo zeker?' vroeg Ballard. 'U was er toen toch nog niet?'

'Ik was er wel degelijk en ik kan je zeggen dat er geen Laura Wilson was.'

'U had me verteld dat de verkiezingen van 2005 voor uw tijd bij Pearlman waren.'

'Nee, ik heb gezegd, althans ik bedoelde te zeggen, dat dat voor mijn tijd als chef-staf was. Ik was er toen al wel bij. Ik was Jakes chauffeur.

Ik kwam net uit het veteranenziekenhuis en moest mijn leven weer op de rit krijgen. Hij zei dat hij een chauffeur nodig had. Echt, als Laura Wilson deel had uitgemaakt van de campagne, dan zou ik het geweten hebben, want het was ten eerste maar een kleine onderneming en ten tweede was ze zwart.'

Ballard zweeg even. Ze kon zich niet meer de letterlijke woorden herinneren van het telefoongesprek eerder die week waarin Hastings de zinsnede 'voor mijn tijd' had gebruikt. Maar hij had zichzelf gecorrigeerd, en wat hij zei kwam overeen met wat Kramer haar verteld had. Daardoor was ze even uit het veld geslagen.

'Toen ik Pearlman over Laura vertelde zei hij dat hij haar niet kende,' zei Ballard. 'Maar toch wist hij dat ze zwart was, al voordat ik hem de foto had laten zien.'

'Dat komt omdat ik het hem verteld had,' zei Hastings.

'Oké, maar hoe wist u dat dan? Ik had u die foto nog niet gestuurd.'

'Dat weet ik. Maar ik deed wat elke goede chef-staf gedaan zou hebben. Ik ga nooit een bespreking met mijn baas in zonder me goed voor te bereiden. Jij had me geen foto gestuurd, dus heb ik "Laura Wilson moord Los Angeles" gegoogeld. En wat was het eerste dat ik zag? Een foto van haar die in de *L.A. Times* had gestaan. Die arme meid was uiteindelijk toch beroemd geworden, maar dan als slachtoffer van een moord. Er was een heel artikel aan gewijd.'

Ballard had het knipsel, inclusief de foto, in het moorddossier van Laura Wilson gezien. Hastings had zich er opnieuw uit gepraat en de discrepanties die haar argwaan hadden gewekt gladgestreken. Ze kreeg het gevoel dat het gesprek haar door de vingers glipte en er precies gebeurde waar ze bang voor was. Hastings werd achterdochtig.

'Waar gaat dit werkelijk om, Ballard?' vroeg hij.

'Hoe bedoelt u?' antwoordde ze. 'Dit is een onderzoek naar een moordzaak.'

'Probeer je een spelletje met Jake te spelen? Is dit een bedreiging? Komt dit bij jou of bij de afdeling vandaan?'

'Ik kan u verzekeren dat ik geen spelletjes speel. En niemand bedreig. Ik voer een onderzoek uit en dat gaat zoals het gaat. Waarom denkt u dat ik u wilde zien buiten mijn en uw team om? Ik had gedacht dat u het wel op prijs zou stellen…'

'Wat wil Sandy Kramer dan?'

Voordat Ballard kon antwoorden verscheen er een man aan hun tafeltje. Hij droeg een schort en handschoenen en trok een vuilnisbak achter zich aan. Over zijn mond en neus droeg hij een masker, zoals alle medewerkers op de markt deden.

'Kan ik dit afruimen, meneer?'

Hij wees op Hastings' koffiebeker. Ballard keek op en zag dat de man achter het masker Bosch was. Hastings keek hem nauwelijks aan.

'Neem maar mee,' zei hij. 'Ik ben er klaar mee.'

De tweede opmerking was tegen Ballard gericht. Bosch pakte de koffiebeker en liep weg. Hastings keek Ballard koud en strak aan.

'Weet je?' zei hij. 'Het kan me geen donder schelen wat Sandy Kramer wil. Laat hem maar de tering krijgen en jij erbij, Ballard, als je denkt iets tegen Jake of mij te kunnen beginnen. Dit is broddelwerk. Zoek het maar uit verder.'

Hij stond op en liep weg.

'U zit ernaast,' riep Ballard hem nog na.

Hij bleef niet staan.

30

Bosch pakte de sleutel van de achterband van Ballards Defender, opende het portier en legde het bewijszakje achterin op de vloer. Hij sloot de auto weer af en legde de sleutel terug. Toen hij terugliep naar de markt kreeg hij een telefoontje van Ballard.

'Hij is weg,' zei ze. 'Waar ben jij?'

'Bij je auto,' zei Bosch. 'Ik heb de beker op de vloer achterin gelegd.'

'Ik hield me niet aan ons plan en hij werd kwaad. Hij is via de markt teruggelopen. Kun jij hem oppikken?'

'Momentje.'

Bosch sloeg af op Third Street. In plaats van in de richting van Hill Street liep hij nu naar Broadway en wachtte op de hoek om te zien of Hastings aan de zuidkant uit het foodcourt, dat een heel blok in beslag nam, tevoorschijn zou komen.

'Ik zie hem niet,' zei hij.

'Hij moet zo naar buiten komen,' zei Ballard. 'Hij liep nog geen minuut geleden weg.'

Bosch wist dat de markt geen rechte gangpaden had. Het was een doolhof van drukke winkels en eetstalletjes, en Hastings zou zich een weg tussen de mensen door moeten banen en van het ene pad naar het andere moeten lopen om bij de uitgang te komen. Hij kon dus nog niet bij Broadway zijn.

'Wat is er gebeurd?' vroeg hij.

'Dat vertel ik later wel,' zei Ballard. 'Eerst maar eens zien of...'

'Ik heb hem.'

'Oké, dan ga ik nu naar mijn auto en naar het lab. Met een beetje geluk tref ik Darcy daar nog. Blijf jij bij Hastings, en dan spreken we elkaar zo.'

Ze hing op zonder op antwoord van Bosch te wachten. Het plan was om Hastings na het gesprek met Ballard en het achteroverdrukken van zijn koffiebeker terug naar het gemeentehuis te volgen. De kans was klein, maar wie weet zou hij op een of andere manier reageren nu hij het idee had gekregen dat Ballard hem met haar onderzoek dichter op het spoor was gekomen.

Bosch hield bijna een half blok afstand tussen hem en Hastings, die terugging naar zijn kantoor bij de gemeenteraad, vier straten verderop. Hastings liep via Third Street naar Spring Street en sloeg toen links af. Toen hij de hoek om ging zag Bosch dat hij zijn telefoon aan zijn oor bracht.

Bosch liep op een drafje naar de hoek van de straat. Nadat hij de hoek was omgeslagen zette hij stevig de pas erin, zodat hij dichtbij genoeg kon komen om Hastings' kant van het telefoongesprek te kunnen afluisteren.

Bij de kruising met Second Street moest Hastings wachten tot het stoplicht op groen sprong. Het Civic Center was grotendeels uitgestorven; in het weekend waren alle kantoren van het stadsbestuur gesloten. Toen Bosch Hastings had ingehaald kon hij zich verschuilen achter twee voetgangers die ook voor het stoplicht stonden te wachten.

Hastings sprak in afgemeten, boze uithalen. Hij was zich ervan bewust dat hij niet de enige was die stond te wachten om over te steken, dus sprak hij op fluistertoon, waardoor Bosch niets kon horen. Maar zodra het licht op groen sprong en hij het zebrapad op stapte kreeg zijn stem weer de oude, geen tegenspraak duldende toon.

En Bosch kon bijna elk woord horen dat hij zei.

'Luister, je belt haar terug en zegt dat je gelogen hebt,' zei Hastings. 'Doe het of ik maak je kapot. Is dat duidelijk, klootzak?'

Het was heel even stil en toen nam Hastings afscheid met één woord: 'Mooi.'

Hastings stopte zijn telefoon terug in zijn zak en liep verder naar het gemeentehuis. Bosch liet zich weer terugzakken en zodra hij Hastings de stenen trap van het historische gebouw op zag lopen liet hij de achtervolging voor wat die was. Hij belde Ballard om te melden wat hij had gezien en gehoord.

'Hij is weer op het gemeentehuis,' zei hij. 'En onderweg belde hij Kramer, denk ik. Hij klonk woedend en zei tegen diegene dat hij "haar terug moest bellen" en het verhaal ontkrachten.'

'Dat was Kramer,' zei Ballard. 'Die belde mij net om te zeggen dat hij Hastings had gesproken. Hij was totaal over de rooie.'

'Hastings ook. Heb je het uitgelegd aan Kramer?'

'Ja. Ik heb verteld dat we probeerden Hastings uit zijn tent te lokken. Ik geloof dat hij het wel oké vond. Hij mag hem toch niet.'

'Hoeveel week je van ons scenario af?'

'Ik loop nu naar het lab en daar staat Darcy Troy op me te wachten. Ik moet dit even afgeven. Daarna bel ik je terug. Of we kunnen ergens afspreken, als je wilt.'

'Ik lust wel wat. Kom maar naar Traxx.'

'Is dat weer open?'

'Ja. Wil jij ook iets?'

'Ik neem daar wel wat te drinken. Ik heb al gegeten.'

Bosch liep in tien minuten naar Union Station, waar in de enorme hal het restaurant was gevestigd. De lunchpiek was al voorbij en het was er niet druk, maar de hal was stampvol met reizigers die zich met volle teugen overgaven aan de postpandemische wereld, of de dreiging van de pandemie nu echt over was of niet.

Bosch was halverwege zijn kaastosti met friet toen Ballard tegenover hem in het zitje aan het raam schoof. In dezelfde vloeiende beweging pikte ze een frietje van zijn bord. Bosch schoof het bord naar het midden van de tafel.

'Ga je gang,' zei hij. 'Dit krijg ik in mijn eentje toch niet op.'

Ze nam nog een frietje toen de serveerster bij hen kwam.

'Voor mij alleen een ijsthee en wat ketchup, alstublieft,' zei ze.

Bosch gaf haar even de gelegenheid om zich te installeren voordat hij over de zaak begon.

'Dus Darcy heeft de beker?'

'Ja. Ze gaat er meteen mee aan de slag. Ik denk wel dat ik nu de komende drie maanden geen jokers meer mag inzetten. Vooral nu ze er vandaag speciaal voor naar het lab moest komen.'

'Als we hem in zijn kraag grijpen is het het waard geweest. Wanneer weet ze het?'

'Ze hoopt dat morgen de sequentieanalyse klaar is en dan kan ze in CODIS kijken of er een match is.'

'En wat ze van die beker haalt kan ze niet rechtstreeks vergelijken met het resultaat van de handafdruk?'

Ballard schudde haar hoofd.

'Juridisch protocol, opgelegd door de officier van justitie,' zei ze. 'Het is moeilijker aan te vechten in een rechtszaak als je binnen de grenzen van de standaardprocedure blijft.'

'Morgen dus.'

'Als het meezit.'

Bosch knikte en nam nog een hap van zijn tosti. Hij vroeg met zijn mond vol: 'Dus je hebt je niet aan het scenario gehouden met Hastings?'

'Nee. Ik stond met lege handen toen hij allebei mijn aanvallen pareerde.'

'Wat voor aanvallen?'

'Hij corrigeerde zichzelf dat hij had gezegd dat de moord op Wilson voor zijn tijd bij Pearlman was. Nu zegt hij dat hij dat bedoelde als "voor zijn tijd als chef-staf". Hij gaf ook toe dat hij destijds Pearlmans chauffeur was. Dus ik hield me niet aan het script en vroeg hem hoe hij wist dat Wilson zwart was, terwijl ik hem dat niet had verteld.'

'En?'

'Daar had hij ook een antwoord op. Ik had hem die foto nog niet gestuurd, dus googelde hij haar zelf en vond een artikel uit de *L.A. Times* over haar moord met haar foto erbij. Het klopte. Datzelfde knipsel zit in het moorddossier.'

'Maar goed, dat doet er allemaal niet meer toe, nu we dat van die verwijderde nier weten. Zodra we die DNA-match hebben pakken we hem.'

'Ja, ik weet het, maar hij is goed. Hij wist het gesprek zo'n wending te geven dat hij door het lint ging zodra ik de draad weer had opgepakt en over Kramer begon.'

'Ja, ik heb Hastings' kant ervan gehoord. Wat zei Kramer dat hij tegen Hastings heeft gezegd?'

'Dat hij ontkend had dat hij gezegd had dat Pearlman Laura Wilson kende, maar dat Hastings hem niet geloofde. Hij schreeuwde alleen maar en dreigde hem kapot te maken.'

'Ik denk dat je hem moet bellen.'

'Wie?'

'Hastings. Zeg hem dat je zojuist door Kramer bent gebeld en dat hij nu met een ander verhaal kwam. Misschien wordt hij daar weer een beetje rustig van. We hebben Kramer wel voor de leeuwen geworpen. Hastings moet weten dat er geen dreiging van hem uitgaat.'

'Nu?'

'Ja, bel hem en kijk of hij opneemt. We moeten Kramer een beetje beschermen.'

Ballard pakte haar telefoon en belde Hastings. Hij nam op en ze legde snel uit dat ze nu wist dat de informatie dat Pearlman Wilson kende niet klopte en was rechtgezet. Ze verontschuldigde zich dat ze dat gerucht niet eerst had gecheckt voor ze ermee naar hem kwam. Toen zat ze bijna een minuut lang zwijgend te luisteren terwijl Hastings zijn zegje deed en ophing zonder haar de gelegenheid te geven te antwoorden.

'Hoe ging het?' vroeg Bosch.

'Niet goed,' zei Ballard. 'Ik kan maar beter hopen dat we dat DNA binnen hebben voordat hij me maandag laat ontslaan.'

Bosch knikte.

'Dat lukt wel,' zei hij.

Ballard leunde achterover en keek door het raam de stationshal in. Union Station was een van de onveranderlijke schoonheden van de stad.

'Moet je nagaan hoeveel mensen er allemaal met al hun verwachtingen en dromen via deze plek naar deze stad zijn gekomen, Harry,' zei ze. 'Mensen zoals Laura Wilson.'

'Kwam ze met de trein uit Chicago?' vroeg Bosch.

'Ze hield een dagboek bij. Het zat in het moorddossier. Ze nam de trein om geld te besparen. Ze deed er twee dagen over en ze zag de Rocky Mountains. Toen kwam ze hier en werd ze vermoord. Dat is toch godverdomme niet eerlijk?'

'Moord is nooit eerlijk. Ik wil dat dagboek wel lezen.'

'Ik heb het in mijn bureau op Ahmanson.'

Bosch keek nu ook door het raam de hal in. Tientallen mensen van allerlei rangen en standen die L.A. verlieten of hier hun bestemming hadden bereikt bewogen zich over de vloer van Spaanse tegels, met hun koffers en dromen in de hand. Hij stelde zich Laura Wilson voor, zoals ze net was aangekomen en met grote ogen door de grote stationshal liep naar de deuren die de City of Angels voor haar zouden openen. Hoe kon ze toen weten dat het haar eindbestemming zou worden?

31

De zee was glad als een strakgetrokken beddenlaken. Ballard had zowel haar surf- als haar paddleboard meegenomen, zodat ze overal op voorbereid was. Ze had een parkeerplaats gevonden langs de Pacific Coast Highway, aan de westkant van La Costa Beach in Malibu, en was dicht genoeg bij het water om te kunnen zien dat het een dagje suppen zou worden. Dat was prima. Zo zou ze Pinto mee op de plank kunnen nemen en hoefde ze hem niet aangelijnd aan een tentstok achter te laten terwijl zij de hoge golven bedwong.

Het was zondag, maar vroeg genoeg; het was nog niet druk op het strand. Ballard opende de achterklep van de Defender en ging op de rand zitten om haar wetsuit aan te trekken. Pinto zat nog naast haar in zijn reisbench.

Ze wilde net haar telefoon in zijn waterdichte hoesje schuiven toen die begon te zoemen. Ballard zag dat het Darcy Troy was en haar hart begon sneller te kloppen.

'Darcy, heb je goed nieuws voor me?' vroeg Ballard.

Het was stil aan de andere kant van de lijn.

'Darcy? Hallo?'

'Ja, ik ben er. Maar ik heb geen goed nieuws, Renée. We hebben een goed monster van de beker kunnen halen, maar helaas is het geen match met de vorige twee gevallen.'

Nu viel Ballard stil. Ze had alles ingezet op Hastings.

‘Renée, gaat het?’

‘Ik snap er niets van. Hij moet het zijn. Hij is een nier kwijt. Hij heeft een zwak verhaal. Ik kan het niet geloven. Weet je het zeker, Darcy? Kan het een vergissing zijn?’

‘Nee, onmogelijk. Het spijt me. Maar hoe bedoel je dat hij een nier kwijt is?’

‘We hebben zijn dossier van het veteranenziekenhuis. Drie jaar na de moord op Laura Wilson had hij een radicale nef… hoe heet het?’

‘Nefrectomie. De verwijdering van een hele nier. Maar dat betekent niet dat hij een nierziekte had. Misschien heeft hij een nier gedoneerd. Ik zou daarvoor de medische dossiers moeten inzien of het aan iemand moeten vragen die daar beter voor gekwalificeerd is, maar…’

‘O, shit. We hebben niet… Ik moet Harry Bosch bellen. Darcy, je bent geniaal. Ik bel je later nog. En enorm bedankt dat je je weekend hiervoor hebt opgeofferd.’

Ballard verbrak de verbinding. Ze belde meteen Bosch en begon terwijl ze wachtte tot er werd opgenomen alvast haar wetsuit weer open te ritsen.

‘Ballard. Wat is er?’

‘Goed nieuws en slecht nieuws. Het DNA van Hastings komt niet overeen met het DNA van onze zaak.’

‘Is dat het goede of het slechte nieuws?’

‘Het slechte. Het goede nieuws is dat hij een nier gedoneerd kan hebben aan een vriend of familielid. En dat is dan degene met de nierziekte en dus onze nieuwe verdachte.’

Bosch zei niets.

‘Harry?’

‘Ja, ik zat even na te denken. We hebben niet veel keus. We moeten naar Hastings.’

‘En hem de nieren proeven.’

Ballard glimlachte, maar Bosch reageerde niet.

‘Dat was een grapje, Harry.’

'Ja, dat weet ik. Waar ben je?'

'Ik wilde gaan suppen. Ik ben in Malibu.'

'Wil je tot morgen wachten?'

'Niet echt. Laten we doorpakken en naar hem toe gaan.'

'Als we hem kunnen vinden.'

'We weten waar hij woont en waar hij werkt en bij wie hij slaapt. Of ik kan hem gewoon bellen.'

'Het lijkt me beter als hij niet weet dat we eraan komen.'

'Eens.'

'Wanneer?'

'Ik kan over een uur terug zijn. Ik moet me even omkleden en de hond wegbrengen, en dan kan ik je komen ophalen. Zullen we zeggen rond het middaguur?'

'Ik zorg dat ik klaarsta.'

Ze hingen op en Ballard stroopte haar wetsuit weer af. Ze keek naar Pinto in zijn bench.

'Sorry, jongen,' zei ze. 'Mammie moet werken. Volgende week gaan we het water op. Beloofd.'

Ze gooide haar wetsuit achter in de SUV en trok haar joggingpak weer aan over haar badpak. Ze keek om naar de zee. Ze zag het silhouet van Catalina door de zeemist boven de horizon uitsteken. Het zou een stralende, warme dag worden.

'Verdomme,' zei ze.

32

Ballard en Bosch gingen eerst naar Hastings' huis, maar troffen er niemand thuis. Dus reden ze westwaarts naar Sunset Plaza en het huis van Rita Ford. Daar stond de zwarte Tesla die Bosch eerder had gevolgd op dezelfde plek langs de kant van de weg geparkeerd als de vorige keer.

'Bingo,' zei Bosch.

Ze reden de oprit op en parkeerden de auto. Rita Ford deed open.

'Inspecteur Ballard, wat een verrassing,' zei ze. 'Wat brengt u hier?'

'We zijn op zoek naar Nelson Hastings,' zei Ballard.

'Waarom denkt u dat hij hier is?'

Ballard wees naar de straat.

'Omdat dat zijn auto is en omdat we weten dat hij hier is,' zei ze. 'We moeten hem spreken, Rita. Het is belangrijk.'

'Ogenblikje,' zei Ford.

Ze deed de deur weer dicht. Ballard keek naar Bosch. Ze hadden geen warm welkom verwacht.

Toen de deur weer opengingstond Hastings in de deuropening.

'Wat komen jullie hier doen?' vroeg hij.

'We hebben uw hulp nodig,' zei Ballard.

'Mijn hulp? Jezus christus, eerst ben ik jullie hoofdverdachte en nu moet ik jullie ineens helpen?'

'Waarom denkt u dat we u verdachten?'

'Toe nou, inspecteur. Die vertoning gisteren met dat onzinverhaal van Kramer, nadat je me probeerde te betrappen op leugens uit mijn eerdere verklaringen? Ik ben toch niet gek? Je hebt bedacht dat iemand uit Jakes kringen Laura Wilson en Sarah Pearlman heeft vermoord, en dat ik dat was.'

'Dat denken we niet. Mogen we binnenkomen? We hebben echt uw hulp hierbij nodig.'

Hastings wees naar Bosch.

'En ik weet wie jij bent,' zei hij. 'Jij volgde me vanaf de G&B. Ja, ik zag je wel. Dan zul jij Bosch wel zijn. Nou, Bosch, je hebt het verkloot en zij ook, en morgen zijn jullie allebei vertrokken.'

'Ik heb het verkloot,' zei Bosch. 'Niet Renée. En als u ons binnenlaat kunnen we het uitleggen en kunt u ons helpen de moordenaar van de zus van uw vriend te pakken.'

Hastings verplaatste zijn blik van Bosch naar Ballard, maar maakte geen aanstalten om in beweging te komen of iets te zeggen. Toen richtte hij zijn blik weer op Bosch. Hastings schudde zijn hoofd alsof hij niet kon geloven wat hij ging doen en stapte bij de deur weg.

'Tien minuten,' zei hij. 'Zolang hebben jullie om me ervan te overtuigen dat ik jullie niet allebei moet laten ontslaan of misschien zelfs vervolgen.'

Het lag Bosch op het puntje van zijn tong om te zeggen dat hij niet ontslagen kon worden omdat hij vrijwilliger was, en dat elke poging om hem of Ballard aan te klagen wegens een misdrijf door de officier van justitie zou worden weggelachen, net als Hastings zelf overigens.

Maar hij liet het erbij. Ze volgden Hastings naar binnen en hij ging hun voor naar een woonkamer met een fel oranje en gele inrichting. Eén wand was helemaal van glas en keek over de daken van de winkels één blok lager op Sunset Boulevard uit over West Hollywood. Hastings gebaarde naar een bank met een wit-geel gestreepte bekleding, en Bosch en Ballard gingen zitten.

Hastings bleef staan met zijn armen strak over elkaar.

'Goed,' zei hij. 'Voor alle duidelijkheid: jullie twee hebben me gevolgd, onderzoek naar me gedaan en me verdacht van de moord op de zus van mijn beste vriend. Waar of niet?'

'Ik zou wel willen weten hoe u dat allemaal weet,' vroeg Ballard onaangedaan.

'Wat doet dat ertoe?' zei Hastings. 'Is het zo of gaan jullie het hier zitten te ontkennen?'

'Meneer Hastings, gaat u nou gewoon even rustig zitten,' zei Bosch.

'Ik laat me door jou niet commanderen, ouwe,' kaatste Hastings terug.

'Luister, het spijt ons als we u tegen de haren in hebben gestreken, maar we deden gewoon ons werk,' zei Bosch. 'Een onderzoek kan alle kanten op gaan. En inderdaad, we hadden u in de kijker, en daar waren goede redenen voor, die we u kunnen vertellen als u wilt luisteren. Dus nogmaals, waarom gaat u niet even zitten? Dan kunt u ons helpen een moordenaar te pakken. Is dat niet wat uw beste vriend ook zou willen?'

Hastings hief zijn hand op om hem het zwijgen op te leggen. Hij sloot kort zijn ogen en deed kennelijk een of andere ontspanningsoefening. Toen deed hij zijn ogen weer open en ging zitten op een stoel met bolle oranje kussens.

'Wat willen jullie?' vroeg hij.

Bosch keek naar Ballard en knikte. Zij had de leiding.

'Er is in 2008 bij u een nier verwijderd,' zei ze. 'Waarom was dat?'

Hastings schudde zijn hoofd alsof hij niet kon bevatten wat deze vraag met het onderwerp te maken had.

'Ten eerste, hoe weten jullie dat?' vroeg hij.

'Daar zijn we rechercheurs voor, meneer Hastings,' zei Ballard. 'We zoeken dingen uit. U bent een nier kwijt. Waarom?'

'Oké, goed, die nier ben ik niet kwijtgeraakt,' zei Hastings. 'Ik heb hem weggegeven.'

Ballard knikte.

'Sorry, verkeerde woordkeuze,' zei ze. 'U hebt iemand een nier gegeven. Dat was heel nobel van u. Dat moet wel iemand geweest zijn die heel dicht bij u stond. Was het een familielid?'

'Het verbaast me dat jullie dat nog niet weten,' zei Hastings. 'Ik gaf hem aan Ted Rawls.'

In de film kijken de rechercheurs elkaar op zo'n moment aan om voor de kijker het belang te onderstrepen van een onthulling die een getuige doet. Ballard en Bosch konden het ook niet helpen om een blik te wisselen – waarmee ze voor Hastings het belang onderstreepten.

'Wat?' vroeg hij. 'Betekent dat dat Ted het heeft gedaan? Onmogelijk.'

'Dat zeggen we niet,' zei Ballard. 'Ik wist alleen niet dat Ted zulke gezondheidsproblemen had. Als ik dat geweten had zou ik het vreemd gevonden hebben dat Pearlman hem in ons team wilde hebben.'

'Hij wilde al zijn hele leven bij de politie, zei Hastings. 'LAPD wilde hem niet hebben, maar Santa Monica wel. Toen werd hij ziek en was hij gedwongen zijn droom op te geven. Dus ja, ik gaf hem een nier. Ik had er een over.'

'Wat had hij precies voor aandoening aan zijn nieren?' vroeg Ballard.

'Kanker,' zei Hastings. 'Beide nieren waren aangetast, en zijn milt ook. Hij was er bijna geweest. Maar hij vocht zijn weg terug, begon een bedrijfje en bouwde dat uit. Echt geweldig. Maar zijn droom om rechercheur te worden gaf hij nooit op. Dus toen hij die persconferentie op tv zag waarin Jake verklaarde het coldcaseteam weer nieuw leven in te blazen, kwam hij bij mij en vroeg me hem erin te krijgen. Ik overlegde met Jake en hij was akkoord. Jake is ermee naar jou gegaan.'

'En voor het gemak vergat hij zijn medische geschiedenis erbij te vermelden,' zei Ballard.

'Jake wilde je geen redenen geven om hem te weigeren,' zei Hastings. 'Dus kwam Ted bij het team. En nu heeft hij volgens jullie iets te maken met Sarah en dat meisje Wilson? Belachelijk.'

'Nogmaals: dat zeggen we niet,' zei Ballard.

'Wat dan wel?' vroeg Hastings. 'Waarom dan al die vragen over Ted?'

Ballard was even stil en keek naar Bosch. Hij wist dat ze zich afvroeg of ze erop kon vertrouwen dat Hastings niet alles wat ze hem vertelde meteen zou doorspelen aan zijn vrienden Jake Pearlman en Ted Rawls. Bosch knikte, waarmee hij aangaf dat het wat hem betrof oké was.

'Ik heb u verteld dat het DNA van de moordenaar uit de zaak-Laura Wilson overeenkwam met het DNA uit de zaak-Sarah Pearlman,' zei Ballard.

'Ja, inderdaad,' zei Hastings. 'En dat Wilson een button had met "Jake" erop. Dat is niet veel, inspecteur Ballard.'

'Het DNA-monster uit de zaak-Wilson was afkomstig van bloed dat in de urine op de wc-bril in haar appartement was aangetroffen,' zei Ballard. 'Uit dat bloed kwam nog iets anders naar voren. Dat de moordenaar een nieraandoening had.'

Hij was Rawls nog geen enkele keer afgevallen, maar bij deze onthulling knipperde Hastings toch met zijn ogen. Hij was even stil en sprak zei toen afgemeten: 'Dus toen jullie erachter kwamen dat ik een nier miste...' Hij maakte zijn zin niet af.

'En ik dacht dat u gelogen had toen u zei dat de campagne van 2005 voor uw tijd was,' zei Ballard.

Hastings knikte.

'En ik wist dat Laura Wilson zwart was voordat je me dat had verteld,' zei hij.

Ballard gaf hem even de tijd om dat te verwerken voordat ze verderging.

'Wanneer sprak u Ted Rawls voor het laatst?' vroeg ze.

'Eh, gisteren,' zei Hastings. 'Hij... Ik belde hem omdat ik kwaad was over ons gesprek. Hij zei dat het waarschijnlijk een opzetje was om mijn DNA te bemachtigen. En toen herinnerde ik me dat iemand mijn beker kwam weghalen. Dat was jij, hè?'

Hij keek Bosch aan, die knikte.

'Sorry dat ik net "ouwe" tegen je zei,' zei Hastings. 'Dat was niet zo netjes van me.'

'Geen probleem,' zei Bosch. 'Ik ben oud.'

'Wat heeft Ted nog meer gezegd?' vroeg Ballard.

'Dat weet ik niet meer zo goed,' zei Hastings. 'Het licht ging bij mij wel een beetje uit toen hij zei: "Ze heeft het op jou voorzien, man, pas maar op."'

'Wat kunt u zich nog wel herinneren?' drong ze aan.

'Niets, ik wilde zo snel mogelijk ophangen,' zei Hastings. 'Ik was laaiend toen ik besefte wat de werkelijke bedoeling was geweest van ons gesprek.'

'Hebt u dit verder nog aan iemand verteld?' vroeg Bosch. 'Weet Pearlman ervan?'

'Nee, ik was van plan het hem morgen te vertellen wanneer ik bij hem zou aandringen op jullie ontslag,' zei Hastings.

Hij keek Ballard indringend aan.

'Maak je geen zorgen,' zei hij. 'Dat zal ik niet doen.'

'U mag hier met niemand anders over praten,' zei Ballard. 'Niet met Pearlman en zeker niet met Ted Rawls. Als u Rita iets verteld hebt moet u haar duidelijk maken dat ze het voor zich houdt.'

'En wat doen jullie intussen?' vroeg Hastings.

'Het onderzoek voortzetten,' zei Ballard. 'We komen heel dicht in de buurt, en Pearlman en u zijn de eersten die we bellen zodra we zover zijn.'

'En wat als Ted me belt?' vroeg Hastings. 'Wat zeg ik dan?'

'Gewoon niet opnemen,' zei Bosch. 'Als u hem spreekt kan hij misschien ergens uit afleiden dat u iets weet.'

'Mijn god,' zei Hastings. 'Ik kan het echt niet geloven.'

Ballard stond op en Bosch deed hetzelfde. Hij wist dat ze doorhad dat ze nu snel moesten handelen met Rawls, als het niet al te laat was.

Hastings bleef zitten en zat erbij alsof hij diep in gedachten verzonken was.

'Ik realiseer me ineens iets,' zei hij.

'Wat dan?' vroeg Ballard.

'Dat ik mijn nier gegeven heb aan degene die Sarah vermoordde,' zei Hastings. 'En Laura Wilson en wie weet wie nog meer. Ik heb hem in leven gehouden zodat hij dat kon doen.'

'Meneer Hastings, dat weten we nog niet,' zei Ballard. 'Laten we niet op de zaken vooruitlopen. U bent heel behulpzaam geweest, maar we moeten nu verder. Ik beloof u dat we u op de hoogte houden.'

Hastings staarde uitdrukkingsloos in het niets.

'Gaat het wel?' vroeg Ballard.

'Ja hoor,' zei Hastings mat. 'Prima de luxe.'

Ze lieten hem alleen met zijn gedachten. Bij het weggaan keek Bosch om zich heen of Rita Ford nog ergens was, maar hij zag haar niet. Zo te zien stond Hastings er even alleen voor.

33

Het eerste wat Ballard deed nadat ze met Bosch weer in haar stadsautootje was gestapt, was Paul Masser op zijn mobiele nummer bellen.

'Paul, ik wil graag dat je naar kantoor komt,' zei ze.

'Meen je dat?' vroeg hij. 'Het is zondag. Wat is er aan de hand?'

'Ik heb een huiszoekingsbevel nodig en ik wil dat het dichtgetimmerd is. De rechter mag er onder geen voorwaarde gaten in kunnen schieten.'

'En je hebt het vandaag nodig?'

'Tien minuten geleden. Kun je komen? Ik zorg dat ik een concept klaar heb. Ik beloof je dat het maar even duurt.'

'Kun je het niet op de mail zetten? Dan kan ik het hier doornemen.'

'Nee, ik wil er op Ahmanson samen met je doorheen.'

'Eh, oké. Ik kan er over een uur zijn.'

'Bedankt. En, Paul, zeg niemand van het team dat je naar het werk komt. Niemand.'

Ze hing op voor hij haar kon vragen wat er aan de hand was, gaf gas en reed de heuvel af naar Sunset Avenue.

'Daar heb je mij niet bij nodig, hè?' vroeg Bosch. 'Dat kun je wel samen met Paul af.'

Ballard keek hem van opzij aan.

'Dat denk ik wel,' zei ze. 'Maar jij hebt meer huiszoekingsbevelen opgesteld dan Paul en ik bij elkaar. Waar moet je heen?'

'Ik dacht mijn auto op te halen en Rawls in de gaten te houden,' zei Bosch. 'Als ik hem kan vinden.'

Ballard knikte. Dat was een goede zet.

'Slim bedacht,' zei ze. 'Ik heb zijn thuisadres in mijn teamgegevens. Hij heeft ook nog een kantoor in een van zijn winkels, de eerste die hij opende in Santa Monica. Die is het uithangbord, en hij runt al zijn andere zaken van daaruit. Dat adres kun je opzoeken. Het heet DGP Mailboxes and More.'

'Prima,' zei Bosch. 'DGP?'

'Ik heb hem de anderen in het team wel eens horen vertellen dat het staat voor "Don't Go Postal", een woordgrapje over dat je nog wel eens uit je vel kunt springen van ergernis over de postbezorging, maar dat mag niemand eigenlijk weten.'

'Leuk. Origineel. En zijn auto?'

'Ik heb kopieën van alle papieren die hij heeft ingevuld toen hij bij het team kwam, waaronder een beschrijving van de auto en het kenteken voor de beveiliging op Ahmanson.'

'Mooi, stuur me dat ook maar. Wil je me er op Sunset uit zetten? Dan pak ik een Lyft naar huis. Hoef jij niet om te rijden.'

'Zeker weten?'

'Voor mijn auto moet je precies de andere kant op. Ga jij maar meteen door naar Ahmanson, dan kun je alvast beginnen te schrijven.'

Toen het stoplicht op groen sprong draaide Ballard van Sunset Plaza Sunset Boulevard op. Ze zette de auto aan de kant van de weg voor een makelaarskantoor. Bosch stapte niet meteen uit. Hij bekeek de glazen gevel van het bedrijf.

'Wat is er?' vroeg Ballard.

'Niks,' zei Bosch. 'Ik heb ooit aan een zaak gewerkt die zich hier had afgespeeld, maar toen was het nog een dure horlogewinkel. In het magazijn waren twee broers vermoord.'

'O, dat kan ik me nog wel herinneren.'

'Er bleken uiteindelijk ook corrupte agenten bij betrokken te zijn.'

Bosch stapte uit de auto en keek voordat hij het portier dichtsloeg nog even naar binnen naar Ballard.

'Ik bel je zodra ik Rawls zie.'

'Check… ik bedoel: klinkt goed.'

'Dat scheelde niks.'

'Ik had het net op tijd door.'

'Succes met het bevel.'

Hij sloot het portier en Ballard voegde weer in het verkeer in, wat haar meteen getoeter opleverde van een automobilist die vond dat ze hem sneed. In haar achteruitkijkspiegel zag ze dat Bosch op de stoep op zijn telefoon stond te kijken om een ritje te bestellen.

Een uur later zat Ballard op Ahmanson aan haar bureau. Ze legde de laatste hand aan de verklaring voor de gerede aanleiding, die moest worden toegevoegd aan het verzoek om een huiszoekingsbevel waarmee ze een DNA-monster kon nemen uit de mond van Ted Rawls.

Paul Masser arriveerde. Hij droeg een korte broek met een poloshirt erin gestopt.

'O, shit. Heb ik je van de golfbaan geplukt?' vroeg Ballard. 'Waarom zei je dat niet?'

'Maakt niet uit,' zei Masser. 'Ik stond op de zeventiende green op Wilshire toen je belde. Ik moest daarvandaan toch teruglopen. Dus heb ik de laatste hole gespeeld, even snel gedoucht en ben toen meteen hiernaartoe gekomen.'

Hij gebaarde naar het golftenue dat hij aanhad.

'Dit heb ik in de golfwinkel gekocht omdat ik niks schoons in mijn kluisje had.'

'Ik heb hier de gerede aanleiding. Ik zal de verklaring printen, dan kun je ermee aan de slag.'

Bij een huiszoekingsbevel was de 'gerede aanleiding' essentieel. Aan de hand daarvan moest de rechter overtuigd worden dat er voldoende juridische basis was om toestemming te geven voor een huiszoeking plus het in beslag nemen van eigendommen van een burger of het aanhouden van iemand. Het eerste deel bestond grotendeels uit standaardbepalingen. De rechter bij wie zo'n verzoek werd ingediend zou die dus zeer waarschijnlijk allemaal overslaan en direct naar de gerede aanleiding gaan.

'Wie staat er vandaag op de rol?' vroeg Masser. 'Heb je daar al naar gekeken?'

'Nee,' zei Ballard. 'Kun jij dat even uitzoeken? Dan haal ik dit uit de printer.'

Masser bedoelde welke strafrechter er vandaag dienst had om verzoeken tot huiszoekingsbevelen buiten normale werktijden om af te handelen. Die vraag was essentieel omdat alle rechters er bepaalde eigen gezichtspunten en praktijken op na hielden, en daar bekend om stonden bij de advocaten die voor hen verschenen en bij de agenten die om een huiszoekingsbevel kwamen vragen. Sommige rechters waren vurige verdedigers van de bescherming die het Vierde Amendement bood tegen wederrechtelijke doorzoekingen en inbeslagnemingen. Anderen waren weer felle voorstanders van orde en gezag, en verleenden nooit toestemming voor een huiszoekingsbevel waar ze niet achter stonden. Bovendien werden de rechters in hun ambt gekozen. En ondanks het feit dat ze dat ambt zonder persoonlijke of politieke vooringenomenheid geacht werden uit te oefenen, bestond er bijna geen rechter dic nict af cn toc ccns ondcr dc blinddoek door gluurde om te zien wat de mogelijke electorale gevolgen van een beslissing konden zijn – bijvoorbeeld of de staat een DNA-monster mocht nemen van een oud-agent die werd verdacht van moord.

Ballard kwam terug van de printer en gaf Masser de uiteenzetting van de gerede aanleiding precies op het moment dat hij de telefoon op zijn bureau op de haak legde.

'Rechter Canterbury heeft dienst,' zei hij. 'Slecht nieuws. Hij is heel streng als het om doorzoeken en in beslag nemen gaat.'

'Dat heb ik ook gehoord,' zei Ballard. 'Misschien kan ik nog iets anders proberen.'

De meeste rechercheurs zorgden ervoor dat ze een relatie opbouwden met een rechter op wie ze altijd konden terugvallen in geval van vragen over de gerede aanleiding. Eigenlijk was het een soort rechter-shoppen, maar het was een veelvoorkomende praktijk. In haar jaren in de nachtdienst bij bureau Hollywood had Ballard diverse rechters midden in de nacht uit bed moeten bellen om ze een huiszoekingsbevel te laten ondertekenen. In haar contactenlijst had ze nog wel een paar namen die ze kon bellen als ze niet naar rechter Canterbury wilde.

Ballard wees op het document dat Masser nu in handen had.

'Je zult hier wel van schrikken,' zei ze. 'En je mag niets van wat je leest aan iemand doorvertellen. Duidelijk?'

'Ja, duidelijk,' zei Masser. 'Maar je maakt me nu wel heel nieuwsgierig.'

Ze liet hem alleen aan zijn bureau en liep terug naar het hare. Terwijl Masser het document doornam opende ze een van de oorspronkelijke moorddossiers van de zaak-Pearlman en begon door de transcripties te bladeren van de verhoren die de oorspronkelijke rechercheurs hadden afgenomen. Haar geheugen had haar niet in de steek gelaten. Er waren geen verhoren van Nelson Hastings of Ted Rawls. En dat gold ook voor de oorspronkelijke labverslagen. Van geen van beiden was ooit de handafdruk vergeleken met de afdruk die was gevonden op de vensterbank van de slaapkamer van Sarah Pearlman.

Dat was een ernstige tekortkoming in het oorspronkelijke onderzoek. Hastings en Rawls waren goede vrienden van Jake Pearlman en kenden zijn zus. Zij hadden verhoord moeten worden en hun handafdrukken hadden afgenomen moeten worden – net als bij Kramer. Het feit dat dat niet gebeurd was, was strijdig met wat Ballard eerder een grondig en gedegen onderzoek had geleken. Aangezien een van de oorspronkelijke rechercheurs overleden was en de ander tijdens zijn gesprek met Bosch niet bepaald toeschietelijk was geweest, zag Ballard maar één andere mogelijkheid om meer licht op deze kwestie te werpen.

Ze belde Nelson Hastings.

'Is hij gearresteerd?' was het eerste wat hij vroeg.

'Nee, zover zijn we nog niet,' zei Ballard. 'We moeten behoedzaam opereren.'

'Waarom bel je me dan?' vroeg Hastings.

'Ik ben de uitgeschreven verhoren van het oorspronkelijke onderzoek aan het doorlezen. Er is geen enkel verhoor van u of Ted Rawls. Dat snap ik niet. Jullie waren Jakes vrienden en jullie zullen Sarah allebei gekend hebben. Kunt u zich dat nog herinneren? Waarom bent u niet verhoord?'

'Ik was met mijn ouders de stad uit toen de moord plaatsvond,' zei Hastings. 'Ze hadden mijn ouders gesproken en zich ervan vergewist dat dat klopte, dus mij hebben ze nooit gesproken. En Ted was toen nog niet in beeld.'

'Hoe bedoelt u?'

'Ik bedoel: hij was er wel, maar zo close als Jake, Sandy en ik was hij nog niet. Hij was de nieuwe. We zaten allemaal in ons laatste jaar. We waren allemaal aangenomen op de UCLA. Toen hoorden we dat Ted daar ook zou gaan studeren, en vanaf dat moment begonnen we hem er min of meer bij te betrekken. Die zomer – nadat Sarah was vermoord – namen we hem onder onze vleugels omdat we daarna met z'n allen zouden gaan studeren. Alleen ging dat niet door.'

'Waarom niet?'

'Ten eerste omdat ik van gedachten veranderde en het leger in ging. Ik ben uiteindelijk nooit naar de UCLA gegaan. En Ted ook niet. Er was iets gebeurd waardoor hij besloot naar het Santa Monica Community College te gaan. Daar is hij toen ook bij de politie gegaan.'

'Zou dat van de UCLA een leugen geweest kunnen zijn? Dat hij alleen maar zei dat hij was aangenomen om zich bij jullie aan te kunnen sluiten?'

‘Geen idee, zou kunnen. Bedoel je dat hij zich bij ons inlikte om te horen hoe het er met Sarah en het onderzoek voor stond? Dat is behoorlijk ziek.’

‘Het is een mogelijkheid. Maar op het moment van de moord was hij nog niet close genoeg met Jake om verhoord te worden?’

‘Precies.’

‘Kende hij Sarah?’

‘Mogelijk. Ze ging naar een meisjesschool, dus kwam ze wel eens op dansavonden en andere dingen die er georganiseerd werden, om in contact te komen met jongens. Jake bracht haar dan mee. Dus daarvan kan Ted haar gekend hebben, of in ieder geval geweten hebben wie ze was.’

Ballard merkte dat Masser naast haar was komen staan. Ze zag dat hij haar uiteenzetting met rode pen had gecorrigeerd. Ze stak een vinger in de lucht om aan te geven dat ze bijna klaar was met haar gesprek.

‘Ik heb nog één vraag,’ zei Ballard. ‘In 2005 was Rawls politieagent in Santa Monica. Hij maakte geen deel uit van de Pearlman-campagne, hè?’

Het duurde weer even voordat Hastings antwoordde.

‘Je bedoelt in verband met die campagnebutton,’ zei Hastings. ‘Het antwoord is: jawel. Hij was vrijwilliger. Kramer had hem aangenomen. Na zijn dienst in Santa Monica kwam hij naar Greenblatt, waar we met alle vrijwilligers bijeenkwamen voordat we de deuren langsgingen. Dat heeft hij verschillende keren gedaan.’

‘Dus kan hij ook bij Laura Wilson aan de deur zijn geweest om haar die button te geven,’ zei Ballard.

Het was een constatering, geen vraag.

‘Ja,’ zei Hastings.

‘Bedankt voor uw tijd,’ zei Ballard. ‘U hoort nog van me.’

Ze hing op en stak haar hand uit om het document van Masser aan te nemen.

‘Dit wordt ’m niet, Renée,’ zei hij. ‘Het spijt me.’

Ze keek naar de uitdraai. Hij had een rood kader getrokken om het feitenrelaas dat de huiszoeking moest ondersteunen.

'Wat is er mis mee?' vroeg ze.

'Het is zwak,' zei Masser. 'Het DNA dat is verzameld in de zaak-Wilson duidt op een nierkwaal. Rawls kreeg een nier van Hastings omdat hij een nieraandoening had, maar er is geen verband tussen Rawls en Wilson. Dat zij een campagnebutton van Pearlman had zegt niets. Dat kan toeval geweest zijn. Er zullen duizenden van zulke buttons geweest zijn. Ik ben bang dat Canterbury of welke andere rechter dan ook er zo naar zal kijken. Je wilt een DNA-monster afnemen, en zijn huis, zijn auto, zelfs zijn bureau hier doorzoeken. Dat is veel te veel gevraagd, Renée. Het spijt me zeer, maar als ik nog substituut-officier van justitie was geweest zou ik je hiermee niet naar een rechter laten gaan.'

'Daarom ben je hier.'

'Laten we eens beginnen met het DNA. Heb je ook overwogen om het heimelijk af te nemen?'

'Hij is een agent en hij weet al dat we dat met Hastings hebben gedaan. Hij zal nu veel te veel op zijn hoede zijn. Moet je zijn bureau zien. Het ziet er zo netjes uit dat het wel lijkt alsof er niemand zit. Waarschijnlijk is hij hier gisteren naartoe gekomen en heeft hij het helemaal schoongemaakt nadat hij erachter kwam wat we met Hastings aan het doen waren.'

'Ik vind het allemaal best lastig te bevatten. Weet je zeker dat we de juiste persoon te pakken hebben?'

'We weten alleen zeker dat hij verdacht is, maar daarom hebben we dus dat huiszoekingsbevel nodig. Om bewijs te verzamelen om onze verdenking te staven of onderuit te halen.'

'We?'

'Ik doe dit met Harry Bosch. Als het goed is houdt hij Rawls nu in de gaten. Dus... wat als...'

Ze maakte haar zin niet af omdat ze haar gedachten nog op een rijtje aan het zetten was.

‘Wat?’ vroeg Masser.

‘Ik had net Hastings aan de lijn,’ zei Ballard. ‘Hij bevestigde dat Rawls in 2005 vrijwilliger was bij de campagne. Hij ging de deuren langs om buttons uit te delen.’

‘Zei Hastings ook dat hij bij Laura Wilson aan de deur is geweest of ook maar in het gebouw waar ze woonde? Iets wat Rawls direct in verband brengt met Wilson?’

‘Nee, niets directs. Hij was vrijwel meteen na de moord op Sarah bij het kringetje rond Jake Pearlman gekomen.’

Masser schudde zijn hoofd.

‘Het document heeft ook wel een aantal pluspunten,’ zei hij. ‘Maar niet genoeg om Canterbury te overtuigen. Heb je geen rechter achter de hand waar je terechtkunt? De mijne is twee jaar geleden met pensioen gegaan.’

Ballard dacht een ogenblik na voordat ze antwoordde. Ze had wel iemand, maar dat lag een beetje gecompliceerd. Rechter Charles Rowan was meer geïnteresseerd in Ballard als vrouw dan als rechercheur. Als ze bij hem langs moest om een huiszoekingsbevel los te peuteren zou ze zich in allerlei bochten moeten wringen, iets wat ze niet graag deed en waar ze ook niet trots op was. Vóór Rowan had ze een vrouwelijke rechter bij wie ze altijd terechtkon zonder zich te hoeven forceren. Maar Carolyn Wickwire was niet herverkozen. Ze had het afgelegd tegen een populaire voormalig openbaar aanklager, die haar had neergezet als iemand die te soft strafte.

‘Ik denk dat ik wel iemand heb,’ zei Ballard uiteindelijk.

‘Laten we dan hetgeen je van Hastings hebt er nog aan toevoegen en de rest een beetje aandikken,’ zei Masser. ‘En dan zien we wel hoe ver we komen.’

34

Ted Rawls' flagshipstore stond aan Montana Avenue in Santa Monica. Bosch reed er langzaam langs en zag een man in de zaak staan die met een sleutel zijn postbus opende. Bosch keek in zijn binnenspiegel en stopte toen langs de weg om even te blijven kijken. Eerder was hij al langs Rawls' huis in Harvard Street gereden; daar leek niemand thuis te zijn.

Het DGP-pakketpunt was op de begane grond van een gebouw van twee verdiepingen dat eenvoudigweg Montana Shoppes & Suites heette. Het nam het hele blok in beslag; op de begane grond waren winkelruimten, op de eerste verdieping kleine kantooreenheden. De galerij die voor de kantoorruimten langs liep was bereikbaar via trappen op de hoeken.

Het pakketpunt bestond uit twee gedeelten. Direct achter de glazen pui was een muur met postbussen, waar cliënten met een keycard vierentwintig uur per dag toegang hadden. Voorbij de ruimte met postbussen was het verzend- en inpakpunt. Er was een balie en er stonden kartonnen dozen en inpakmaterialen uitgestald.

Bosch zag de man een pakje uit een postbus halen, de bus afsluiten en weggaan. Even later zag hij van achter uit de zaak een man komen die achter de balie ging zitten. Het was niet Ted Rawls, maar die kon best in de zaak of in het kantoor erboven zijn.

Bosch reed weer door, sloeg links af op Sixteenth Street en verderop weer links af, het straatje achter de winkels in. Hij reed langzaam en las de bedrijfsnamen die op de achterdeuren waren aangebracht. In het straatje stonden geen auto's. Ruwweg om de vijftien meter hing een bordje VERBODEN TE PARKEREN; her en der stond een afvalcontainer tegen de muur. Bosch keek of er camera's hingen, maar zag er geen.

Bij de deur van DGP vertraagde hij nog meer en keek hij omhoog naar de ramen van het kantoor op de eerste verdieping. Er was niets te zien dat op Rawls' aanwezigheid duidde. De zonwering was dicht.

Hij gaf weer gas, reed door tot het einde van het straatje en sloeg weer links af op Seventeenth Street richting Montana. Even verderop reed een auto weg van de stoeprand. Bosch pikte snel de parkeerplaats in en schoof zijn Cherokee achter een busje. Van daar had hij goed zicht op de winkels en de galerij op de eerste verdieping. Veel beter kon het vooralsnog niet, besloot hij. Rawls kende hem. Hij kon de winkel niet binnengaan zonder de kans te lopen dat de verdachte hem daar zag. Hij besloot te wachten tot Ballard hem liet weten of er een huiszoeking kon plaatsvinden en wat de volgende stap zou zijn.

Hij zocht KKJZ op de radio en viel in een cover van het oude nummer van Shirley Horn, 'Here's to Life', door Ed Reed, die het lied langzaam bracht met een stem waarin de levenservaring te horen was.

Hij moest het volume weer temperen toen zijn telefoon zoemde. Ballard, zag hij op het scherm.

'Harry, hoe gaat het daar?'

'Ik heb Rawls nog niet gevonden,' zei Bosch. 'Er leek niemand bij hem thuis te zijn. Geen auto, geen teken van leven. Ik sta nu vlak bij zijn kantoor op Montana. Er is hier geen auto te zien en ook geen teken van leven. En jij? Hoor ik goed dat je in de auto zit?'

'Onderweg naar Brentwood.'

'Wat is er in Brentwood?'

'Charlie Rowan. Ik heb het verzoek om een huiszoekingsbevel. Masser heeft me geholpen met schrijven.'

Rowan was rechter bij het gerechtshof, district Los Angeles, wist Bosch.

'Heeft Rowan nu dienst of is hij je vaste man?' vroeg hij.

'Mijn vaste man,' zei Ballard. 'Masser is bang dat het kantje boord wordt en ik hoop dat ik Rowan met mijn charmes over de streep kan trekken.'

'Ja, nu weet ik het weer, die reputatie had hij vroeger ook al. Moet ik met je meekomen?'

'Aardig van je, maar je bent mijn vader niet. Ik heb eerder met mensen als Rowan te maken gehad. Die kan ik wel aan.'

'Sorry.'

'Maar ik kan straks wel even jouw kant op komen. Brentwood is in de buurt.'

'We moeten erachter komen of Rawls er überhaupt nog is. Het kan best zijn dat hij uit wat Hastings vertelde heeft afgeleid dat we hem bijna te pakken hebben.'

'Dacht ik ook, ja. Zodra ik hier een handtekening onder heb gaan we op deuren kloppen en merken we vanzelf of hij ervandoor is.'

'Oké, ik wacht hier op je.'

Ze beëindigden het gesprek. Bosch keek naar het pakketpunt aan de overkant. Door de glazen pui had hij zicht op de verzendbalie. De medewerker daar leek een boek te lezen terwijl hij wachtte op de volgende klant.

Bosch was tevreden met dit plekje en verwachtte niet dat de parkeerplaats lang vrij zou blijven als hij nog een rondje om het gebouw reed. Montana was een groot winkelcentrum. Maar die achterdeur zat hem dwars. Er kon best een binnentrap zijn tussen de winkelruimte en het kantoor. Hoe dan ook kon je in je eentje niet tegelijk de zaak en het kantoor in de gaten houden. Hij hoopte maar dat Ballard er gauw zou zijn met een getekend huiszoekingsbevel.

35

Het gezicht van rechter Charles Rowan klaarde meteen op toen hij Ballard op de stoep zag staan.

'Renée! Mijn lievelingsrechercheur in de hele stad der engelen! Hoe is het met je, schat?'

'Goed wel, rechter. En met u?'

'Beter, nu jij er bent. Wat heb je voor me meegenomen?'

Hij deed zelfs een stap naar achteren om haar beter in zich op te nemen en liet zijn blik iets te lang op haar lichaam rusten. Ballard walgde ervan maar bleef volkomen zakelijk.

'Dat weet u wel, denk ik,' zei ze. 'Ik wil u verzoeken een huiszoekingsbevel te keuren in een zaak die op het punt staat te worden opgelost. Mag ik u er wat meer over vertellen?'

'Natuurlijk,' zei Rowan. 'Kom vooral binnen.'

Rowan deed nog een stap naar achteren, maar hield de deur slechts zo ver open dat Ballard vlak langs hem heen moest om binnen te komen. Het niveau van haar ongemak steeg nog verder.

Rowan was ver over de zestig, minstens twintig jaar ouder dan Ballard. Hij had een volle bos zilvergrijs haar en bijpassende baard. Het overvloedige haar in zijn oren had dezelfde kleur.

Ze was eerder bij Rowan thuis geweest en wist dat hij na een paar mislukte huwelijken alleen woonde. Ze wist dus ook dat ze beter rechts af kon slaan, naar de eetkamer, dan links af, naar de woonkamer, waar de rechter op de bank wel eens te dicht tegen haar aan kon komen zitten.

'Wil je niet wat gemakkelijker zitten?' vroeg Rowan.

Maar Ballard was al in de eetkamer.

'Hier aan tafel is prima, rechter,' zei ze. 'Mijn partner zit in zijn eentje op locatie en ik wil hem niet te lang alleen laten. Het kan gevaarlijk worden. Dus als u hier even naar zou willen kijken, kan ik weer op pad.'

'Natuurlijk,' zei Rowan. 'Maar eerst het belangrijkste. Wat wil je drinken? IJsthee? Wit wijntje? Iets anders?'

'Als u het niet erg vindt, rechter, zou ik graag willen dat u dit doorleest en, hopelijk, constateert dat alles in orde is en volgens de regels.'

Ze schonk hem de meest ontwapenende glimlach die ze in deze omstandigheden kon opbrengen. Daarna legde ze het verzoek om een huiszoekingsbevel voor hem op tafel en trok de stoel eronder vandaan. Zelf bleef ze staan.

Rowan keek haar aan en leek te begrijpen dat dit geen gezellig bezoekje zou worden. Hij ging zitten.

'Goed, eens even kijken wat je hier hebt,' zei hij.

'Ik kan het u punt voor punt vertellen,' zei Ballard, 'Maar als u het wilt lezen – alles staat erin.'

'Ben je er al mee naar de officier van justitie geweest?'

'Niet echt. Ik geef tegenwoordig leiding aan de afdeling Cold Cases, meneer, en er is een gepensioneerde substituut-officier aan het team toegevoegd die ons helpt bij het schrijven en nalezen van onze gerechtelijke verzoeken en bevelen. Hij is zelfs vandaag nog naar kantoor gekomen omdat hij wist dat haast uitdrukkelijk geboden is.'

'Meen je dat? Hoe heet die substituut-officier?'

'Paul Masser. Hij werkte bij de officier op de afdeling Zware Criminaliteit.'

'Ja, die ken ik nog. Een zeer capabele aanklager.'

'Inderdaad.'

'Goed... even kijken.'

De rechter begon de eerste bladzij te lezen en Ballards maag kromp samen. De eerste vier pagina's van de aanvraag bevatten een standaardwettekst die hetzelfde was op elk huiszoekingsbevel dat een rechter onder ogen kreeg. Rowan had zo kunnen doorbladeren naar de kern van de aanvraag – de samenvatting van de zaak en de motivering van de inbreuk op de privacy – maar dat deed hij niet, en Ballard moest er wel van uitgaan dat dat was omdat ze niet was ingegaan op zijn poging dit bezoek gezelliger te maken, of meer dan dat.

Maar uit vrees dat ze de rechter tegen de overvloedige haren in zou strijken, en hem reden zou geven de aanvraag te verwerpen, zei ze niets. Ze ging op haar andere been staan en keek toe.

Rowan zei pas iets toen hij bij bladzijde 3 was gekomen.

'Weet je zeker dat je niets wilt gebruiken, Renée?'

'Dank u, rechter, geen behoefte. Mijn partner wacht op me.'

'Juist. Ik doe mijn best dit zo snel mogelijk te lezen. Ik moet grondig te werk gaan. Ik wil niet dat ik dit achteraf op mijn brood krijg bij een hof van beroep, als ik het eenmaal heb gezien en geschikt heb geacht voor ondertekening en jou ermee op pad heb gestuurd.'

'Natuurlijk, meneer.'

'Charlie, Renée. We zijn onder elkaar.'

'Charlie... dan.'

Ten slotte kwam hij bij de opsomming van feiten met betrekking tot de zaak, en de gerede aanleiding. Ballard keek op haar horloge. Ze maakte zich zorgen om Bosch, die nu op Montana Avenue op haar zat te wachten.

'Je hoeft niet te kijken hoe laat het is,' zei Rowan. 'Je kunt wel haast hebben, maar dat kan ik me niet veroorloven. Niet waar het gaat om het doorzoeken en wellicht in beslag nemen van iemands eigendommen.'

'Dat begrijp ik, meneer,' zei Ballard. 'Eh, Charlie.'

Ze wist nu wel zeker dat Rowan de aanvraag zou afwijzen omdat zij hém had afgewezen. Ze maakte jacht op een seriemoordenaar en de rechter zou zo kleingeestig zijn om haar pogingen te dwarsbomen omdat zijn trots was gekrenkt. Had ze nu toch maar op Canterbury gegokt.

'Renée, kun je even naar de woonkamer gaan?' vroeg Rowan opeens.

'Eh... waarom, Charlie?'

'Omdat daar een deur is naar mijn kantoor. Op het bureau liggen mijn stempel en een stempelkussen. Zou je die even kunnen pakken, zodat ik dit huiszoekingsbevel kan tekenen en afstempelen?'

'Natuurlijk.'

Verrast en opgelucht liep Ballard snel de hal door naar de woonkamer en het kantoor. Ze zag het stempel met het embleem van het gerechtshof en het stempelkussen op het bureau liggen.

Terwijl ze terugliep naar de eetkamer zoemde haar telefoon. Het was Bosch.

36

De presentator van K-Jazz feliciteerde Ron Carter van harte met zijn vijfentachtigste verjaardag, die hij afgelopen week had gevierd in Carnegie Hall in New York. Daarna draaide hij 'A Song For You', een cover van Carters album *At His Best*, dat was uitgebracht toen de grote bassist nog maar tachtig jaar jong was.

Het nummer duurde acht minuten en toen het voorbij was zette Bosch de radio uit, zodat hij Ballard kon bellen om te horen of ze al op weg was naar Montana Avenue. Maar voor hij zover was zag hij het licht in het DGP-pakketpunt veranderen. De ruimte achter de verzendbalie werd een ogenblik lang verlicht en Bosch nam aan dat iemand de achterdeur open en dicht had gedaan. Meteen startte hij de motor en reed weg van zijn zo gekoesterde parkeerplaats.

Deze keer reed hij de westelijke toegang voorbij. Twee seconden lang had hij zicht op het straatje, waar hij een auto geparkeerd zag staan – halverwege, dus in de buurt van het pakketpunt. De achterklep stond open, waardoor Bosch het merk en kenteken van de auto niet kon zien.

Hij reed door naar Idaho Avenue, sloeg links af een woonwijk in en reed door tot Seventeenth Street; daar sloeg hij weer links af en kwam uit aan het andere einde van het straatje. Nu zag hij wel de kenmerkende grille van de BMW en de blauwe metallic lak van de motorkap. Ballard had hem eerder al de beschrijving gestuurd van een blauwe BMW serie 5, model 2021, met een persoonlijk kenteken 'DGP1'. De auto stond zo ver weg in het straatje dat hij dat niet kon lezen, maar hij zag wel dat het maar vier tekens telde. Hij ging er dus van uit dat het Rawls' auto was en dat de man zelf in de zaak was. Omdat de BMW met de neus naar het oosten stond nam Bosch aan dat Rawls ook langs die kant zou vertrekken. Hij zette de automaat in zijn achteruit, reed een eindje terug op Seventeenth Street en draaide de oprit op van het eerste huis ten zuiden van het straatje. Van daaraf kon hij de uitgang van het straatje goed zien. Hij pakte zijn telefoon en belde Ballard.

'Rawls is hier,' zei hij. 'Zijn auto staat in het straatje achter de zaak en ik denk dat hij op het punt staat te vertrekken. Waar ben jij? Heb je het huiszoekingsbevel?'

'Dat wordt dadelijk getekend,' zei Ballard. 'Ik kom naar je toe zodra ik het heb. Vijf minuten nog, hooguit.'

'Als hij weggaat kan ik hem moeilijk volgen. Ik ben in mijn eentje en hij is op zijn hoede.'

'Dat begrijp ik. Er wordt aan gewerkt.'

'Fijn.'

Bosch beëindigde het gesprek en concentreerde zich op de uitgang van het straatje. Hij vond het onprettig dat hij de BMW niet kon zien, maar hij wilde ook niet uitstappen en het risico lopen dat Rawls hem zag, of hem kwijtraken als hij wegreed en Bosch niet achter het stuur zat.

Omdat hij schuin naar rechts voor zich keek zag hij de man die van links kwam niet aankomen. Opeens klonk er een tik op het dak van de auto. Bosch schrok en keek om.

'Ik wilde u niet laten schrikken,' zei de man. 'Maar mag ik vragen wat u hier doet?'

'Eh... ik wacht hier op iemand,' zei Bosch.

Hij wierp een snelle blik op het straatje en keek de man weer aan.

'Iemand uit de buurt?' vroeg de man.

'Sorry, dat is uw zaak niet,' zei Bosch.

'Nou, ik zie dat anders. Dit is mijn oprit en ik wil graag weten waarom u hier staat.'

'Sorry. Ik parkeer wel ergens anders.'

Hij startte de motor.

'Daar neem ik geen genoegen mee,' zei de man. 'Als u hier rondhangt moet ik weten waarom. Anders bel ik de politie.'

'Meneer, ik bén van de politie,' zei Bosch.

Hij liet de man staan, zette de automaat in drive en reed de straat op. Langzaam reed hij het straatje voorbij en keek opzij naar de BMW.

Die was weg.

Zijn aandacht werd getrokken door de opflitsende remlichten van een auto die aan het andere eind van het straatje afsloeg naar Sixteenth Street.

'Shit.'

Hij gaf gas en reed door naar Montana. Bij de stoplichten reed hij langzaam het kruispunt op en keek naar links. Daar zag hij de blauwe BMW in westelijke richting Montana op rijden. Bosch deed hetzelfde en begon de auto te volgen, met ongeveer anderhalf blok afstand ertussen. Hij vermoedde dat Rawls op weg was naar Lincoln Boulevard. Langs die weg kwam hij dan op snelweg 10 en van daar waar hij maar wilde.

Hij belde Ballard weer.

'Hij is vertrokken,' zei hij. 'Ik denk dat hij op weg is naar de snelweg. Hebben we een getekend huiszoekingsbevel?'

'Ja,' zei Ballard. 'Ik ben net weg. Waar moet ik heen?'

'Als hij naar de 10 gaat, is hij op weg naar de 405.'

'Ik ben zelf vlak bij de 405.'

'Neem die dan, richting zuid. Ik bel je terug als we die kant op gaan. En als het op volgen aankomt neem jij de leiding. Ik denk dat hij me heeft gezien.'

'Hoe weet je dat?'

'Hij keerde de auto in het straatje, zodat hij er niet aan mijn kant uit kwam.'

'Shit.'

'Ik zei toch: ik ben in mijn eentje.'

'Ik weet het. Mijn fout.'

'Onzin, het is gewoon zoals het is.'

'En als hij gewoon naar huis gaat?'

'Dat zou fantastisch zijn, maar ik denk niet dat dat gaat gebeuren. Zijn buurt is van hieruit naar het oosten. Als hij daarnaartoe wil rijdt hij om.'

Bosch zag Rawls verderop in zuidelijke richting afslaan op Lincoln, zoals hij had verwacht. Toen hij zelf bij het kruispunt kwam en afsloeg was de BMW verdwenen. Bij het volgende kruispunt vertraagde hij en keek naar links en naar rechts. Geen BMW te bekennen.

'Shit,' zei hij. 'Ik ben hem nu al kwijt, geloof ik.'

'Wát?' zei Ballard. 'Waar?'

'Hij sloeg af op Lincoln, en toen ik de hoek om kwam was hij weg. Ik kijk nu in de zijstraten, maar ik zie hem niet meer.'

'We moeten dat monster hebben.'

'Alsof ik dat niet weet. Nu is het zéker mijn schuld.'

'Ik geef jou de schuld niet, Harry. Ik heb gewoon de pest in. Welke richting ging hij uit, denk je?'

'Naar de snelweg, maar daarna? Tja, Joost mag het weten. Het vliegveld. Of naar het zuiden, naar Mexico. Of naar Canada.'

Bosch was nu al vijf kruispunten gepasseerd en had geen blauwe BMW gezien.

'Waar zal ik dan naartoe gaan?' vroeg Ballard.

'Rij maar door naar de 405 zuid. Dan neem ik...'

Zijn telefoon vloog uit zijn hand terwijl hij een felle klap tegen de achterkant van zijn auto voelde. Opeens tolde de Cherokee tegen de klok in om zijn as; hij gleed zijwaarts over een kruispunt, maaide een stoplicht omver en kwam toen abrupt met een dreun tegen een geparkeerde auto tot stilstand.

Bosch was even duizelig van de klap. Maar toen een scherpe pijn in zijn rechterknie de mist in zijn hoofd doorsneed was hij meteen weer helder. Hij greep zijn knie beet en keek om zich heen in een poging tot zichzelf te komen en te zien wat er was gebeurd. Door de voorruit zag hij de blauwe BMW waarnaar hij op zoek was geweest. Die stond midden op Lincoln Avenue met een verbrijzelde rechterkoplamp.

Bosch had algauw door wat er was gebeurd. Rawls had zijn auto van achteren geraakt in een PIT-manoeuvre – een achtervolgingstactiek waarmee je een auto van de weg kon rijden door tegen een van de achterste hoeken aan te rijden, waardoor hij in een oncontroleerbare slip raakte.

De BMW was nauwelijks beschadigd en reed niet weg. Hij stond bewegingloos midden op straat – tot opeens het linkerportier openvloog en Rawls uitstapte. Hij liep om de motorkap heen en eerst dacht Bosch nog dat hij de schade aan zijn auto wilde opnemen. Maar Rawls wierp niet eens een blik op zijn BMW. Kalm liep hij naar Bosch' auto toe.

Bosch zag dat hij een pistool in zijn hand had.

'Dat meen je niet,' zei Bosch.

Hij boog zich over de console naar rechts, drukte kreunend van de pijn in zijn ribben op de knop van het dashboardvak en pakte er zijn pistool uit. Toen ging hij weer rechtop zitten, met het wapen op zijn dijbeen. Hij had geen idee op wat voor confrontatie dit zou uitlopen.

Rawls liep door en op een paar meter afstand hief hij plotseling zijn pistool op, klaar om te schieten.

'Nee, nee, nee, nee,' riep Bosch.

Hij hief zijn pistool op om te richten, maar Rawls schoot eerst en Bosch voelde een scherpe pijnscheut door zijn hoofd gaan.

37

Bosch' stem werd afgesneden door een luide, krakende klap, gevolgd door het piepen van banden op het asfalt en ten slotte het geluid van knarsend metaal.

'Harry!' riep Ballard in haar telefoon.

Geen reactie.

'Harry! Wat gebeurt daar?'

Nog steeds geen reactie. Toen hoorde ze zijn stem toch, maar gedempt en ver weg. Ze kon geen woorden verstaan.

'Harry, kun je me horen?'

Nu hoorde ze hem goed, al was duidelijk dat hij niet in de telefoon praatte.

'Nee, nee, nee, nee.'

Toen klonken de schoten. Helder en scherp. Eerst één schot, gevolgd door rinkelend glas en daarna een salvo. Te veel schoten in een te korte tijd om ze te kunnen tellen. Toen een laatste schot, gedempt, en zo veel later dan de eerdere schoten dat het wel de *coup de grâce* moest zijn, het genadeschot.

'Harry!' gilde Ballard.

Met een ruk aan het stuur draaide ze haar auto in één keer honderdtachtig graden om. Ze zette de sirene en zwaailichten aan die achter de grille verborgen zaten en gaf plankgas richting Santa Monica.

DEEL 2

HEILIGE GROND

38

Bosch zat met bungelende benen op de onderzoekstafel. Hij wilde niet gaan liggen omdat dat de indruk zou kunnen wekken dat hij opgenomen moest worden en de nacht in het ziekenhuis moest doorbrengen, en hij was bepaald niet van plan daar langer dan nodig te blijven. UCLA Santa Monica mocht nog zo'n uitmuntend ziekenhuis zijn, hij wilde naar huis en naar zijn eigen bed.

Hij had nog steeds zijn telefoon niet terug. Die was uit zijn hand gevlogen toen zijn auto van achteren geraakt werd. Dus wachtte hij in ledigheid tot de arts van de Spoedeisende Hulp van achter het gordijn tevoorschijn zou komen om hem nog een laatste keer te onderzoeken, hem een recept te geven en hem vervolgens te ontslaan.

Zijn verwondingen vielen mee, al was hij strikt genomen wel neergeschoten. Hij had gekneusde ribben en een gekneusde knie, een aantal snijwondjes door de rondvliegende glasscherven, en een kogel had hem beroofd van wat men noemt de bovenste helix van zijn linkeroor. Het nippertje had niet kleiner kunnen zijn. Als de kogel hem een paar centimeter meer naar links had geraakt, had hij de nacht in het lijkenhuis moeten doorbrengen. Daar was hij beslist blij mee. Verder was hij vooral van slag. Ted Rawls was dood. Als hij er nog geheimen op na hield had hij ze mee het graf in genomen.

De wond was schoongemaakt en met een zwarte draad gehecht door de arts van de Spoedeisende Hulp, die hem nogal overbodig had gewaarschuwd die nacht niet op dat oor te gaan liggen. Bosch hoorde de nodige activiteit en medische gesprekken in de andere met gordijnen afgescheiden onderzoeksruimten, maar niemand was de afgelopen twintig minuten naar hem komen kijken. Hij besloot nog een kwartier te wachten voor hij de gordijnen open zou schuiven en tegen de toezichthoudende verpleegkundige zou zeggen dat hij weer aan het werk moest.

Maar zo ver kwam het niet. Vijf minuten voor zijn zelf ingestelde ultimatum afliep werd het gordijn opzijgeschoven en kwam Bosch' dochter Maddie binnen, nog in uniform en mijlenver uit de buurt van haar eigen wijk.

'Pa!'

Hij stond op en ze omhelsden elkaar stevig terwijl hij zijn best deed zijn kapotte oor te beschermen.

'Is alles goed met je? Renée belde me.'

'Ja, alles is goed. Alles is goed. Echt.'

Ze nam afstand, keek hem aan, keek naar zijn oor. 'Jeetje, dat zal wel pijn doen.'

'Eh... ja, eerst wel, maar nu voel ik er bijna niets meer van. De dokter zei ook dat daar niet zo veel zenuwen zitten.'

Dat had de dokter helemaal niet gezegd, maar Bosch wilde niet dat zijn dochter zich zorgen maakte.

'En is die kerel nu dood?' vroeg ze.

'Helaas, ja,' zei Bosch. 'We wilden graag met hem praten, en nu...'

'Nou ja, het is niet jouw schuld. Heb je de afdeling Interne Zaken al gesproken?'

Het LAPD zou onderzoek doen naar het gebruik van geweld, al had de schietpartij plaatsgevonden in Santa Monica. Het SMPD zou eveneens onderzoek doen.

'Ze hebben me ter plaatse een voorlopig verhoor afgenomen,' zei Bosch. 'Maar ik weet dat het daar niet bij zal blijven. Waarschijnlijk zijn ze nu op de plaats delict op zoek naar getuigen en camera's en dat soort dingen.'

'Moet je hier vannacht blijven?' vroeg Maddie.

'Nee. Ik zat eigenlijk te wachten tot de dokter me ontslaat. Zodra dat is gebeurd ben ik hier weg. Maar hoor jij niet te surveilleren in Hollywood?'

'De chef liet me gaan toen hij hoorde wat er was gebeurd. Godsamme, pa, ik ben zo blij dat alles goed met je is.'

'Dank je wel, Mads. Zeg, nu je er toch bent – mijn auto staat daar nog en ik denk dat ik die voorlopig niet terug zal krijgen. Als ik hier dadelijk weg mag, kun jij me dan thuisbrengen?'

'O ja, natuurlijk, maar Renée staat buiten en ze zei net dat ze ook met je wil praten als ik weg ben. Over de zaak, zei ze.'

'Oké, dan vraag ik haar wel of zij me kan brengen. Praten we wel in de auto.'

'Zeker weten?'

'Ja hoor, geen probleem. En als jij terug moet praten wij later wel bij.'

'Ik kom gauw bij je langs.'

'Ik wist niet eens dat je op zondag werkte.'

'Ja, ik werk nu donderdag tot en met zondag.'

'Fijn. Misschien kunnen we morgen of dinsdag samen lunchen. Ik heb zo het idee dat mijn knie te gaar is om aan een bureau te zitten.'

'O. Ja.'

Ze leek zich niet vast te willen leggen.

'Ik heb je de laatste tijd niet zo vaak gezien,' zei Bosch.

'Ja, dat weet ik,' zei Maddie. 'En dat ligt aan mij. Ik heb het veel te druk ook. Maar oké, laten we dat doen. Ik bel je morgen en als je te gaar bent gaan we dinsdag eten.'

'Heel graag, Maddie.'

'Oké, pap. Ik hou van je. Ik ben zo blij dat je er nog bent.'

Ze omhelsde hem nog eens.

'Ik hou ook heel veel van jou,' zei Bosch.

'Ik ga Renée zoeken en zeggen dat je vrij bent,' zei ze.

En toen was ze weg.

Nu wachtte Bosch zowel op de dokter als op Ballard. Hij probeerde met één vinger zijn oor te buigen zonder pijnscheuten in zijn hoofd te krijgen.

'Niet aankomen.'

Bosch keek op en zag dat de arts binnen was gekomen. De man liep naar de wastafel, waste zijn handen en kwam naar Bosch toe. Bekeek de hechtingen in diens oor.

'Dat heb ik wel eens netter gedaan, maar ik heb zo de indruk dat het u weinig kan schelen,' zei hij.

'Het enige wat me kan schelen is dat ik hier wegkom,' zei Bosch.

'Nou, u bent vrij om te gaan. Ik heb een recept naar de apotheek in Studio City gestuurd. Alleen te gebruiken om de pijn te stillen. Als er geen pijn is: niet innemen. Blijf alert.'

'Duidelijk. Dank u wel, dokter. Mijn complimenten.'

'Ik deed gewoon mijn werk, net als u. Maar kom over een paar dagen wel even langs zodat ik kan kijken of het niet is gaan ontsteken.'

'Zal ik doen. Dank u. O ja, en de hechtingen?'

'Daar kijken we dan ook naar, maar ik denk dat die wel wat langer moeten blijven zitten. U wilt vast niet net zulke hangoren als mijn hond.'

'Dat lijkt mij ook niet.'

Tien minuten later reed Ballard met Bosch naast zich het parkeerterrein van de Spoedeisende Hulp af.

'Ik breng je even thuis,' zei Ballard.

'Eerst even langs de plaats delict,' zei Bosch. 'Ik wil het daar zien.'

'Harry, ze zitten daar niet op je te wachten.'

'Rij er alleen even langs. Het is hooguit vijf minuten om.'

'Oké. Maar ik blijf er niet staan.'

'Wil de FID jou niet spreken? Of Santa Monica?'

'Is al gebeurd. Morgen praten we wel verder, maar nu mocht ik weg.'

'Maddie zei dat je me iets moest vertellen.'

'Ja. Over de doos.'

'Wat voor doos?'

'Er stond een doos in de kofferbak van de BMW.'

'De kofferbak stond open toen ik hem in het straatje zag staan. Maar als er een doos in stond heb ik die niet gezien. Wat voor doos? Hoe groot?'

'Veertig bij veertig bij tien. Staat erop. Het is er zo een als ze bij zijn pakketpunt verkopen.'

'Tja, die heb ik dan gemist. Wat zit erin?'

'Hij zit vol met souvenirs – van zijn moorden. Er waren meer slachtoffers, waarschijnlijk tussen Pearlman en Wilson in, maar daarna ook nog. Mogelijk een heleboel. Die doos gaat ons nog lang bezighouden.'

'Verdomme.'

'En waarschijnlijk heeft hij er daarom een eind aan gemaakt.'

'Wat zeg je nou?'

'Hij pleegde zelfmoord.'

'Nietwaar. Ik heb hem geraakt, dat heb ik gezien.'

'Jawel, maar dat was niet het schot waar hij aan doodging. Je schoot hem neer en hij viel voor je auto op de grond. Maar toen stak hij het pistool in zijn mond. Het was zijn laatste kogel.'

Bosch haalde zich de schietpartij voor de geest. Die was zo snel en hevig geweest dat hij zich niet elke microseconde tot in detail kon herinneren. Hij wist dat Rawls' eerste schot door de voorruit was gegaan en zijn oor had gescheurd. Hij had teruggeschoten – ongeveer een halve clip. Nadat de voorruit aan scherven was gegaan waren zijn schoten terechtgekomen waar hij mikte, terwijl Rawls zijn aanval voortzette. Eén kogel had Rawls in zijn schouder geraakt. Hij was gevallen en Bosch had hem toen niet meer kunnen zien. Hij herinnerde zich dat er nog een laatste schot had geklonken, maar besefte nu pas dat dat niet voor hem bestemd was geweest.

Hij had het portier opengemaakt en was op de grond getuimeld. Het bloed liep langs zijn hoofd en op het moment zelf had hij gedacht dat hij er veel ernstiger aan toe was. Hinkend op zijn gewonde been en niet helemaal zeker van het aantal overgebleven kogels in zijn clip was hij achterlangs om zijn auto heen gelopen en aan de rechterkant uitgekomen. Daar lag Rawls dood op de grond, en hij had gedacht dat hij hem zelf had doodgeschoten.

'Dat hebben die lui van de FID me niet verteld,' zei hij.

'Tja, dat was wat ze tegen mij zeiden,' zei Ballard.

Bosch zei verder niets en keek uit het raam. Na een tijdje werd Ballard ongerust.

'Gaat het wel, Harry?' vroeg ze. 'Je gaat toch niet overgeven in mijn auto, hè?'

'O nee,' zei Bosch. 'Ik dacht aan die winkel van hem. En aan zijn andere filialen.'

'Wat is daarmee?'

'We weten nu dat hij zijn zaak opzette na zijn vertrek bij de politie, nadat hij een nieuwe nier en een tweede kans had gekregen, toch?'

'Ja.'

'Maar waarom juist dat? Wat had dat te maken met waar hij eigenlijk op uit was?'

'Denk je dat hem dat goed uitkwam? Dat hij zo zijn slachtoffers vond?'

'Geen idee, maar daar moeten we wel even naar kijken. Mensen huren die postbussen, en de meeste zijn legitiem, maar ik durf te wedden dat ze dat niet allemaal zijn. Veel mensen hebben er een omdat ze er een geheim leven op na houden, of op zijn minst een ánder leven. Je wilt een plek hebben waar je dingen privé naartoe kunt laten sturen. Spullen waarvan je niet wilt dat je man of je vrouw die onder ogen krijgt.'

'En hij kon daar gewoon bij. Bij al die postbussen.'

'Precies, dat dacht ik daarnet ook. Hij zat aan de andere kant van die muur privépostbussen en kon daar min of meer zien wat iedereen zoal deed. Ik weet niet of hem dat hielp binnen zijn eigen geheime leven, waarin hij vrouwen te grazen nam, maar ik denk dat we daar ook niet meer achter zullen komen nu hij dood is.'

'Ik denk dat we daarachter gaan komen zodra we andere slachtoffers weten te identificeren. En met de kennis van nu ben ik er niet rouwig om dat hij dood is. Ik weet dat mensen zullen denken dat hij er heel lang mee weg is gekomen en dat hier geen recht is gedaan. Maar ik denk dat er een heleboel onbekende levens gespaard zijn gebleven.'

'Daar zou je gelijk in kunnen hebben.'

'Dat weet ik wel zeker, Harry. Ik twijfel daar niet aan.'

Ze reden nu over Lincoln Avenue. Het kruispunt waar de schietpartij had plaatsgevonden was nog afgezet door de verkeerspolitie. Bosch zag dat zijn groene Cherokee op een bergingswagen was getakeld, die hem naar een werf van de politie zou brengen. Voor zover hij wist lag zijn telefoon er nog in.

Ze werden door verkeersagenten een zijstraat in gesluisd, waardoor ze niet dichtbij genoeg kwamen om te zien wat er achter de oranje afzetting plaatsvond. Ballard reed door.

'Heb je Pearlman al gesproken?' vroeg Bosch.

'Ik heb Hastings gesproken,' zei Ballard. 'Dus die weet wat er aan de hand is. Maar ik wil pas met Pearlman praten als we een keiharde DNA-match met Rawls hebben. Idem dito Laura Wilsons moeder. Morgenochtend ga ik naar het kantoor van de schouwarts, haal daar bloed en afdrukken en ga er meteen mee naar het lab. Darcy Troy zal erbovenop springen, dat weet ik zeker. Bij vingerafdrukken heb ik geen vaste contactpersoon, dus daar moeten we afwachten.'

'En de hoge heren? Ga jij er de schuld van krijgen dat die gast bij Cold Cases terechtkwam?'

'Ben je gek! Als ze mij de schuld geven heb ik e-mails van Hastings die mij in niet mis te verstane bewoordingen opdraagt Rawls in het team op te nemen. Daar maak ik me geen zorgen om. Ik maak me vooral zorgen om jou, Harry.'

'Om mij? Waarom dat nou?'

'Ik heb jou in het team opgenomen, en kijk nou? In minder dan een week ben je beschoten en lig je in de kreukels, en je auto erbij.'

'Die ligt niet in de kreukels. Dat is een tank. Niet kapot te krijgen.'

'Nou, ik hoop dat iemand er een nieuwe voorruit voor heeft.'

'Onderdelen zat.'

'Nou, mooi. Die auto staat je wel, Harry. Jullie zijn net een stel vissen in de woestijn.'

Bosch liet dat even bezinken en vertelde Ballard toen wat hij van plan was. 'Ik denk dat ik een paar dagen rust neem. En mijn knie zo veel mogelijk ontzie. Daarna wil ik door met de zaak-Gezin Gallagher.'

'Goed plan.'

39

Ze lieten Ballard vijfendertig minuten in de wachtkamer zitten voordat er iemand kwam zeggen dat Pearlman beschikbaar was. Het was dinsdagmiddag en het verhaal over Rawls beheerste het nieuws al sinds zondagavond. Iedereen bleef erdoor geboeid omdat er zo'n waas van geheimzinnigheid omheen hing. Er waren nog maar weinig bijzonderheden openbaar gemaakt, hoofdzakelijk omdat het LAPD nog wachtte op de bevestiging dat er een genetisch verband bestond tussen Rawls en de moorden op Sarah Pearlman en Laura Wilson. Tot dusver had het verhaal zich geconcentreerd op het feit dat een rechercheur van de eenheid Cold Cases op de openbare weg in een schietpartij was beland met iemand die verdacht werd van moord, waarbij één man om het leven was gekomen en de ander gewond was geraakt. Tot nu toe waren er nog geen namen vrijgegeven of uitgelekt. Maar dat zou allemaal over een paar uur veranderen wanneer de hoofdcommissaris een persconferentie zou houden op het plein voor het hoofdbureau van politie. Het was Ballards taak om Pearlman van tevoren in te lichten over wat de hoofdcommissaris zou gaan mededelen.

Ze ging Pearlmans kantoor binnen en trof daar het raadslid aan met Nelson Hastings en Rita Ford. Rechts van het grote bureau stonden twee zitbanken tegenover elkaar, met een salontafel met glazen blad ertussen. Pearlman en Hastings zaten ieder op een hoek van de ene bank en Ford zat op een hoek van de andere. Ballard werd naar de enige overgebleven hoek gedirigeerd.

'Inspecteur Ballard, ik vroeg me al af wanneer ik van je zou horen,' zei Pearlman. 'Wat kun je ons vertellen?'

'Dank u dat u me te woord wilt staan, meneer Pearlman,' begon Ballard. 'Vanmiddag om vier uur zal de hoofdcommissaris een persconferentie houden. Dan zal hij mededelen dat het DNA en een handafdruk van Ted Rawls kunnen worden gelinkt aan de moord op uw zus en Laura Wilson. Daarmee kunnen beide zaken gesloten worden, maar het onderzoek naar Rawls en het bewijs dat is vergaard in zijn auto en elders krijgt nog een vervolg. Mogelijk kan hij ook met andere zaken in verband worden gebracht. Meerdere andere zaken.'

Pearlman schudde zijn hoofd.

'O, mijn god,' zei hij. 'Jezus. Houdt het dan nooit op?'

'Wat de zaak van uw zus betreft wel, meneer,' zei Ballard. 'De officier van justitie moet de sluiting van de zaak nog beoordelen en goedkeuren. Ik besef dat u en uw familie het nooit helemaal zullen kunnen afsluiten, maar misschien kan het u enige mate van rust geven.'

'En die andere zaak?' vroeg Pearlman. 'Heeft hij die vrouw ontmoet of uitgekozen omdat hij voor mij langs de deuren ging?'

'Daar lijkt het wel op,' zei Ballard.

Het was even stil; toen nam Hastings het woord.

'Dit mag niet terug te voeren zijn tot het raadslid,' zei hij.

'Ik snap niet helemaal waar u heen wilt,' zei Ballard.

'Dat laatste, inspecteur,' zei Hastings. 'Er is geen bewijs dat Rawls Laura Wilson heeft ontmoet of als slachtoffer heeft uitgezocht terwijl hij campagne voerde voor een kandidaat. Jullie hebben een campagnebutton die ze overal vandaan kan hebben gehad. Dat is een vermoeden, en dat mag niet in de media terechtkomen. Als je baas ervoor kiest dat te vertellen, dan kunnen jullie naar onze steun fluiten.'

'Ik zal de boodschap overbrengen aan de afdeling communicatie,' zei Ballard. 'Zij sturen het persbericht uit na het praatje van de hoofdcommissaris.'

‘Hoe gaan jullie om met het feit dat Rawls in het coldcaseteam werd opgenomen?’ vroeg Hastings.

‘Hoe bedoelt u?’ vroeg Ballard.

‘Ik denk dat je er wel op kunt rekenen dat de een of andere wakkere verslaggever zich afvraagt hoe Rawls in het team is beland,’ zei Hastings. ‘En daar vloeit vanzelf de vraag uit voort wat voor achtergrondonderzoek er naar hem is gedaan.’

‘Tja, ik ga er eigenlijk van uit dat zo’n vraag niet bij mij terechtkomt,’ zei Ballard. ‘Maar mocht dat wel zo zijn, dan ga ik er niet tegen de media of wie dan ook over liegen. U hebt me gezegd dat het raadslid hem in het team wilde. Ik heb het met mijn hoofdinspecteur overlegd en we hebben gedaan wat ons gevraagd werd. Ik heb uw e-mails nog.’

Ze wilde duidelijk maken dat het als een boemerang bij hem terug zou komen als hij probeerde om haar of het LAPD voor de bus te gooien.

‘Ja, die e-mails kwamen van mij,’ zei Hastings. ‘Ik was degene die gevraagd heeft hem in het team op te nemen. Niet het raadslid. Dat is de waarheid en bij vragen is dat het enige wat je moet vertellen.’

Hastings was dus bereid zichzelf voor de bus te gooien om Pearlman uit de wind te houden. Ballard besefte dat dat moed vergde – iets wat je niet vaak in de politiek tegenkwam. Ze kreeg meteen meer respect voor Hastings.

‘Ik begrijp het,’ zei ze.

‘Wanneer houdt de commissaris zijn persco?’ vroeg Ford.

‘Om vier uur,’ zei Ballard.

‘Dan moeten we er meteen zelf eentje achteraan houden,’ zei Ford. ‘Zodat we nog in dezelfde nieuwscyclus meedraaien.’

‘Uitstekend idee,’ zei Hastings. ‘Nog één vraag voor jou, inspecteur. Ben je bereid om daarbij aan te schuiven en te verklaren dat de moordenaar kon worden gevonden en deze twee zaken konden worden opgelost dankzij de inspanningen van het raadslid om de eenheid Cold Cases nieuw leven in te blazen?’

'Daar moet ik toestemming van het bureau voor hebben,' zei Ballard.

'Als je dat wilt regelen, graag,' zei Hastings. 'We hebben je er graag bij, en je zult ongetwijfeld je dank willen betuigen aan degene die ervoor gezorgd heeft dat jullie eenheid na al die jaren weer in ere is hersteld.'

'Ik zal het bij de hoofdinspecteur aankaarten en dan laat ik het weten,' zei Ballard.

Ze had het gevoel dat de bijeenkomst hiermee afgelopen was en stond op. Pearlman leek wakker te schieten uit een soort verdoving en stond ook op. Toen zag Ballard dat zijn gezicht betraand was. Terwijl zij had zitten steggelen met Hastings en Ford had Pearlman blijkbaar zitten denken aan het zusje dat hij verloren was en dat hij moest leven met het feit dat het een bekende was – een vriend zelfs – die haar vermoord had.

'Dank je wel, inspecteur,' zei hij. 'Toen ik aandrong op de terugkeer van de eenheid was dat omdat ik wilde dat de zaak van mijn zus niet vergeten zou worden. Dat we de zaak hebben opgelost bevestigt alles wat ik gezegd heb over het belang ervan. Die boodschap wil ik in mijn persconferentie uitdragen. Ik kan je niet genoeg bedanken, en dat zal ik zeker ook zeggen. Ik hoop dat je erbij wilt zijn.'

Ballard schudde zijn uitgestoken hand.

'Dank u wel,' zei ze.

Terwijl ze van het gemeentehuis over Spring Street terug naar het hoofdbureau liep overdacht Ballard de antwoorden die ze tijdens die intense ontmoeting had gegeven, en ze kwam tot de conclusie dat ze het er goed van af had gebracht. Ze was absoluut niet van plan om naast raadslid Pearlman plaats te nemen bij zijn persconferentie – toestemming of geen toestemming – zelfs niet als hij haar en haar eenheid de hemel in zou prijzen. Zo'n verstrengeling van politiek en politiewerk kon alleen maar tot een ramp leiden. En daar paste ze voor.

Toen ze op het hoofdbureau aankwam zag ze dat er een handjevol tv-ploegen had postgevat tegenover een katheder met een grote goudkleurige replica van de LAPD-badge erop. Op die badge stond een afbeelding van het stadhuis, het iconische gebouw waar Ballard zojuist vandaan kwam – 'Old Faithful' werd het genoemd door degenen die het Civic Center bevolkten. Wanneer de hoofdcommissaris achter de katheder zou plaatsnemen voor de persconferentie zou de reflectie van de zevenentwintig verdiepingen hoge toren te zien zijn in de glazen gevel van het hoofdbureau achter hem, als impliciete waarschuwing dat politiek en politiewerk nooit echt van elkaar gescheiden zijn.

Met haar badge verkreeg Ballard toegang tot het gebouw. Ze nam de lift naar de negende verdieping. Er was een pre-persconferentievergadering gepland in het kantoor van de afdeling communicatie, dat in dezelfde gang zat als het kantoor van de hoofdcommissaris.

De woordvoerder van de hoofdcommissaris was een burger en voormalig verslaggever voor *Channel 5 News*, die Ramon Rivera heette. Hij verwelkomde Ballard in het kantoor en ze was verbaasd daar ook de hoofdcommissaris te zien zitten. Ze waren de verklaring aan het doornemen die hij bij de persconferentie zou voorlezen. Een kopie ervan zou worden uitgedeeld aan de mensen van de pers.

Ballard ging zitten en Rivera gaf haar een exemplaar. De verklaring bestond uit de bijzonderheden van de zaak die Ballard tijdens een eerder telefoongesprek aan Rivera had doorgegeven. Het was een nauwgezette weergave van de feiten. Dat zou het gemakkelijkste deel van de persconferentie worden. Het moeilijkst was het om te voorzien welke vragen zouden worden gesteld en te besluiten wat voor antwoord erop gegeven moest worden.

Een jaar eerder had de hoofdcommissaris er bij Ballard op aangedrongen om weer terug op het bureau te komen, nadat ze gefrustreerd ontslag had genomen. Zijn belofte dat ze zelf haar functie mocht kiezen lag aan de basis van haar huidige baan als hoofd van de opnieuw opgerichte eenheid Cold Cases. Nu stelde hij haar de vragen waarvan hij verwachtte dat de verzamelde media ze hem naar het hoofd zouden werpen zodra hij klaar was met het voorlezen van de verklaring.

'Waarom was Bosch alleen toen hij Rawls volgde?' vroeg hij.

'Hem volgen was eigenlijk niet het plan,' zei Ballard. 'Maar er zat niets anders op. Bosch zag Rawls' auto voor zijn winkel staan. Hij hield de wacht terwijl ik naar een rechter was om een huiszoekingsbevel ondertekend te krijgen. Toen Rawls wegging voordat ik er was had Bosch geen andere keuze dan in z'n eentje achter hem aan te gaan. Het is niet duidelijk of Rawls meteen al doorhad dat hij gevolgd werd of dat hij de auto van Bosch onderweg herkende.'

'Ben jij degene die Bosch aannam in de eenheid Cold Cases?'

'Inderdaad. Hij is de meest ervaren rechercheur in het team.'

'Wist je van de problemen die hij gehad had toen hij nog bij het bureau werkte?'

'Problemen?'

'Hij is eerder betrokken geweest bij verschillende schietpartijen. Hij is met ruzie bij het bureau weggegaan. Je zou kunnen zeggen dat hij zelf met pensioen is gegaan voordat ze de kans kregen hem eruit te zetten.'

'Daar wist ik wel wat van, ja. Maar ik wilde een team samenstellen met de beste vrijwilligers die ik kon vinden, en hij stond boven aan mijn lijstje. Deze zaak hebben we vooral dankzij zijn inspanningen kunnen oplossen.'

'Wat zou je ervan vinden als we hem uit het team halen?'

'Daar snap ik niets van. Dankzij zijn werk hebben we Rawls ontmaskerd en nu wilt u hem op straat zetten?'

'Dat zeg ik niet. Althans, nog niet. Maar we krijgen wel een probleem met het imago van de eenheid wanneer naar buiten komt dat een van de mensen die je ervoor hebt geselecteerd een moordenaar bleek te zijn. Je zult het met me eens zijn dat dat er niet goed uitziet, inspecteur Ballard. En ik vraag me af of we niet een frisse start moeten maken.'

'Bedoelt u schoon schip maken?'

'Bij gebrek aan een betere formulering.'

'Dan wil ik wel even kwijt dat ik Rawls niet geselecteerd heb. Hij werd ons opgedrongen door het kantoor van Pearlman. Ik wilde

Rawls niet, maar de chef-staf van raadslid Pearlman zorgde ervoor dat ik hem moest aannemen. Ik heb het daar met hoofdinspecteur Gandle over gehad en we besloten hem te nemen om de verstandhouding met Pearlman goed te houden. Maar ik zie niet in waarom de boel moet worden schoongeveegd. We hebben een goed team. We hebben een voormalige substituut-officier van justitie, die ons juridische klankbord is, een expert in de forensische genetische genealogie, en nog een aantal zeer bekwame rechercheurs, met Harry Bosch als beste van het stel.'

'Oké, dan moeten we dat maar even opzijleggen en beneden de media te woord gaan staan. Laten we eerst maar zien hoe dat gaat voordat we dat soort beslissingen nemen.'

Maar op de een of andere manier had Ballard het gevoel dat het besluit al genomen was. De hoofdcommissaris stond op en Rivera ook.

'Ik haal even de perscommuniqués uit de printer,' zei hij.

Toen Rivera de kamer uit was stond Ballard op en keek de hoofdcommissaris aan.

'Meneer, als u besluit dat er een nieuwe eenheid moet komen, dan zult u dat zonder mij moeten doen. Als Harry Bosch weg moet, ben ik ook weg.'

De hoofdcommissaris keek haar lang aan voordat hij reageerde.

'Is dat een dreigement, inspecteur Ballard?' vroeg hij.

'Helemaal niet,' zei Ballard. 'Ik vertel u alleen maar hoe de feiten ervoor staan. Als hij vertrekt ga ik ook.'

'Duidelijk. Maar laten we niet op de zaken vooruitlopen. Eerst maar eens zien hoe het gaat, en dan kunnen we daarna over de toekomst nadenken.'

'Jawel, meneer.'

40

De persconferentie van het LAPD werd live uitgezonden in het vieruurjournaal van KCAL. Bosch zat er thuis naar te kijken en keek met open mond toe hoe de hoofdcommissaris het verhaal van Ted Rawls met zo veel gezag kon brengen en toch zo veel saillante details wist achter te houden. De draai die hij eraan gaf was dat het pas opgerichte coldcaseteam via DNA-onderzoek een seriemoordenaar had opgespoord die zichzelf om het leven bracht op het moment dat leden van de eenheid hem te dicht op de hielen kwamen. Niet vermeld werd het feit dat de moordenaar zelf lid van diezelfde eenheid was geweest, of dat hij in die eenheid terecht was gekomen op voorspraak van raadslid Jake Pearlman, zijn goede vriend. Rawls werd eenvoudigweg beschreven als een man die zijn brood verdiende met een keten kleine bedrijfjes. De namen van de rechercheurs van de eenheid Cold Cases werden niet genoemd en Renée Ballard, die achter haar baas op het podium stond, werd niet gevraagd haar zegje te doen. De hoofdcommissaris rondde af met een vijf minuten lange voorlezing van een vooraf opgestelde verklaring, waarin de eenheid met Ballard aan het hoofd met lof werd overladen. De strekking van het hele verhaal was dat er weer een seriemoordenaar was uitgeschakeld dankzij het harde werk en de toewijding van het coldcaseteam plus de vooruitziende blik van de bestuurders die de eerder opgedoekte eenheid weer in ere hadden hersteld.

Kennelijk had de hoofdcommissaris er voldoende vertrouwen in dat zijn versie van dit verhaal vol halve waarheden geslikt zou worden, want hij zei nu nog enkele vragen te willen beantwoorden. En dat pakte helaas verkeerd uit. De eerste vraag was een inkoppertje over waarom hij besloten had het coldcaseteam weer nieuw leven in te blazen. Maar de tweede vraag zette hem op het verkeerde been en trof meteen doel.

'Volgens mijn bronnen was de rechercheur die in een vuurgevecht met Rawls terechtkwam voordat die zichzelf van het leven beroofde, niemand minder dan Harry Bosch. Voordat hij het bureau verliet was Bosch betrokken bij verschillende schietincidenten. Nu is hij dus weer terug, en mijn vraag is dan ook: was u geraadpleegd en stemde u in met het feit dat Bosch bij het team kwam?'

De vrouw die de vraag gesteld had was niet in beeld omdat de camera op het podium en de hoofdcommissaris gericht stond. Maar Bosch dacht een licht Caribisch accent te herkennen.

De hoofdcommissaris probeerde een afleidingsmanoeuvre.

'Zoals ik al in mijn verklaring zei, zijn er aspecten aan het onderzoek die nog in volle gang zijn. Een daarvan is het schietincident waarbij een agent betrokken was, en ik kan geen commentaar geven op wat momenteel nog een lopend onderzoek is en bovendien een persoonlijke aangelegenheid. Dat zou ongepast zijn. Rest mij te zeggen dat ons interne onderzoek volledig en onafhankelijk zal worden beoordeeld door het openbaar ministerie, zoals het protocol in dergelijke gevallen voorschrijft.'

Op het moment dat de hoofdcommissaris zijn arm opstak om een andere verslaggever de beurt te geven vuurde de vorige vragensteller met luide stem een tweede vraag op hem af.

'In de rechtbankverslagen van eerdere schietincidenten waar Harry Bosch bij betrokken was werd hij als "schietgraag" omschreven. Heeft dat meegewogen bij de beslissing om hem in deze eenheid op te nemen?'

Bij het woord 'schietgraag' knipperde de hoofdcommissaris met zijn ogen.

'Dat, eh... is mij niet bekend,' zei hij. 'Zoals ik zojuist al zei geef ik op dit moment geen commentaar over het schietincident met een agent. Dat was het voor vandaag.'

Snel verliet hij het podium en vertrok in de richting van het plein naar de veiligheid van het hoofdbureau. Op de vragen die nog achter hem aan geroepen werden reageerde hij niet. Ballard en een klein groepje mediarelaties volgden in zijn kielzog. Bosch had op Ballard gelet toen ze achter de hoofdcommissaris aan liep. De afschuw was duidelijk van haar gezicht af te lezen.

Ballard had Bosch het rooster van de persconferenties geappt, dus hij wist dat hij om vijf uur van KCAL, dat verderging met een andere programmering, moest overschakelen naar KNBC News, dat een live-uitzending had met raadslid Pearlman op de granieten trap van het gemeentehuis achter een met het zegel van de stad opgeluisterd podium.

In een korte toespraak prees Pearlman het werk van de eenheid Cold Cases, waarbij hij aanstipte dat zijn team een sleutelrol had vervuld bij de nieuwe oprichting ervan. Ook zei hij dat de identificatie van Rawls als de moordenaar van zijn zus en Laura Wilson niet betekende dat zijn familie het kon afsluiten, maar wel dat de wonden van het verleden hopelijk eindelijk verbonden konden worden nu ze de waarheid kenden.

Ook hij liet vele belangrijke feiten achterwege – bijvoorbeeld dat hij en zijn chef-staf Rawls hadden geparachuteerd in de eenheid die hem als moordenaar had ontmaskerd. Ook verzuimde hij te vermelden dat Rawls waarschijnlijk Laura Wilson als slachtoffer had uitgekozen toen hij in 2005 de deuren langsging voor Pearlman, die voor het eerst een gooi deed naar een zetel.

Na zijn korte verklaring zei hij dat er geen gelegenheid was tot het stellen van vragen en verzocht hij zijn privacy en die van zijn familie te respecteren. Bosch zag dat laatste vooral als een handige manier om vragen te vermijden die hem op politieke schade zouden kunnen komen te staan.

Hij zette de tv uit en bedacht dat de waarheid altijd door de mensen met macht gemanipuleerd werd. Het zat hem dwars dat hij dingen wist die eigenlijk niet geheim zouden moeten blijven.

Zijn telefoon zoemde, maar hij was niet van plan verslaggevers te woord te staan. Toen herkende hij het kengetal van Chicago en nam toch op.

'Mevrouw Wilson?'

'Inspecteur Bosch, sorry dat ik u stoor.'

'U stoort niet, hoor. Heeft inspecteur Ballard u gebeld?'

'Inderdaad. Ze heeft me verteld wat er gebeurd is en dat de man die mijn Laura vermoord heeft dood is.'

'Ja, hij sloeg de hand aan zichzelf toen het net zich om hem begon te sluiten. Heel spijtig. Ik had... we hadden hem liever levend te pakken gekregen zodat hij zijn straf niet zou ontlopen.'

'Het hoeft u niet te spijten. Ik denk dat hij wel gestraft wordt. In de hel.'

'Jawel, mevrouw.'

'Zeg maar Juanita.'

'Juanita.'

'Ik belde om u te bedanken voor wat u hebt gedaan. Inspecteur Ballard heeft het me verteld. Ik hoop dat het goed met u gaat en dat u spoedig herstelt.'

'Het gaat best, Juanita.'

'En ik wilde u bedanken voor de antwoorden. Ik had u verteld dat ik nog probeerde te wachten tot ik antwoorden had.'

'Dat snap ik.'

'Dankzij u en inspecteur Ballard kan ik nu loslaten... zodat ik bij Laura en mijn man kan zijn.'

Bosch wist niet zo goed wat hij moest zeggen. Hij wist dat bijna iedereen wel ergens in geloofde en hoopte dat er niet alleen maar één grote leegte aan het einde was.

'Ik begrijp het,' zei hij.

Meteen voelde hij hoe ontoereikend zijn reactie was.

‘Ik neem nu afscheid,’ zei Juanita. ‘Nogmaals bedankt, inspecteur Bosch.’

‘Harry.’

‘Dank je wel, Harry. Vaarwel.’

‘Vaarwel, Juanita.’

Bosch kneep de telefoon bijna fijn bij de gedachte aan Juanita, die jarenlang op antwoorden had gewacht en uiteindelijk nóg niet de volledige waarheid te horen kreeg. Diep binnen in hem welde er een grote golf van woede op.

Bosch zocht op zijn telefoon een nummer en toetste dat vervolgens in. Toen er werd opgenomen vroeg hij naar de verslaggever van wie hij de stem had herkend tijdens de persconferentie van het LAPD. Terwijl hij wachtte tot hij werd doorverbonden schoof hij de terrasdeur open en hinkte naar buiten. Recht tegenover Cahuenga Pass kon hij van opzij de Hollywood-letters zien. Hij staarde ernaar en hoorde toen een stem met een licht Caribisch accent.

‘Keisha Russell, wat kan ik voor u doen?’

‘Je hebt me “schietgraag” genoemd in een live-uitzending op tv.’

‘Harry Bosch. Lang geleden.’

De manier waarop ze zijn naam zei herinnerde hij zich nog van vroeger. Het klonk alsof ze een hap uit een frisse appel nam.

‘Ik dacht dat jij politiek verslaggever was in D.C.’

‘Ik werd de winters zat. En bovendien werd het Capitool vorig jaar bijna mijn dood. Ik besloot dat het tijd werd om terug te gaan naar mijn eerste liefde, de misdaadverslaggeving.’

‘Je zou zeggen dat je als politiek verslaggever ook aan misdaadverslaggeving deed.’

‘Heel grappig. En grappig dat jij mij nu belt. Ik wilde jou al bellen maar kon niemand vinden die me je nummer wilde geven. Bel je alleen om te klagen of heb je ook nog iets te zeggen?’

Bosch overwoog nog heel even om het erbij te laten zitten en zijn mond te houden. Maar hij zette door.

‘Je wordt gebruikt,’ zei hij. ‘De vorige keer dat je meedraaide was je slimmer.’

'O ja?' vroeg Russell. 'Gebruikt door wie?'

'Degenen die je vertelden dat ik de schutter was. Ze hebben je over mij verteld, maar dat is maar de helft van het verhaal. Ze vinden het belangrijker om mij weg te werken dan dat de hele waarheid aan het licht komt.'

'Is dit een officieel gesprek?'

'Nog niet.'

'Dan ga ik ophangen. Ik heb een deadline. Als je wilt afspreken nadat ik mijn artikel heb ingestuurd sta ik daar zeker voor open. Het is alweer zo'n tijd geleden. Misschien kunnen we wat drinken en dan kun jij me bijpraten over wie wie is op de apenrots.'

Dat was een oude uitdrukking bij het LAPD, handig om te weten wanneer je een Code 3 (zwaailicht en sirene toegestaan) over de radio beantwoordde, even nuttig als in de krochten van de bureaupolitiek duiken. Stap één was: beoordelen wie wie was op de apenrots.

'Misschien zodra alles een beetje geluwd is,' zei Bosch. 'Als ik er dan nog ben.'

'Dat zou me niets verbazen,' zei Russell. 'Schietgraag of niet, je bent in ieder geval een overlever. Is er nog iets waarvan je denkt dat ik het moet weten voordat ik mijn verhaal doorbel?'

'Je hebt maar een half verhaal nu.'

'Vertel me dan welke helft ik nog mis.'

'Dat is niet aan mij.'

'En als ik je nu wat minder schietgraag noem en het toespits op wat er zondag is gebeurd? Noem het een gunst. Wat kun jij dan voor mij doen?'

'Waar had je dat vandaan?'

'Dat schietgrage? Dat moest wel van ver komen. Het was een citaat van Honey Chandler uit een verzoek dat ze ooit in de jaren negentig bij de rechter indiende. Ken je haar nog? Ze zei letterlijk: "Bosch is schietgraag. Hij schiet eerst en stelt dan pas vragen." Ook noemde ze je een cowboy. Dat vind ik mooi en dat ga ik zeker in mijn artikel gebruiken.'

Er flitste een herinnering aan deze burgerrechtenadvocaat voorbij uit de tijd toen ze nog niet vermoord was door iemand die indruk op Bosch had willen maken. Honey Chandler was Bosch' nemesis geweest en hij twijfelde er niet aan dat ze hem in een van haar documenten, of zelfs in de rechtbank, als schietgraag had bestempeld, maar uiteindelijk had hij wel respect voor haar gehad.

Hij keek omlaag naar de snelweg onder aan de pas. De spits had het verkeer volledig lamgelegd.

'Ja,' zei hij. 'Ik herinner me Chandler nog wel. Zoals ik me jou herinner als verslaggever die alles als eerste wilde hebben, maar er ook niet naast wilde zitten.'

'Dat is onder de gordel, Harry. De boodschapper krijgt altijd de schuld. Maar nu vraag ik je om me te helpen het goed te doen. Als jij dat niet wilt, aan wie ligt het dan?'

Bosch aarzelde heel even voordat hij iets zei.

'Er zat een vos in de kippenren, Keisha.'

Er volgde een lange stilte voordat Russell antwoordde.

'Wat bedoel je daar mee?' vroeg ze.

'Je hebt dit niet van mij,' zei Bosch. 'Je moet het ergens anders bevestigd krijgen. Rawls was de vos.'

'Je spreekt in raadselen. Over wat voor kippenren hebben we het?'

'Rawls was vrijwilliger bij de eenheid. Hij werkte aan de zaken-Pearlman en -Wilson. Samen met ons.'

'De eenheid Cold Cases – neem je me in de maling?'

'Was het maar waar.'

'En dat proberen ze stil te houden om niet in verlegenheid te worden gebracht.'

'Je wilde weten wie wie is op de apenrots.'

'Dus als ik het goed begrijp heeft Renée Ballard een seriemoordenaar in haar eigen coldcaseteam gezet?'

'Nee. Het was niet haar beslissing. Zij was er niet voor.'

'Wie dan wel?'

'Misschien moet je eens met Nelson Hastings van het bureau van het raadslid bellen en hem die vraag stellen.'

Bosch kon Russell horen lachen, ondanks het feit dat ze haar hand over de telefoon had gelegd. Toen was ze er weer.

'Godsamme, dit is te mooi om waar te zijn,' zei ze.

'Vergeet niet het zelf bevestigd te krijgen,' zei Bosch. 'Je hebt het niet van mij.'

'Geen zorgen, Harry. Dat zal ik doen. Vertrouw je me? Dat deed je vroeger wel.'

'Dat is lang geleden. Ik weet of ik je kan vertrouwen als ik morgen de krant lees.'

'Zo is het. En daarna gaan we wat drinken.'

'Als je dit goed doet trakteer ik.'

'Deal. Nu moet ik echt ophangen. De deadline is over een uur en dankzij jou heb ik nog heel wat te doen.'

'Goede jacht.'

Bosch verbrak de verbinding en keek opnieuw omlaag naar de weg. Geen beweging te bekennen. De aderen van de stad zaten totaal verstopt.

41

Ballard wilde als eerste op het werk zijn, maar toen ze de archiefruimte binnenkwam hoorde ze het ritmische mechanische geluid van het kopieerapparaat dat bladzijde na bladzijde kopieerde. Ze keek in het printerhok en zag dat Bosch papieren in een ringband stond te doen, terwijl er nog meer vellen uit het apparaat rolden.

'Harry, wat doe jij hier?'

Hij keek haar een lang ogenblik aan voordat hij antwoordde.

'Eh, ik werk hier. Tenzij ik ontslagen ben en ze me nog niks verteld hebben.'

'Nee, ik bedoelde: ik dacht dat je even rustig aan zou doen. Om bij te komen.'

'Twee dagen was genoeg. Het gaat best.'

'De laatste keer dat ik je zag, zag je knie er anders best nog wiebelig uit.'

'Ik heb zo'n elastische kous gekocht bij de CVS. Die werkt behoorlijk goed. Maar je wilt niet weten wat voor striemen ik er op mijn benen aan overhoud.'

Ballard stapte naar binnen en keek naar de map. Het was duidelijk dat hij een moorddossier aan het samenstellen was.

'En, wat is dit?' vroeg ze.

'Ik kopieer de bestanden die ik nog niet had van de zaak-Gezin Gallagher,' zei hij. 'Ik ga daar weer mee verder.'

'En waarom maak je kopieën terwijl je de dossiers hier hebt?'

'Dat weet je best, Renée.'

Ballard zette de doos die ze bij zich had op een tafel naast de map die Bosch aan het vullen was.

'Kom op, Harry. Waar ben je mee bezig?'

'Luister, ik ben al lang niet meer op het bureau geweest, maar ik weet nog wel hoe je de tekenen aan de wand moet lezen. Ze gaan jou vertellen dat je van me af moet. En dat is prima. Ik wil niet voor nog meer problemen zorgen. Maar als ik wegga, wie gaat hier dan mee aan de slag?'

Hij wees naar de map.

'Dus ik dacht: ik neem het mee,' zei hij. 'En blijf eraan werken. Ik bel je wel zodra ik McShane gevonden heb.'

'Harry, ik zal eerlijk zijn en niet doen alsof er geen vuiltje aan de lucht is,' zei Ballard. 'Maar ik heb ze verteld dat als jij gaat, ik ook ga. Dat heb ik de baas in zijn gezicht gezegd.'

Bosch knikte.

'Dat stel ik op prijs,' zei hij. 'Maar dat had je niet hoeven doen. Ze doen toch hun zin.'

'We zullen zien,' zei Ballard.

'Ja, en waarschijnlijk vrij snel.'

'Wat er vanmorgen in de *L.A. Times* stond helpt ook niet echt. Heb je het gelezen?'

'Ik lees de *L.A. Times* niet.'

'Er stond van alles in wat niet tijdens de persconferentie is gezegd.'

'Zo zijn ze.'

'Die verslaggever, Keisha Russell, ken jij die?'

'Eh, ja, maar het laatste wat ik van haar hoorde was dat ze naar Washington ging. Dat was, ik weet niet, een hele tijd geleden. Jaren. Het verbaast me dat ze nog meedraait.'

'Dat niet alleen, ze heeft ook alles op straat gegooid. Dat Rawls in de eenheid zat en daar neergezet was door het kantoor van raadslid Pearlman. Daarom ben ik hier zo vroeg. Omdat Nelson Hastings me vanmorgen om zes uur al uit bed belde.'

'Hij zal wel nijdig geweest zijn. Is dat de doos uit Rawls' auto?'

'Hij was nijdig en is dat nog steeds. En begin niet ergens anders over. Ik weet niet wie dit allemaal aan Russell verteld heeft, maar het heeft mij flink in de problemen gebracht.'

Het kopieerapparaat was klaar en ineens was het stil.

'Dat vind ik echt heel vervelend,' zei Bosch uiteindelijk. 'Werd er niemand genoemd in dat artikel?'

'"Volgens bronnen", werd er gezegd,' zei Ballard. 'En Nelson denkt dat ik een van die bronnen ben. Die Russell heeft me inderdaad gebeld. Drie keer zelfs. Maar ik heb haar nooit gesproken, ik heb niet eens teruggebeld om te vragen hoe ze aan mijn nummer kwam en te zeggen dat ik geen fucking commentaar had. Ik heb er een bloedhekel aan om de schuld te krijgen van iets wat ik niet gedaan heb.'

'Ik ken het gevoel. Rot voor je. Maar het is denk ik wel goed dat het publiek het weet. Toch?'

'Niet als ze de eenheid weer opdoeken. Wat Pearlman heeft gegeven kan hij ook weer terugnemen. En waarom niet? De zaak van zijn zus is opgelost. Hij heeft gekregen wat hij wilde.'

'Denk je echt dat ze de boel opdoeken vanwege Rawls?'

'Jij en ik hebben slechtere besluiten genomen zien worden. Daarom kun je Gallagher wel even vergeten.'

'Hoezo?'

Ballard pakte de doos weer op en liep naar de deur.

'Rawls heeft nog steeds de hoogste prioriteit,' zei ze. 'Als we hem in verband brengen met nog meer zaken en die oplossen, dan schrijven ze ons misschien niet af. En als ze dat alsnog proberen kan iemand dát misschien naar Keisha Russell lekken. Dat zet hen in een kwaad daglicht en dan zullen ze wel inbinden.'

Ballard liep het printerhok uit. Ze twijfelde er niet aan dat Bosch achter het verhaal in de *L.A. Times* zat. Die ochtend om zes uur had Hastings de naam van de verslaggever door de telefoon in haar oor getetterd. Die naam zei haar niets, dus was ze op de site van de *L.A. Times* gaan zoeken naar eerdere artikelen van Russell en ontdekte ze dat zij in de jaren negentig politiezaken gedaan had. Verschillende van haar artikelen gingen over zaken die werden geleid door een rechercheur met de naam Harry Bosch. Ze ergerde zich aan Bosch. Niet per se om wat hij had gedaan – ze moest erkennen dat het bureau het hele verhaal sowieso naar buiten had moeten brengen. Ze had alleen liever gehad dat hij er eerst mee naar haar gekomen was en dat ze dan samen een plannetje hadden kunnen smeden.

Ze nam de doos mee de verhoorkamer in. Het duurde nog meer dan een uur voordat de andere rechercheurs begonnen binnen te druppelen. Tegen die tijd zaten Ballard en Bosch allang weer op hun eigen werkplekken, Bosch met zijn hoofd gebogen, maar Ballard wist dat hij er was. Colleen Hatteras was de eerste van de anderen die zich op het werk meldden, en ze begon meteen vragen op Ballard en Bosch af te vuren over Rawls, de schietpartij en andere aspecten van de zaak. Ook zij had het over het artikel in de *L.A. Times*, maar zij had vooral veel vragen omdat het de eerste dag was dat Ballard weer op Ahmanson was sinds het vuurgevecht van zondag. Ballard had maandag en dinsdag op het hoofdbureau gewerkt om gemakkelijker bereikbaar te zijn voor de onderzoekers van de afdeling Interne Zaken, de pr-mensen en de directie.

'Wacht even, Colleen,' zei Ballard. 'Ik wil niet vier keer hetzelfde verhaal vertellen. Laten we even wachten tot iedereen er is. Dan zal ik alles vertellen wat ik weet en bespreken waar iedereen deze week aan moet werken. Oké?'

'Oké,' zei Hatteras. 'Dat begrijp ik. Maar voor de volledigheid wil ik wel even gezegd hebben dat ik een heel slecht gevoel had over Ted Rawls. Ik wilde er niets van zeggen omdat hij een collega was. Maar ik voelde het wanneer hij er was: een superduister aura. Ik moet toegeven dat ik eerst dacht dat het bij Harry vandaan kwam, maar nu weet ik het. Het kwam absoluut van Ted.'

'Godzijdank,' zei Bosch. 'Het is een hele opluchting dat ik geen superduister aura heb.'

Ballard hoorde het Bosch zeggen maar kon hem niet zien vanwege het scheidingswandje. Ze boog zich over haar bureau heen zodat Hatteras haar niet kon zien glimlachen om de repliek van Bosch. Toen werd ze weer serieus.

'Eh, weet je, Colleen?' vroeg ze. 'Ik ga een evaluatierapport opstellen over Rawls en alles wat ermee samenhangt. Dus wil ik niet dat je ophoudt met je IGG-werk. Ga er vooral mee door en kijk of je genealogische verbanden kunt leggen. Als we de waarde daarvan in deze zaak kunnen aantonen zal dat punten scoren bij de commandostaf, denk ik.'

'Komt voor elkaar, baas,' zei Hatteras. 'En nu we weten dat Rawls in de L.A.-tak van de stamboom zit kan ik beginnen andersom terug te werken.'

'Dat is goed, Colleen. Laat het me maar weten wanneer je eruit bent.'

'Check.'

Ballard rolde met haar ogen. Dat stopwoordje begon haar op de zenuwen te werken.

Om half negen waren Masser, Laffont en Aghzafi allemaal op hun plek aanwezig. Ballard stond op zodat iedereen haar kon zien.

'Oké mensen, luister even,' begon ze. 'Allereerst wil ik jullie allemaal bedanken dat jullie zo snel konden komen, want ik moest hiervoor het hele team bij elkaar hebben. We zijn nog niet klaar met wat nu de zaak-Ted Rawls is gaan heten. Nadat hij zichzelf afgelopen zondag van het leven beroofde werd er in zijn kofferbak een doos aangetroffen – en waarschijnlijk was die doos een van de redenen waarom hij er een eind aan maakte, want hij zit vol met persoonlijke spullen die wel eens van andere slachtoffers afkomstig zouden kunnen zijn. En dan heb ik het over sieraden, haarborstels, poederdoosjes, beeldjes en prulletjes – van alles en nog wat.'

'Souvenirs,' zei Hatteras ten overvloede.

'Ja, souvenirs,' zei Ballard. 'En ik wil dat we allemaal nadenken over wat we kunnen doen om die spullen in verband te brengen met andere slachtoffers. Het enige wat we zeker weten is dat hij in 1994

Sarah Pearlman heeft vermoord en in 2005 Laura Wilson. Daar zit een groot gat tussen. En er zit nog een groot gat tussen 2005 en afgelopen zondag, toen Rawls, dankzij Harry Bosch, onschadelijk werd gemaakt.'

'Bravo,' riep Masser.

Hij stond op en stak zijn hand over het tussenschot heen omhoog om Bosch een high five te geven. Bosch beantwoordde het gebaar, al was het in Ballards ogen halfslachtig en met tegenzin.

'Ik heb die spullen op tafel gelegd in de verhoorkamer,' vervolgde Ballard. 'Ik wil jullie vragen ze te bekijken, er een of twee uit te pikken en ermee aan het werk te gaan. Ik weet dat het vergezocht is, maar laten we kijken of we iets van die spullen aan een of meer zaken kunnen koppelen.'

Ze wees naar de archiefkasten waar alle onopgeloste zaken werden bewaard.

'We weten allemaal dat er heel wat families zijn die naar antwoorden zitten te snakken,' zei Ballard. 'Misschien dat jullie er een andere kijk op hebben, maar ik zou me focussen op de jaren tussen Pearlman en Wilson. We weten dat Rawls na Wilson ziek is geworden en een niertransplantatie heeft ondergaan. Mogelijk is hij daarna opgehouden met moorden. Maar ik denk dat hij wel actief geweest kan zijn in de jaren tussen die twee moorden. Ik heb Pearlman uitgenodigd om naar die spullen te komen kijken, voor het geval hij misschien iets herkent dat van zijn zus is geweest, maar het is de vraag of hij daar gehoor aan zal geven. In de tussentijd heb ik gisteren alles in aparte zakjes gedaan, nadat het lab monsters had genomen en naar vingerafdrukken had gezocht. Wat er op tafel ligt zijn spullen waar geen verder forensisch onderzoek meer naar nodig is. Nog vragen?'

Laffont stak zijn hand op alsof hij weer op school zat.

'Tom?' zei Ballard.

'Hoe zit het met zijn huis en zijn kantoor?' vroeg Laffont. 'Is daar nog iets aangetroffen?'

'Goede vraag,' zei Ballard. 'Ik ben maandag samen met rechercheurs van de afdeling Interne Zaken en de afdeling Zware Criminaliteit bijna de hele dag bezig geweest met het doorzoeken van zijn huis, zijn kantoor en een opslageenheid die hij huurde, maar we hebben niets gevonden. De meesten van jullie weten waarschijnlijk wel dat hij getrouwd was en een dochtertje had. Het ziet ernaar uit dat hij dat deel van zijn leven totaal gescheiden hield van zijn andere bezigheden. Het hoeft dan ook geen betoog dat vrouw en kind volledig in shock zijn. Het lijkt erop dat Rawls zijn souvenirs in zijn kantoor in Santa Monica bewaarde en daarom daar zondag ook was: om ze op te halen en te vertrekken. In de auto lag een gepakte koffer. Hij stond op het punt ervandoor te gaan.'

'Enig idee waar hij naartoe ging?' vroeg Aghzafi.

'Momenteel niet,' zei Ballard. 'Op zijn telefoon, in zijn zakken en in de auto is niets gevonden dat een idee van zijn bestemming gaf. Hij had zijn paspoort in zijn zak, dus mogelijk Mexico of Canada. We denken dat hij 'm gewoon zo snel mogelijk probeerde te smeren zodra hij doorhad dat we hem op de hielen zaten.'

Ballard keek de kring rond en wachtte op nog meer vragen.

'Als dat het was kunnen we aan de slag,' zei ze. 'De olifant in de kamer is dat Rawls een van ons was, dus hebben we de publieke opinie tegen. Laten we daarom kijken of we daar verbetering in kunnen brengen door meer zaken op te lossen. We moeten ze laten zien wat we waard zijn.'

Ballard ging weer zitten terwijl de anderen opstonden om naar de verhoorkamer te gaan. Behalve Bosch. Hij wachtte tot de anderen een voor een de kamer in waren gegaan om de souvenirs te bekijken, en zei toen tegen Ballard van achter zijn tussenschot: 'Russell was degene die mij schietgraag noemde op de persconferentie,' zei hij. 'Dus sprak ik haar daarop aan. Ik wist niet dat ze terug was en weer politiezaken deed. Dus ik hoor haar ineens zeggen dat ze me schietgraag vindt, alleen maar om de baas op stang te jagen. En toen... flapte ik het eruit. Ik zei dat we een vos in de kippenren hadden, omdat ik uit die persconferentie wel had begrepen wat ze van plan waren. Ze zouden de rotzooi gewoon zoals altijd onder het tapijt vegen en… Het was ondoordacht, Renée. Ik had moeten bedenken dat jij ervoor zou opdraaien. Ik heb het verkloot. Sorry.'

Ballard gaf een knikje. Niet omdat Bosch had bevestigd wat ze al wist, maar omdat hij open kaart had gespeeld. Het vertrouwen dat ze kwijt dacht te zijn was weer hersteld.

'Het is wel goed, Harry,' zei ze. 'Ga nu maar achter de rest aan en zoek iets waarmee je een zaak voor ons kunt oplossen.'

'Komt voor de bakker, baas,' zei hij.

Ze glimlachte.

42

Bosch stond op en keek over het scheidingswandje naar Ballard. Ze zat aan haar computer te werken. Hij zag haar vingers razendsnel over het toetsenbord bewegen, maar kon niet op het scherm zien wat ze aan het doen was. Ze sprak hem aan zonder haar ogen van haar werk, of wat het ook was, te halen.

'Heb je iets gevonden waar je wat mee kunt?' vroeg ze.

'Nee, nog niet,' antwoordde Bosch. 'De anderen zijn nog bezig. Ik ga later wel kijken wat er over is. Ik zat er eigenlijk aan te denken om eerst eens naar Santa Monica te rijden.'

'Ik hoorde je aan de telefoon navraag doen naar een of ander ophaalschema. Heeft het daarmee te maken?'

'Ja. Er zit me iets dwars over wat Rawls zondag aan het doen was.'

Ballard keek nu op van haar scherm.

'Wat dan?' vroeg ze.

'Dat zal ik je vertellen,' zei Bosch. 'Toen ik zondag langs dat straatje reed en zijn auto achter de winkel zag staan stond de achterbak open en was hij nergens te bekennen.'

'Hij was binnen die souvenirs gaan halen.'

'Ja, dat denken we. En jij zei dat die doos met souvenirs na de schietpartij in de achterbak van zijn auto was gevonden, plus een koffer.'

'Inderdaad, die lag op de achterbank.'

'Oké, dus waarom had hij zijn achterbak opengedaan voordat hij de winkel in ging?'

Ballard haalde haar schouders op.

'Omdat hij wist dat hij met die doos naar buiten zou komen,' zei ze.

'Maar zou jij eerst de achterklep openzetten voordat je naar binnen ging?' vroeg Bosch. 'Of zou je wachten tot je met die doos naar buiten kwam?'

'Dat weet ik niet, Harry. Misschien denk je te ver door.'

'Misschien. Maar ik zag die doos pas toen jij er vandaag mee aan kwam zetten. Dus dat zette me aan het denken. Die doos is niet zo groot. Die zou makkelijk op de achterbank naast de koffer hebben gepast of op de passagiersstoel naast hem. Waarom wilde hij hem in de achterbak leggen?'

'Doet dat ertoe? Het is gewoon een van die dingen waar we nooit achter zullen komen. Iets waarvan we weten dat we het niet weten. Dat komt bij elke zaak voor.'

'Ja, maar wat als de achterklep openstond omdat hij er dingen uit aan het halen was? Wat als hij juist dingen aan het lozen was? Bewijzen, andere souvenirs. Stel, hij nam alles mee uit zijn huis of zijn opslageenheid, legde het in de kofferbak, reed naar zijn winkel, met een hele rij afvalcontainers in het achterafsteegje? Misschien zag ik hem daar niet omdat die containers mijn zicht blokkeerden.'

'Het ophaalschema. Zijn die afvalcontainers deze week al geleegd?'

'Dat gebeurt vrijdag pas.'

'Dus je gaat klikoduiken.'

'Als ik het niet doe gaat het aan me knagen.'

'Laat me deze e-mail even afmaken, dan kom ik met je mee. Het lijkt me geen goed idee dat jij met die ribben en die knie van je in containers gaat klimmen. En ik heb pakken in de auto liggen.'

Politieoveralls, begreep Bosch. De meeste rechercheurs hadden een paar laarzen en een overall in hun kofferbak liggen om aan te trekken op niet al te nette plaatsen delict.

‘Met mijn ribben en knie is niks mis,’ zei hij. ‘Maar we zullen wel een krukje of ladder nodig hebben – wie van ons er ook in gaat.’

‘Kijk anders even bij de onderhoudsdienst of we iets kunnen lenen,’ zei Ballard. ‘Ik verstuur deze e-mail en dan zie ik je op het parkeerterrein.’

‘Doen we.’

43

Ze waren de vierde van vijf containers aan het doorzoeken in het straatje achter Montana Shoppes & Suites. In de eerste drie containers hadden ze niets gevonden wat verband kon houden met Rawls of de zaak. Ballard stond in rubberlaarzen en een marineblauwe overall tot aan haar middel in een groene afvalcontainer achter een dameskledingwinkel. Het vuilnis vormde dus geen gevaar en was grotendeels droog. De eerste container die ze hadden doorzocht was gevuld met koffieprut en ander afval van het ontbijtcafé op de westhoek van het plein.

Voor elke klikoduik moest er drie dagen aan vuilnis worden afgegraven, want ze zochten iets wat Rawls op zondag zou kunnen hebben gedumpt.

'Hier zie ik niets,' zei Ballard.

Met een lange bezemsteel prikte ze in de onderste laag van de container. Bosch had die samen met een trapje van de onderhoudsdienst geleend.

'Oké, kom er dan maar uit,' zei Bosch.

Hij stak zijn hand naar haar uit. Ze trok één werkhandschoen uit, greep zijn hand, hees haar heupen op de stalen rand en zwaaide haar benen op de ladder. Bosch hielp haar omlaag.

'Wat ik allemaal niet voor je overheb, Harry,' zei ze.

'Hé, voor mij had je het niet hoeven doen,' zei Bosch. 'Maar als je het zat bent doe ik de laatste wel.'

'Nee, maak jij je kleren maar niet vuil. Ik loop je alleen maar te plagen omdat we nog niks gevonden hebben en ik het fucking heet heb in dit pak.'

Zodra ze van de ladder af stapte begon Bosch de vuilniszakken en andere troep die ze uit de bak hadden gehaald er weer terug in te gooien.

Ballard liep met het trapje onder haar arm naar de laatste container. Ze trok haar handschoen weer aan, klapte het zware plastic deksel open en begon de bovenste laag zakken en dozen af te graven. Het hoekpand aan de oostkant van de straat was van een grote interieurwinkel waar ze woonaccessoires verkochten, zoals lampen, kandelaars en andere prullaria. Het afval was als dat in de vorige container, in die zin dat het niet nat was, niet stonk en makkelijk uit te graven was. Het bestond voor het grootste deel uit verzenddozen met voorgevormde schuimverpakkingen en bubbeltjesplastic. Ook lagen er stukken van houten kratten.

Bosch kwam erbij en samen leegden ze snel de bovenste helft van de container. Alles wat eruit kwam gooiden ze op het asfalt.

'Niet te geloven dat er nog niemand naar buiten is gekomen om te vragen wat we in godsnaam aan het doen zijn,' zei Ballard.

'Misschien komt mijn vriend zo meteen nog langs, de boze huiseigenaar op Seventeenth Street,' zei Bosch.

'Wie?'

'Een of andere kerel uit de buurt. Ik stond zondag op zijn oprit te posten toen ik zat te wachten tot Rawls in beweging zou komen. Hij kwam naar buiten en deed een goeie Mrs. Kravitz-imitatie.'

'Mrs. Kravitz?'

'Die bemoeizuchtige buurvrouw uit *Bewitched*. Een oude serie uit de jaren zestig. Keek je nooit de herhalingen toen je klein was?'

'Voor mijn tijd, denk ik.'

'Jezus, ik ben echt oud.'

Nadat ze de eerste laag vuilnis hadden verwijderd klom Ballard op de ladder, zette haar handen op de rand van de container, zwaaide geroutineerd haar benen over de rand en liet zich in de bak vallen.

'Je wordt hier nog goed in,' zei Bosch. 'Over een paar jaar krijgen we de Olympische Spelen. Jij bent de Simone Biles van Moordzaken.'

'En jij bent een grappenmaker, Harry,' zei Ballard. 'Het is handig dat ik dit kan, maar ik hoop er nooit meer gebruik van te hoeven maken.'

Ze begon over de rand heen dozen aan te geven aan Bosch, die ze op de grond een plekje gaf.

Uiteindelijk vond ze een plek op de vloer waar ze haar voeten neer kon zetten en wat steviger stond om het zwaardere afval op te tillen. Ze richtte haar aandacht op een krat in de hoek. Er zat een beeld in van een moeder met kind met een barst in het gips van een paar centimeter breed. Ze probeerde het op te tillen maar bedacht dat het ding te zwaar zou zijn om over de rand aan Bosch aan te geven. Daarom wipte ze het een eindje op en duwde het opzij. Toen ze weer met de hoek verderging zag ze een gedeukte kartonnen doos die onder het krat met het beeld had gelegen.

'Harry,' zei ze, 'kom eens kijken.'

Ze hoorde zijn voeten zwaar neerkomen op de treden van de ladder en zag hem toen over de rand leunen.

'Voorzichtig met je knie,' zei ze.

Ze wees naar de doos in de hoek.

'Net zo'n doos als die in zijn kofferbak,' zei ze.

Ze trok haar handschoenen uit en stak ze onder haar arm. Toen haalde ze haar telefoon uit een ritszak in haar overall en opende de fotoapp. Ze nam drie foto's vanuit drie verschillende hoeken door eerst de ene kant op te buigen en vervolgens de andere. Toen zette ze de camera in de videostand en gaf de telefoon aan Bosch.

'Ik ga hem openmaken,' zei ze. 'Kun jij het filmen?'

'Doe ik,' zei Bosch.

Ballard trok haar handschoenen weer aan en ging op haar hurken naast de doos zitten terwijl Bosch op de telefoon op de opnameknop tikte.

Behalve de afmetingen – 15 x 40 x 40 – die op de zijkant waren gedrukt stond er verder niets op de doos, die er net zo uitzag als de doos die in Rawls' BMW was gevonden en die Ballard die ochtend de moordarchieven had binnengedragen. Hij was niet dichtgeplakt, maar de bovenkant was ingedeukt en daarom scheurde Ballard de kleppen eraf om hem te openen. Bovenin lag een opgevouwen kledingstuk. Ballard leunde op haar hielen achterover zodat Bosch het goed in beeld kon krijgen.

'Het ziet eruit als een nachtjapon,' zei ze. 'Laten we deze doos er maar uit halen voordat we hem doorzoeken. Stop maar met filmen.'

Dat deed Bosch en hij gaf de telefoon weer terug aan Ballard. Toen stond ze op met de doos in haar handen en gaf hem over de rand aan Bosch.

'Ik kijk nog even of er verder niets meer ligt,' zei ze.

Bosch liep met de doos naar zijn auto en zette hem op de motorkap.

Ballard was nog vijf minuten bezig met het heen en weer schuiven van afval in de container om zich ervan te vergewissen dat Rawls verder niets anders had achtergelaten. Nadat ze over de rand was geklommen en de ladder was af gekomen hielp ze Bosch om het afval weer terug in de bak te gooien.

Ze trok haar werkhandschoenen uit en stopte ze in de kontzakken van haar overall. Toen trok ze een paar latex handschoenen uit een voorzak en trok die aan terwijl ze naar de auto van Bosch liep. Toen ze Bosch de doos vanuit de container aangaf had ze al gevoeld dat die onder de kleding bovenin nog iets zwaars bevatte.

Bosch liep achter haar aan.

'Wil je er hier doorheen gaan of straks?' vroeg hij.

'Ik wil even snel kijken,' zei ze. 'Zien wat we hebben.'

Ze gaf haar telefoon weer aan Bosch, zodat hij de nadere bestudering van de inhoud van de doos kon opnemen. Ze pakte het kledingstuk eruit en zag dat het inderdaad een witte flanellen nachtpon was met lange mouwen en een geborduurd randje langs de kraag en boorden. Er zaten in de nek geen labels of andere herkenningstekens. Het kledingstuk leek schoon te zijn. Er zaten geen bloed- of andere vlekken op.

Terwijl ze de nachtpon nog omhooghield ging Ballard op haar andere been staan om in de doos te kunnen kijken.

'Harry, moet je zien,' zei ze.

Bosch kwam naast Ballard staan en richtte de camera op de doos. Onderop lag een paar roze pantoffels die eruit zagen als knuffelkonijntjes met hun neusje aan de punt van de grote teen. Daaronder zag Ballard een deel van een houten handgreep. Ze hield de nachtjapon met één hand omhoog en pakte met de andere het paar konijnenpantoffels. Op de bodem van de doos lag een roestvrijstalen hamer met een gepolijst houten handvat.

Ze staarden er allebei een tijdje sprakeloos naar.

'Moordwapen?' vroeg Bosch.

'Net wat ik dacht,' zei Ballard. 'Wie weet. Nu hoeven we er alleen nog maar de zaak bij te vinden.'

Ze raakte de hamer niet aan omdat ze wist dat het handvat vingerafdrukken en de stalen kop en klauw DNA konden bevatten. Voorzichtig legde ze de pantoffels in de oorspronkelijke positie terug op de hamer, waarna ze met beide handen de nachtpon aan de schouders omhooghield om hem in de lengte op te vouwen. Terwijl ze dat deed zwaaide de rechtermouw tegen haar aan en voelde ze iets wat zwaarder leek dan alleen een geborduurde boord.

Ze streek met haar hand langs de mouw en voelde iets wat in de omslag leek vast te zitten. Ze wurmde haar vingers de omslag in en trok er een armband uit. Het was een brede, gevlochten metalen band waaraan één bedeltje hing, een schilderspalet met zes piepkleine puntjes kleur langs de rand en het woord GO in het midden gegraveerd.

‘Gepersonaliseerde armband,’ zei Ballard. ‘Ik denk dat hij van een vriendje was en te groot was voor haar pols. Hij moet ervanaf gegleden zijn toen ze haar nachtpon uittrok.’

‘Of toen iemand anders hem uittrok,’ zei Bosch.

‘Dat kan ook. Denk je dat het “go” is of “G-O”?’

‘Staat dat er? Voor mij is het te klein om te lezen.’

‘Ja, G-O. Ik vraag me af wat het betekent.’

‘Dat weet je zodra je er een zaak aan hebt gekoppeld.’

Ballard knikte en keek het straatje in naar de achterdeur van de DGP-winkel.

‘Dus hij parkeert hier, sjouwt een doos naar de laatste container en gooit hem erin,’ zei ze. ‘Maar dan laat hij de tweede doos met zijn andere souvenirs in de BMW staan en rijdt weg. Is dat logisch?’

‘Nee,’ zei Bosch. ‘Maar daar heb ik over lopen denken.’

‘En?’

‘Kom eens mee.’

Bosch liep bij de auto vandaan in de richting van het einde van het straatje, een meter of zes verderop. Ballard deed de nachtpon terug in de doos en legde de armband erbovenop. Toen rende ze achter Bosch aan. Bij het eind van het straatje wees hij schuin over Seventeenth Street naar een oude bungalow uit de jaren vijftig, het eerste woonhuis achter het Montana-winkelcentrum.

‘Dat is de oprit waar ik achteruit op reed toen ik Rawls’ auto daar in het straatje zag,’ zei hij. ‘Zijn auto stond met zijn neus naar het oosten, dus had ik bedacht dat hij deze kant op zou komen wanneer hij weg zou gaan, en ik hem dan zou zien en kon volgen.’

‘En toen werd je aangesproken door die Mrs. Kravitz?’ vroeg Ballard.

‘Ja. Ik hield van daaruit het straatje in de gaten toen ineens die kerel naast me stond, met zijn vuist op het dak sloeg en me voor van alles en nog wat begon uit te maken. Ik werd afgeleid, en omdat ik het niet kon negeren keek ik even niet naar het straatje. Hij verdedigde zijn territorium en maakte nogal stampei. Dus ik zat te denken…

misschien had Rawls die ene doos naar de container gebracht en hoorde hij toen dat kabaal op straat.'

'Hij gaat kijken, ziet dat jij het bent en snapt dat hij als de wiedeweerga moet maken dat hij wegkomt.'

'Precies, dus hij rent terug naar zijn auto, keert en gaat ervandoor. Maar hij heeft nog wel die andere doos in zijn kofferbak. Dus ik rij de oprit af, langs het straatje, en op dat moment zie ik hem, wanneer hij aan die kant wegrijdt.'

Ze liepen zwijgend terug naar Bosch' auto. Ballard dacht dat ze nu waarschijnlijk allebei het scenario dat ze zojuist hadden geschetst liepen te overdenken om te kijken of ze er gaten in konden schieten.

'Toch zit het me nog niet helemaal lekker,' zei Bosch uiteindelijk. 'Er klopt iets niet. Waarom zou hij die containers achter zijn bedrijf gebruiken? Dat was niet slim. Er moet een andere reden zijn waarom hij hiernaartoe kwam.'

'Die was er ook,' zei Ballard. 'Ik had het je nog niet verteld, maar de afdeling Zware Criminaliteit heeft de man verhoord die zondag in de winkel werkte. Hij vertelde dat Rawls door de achterdeur binnenkwam, gedag zei en meteen doorliep naar de kluis, die wordt gebruikt om voor alle winkels extra contanten achter de hand te hebben. Die werknemer zei dat Rawls al het geld eruit haalde. We weten wat er in zijn zakken zat. Bij elkaar negenhonderd dollar.'

'Zijn vluchtgeld.'

'Inderdaad. Maar hij vertelde zijn werknemer dat hij het nodig had als aanbetaling voor een auto die hij wilde kopen. Dus hij pakte alles wat er in de safe zat en vertrok weer via de achterdeur.'

'Dat lijkt er meer op. Hij gaat erheen om het geld te halen en meteen de dozen met souvenirs te dumpen. Hij parkeert, gooit de achterklep open, maar loopt eerst de winkel in om het geld te halen. Op dat moment rij ik voorbij en zie ik die open kofferbak maar geen teken van Rawls. Dan rij ik een rondje en ga op die oprit staan posten. Rawls komt de winkel uit en brengt de eerste doos naar de container die zo ver mogelijk bij zijn winkel vandaan staat, voor het geval dat.

Maar nadat hij de doos erin heeft gegooid hoort hij die vent tegen mij schreeuwen. Rawls kijkt wat er aan de hand is, ziet mij en maakt rechtsomkeert naar zijn auto.'

'Hij keert in het straatje, zodat jij hem niet ziet weggaan, en rijdt er aan de andere kant uit. Zo klopt het, maar we zullen het nooit zeker weten. Wilde hij die tweede doos in een andere container dumpen? Waarom bracht hij ze niet alle twee tegelijk weg? Daar kunnen we tot in het oneindige over door blijven malen.'

'Een van de dingen waarvan we weten dat we ze niet weten,' zei Bosch.

'Zo is het.'

'Dus, wat nu?'

Ballard wees naar de doos op de motorkap van de Cherokee.

'Ik wil die mee terug nemen naar Ahmanson en kijken wat ik met die armband kan,' zei ze. 'En ik breng die hamer naar de technische recherche.'

'Ik had ooit een zaak met een hamer. Die hamer was het moordwapen en we hadden hem uit de L.A. River gevist op een plek in het kanaal waar nog water stond. Hij had er al zo'n zesendertig uur gelegen en zag er brandschoon uit. Maar toch vonden ze nog bloed op de plek waar het heft aan de stalen kop vastzat. Bloed van het slachtoffer. Zaak gesloten.'

'Dus misschien hebben we met deze hamer ook geluk en kunnen we hem met een slachtoffer in verband brengen. Kom, we gaan terug.'

Ze pakte de doos op en liep naar het portier aan de passagierskant.

'Ik zet je af, maar daarna ga ik weer door,' zei Bosch.

'Waarnaartoe? vroeg Ballard.

Ze keken elkaar over het dak van de auto heen aan.

'Sheila Walsh heeft lang genoeg zitten sudderen,' zei Bosch. 'Het is tijd om haar een bezoekje te brengen.'

'En Rawls dan?' vroeg Ballard.

'Volgens mij zit je met Rawls wel goed. Iedereen is ermee bezig.'

'Ga je alleen naar Walsh?'

'Ja, net als eerst. Beter zo.'

Bosch opende zijn portier en stapte in. Ballard deed hetzelfde.

'En als haar zoon er nou is?'

'Geen probleem. Hij is als de dood voor me.'

'Waarschijnlijk met een goede reden.'

44

Bosch had dinsdag een auto gehuurd, die hij op Midway ging ophalen nadat hij met zijn dochter in een vegetarisch restaurant op Sunset had geluncht. Daarvoor al had hij bij de politiegarage naar zijn eigen auto geïnformeerd, maar daar was hem gezegd dat het bureau Interne Zaken hem nog niet had vrijgegeven. De behulpzame garagemedewerker had hem ook verteld dat de auto niet meer bruikbaar was omdat het chassis was verbogen bij de botsing voorafgaand aan de schietpartij. Tegenover Ballard had hij dan wel beweerd dat de oude Cherokee onverwoestbaar was, maar nu wist Bosch dat hij er waarschijnlijk voor het laatst in had gereden.

Hij parkeerde voor het huis van Sheila Walsh. Als ze al op de uitkijk zat zou ze hem niet aan zijn auto herkennen. Hij bleef nog een minuutje in de auto zitten om te bedenken hoe hij dit zou aanpakken. Het was al bijna een week geleden sinds Walsh hem had opgebeld en hem woedend te verstaan had gegeven uit de buurt van haar en haar zoon te blijven. Bosch moest haar zien te doordringen van het besef dat hij niet weg zou gaan voor ze zou toegeven en hem alles vertelde wat ze ook maar over Finbar McShane mocht weten.

Hij stapte uit, liep over het stenen pad naar de voordeur en klopte luid aan – het soort klop waarvan ze binnen hopelijk zouden schrikken. Er gebeurde niets. Hij stak zijn hand in de zak van zijn jasje en haalde er het stapeltje papieren vast uit.

Juist toen hij zijn vuist ophief om een tweede roffel op de deur te geven hoorde hij Sheila Walsh' stem aan de andere kant.

'Rot op. Je komt er niet in.'

'Mevrouw Walsh... Sheila, doe open. Ik heb een huiszoekingsbevel bij me.'

'Interesseert me niet, bekijk het maar met je huiszoekingsbevel.'

'Zo gaat dat niet. Als je niet opendoet trap ik de deur in.'

'Ha. Op jouw leeftijd? Je doet je best maar. Het penslot zit erop.'

'Ik schop al veertig jaar deuren in, Sheila. Het gaat niet om kracht. Het gaat erom waar je schopt. Een van de eerste dingen die ze je leren. Als je op de goede plek trapt breekt het slot zelfs het kozijn. Kost je drie- tot vierhonderd dollar om te laten repareren. En zolang je geen timmerman hebt gevonden staat je huis wijd open. Niemand die daarbij stilstaat. Dat laten ze op tv nooit zien.'

Er viel een lange stilte.

Bosch deed een stap naar achteren, alsof hij inderdaad de deur ging intrappen. Er was een spionnetje en ze stond waarschijnlijk naar hem te kijken.

'Ga weg van de deur,' zei hij. 'Ik wil je niet verwonden.'

Hij stond op het punt zijn voet op te tillen en te trappen toen hij Walsh weer hoorde roepen.

'Oké. Oké. Niet trappen.'

Hij wachtte en hoorde de sloten klikken. Eindelijk ging de deur open. Daar stond Sheila Walsh – met een blik vol haat in haar ogen.

'Heel verstandig,' zei Bosch.

'Wat moet je?' vroeg Walsh.

'Om eerlijk te zijn wil ik liever met je praten dan dat ik je huis moet doorzoeken. Dat kost ons de rest van de dag, terwijl we het met een gesprekje waarschijnlijk zo af kunnen doen.'

Ze bleef staan waar ze stond.

'Wat voor gesprekje?' vroeg ze.

'Wil je hier staan praten, waar alle buren het kunnen zien? Of kunnen we er binnen even bij gaan zitten?'

Ze deed een stap naar achteren en liet hem passeren. Bosch had niet tegen haar gelogen. Hij had inderdaad een huiszoekingsbevel, maar het was een huiszoekingsbevel voor een heel andere zaak, ondertekend door een rechter die al jaren gepensioneerd was.

'Hierheen.'

Ze ging hem deze keer voor naar de eetkamer, niet naar de keuken. Op tafel stond een laptop, eromheen lagen paperassen. Links aan de muur hingen een aantal opengevouwen flyers en brochures. Bosch zag kaarten van de Caribische Zee en de Golf van Mexico, foto's van cruiseschepen, plattegronden van suites en van hele dekken. De eetkamer was het hoofdkantoor van haar online reisbureau. Ze gingen zitten.

'Voor ik nog één woord zeg wil ik dat je me belooft dat je mijn zoon erbuiten laat,' zei ze. 'Hij heeft al genoeg voor zijn kiezen gekregen en hij heeft hier niets mee te maken.'

'Dat kan ik niet beloven,' zei Bosch. 'Er zijn vier mensen dood, Sheila. Een heel gezin. Ik ga de man vinden die dat heeft gedaan. Als ik je zoon moet gebruiken om dat voor elkaar te krijgen, dan doe ik dat. Zo simpel is het. Maar jij hebt dat in de hand. Als jij meewerkt hoef ik je zoon niet onder druk te zetten en zijn werkgevers niet over zijn betrokkenheid te vertellen.'

'Dat is niet oké. Hij is er niet bij betrokken!'

'Vind jij het wel oké dat het hele gezin Gallagher in de woestijn onder de grond werd gestopt?'

'Nee, natuurlijk niet. Maar ik had daar niets mee te maken! Dacht je dat ík dat niet verschrikkelijk vond? Ik denk er iedere dag aan.'

'Wat had Finbar hier te zoeken?'

Ze schrok van Bosch' directe vraag.

'Hoe bedoel je?'

'Kom op, Sheila,' zei Bosch. 'Je weet precies waar ik het over heb. Je zoon was degene die inbrak en je kwam bestelen. En jij had mazzel toen ze McShanes vingerafdrukken vonden en je hem de schuld kon geven. Maar hij was het niet, het was je eigen zoon. McShane was hier al vóór die inbraak en ik wil weten waarom.'

'Je bent gek, jij. Waarom laat je ons niet met rust? Dit is gewoon intimidatie. Ik zou een klacht moeten indienen.'

'Kun je doen. Maar als je dit al opvat als intimidatie, moet je eens opletten. Ik zal hier blijven komen tot je me hebt verteld wat je weet.'

Ze schudde haar hoofd en legde haar gezicht in haar handen.

'Jezus christus, wat moet ik nou?' jammerde ze. 'Houdt het dan nooit op?'

Bosch nam de paperclip van de papieren die hij had meegenomen. Ze waren in de lengte gevouwen. Hij bladerde naar de laatste pagina en schoof die over tafel naar haar toe.

'Kijk even hier, Sheila,' zei Bosch. 'Ik denk dat dit je de goede weg kan wijzen.'

Ze liet haar handen op tafel vallen.

'De goede weg?' protesteerde ze. 'Hoe bedoel je, de goede weg?'

'Kijk nou maar even,' zei Bosch.

Ze spreidde het papier met haar duimen uit en boog zich naar voren om te lezen. Algauw begon ze met haar hoofd te schudden.

'Goeie hemel,' zei ze. 'Wat is dit nou weer?'

'Een kopie van een bladzijde uit het Wetboek van Strafrecht van Californië,' zei Bosch. 'Artikel 32. Dat gaat over de strafbaarstelling van hulp bij en medeplichtigheid aan moord.'

'Wát?'

Het was meer een uitroep dan een vraag.

'Jezus,' ging ze verder. 'Wat wil je in hemels...'

'Lees de laatste regel even,' zei Bosch. 'Lees maar.'

'Heb ik gedaan. Ik begrijp niet wat er staat. Wat wil je daarmee?'

'Dat is de verjaringsclausule. Drie jaar voor hulp bij en medeplichtigheid aan moord. Wat daar staat betekent dat je veilig bent, Sheila. Wat je ook hebt gedaan, jou kunnen ze niet meer pakken.'

'Dacht je dan dat ik iets met die moorden te maken had? Die prachtige kinderen? Ben je verdomme helemaal van de pot gerukt? Ga weg! Hoepel op!'

Ze kwam overeind uit haar stoel en wees naar de deur.

'Ga zitten, Sheila,' zei Bosch. 'Ik ga niet weg.'

Ze bleef staan zoals ze stond, met haar arm uitgestrekt en die wijzende vinger.

'Ga zitten!' bulderde Bosch.

Ze schrok, liet zich weer in haar stoel vallen. De paniek stond in haar ogen.

'Luister goed,' zei Bosch, nu weer op normale toon. 'Ik heb jou acht jaar geleden al nagetrokken. Toen ik er eenmaal achter was op welke dag de Gallaghers verdwenen kon ik bevestigen dat jij op een boot in Cozumel zat. Ik had er foto's van, ik heb getuigenverklaringen en je creditcardafschrijvingen geverifieerd, álles. Ik weet dat McShane wachtte tot jij weg was voor hij in actie kwam, zodat er geen kans was op getuigen die de politie zouden kunnen bellen. Maar jij weet iets, Sheila. Jij weet iets, en dit is het moment om dat te vertellen. Voor de wet zit je al goed. Nu je geweten nog. Vertel het me, Sheila. Daarna laat ik je met rust – en je zoon ook. Dan zie je me nooit meer terug.'

Ze zette haar ellebogen weer op tafel, kneep haar handen samen voor haar gezicht en staarde omlaag naar het document. Na een paar tellen zag Bosch tranen op het papier vallen.

'Tijd om de goede weg op te gaan,' zei Bosch. 'Denk nog eens aan die prachtige kinderen en vertel me nu: wat kwam McShane hier doen?'

Ze wrong haar handen en keek hem over haar knokkels aan. Voor het eerst zag hij nu dat ze ergens onder gebukt ging. Onder iets wat ze met zich meedroeg.

'Hij kwam hiernaartoe,' zei ze. 'Hij kwam me hier opzoeken.'

Bosch knikte – dank je wel. Tijd om er de rest ook uit te trekken.

'Wanneer?' vroeg hij.

'Beloof me dat je mijn zoon met rust zult laten.'

'Ik zei al: als je me vertelt over McShane laat ik jou en je zoon verder met rust. Dat is een belofte.'

Walsh knikte, maar ze nam er even de tijd voor tot zichzelf te komen en het verhaal op een rijtje te zetten.

'Hij kwam hier omdat hij geld nodig had,' zei ze ten slotte. 'Hij zei dat hij alles was kwijtgeraakt bij een slechte investering. Hij bedreigde me. Ik gaf hem wat hij wilde en hij ging weer weg.'

'Hoe bedreigde hij je?'

'Ik zweer je dat ik niets wist van Stephen en zijn gezin. Wat er met ze was gebeurd, bedoel ik. Maar in de loop van het jaar dat ze waren verdwenen – voordat iedereen wist wat er was gebeurd – kwam ik erachter wat Fin met de zaak aan het doen was.'

'De uitverkoop?'

'Hoe bedoel je?'

'De verkoop van apparatuur en het bestellen van nog meer apparatuur om door te verkopen. Uiteindelijk stortte de zaak in. Maar toen was McShane er al vandoor.'

'Hoe je het ook wilt noemen, ik wist wat hij deed. Ik werkte vanaf het begin bij Shamrock en wist hoe je de boeken moest lezen. Op dat moment wisten we nog niet wat er met Stephen was gebeurd, maar ik kon wel zien dat de zaak het niet zou redden. Ik moest aan mijn zoon denken. Dus zei ik tegen Fin dat ik mijn deel wilde.'

'En wat was jouw deel?'

'Ik wist wat hij binnenbracht omdat ik de nota's had gezien en een paar klanten had gebeld om te vragen wat hij ervoor ving. Ik zei hem dat ik wist wat hij aan het doen was en de boel had uitgerekend en de helft wilde. Vierhonderdduizend, en anders ging hij de cel in. Dat kreeg ik ook.'

Bosch zei niets.

'Maar toen... toen werden ze gevonden. Daar in de Mojavewoestijn. En Fin was ineens weg. Ik wist hoe het er voor de buitenwereld uitzag. Dat ik erbij betrokken was. Ik kón je niet vertellen wat ik wist. Ik kon niemand iets vertellen omdat ik zelf schuldig zou lijken.'

Bosch knikte. Na al die jaren viel er een puzzelstukje op zijn plaats. Hij herinnerde zich wat Sheila had gezegd over de boog van het morele universum, de vorige keer dat hij hier was. Hij vroeg zich af of ze wist dat de boog naar haar toe boog.

'Je zei dat hij hier geld kwam halen,' zei Bosch. 'Hoeveel heb je hem gegeven?'

'Alles. De volle vierhonderdduizend,' zei Sheila. 'Tot op de laatste cent. Ik ben er niet meer aan geweest. Dat kon ik niet meer, toen ik eenmaal wist wat hij had gedaan.'

'Wanneer kwam hij hier precies? Hoelang was dat voor je de inbraak aangaf?'

'Een paar weken. Hooguit een maand.'

'Je zei net dat hij je bedreigde. Hoe bedreigde hij je precies?'

'Hij zei dat ik hem dat geld moest geven en anders zou mijn zoon te grazen worden genomen. Dat ik hem de volgende keer in het lijkenhuis zou zien. En dat hij dan de politie zou tippen over dat geld en dat ik gearresteerd zou worden. Ik wist niets van een verjaring. Het kon me niet schelen dat ik zelf gearresteerd zou worden, maar mijn zoon... die had me nodig, toen. Ik kon het niet laten gebeuren.'

Bosch knikte en zei niets.

'Maar hij had me helemaal niet hoeven bedreigen,' zei Walsh. 'Mij of mijn zoon. Ik wilde dat geld niet meer. Niet na de Mojave.'

Bosch knikte opnieuw, maar zei nu wel iets.

'Waarom belde je de politie na de inbraak? Je wist toch dat je zoon dat had gedaan?'

'Nee! Ik had geen idee. Dacht je dat ik de politie op mijn eigen zoon zou afsturen? Dat wist ik pas toen Jonathan het zelf zei. Toen hij erachter kwam dat ik de politie had gebeld vertelde hij het pas en zei hij dat ik hem moest dekken. En toen ze belden en naar McShane en die vingerafdrukken vroegen wist ik het. Gewoon zeggen dat hij het was geweest.'

'Waar is hij nu, Sheila?'

'Mijn zoon? Nou ja, je weet nu toch...'

'Nee. McShane. Waar is die?'

'Weet ik niet. Hoe zou ik dat moeten weten?'

'Wou je zeggen dat je hier vierhonderdduizend dollar contant onder je bed had liggen en hem dat gewoon meegaf? Er moet toch een soort van overdracht zijn geweest?'

'Het was in bitcoins. Zo gaf hij het aan mij en zo heb ik het ook bewaard. Ik heb het weer aan hem overgemaakt. Hier, op deze laptop. En toen pakte hij die presse-papier vast. Terwijl hij naar me stond te kijken en me uitlegde wat ik moest doen.'

Bosch wist dat het vrijwel onmogelijk was zo'n overboeking te achterhalen en dat deze nooit zou leiden naar een bepaalde locatie.

'In wat voor zaken had hij geïnvesteerd? Waar was hij zijn geld aan kwijtgeraakt?' vroeg hij. 'Hij moet je toch iets verteld hebben?'

'Hij zei: investeer nooit in een café,' zei Sheila. 'Dat is alles wat ik er nog van weet.'

'Hoe heette dat café?'

'Zei hij niet.'

'Waar was het?'

'Zei hij óók niet. En ik wilde hem er ook niet naar vragen. Ik wilde vooral dat hij wegging.'

Het opsporen van een café dat zes jaar na de gebeurtenissen failliet was gegaan was even moeilijk, zo niet even onmogelijk, als het achterhalen van een bitcointransactie, dat besefte Bosch wel. Het verhaal was nu uitgebreid, maar dichter bij Finbar McShane was hij niet gekomen. Hij keek naar het oude huiszoekingsbevel dat voor hem lag, voegde het weer bijeen en stak er de paperclip weer op.

'Hij zei wel iets anders waar je misschien iets aan hebt,' zei Sheila.

Bosch keek haar aan.

'Maar ik wil nogmaals dat niets hiervan ooit terugslaat op mij of mijn zoon. En Jonathan mag ook nooit te weten komen wat ik heb gedaan.'

Ze huilde weer, deze keer zonder te proberen het te verbergen. Bosch knikte.

'De boog van het morele universum buigt naar rechtvaardigheid, Sheila,' zei hij. 'Wat zei McShane dat mij van nut kan zijn?'

Ze knikte en veegde de tranen van haar wangen.

'Hij stond naar die brochures te kijken en zei toen: "Er is maar één plek op aarde waar je op de morgen de zon onder kunt zien gaan."'

Bosch keek naar de muur maar wist het verband niet te leggen.

'Dat vat ik niet,' zei hij. 'Wat wil dat zeggen?'

'Er is een schip dat de Dawn heet, de morgenstond,' zei Sheila. 'Het vaart op de Noorse lijn. Het heeft zijn thuishaven in Tampa en vaart elke week naar Key West. Daar blijft het een dag liggen; dan vaart het verder naar de Bahama's en weer terug. Het is een populaire bestemming. Ik heb een hoop reizen met die boot verkocht en er veel commissie aan overgehouden. Ik wist ook meteen wat hij bedoelde, want ik had dat grapje eerder gehoord. Hoort bij het verkooppraatje. Ze hebben heel mooie zonsondergangen in Key West. Vooral aan boord van de Dawn.'

Bosch keek nog eens naar de brochures die aan de muur hingen en zag de Noorse Dawn.

Sheila reikte naar een van de stapeltjes brochures die aan de rand van de tafel lagen, pakte een folder en gaf hem aan Bosch.

'Neem maar mee,' zei ze.

'Dank je,' zei Bosch.

Bosch nam de folder aan, sloeg hem open en zag foto's van blije mensen die in badkleding in het scheepszwembad poedelden of in kleurige bootkleding over het dek wandelden. Er was zelfs een foto van mensen die langs de reling naar een zonsondergang stonden te kijken. Key West, dacht Bosch. Nu wist hij waar hij Finbar McShane moest zoeken. Hij stond op om afscheid te nemen.

45

Ballard draaide de kasten net zo ver van elkaar dat ze zich ertussen kon wringen. Ze ging met haar vinger langs de dossiers uit 2002 en nam er de map uit die ze zocht.

Toen ze weer bij haar werkplek kwam stond Colleen Hatteras op haar te wachten.

'Colleen, wat heb je voor me?'

'Niet zo veel. Ik vroeg me af of ik je ergens mee kon helpen.'

Ze wees naar de doos op Ballards bureau – de doos die was teruggevonden in de container achter Ted Rawls' zaak in Santa Monica.

'Ik denk van niet,' zei Ballard. 'Er zijn nog geen aanknopingspunten voor een IGG-onderzoek.'

'Als je wilt kan ik wat telefoontjes plegen,' zei Hatteras.

'Daar zijn we nog niet aan toe. Dit is de zevende zaak van zeven mogelijke zaken. De eerste zes liepen op niets uit – naar mijn mening.'

'Wat zoek je precies?'

'Een zaak waarin een witte nachtpon, konijnenpantoffels en een armbandje vermist werden. En waarschijnlijk was bruut geweld de doodsoorzaak.'

Ballard ging zitten, sloeg het moorddossier open dat ze net had opgezocht en bladerde naar het eerste verslag van de gebeurtenis.

'Zal ik meelezen?' vroeg Hatteras. 'Ik heb niet zo veel te doen. De IGG in de zaak-Rawls staat even stil. Ik wacht op reacties. Ik kan wel doorgaan met iets anders waar ik mee bezig was, maar ik heb er geen goed gevoel bij om Rawls te laten liggen, met zo veel onbeantwoorde vragen.'

'En de souvenirs dan? Kun je daar niet mee verder?'

'Daar was ik mee bezig, maar ik liep vast. Ik vond geen verbanden met openstaande zaken.'

Ballard besefte dat ze Hatteras iets te doen moest geven, anders zou ze om haar heen blijven draaien.

'Weet je,' zei ze, 'als jij hier nou eens naar keek terwijl ik deze laatste zaak doorneem. Zie maar of je iets kunt vinden.'

Ze stak haar hand in de kartonnen doos en pakte het armbandje dat ze in de mouw van de nachtpon had gevonden. Ze had het inmiddels in een bewijszakje gedaan en gaf het Hatteras aan.

'Prima,' zei Hatteras. 'Wat zoek je precies?'

'Wat je maar kunt vinden,' zei Ballard. 'Wie heeft dat armbandje gemaakt? Waar werd het verkocht? Er staan initialen op het bedeltje. Althans, dat denk ik. Ik zou heel graag weten wie ze heeft gegraveerd en van wie die initialen zijn. Ik heb het al in de bewijsdatabanken ingevoerd, maar kreeg geen matches. Nu kunnen we alleen nog proberen erachter te komen waar het vandaan kwam. Weinig kans van slagen, maar je kunt het proberen. Oké?'

'Prima.'

'Dank je wel.'

Hatteras liep weg als een hond met een missie, al dacht Ballard bij zichzelf dat er niets uit zou komen. Maar het zou de moeite waard zijn in die zin dat ze alles zou hebben geprobeerd en dat Hatteras haar niet om de haverklap kwam storen.

Ze las de samenvatting van de zaak uit 2000 die ze uit het archief had gehaald. Het slachtoffer heette Belinda King en was nog maar twintig toen ze werd vermoord. Haar naakte lichaam werd gevonden op de vloer van de badkamer van haar woning in Oakwood in Venice. Ze studeerde creatief schrijven aan het naburige Santa Monica Community College. Ballard herinnerde zich dat Rawls ook op Santa

Monica CC had gezeten, waarschijnlijk maar een paar jaar voor Belinda King. Maar dat kon stom toeval zijn.

Belinda King kwam tegemoet aan bijna alle zoeksleutels die Ballard had opgegeven en die ze had ontleend aan de voorwerpen uit de doos en aan wat er bekend was van Ted Rawls' werkwijze. Ballard ging ervan uit dat ze op zoek was naar een jong, vrouwelijk slachtoffer dat 's nachts in haar eigen huis werd overvallen door een onbekende die geen DNA achterliet. Het slachtoffer was naakt aangetroffen – aangezien Rawls haar nachtpon had meegenomen – en de doodsoorzaak was waarschijnlijk bruut geweld, mogelijk toegebracht met een hamer. Het slachtoffer kon een vriend of een verloofde hebben gehad die haar een bedelarmbandje had gegeven. En ten slotte moest Ballard bij de zoekopdracht aanvinken dat de zaak noch gesloten was, noch opgelost.

Er waren zeven zoekresultaten verschenen en de zaak-King was de zevende map die Ballard uit de kast had getrokken. De eerste zes waren niet volledig afgeschreven, maar om uiteenlopende redenen vond ze die niet in aanmerking komen. Ze hoopte dat deze zevende zaak een definitieve treffer zou zijn, maar toen ze de samenvatting had gelezen en de foto's van de plaats delict bekeek verwierp Ballard algauw Ted Rawls als mogelijke dader. Het slachtoffer was naakt aangetroffen en doodgeslagen, maar Ballard vond haar borstomvang te groot. De vrouw zou de nachtpon niet comfortabel kunnen hebben gedragen. Daar kwam bij dat de omstandigheden voor de rechercheurs aanleiding waren om aan te nemen dat ze haar moordenaar had gekend en vrijwillig seks met hem had gehad voordat hij gewelddadig werd. Niets wees op verkrachting.

Teleurgesteld leunde Ballard achterover in haar stoel. Ze sloeg het moorddossier dicht en legde het boven op de andere dossiers die ze had bekeken, en besloot ze nog niet terug te brengen naar het archief. Eerst zou ze Harry Bosch met zijn jarenlange ervaring op Moordzaken de zaken laten doornemen en hem haar conclusies laten bevestigen of afwijzen.

Ze legde de frustraties van een verloren dag naast zich neer en besloot nog eens in de databank van de afdeling te kijken, maar dan met een zoeksleutel minder. Misschien zou dat meer zaken opleveren.

Ze schrapte de voorwaarde dat de zaak onopgelost was. Ze vinkte 'alle zaken' aan en kreeg nu negen zaken meer te zien dan eerst. Omdat het Ahmanson-archief alleen dossiers van onopgeloste zaken bevatte bleef Ballard ingelogd in de databank en las ze de samenvattingen online, met pen en papier bij de hand om eventueel de naam van een slachtoffer en het zaaknummer te noteren, mocht de samenvatting aanleiding geven tot een nadere beschouwing van de afgesloten zaak. Daarvoor zou ze dan de oorspronkelijke rechercheurs moeten benaderen.

Ze las de negen samenvattingen snel door en maakte geen enkele aantekening. Hoewel er overeenkomsten waren in de methodiek van de moord op Sarah Pearlman en Laura Wilson, waren deze zaken allemaal gesloten na een veroordeling door een jury of, in twee gevallen, na een bekentenis. Ballard wist dat de veroordelingen onterecht konden zijn en de bekentenissen zelfs vals, maar op grond van de samenvattingen alléén kon ze onmogelijk iets ongerijmds in de zaken ontdekken. Meer dan die samenvattingen en wat politiefoto's had ze niet.

Ballard logde uit en zuchtte diep, gefrustreerd omdat ze een dag had verknald.

Ze had grote behoefte aan steun van Harry Bosch. Ze wist dat ze zich bij hem kon beklagen om de verknoeide tijd en dat hij daar wijsheid en bemoedigende woorden tegenover zou stellen. Hij zou haar eraan herinneren dat er altijd meer dode sporen in een moordonderzoek waren dan aanwijzingen die ergens toe leidden. Voor hem was dat een grondbeginsel van dit werk. Hij had het een keer vergeleken met honkbal. De beste slagmannen sloegen er meer dan de helft van de tijd naast. Zo was het ook met het volgen van aanwijzingen in moordzaken.

Ze belde hem op, maar kreeg meteen zijn voicemail. Ze sprak een boodschap in.

'Harry, met mij. Bel even als je kunt. Ik wilde gewoon even tegen je aan zeuren over wat een verklote dag dit was. Groetjes.'

Ze stond op en stak haar telefoon in haar zak. Ze zag Hatteras over haar bureau gebogen zitten.

'Colleen, ik ga een blokje om, even mijn hoofd leegmaken, en dan haal ik meteen koffie. Wil jij ook iets?'

'Nee, dank je,' zei Hatteras. 'Je wist toch wel dat hier iets in zat, hè?'

Ballard was al half op weg toen de vraag tot haar doordrong. Ze draaide zich op haar hakken om en liep terug.

'Wat zei je?'

'Dat bedeltje,' zei Hatteras. 'Het heeft een scharniertje. Je kunt het opendoen. Er zit een fotootje in.'

Ballard keek mee over haar schouder en zag dat je het schilderspaletje inderdaad open kon doen, als een klein boekje. Er zat een fotootje in van een jongen met gitzwart haar en een uitsloverig snorretje boven een brede glimlach.

'Je had dat niet uit het bewijszakje moeten halen,' zei ze.

'Ik kon niet anders,' zei Hatteras. 'Anders had ik het niet open kunnen krijgen.'

'Weet ik, maar ik had het nog niet op DNA en afdrukken laten onderzoeken.'

'O god, dat spijt me. Ik dacht dat je zei dat alles langs de technische recherche was geweest.'

'Dit niet. Het kwam vandaag pas binnen.'

Hatteras liet de armband op haar bureau vallen alsof ze zich eraan gebrand had.

'Ja, nu doet het er niet meer toe,' zei Ballard. 'Je hebt hem al aangeraakt.'

Ballard keek naar het fotootje. Boog zich naar voren om het van dichterbij te zien. De jongen zag er bekend uit, maar ze kon hem niet thuisbrengen.

‘Heb je misschien een vergrootglas, Colleen?’

‘Nee, maar Harry wel. Dat zag ik gisteren.’

Ballard liep naar Bosch’ werkplek en zag een loepje op een stapel documenten liggen. Ze nam hem mee naar Hatteras’ bureau. ‘Mag ik er even bij?’

Hatteras stond op, Ballard ging zitten en bekeek het portretje door het vergrootglas.

‘Dat moet dan G-O zijn,’ zei Hatteras. ‘Wat denk jij?’

Ballard zei niets. De jongeman op de foto was duidelijk een latino, met een bruine huid, donkere ogen en vol, naar achteren gekamd zwart haar. Ze herkende hem en besefte dat ze precies zo’n gezicht een paar minuten geleden nog had gezien.

‘Volgens mij ken ik die gast,’ zei ze.

Ze stond op, liep terug naar haar eigen plek en gaf Hatteras in het voorbijgaan de loep aan.

‘Ken je hem?’ vroeg Hatteras.

‘Volgens mij heb ik hem net gezien,’ zei Ballard.

Ze ging weer zitten en logde snel weer in op de misdrijvendatabank van de afdeling. Ze haalde het laatste zoekresultaat terug en nam snel de samenvattingen door die ze net had gelezen. Bij elke samenvatting klikte ze meteen door naar de politiefoto’s van de veroordeelde verdachte. Bij de zevende samenvatting stond een politiefoto van een man die veroordeeld was wegens moord op zijn vriendin in 2009.

‘Geef me dat bedeltje en de loep nog eens,’ zei ze.

‘Kan ik het gewoon pakken?’

‘Tja, je hebt het nu toch al gedaan. Pak nou maar.’

Hatteras bracht haar de gevraagde voorwerpjes. Opnieuw bekeek Ballard de foto in het bedeltje met de loep en vergeleek die met de foto op het scherm.

Ze wist meteen zeker dat ze naar twee foto’s van dezelfde man zat te kijken. Op de ene foto lachte hij, op de andere foto keek hij nors. Ze stond op en knikte naar Hatteras dat ze weer kon gaan zitten. Ze gaf haar het vergrootglas.

'Colleen, kijk eens naar de foto op het scherm en vergelijk die alsjeblieft met de foto in het bedeltje,' zei ze. 'En vertel mij of dat wel of niet dezelfde persoon is.'

Hatteras keek drie keer heen en weer van het scherm naar het bedeltje en gaf toen haar oordeel. 'Het is dezelfde,' zei ze. 'Heel zeker.'

'Oké,' zei Ballard. 'Mag ik er dan weer even bij?'

Hatteras sprong op en Ballard ging snel weer zitten. Ze klikte de foto op het scherm weg en haalde de gegevens van de veroordeelde moordenaar tevoorschijn. Hij heette Jorge Ochoa, was zesendertig jaar en zat levenslang uit wegens moord op zijn vriendin, Olga Reyes.

'Jorge Ochoa,' zei Ballard. 'Hij kan het veramerikaniseerd hebben. George.'

'G-O dus,' zei Hatteras. 'Dat zou wel eens kunnen kloppen.'

Ballard schreef het zaaknummer en de naam van slachtoffer en verdachte op. In de samenvatting werd ook de plaats delict genoemd, ergens aan Riverside Drive in Valley Village. De zaak viel onder North Hollywood.

De samenvatting bevatte geen foto's van de plaats delict en er werden maar weinig details genoemd. De oorzaak van overlijden van het slachtoffer werd beschreven als bruut geweld, maar dat was een classificatie waar van alles onder kon vallen. Ballard had het moorddossier nodig om te kunnen bevestigen dat de zaak in verband stond met de voorwerpen in de doos.

'Colleen, ik moet naar de Valley om het dossier op te halen of in te zien,' zei Ballard. 'Ik denk niet dat ik vandaag nog terugkom.'

'Mag ik met je mee?' vroeg Hatteras. 'Ik heb het gevoel dat ik hieraan bijgedragen heb – wat het ook is.'

'Dat heb je ook. Je hebt prima werk geleverd. Maar dit is een klus buiten de deur en jouw taak is het IGG. Ik zie je morgen weer, als je er dan ook weer bent. Dan breng ik je op de hoogte.'

'Ik zal er zijn.'

'Oké, fijn. En echt, hartstikke goed gedaan, Colleen. Dank je wel.'

Snel stopte ze haar laptop en mappen in haar rugzak, pakte haar jasje van de stoelleuning en liep naar de uitgang terwijl Hatteras haar nakeek.

Op het parkeerterrein haalde ze haar telefoon uit haar zak en belde Harry Bosch weer. En kreeg opnieuw zijn voicemail.

'Harry, weer met mij. Waar ben je? Ik denk dat ik weet van wie die witte nachtpon is geweest. Bel me terug als je dit hoort.'

Ze stopte de telefoon weg en sprong in de auto.

46

De rit van Miami naar Key West over de Overseas Highway kostte vier uur. Onderweg zag je vooral gezinshotels en -restaurants, sandalenfabrieken en kitscherige T-shirt- en souvenirwinkels, steeds gelegen aan het eind van een lange brug over onvoorstelbaar turquoise water waar de zon op schitterde. Bosch was de vorige avond laat in Miami aangekomen, had een auto gehuurd en was tot Key Largo gekomen. Bij een motel dat met een stralende neonreclame met het woord VACANCY aankondigde dat ze nog plek hadden was hij het parkeerterrein op gereden en had hij een kamer genomen.

Nu was het ochtend. Hij was van plan rond de middag op Key West te zijn en daar naar Finbar McShane te gaan zoeken. Het politiebureau van Key West zou zijn startpunt zijn. Hij had ze niet gebeld en had dus ook geen afspraak. Het idee om op de bonnefooi binnen te vallen sprak hem wel aan.

Net voorbij Marathon was er een ongeluk gebeurd op de Seven Mile-brug en stond hij bijna een uur in de file. Het was al na enen toen hij op het terrein van het KWPD parkeerde. Bosch stapte uit zijn huurauto. Zijn geblesseerde knie was stijf en klopte na de lange rit. Hij had geen pijnstillers genomen omdat hij helder wilde blijven onder het rijden, maar nu deed hij de kofferbak open, trok de rits van zijn weekendtas open en nam twee tabletten in. De arts van de Spoedeisende Hulp had hem iets sterkers voorgeschreven, maar hij wilde niets gebruiken dat zijn concentratie kon beïnvloeden. Hij hoopte dat ibuprofen sterk genoeg zou zijn om de pijn snel te stillen.

Het politiebureau was in oranje en roze pastelkleuren geschilderd. De 'receptie' was in feite gewoon een raam waarachter een agent aan een balie zat. Bosch wachtte in de zon achter een man die vroeg hoe hij een fietsendiefstal moest aangeven. Bosch voelde de vochtigheid over zijn huid trekken en zelfs de lucht lag zwaar op zijn longen.

Ten slotte was het zijn beurt. Bosch hinkte naar het raam en hield er zijn badge voor. In het glas was een intercom gemonteerd. 'Goedendag,' zei hij. 'Ik werk bij de afdeling Cold Cases van de politie van Los Angeles. Ik ben hier voor een zaak en zou graag iemand spreken over vermiste personen.'

Het glas was bijna even donkergetint als de achterramen van een limousine. Bosch kon net de omtrekken van de persoon erachter onderscheiden, maar niet zien of hij het tegen een man of een vrouw had.

Er klonk een mannenstem uit de intercom.

'Is dat een cold case van een vermiste persoon?'

'Eh, nee,' zei Bosch. 'Maar ik denk dat een rechercheur die gespecialiseerd is in vermissingen me het beste kan helpen de bedoelde persoon op te sporen.'

'Wat is uw naam?'

'Harry Bosch.'

'Stond er niet "gepensioneerd" op die badge?'

'Ja, dat klopt. Ik werk als vrijwillig rechercheur. Toen ik nog op de afdeling zat werkte ik ook aan cold cases. Na mijn pensionering vroegen ze me terug.'

'Oké, ik ga even vragen. Als u het niet erg vindt, ga dan even opzij zodat anderen erbij kunnen, alstublieft.'

'Natuurlijk.'

Bosch deed een stapje opzij en koos positie links van het raam. Hij draaide zich om en zag dat er niemand anders stond te wachten.

Vijf minuten verliepen – traag. Hij leunde naast het raam tegen de muur om zijn knie te ontlasten. De tabletten die hij had ingenomen moesten nog gaan werken.

Er kwam niemand anders naar het raam en de man erachter was weinig communicatief. Bosch voelde dat zijn overhemd aan zijn rug begon te plakken. Hij trok zijn jasje uit en legde het over zijn arm.

Ten slotte klonk het metalen geluid van een zware deur die openging. Er kwam een man in een guayaberahemd naar buiten die de deur openhield. Zijn hemd kon het wapen en de badge aan zijn riem nauwelijks verhullen.

'LAPD?' vroeg hij.

'Dat ben ik,' zei Bosch.

'Kom maar mee.'

'Dank u.'

De man stak zijn hand uit terwijl Bosch naar de deur liep. 'Kent Osborne.'

Bosch gaf hem een hand. 'Harry Bosch. Fijn dat u even tijd voor me hebt.'

'Voor het LAPD altijd,' zei Osborne. 'Dan gaat het écht ergens over.'

Bosch glimlachte, niet op zijn gemak. Er lag een zweem van sarcasme in Osbornes stem.

De man ging Bosch voor naar een rechercheurskantoor waar bureaus stonden voor zestien rechercheurs. Er hingen geen bordjes die afdelingen aanduidden aan het plafond. Aan ongeveer de helft van alle bureaus zat iemand en bijna allemaal keken ze naar Bosch toen hij binnenkwam.

Osbornes bureau was het laatste van de eerste rij. Hij pakte een stoel weg bij een leeg bureau en rolde die voor het zijne.

'Ga zitten. Gaat het wel goed met je? Je hinkt nogal.'

'Zondag een ongeluk gehad. Mijn knie heeft een optater gekregen.'

'En je oor ook, zo te zien.'

'Ja.'

Ze gingen zitten. Osborne checkte iets op het scherm van zijn pc en keek Bosch aan.

'Oké, wat kan ik voor je doen, LAPD?'

'Ik weet niet of die kerel aan het raam al iets heeft uitgelegd, maar ik werk aan cold cases. Moordzaken,' zei Bosch. 'Het betreft een viervoudige zaak – vier leden van een gezin die vermoord werden met een spijkerpistool en begraven in de woestijn.'

'Dat zal wel pijn doen.'

Bosch ging niet in op de matige poging tot zwarte humor.

'De zaak is bijna negen jaar oud,' ging hij verder. 'We hebben hem onlangs heropend en een persoon geïdentificeerd die onze belangstelling heeft. Volgens een betrouwbare getuige is hij hier, maar dat was ten minste zes jaar geleden.'

Osborne fronste zijn voorhoofd.

'In Key West is zes jaar behoorlijk lang,' zei hij. 'In dit stadje gaat alles snel. Mensen komen, mensen gaan. Waarom vroeg je naar de diender vermissingen?'

Bosch had de term 'diender' al heel lang niet voor een rechercheur horen gebruiken, en misschien niet eens in de echte wereld.

'Vanwege het misdrijf in L.A.,' zei hij. 'Die kerel nam er de tijd voor. Hij nam een baantje, werkte zich op tot hij een gewaardeerde kracht was, vermoordde toen de eigenaar en zijn gezin en plunderde de zaak. Een klassieke uitkleedoperatie. Als je het mij vraagt doet hij het hier nog eens dunnetjes over.'

'Voor zover ik weet hebben we hier geen vermoorde gezinnen, LAPD.'

'Volgens mijn getuige in L.A. heeft hij geïnvesteerd in een café in Key West en is de tent failliet gegaan. Als hij hier nog steeds is, is hij met iets anders bezig.'

'En wat vermissingen betreft?'

'Weten jullie iets van een zaak waarbij een prominente persoon betrokken was? Waarbij de eigenaar van een bedrijf vermist werd?'

Osborne leunde achterover en draaide met zijn stoel heen en weer terwijl hij de vraag overwoog.

'Nee, niet dat ik weet. Onze zaken gaan meestal over tieners die zich vervelen en naar Miami gaan, en toeristen die zo veel hebben gezopen bij Sloppy Joe's dat ze hun hotel niet meer terug kunnen vinden. Ik zou niet weten welke prominente inwoner zoek zou zijn.'

'En een café dat zes of zeven jaar geleden failliet is gegaan?'

Osborne schoot in de lach.

'Daar hebben we er genoeg van,' zei hij.

'Hebt u echt geen idee?' drong Bosch aan. 'Ik heb het over aanzienlijke bedragen. Die gast gooide vierhonderdduizend dollar in een zwart gat.'

'Weet je met wie je moet praten? Met Tommy in de Chart Room.'

'De Chart Room? Is dat een café?'

'In het Pier House.'

'Pier House?'

'Jij weet ook écht helemaal niks, hè, LAPD? Dat is een hotel aan het eind van Duval. Ik denk dat je er vandaag de dag ook een kamer moet nemen als je de Chart Room in wilt. Destijds was het een onderwereldkroeg. Nu houden ze het tuig wel buiten.'

'En die Tommy?'

'Die brengt daar al meer dan veertig jaar drank aan de man. En andersom. Tommy kent de plaatsclijkc drankhandcl bctcr dan wic ook in dit gebouw.'

Bosch knikte. Toen pakte hij een kopie van een pagina uit het moorddossier van de familie Gallagher uit een zak van zijn jasje. Hij gaf hem aan Osborne, die het papier openvouwde. Het was een GEZOCHT-flyer. Bovenaan stond de foto van Finbar McShanes Californische rijbewijs. Daaronder stonden vier kleinere versies van dezelfde foto, die op vier manieren door een expert van de politie was veranderd – zo zou McShane er na zijn vlucht uit hebben kunnen zien. Op de veranderde foto's had McShane achtereenvolgens een volle baard, een sikje, lang haar en een kaalgeschoren hoofd. Bosch had de flyer zelf uitgegeven, kort nadat hem de zaak was toegewezen. De foto's waren dus acht jaar oud en de waarde ervan was twijfelachtig, maar iets anders had hij niet.

'Is dat hem?' vroeg Osborne.

'Ja,' zei Bosch. 'Kent u hem? Hebt u hem hier gezien?'

'Dat kan ik zo niet zeggen. Hoe oud is die flyer?'

'Ongeveer acht jaar. Hij zou nu vierenveertig zijn.'

'Dat is behoorlijk lang geleden. Hadden ze niets nieuws te bieden?'

'Daar wordt aan gewerkt. Ziet u het zitten die foto's op het appèl rond te laten gaan? Misschien heeft een van uw surveillanten hem wel gezien.'

'Ik zou niet weten waarom niet. Maar ik geef je weinig kans.'

'Ik zou het zeer waarderen.'

Osborne pakte een memoblokje en legde het voor Bosch neer.

'Geef me je nummer even. Ik bel je als ik iets te melden heb.'

'Ik heb geen telefoon. Ik ben hem kwijtgeraakt en moet vandaag een nieuwe kopen. Ik kan u ook bellen vanuit het hotel, morgen.'

Osborne rolde met zijn ogen. Wie had er nou geen mobiel?

'Welk hotel?' vroeg hij toen.

'Ik ga maar eens kijken of ze nog een kamer vrij hebben in het Pier House.'

'Dan krijg je een mooie onkostenvergoeding van het LAPD. In deze tijd van het jaar rekenen ze daar minstens vijfhonderd per nacht.'

'Bedankt voor uw hulp,' zei hij. 'En voor het appèl.'

'Geen punt,' zei Osborne. 'Red je het wel alleen, LAPD?'

'O, ja hoor. Hoezo?'

'Weet ik niet. Je ziet er wat wankel uit.'

'Komt door de vochtigheid. Niet zo aan gewend.'

'Dat zien we hier wel vaker, ja.'

Toen hij weer op het parkeerterrein stond nam Bosch even een ogenblik rust voor hij weer in zijn huurauto stapte, en keek naar de hemel boven hem. Een processie van cumuluswolken trok over het eiland. Bosch had de indruk dat het licht hier anders was – niet zo zacht als in Californië. Het had een scherpe felheid.

Hij stapte in, zat nog even aan Osborne te denken en vroeg zich af of hij die kon vertrouwen. Daar was hij nog niet zo zeker van. Hij startte de motor en reed weg.

47

Ballard hield haar badge omhoog in haar ene hand en klopte aan met de andere. Het duurde niet lang of een kleine vrouw met dezelfde huidskleur en gelaatstrekken als Jorge Ochoa deed de deur open.

'Mevrouw Ochoa?' vroeg Ballard.

'*Sí*,' antwoordde de vrouw.

Meteen wilde Ballard dat ze een Spaanssprekende agent had meegenomen. Ze kon weer weggaan en de afdeling North Hollywood bellen om te zien of er iemand beschikbaar was, maar zag ervan af. Ze hield de vrouw haar badge voor.

'*La policía. Habla inglés?*'

De vrouw fronste haar voorhoofd, maar draaide zich toen om en riep iets in Spaans snelvuur het huis in. Het enige woord dat Ballard verstond was 'policía'. Toen wendde de vrouw zich weer naar haar en knikte alsof ze het probleem zojuist had opgelost. Na een ongemakkelijk stil minuutje verscheen er een jongeman achter de vrouw. Zijn haar zat in de war; blijkbaar had hij liggen slapen. Hij was een vrijwel exacte kopie van de foto's van Jorge Ochoa die ze in het moorddossier had zien staan.

'Wat is er?' vroeg hij.

Hij was duidelijk geïrriteerd omdat hij zo vroeg was wakker gemaakt, al was het al bijna middag. Ballard zag meteen de VB-tatoeages op zijn armen en besefte dat hij lid was van de Vineland Boyzbende. De dag van een bendelid begon gewoonlijk later in de middag. Dit was vroeg.

'Jij bent Oscar, hè?' zei Ballard. 'Ik wil graag met je moeder over je broer praten.'

'Mijn broer is weg,' zei Oscar. 'En wij praten niet met agenten. *Adiós, puta.*'

Hij wilde de deur al dichtdoen, maar Ballard stak haar hand uit en hield hem tegen.

'Noem jij iemand die je broer wil helpen een hoer?'

'Hem helpen? Shit. Je had hem kunnen helpen toen hij zei dat hij het niet gedaan had. Maar nee hoor. Jullie sloten hem op en gooiden de sleutel weg.'

'Ik wil je moeder iets laten zien. Daar zouden we Jorge mee uit de gevangenis kunnen krijgen. Als je wilt dat ik wegga, dan ga ik. Maar als je je broer weer eens gaat opzoeken, zeg hem dan dat ik hier was en dat jij me wegstuurde.'

Oscar deed niets en zei niets. Toen fluisterde zijn moeder iets tegen hem. Ballard verstond genoeg Spaans om te begrijpen dat ze hem vroeg wat die vrouw precies wilde. Mevrouw Ochoa had de naam Jorge horen vallen.

Oscar ging er niet op in. Hij keek Ballard aan en maakte plaats voor haar.

'Laat het haar maar zien.'

Ballard liep het huis in. De vorige avond had ze het moorddossier doorgenomen dat ze in North Hollywood was gaan halen. Die ochtend had ze eerst geprobeerd de familie van Olga Reyes op te sporen, maar haar familie bleek na de moord Los Angeles te hebben verlaten. Ballard was er niet in geslaagd hen terug te vinden. Een buurman had gezegd dat ze naar Texas waren gegaan; verder was ze niet gekomen.

Aan de andere kant van de vergelijking stond Jorge Ochoa, dus stond ze nu in het dertien-in-een-dozijnhuisje van zijn moeder in een naoorlogse buurt in Sunland.

Ze werd naar een kleine, bescheiden ingerichte woonkamer gebracht, en zag daar meteen dat ze op het goede spoor was. Aan de muur hingen meerdere ingelijste schilderijtjes en tekeningen die eruitzagen als gevangenenkunst. Alles op slagerspapier en gesigneerd met potlood.

'Had Jorge kunstenaar willen worden?' vroeg ze.

'Hij ís kunstenaar,' zei Oscar. 'Nou, laat maar zien wat je hebt en laat ons dan verder met rust.'

Ballard ergerde zich aan zichzelf omdat ze de vraag zonder nadenken had gesteld.

'Goed,' zei ze. 'Zeg alsjeblieft tegen je moeder dat ik haar een foto van een sieraad ga laten zien en dat ik wil weten of ze dat ooit eerder heeft gezien.'

Terwijl Oscar tolkte zette Ballard met een zwaai haar rugzak op de vloer en ritste hem open. Ze haalde er een mapje uit met een grote kleurenfoto van het armbandje met het paletje. Ze gaf de map aan Oscar en liet hem zijn moeder de foto voorhouden. Ze wilde hem hier ook bij betrekken.

Oscar sloeg de map open en keek samen met zijn moeder naar de foto. Ballard keek naar de reactie van de vrouw en zag de herkenning in haar ogen.

'Ze heeft hem eerder gezien,' zei ze snel.

Oscar en zijn moeder wisselden een paar woorden en Oscar vertaalde.

'Ze zegt dat hij van mijn broer was. Hij gaf hem aan Olga omdat ze verliefd waren. Waar heb je hem gevonden?'

De vraag kwam van hem, niet van zijn moeder, wist Ballard.

'Dat kan ik je nu niet zeggen,' zei Ballard. 'Maar ik denk dat je broer ermee uit de gevangenis kan komen.'

'Hoe dan?'

'Ik denk dat ik kan bewijzen dat Olga door iemand anders is vermoord.'

Opeens brak Oscars pantser open. Ballard zag de hoop en de

vrees in zijn ogen. Hij draaide zich om en vertaalde voor zijn moeder.

'*Dios mío*,' zei ze. '*Dios mío*.'

Ze stak haar hand uit en pakte Ballard bij haar pols.

'Alstublieft,' zei ze.

Oscars pantser was op slag weer intact.

'Ik neem je te grazen als je ons belazert,' zei hij.

'Dat doe ik niet,' zei Ballard. 'Vraag je moeder alsjeblieft of ze weet waar Jorge die armband vandaan had.'

Er gingen een paar woorden over en weer in het Spaans.

'Ze weet het niet,' zei Oscar.

'En het bedeltje?' vroeg Ballard.

Vertaling was niet nodig. De vrouw schudde haar hoofd.

'En jij?' vroeg Ballard.

'Hoe bedoel je?' vroeg Oscar.

'Zat je broer ook bij de Vineland Boyz?'

'Nee, maar op het proces wekten jullie wel de indruk.'

'Daar gaat het me niet om. Ik bedoelde: waar halen de Vineland Boyz hun kettingen?'

Oscar gaf geen antwoord; hij aarzelde. De bende schreef voor dat je niet met de politie over de bende praatte. Het kon hem zijn leven kosten.

'Weet je wat herkomst betekent?' vroeg Ballard. 'Niet alleen moet je moeder bevestigen dat die armband van je broer was, het kan ook nodig zijn dat ik moet verklaren waar Jorge hem vandaan had. Dan heb ik twee bevestigingen als ik ermee naar de officier van justitie ga.'

'Hij was geen gangster,' zei Oscar. 'Hij was een kunstenaar.'

Nu Ballard het dossier had doorgenomen wist ze dat de officier van justitie foto's van straatkunst had getoond; kunst die werd toegeschreven aan Jorge Ochoa en die werd gebruikt om te suggereren dat hij banden met een bende had. Het was een slinkse manier om het oordeel van de jury te beïnvloeden.

'Ik laat mijn kaartje hier,' zei Ballard. 'Als je je nog iets herinnert, een winkel of zo waar Jorge die armband kan hebben gekocht, bel me dan.'

'Ik praat niet met de *policía*,' zei Oscar.

'Zelfs niet als het kan helpen bewijzen dat je broer Olga niet heeft vermoord?'

Oscar gaf geen antwoord. Ballard keek zijn moeder aan.

'*Gracias, señora*,' zei ze. '*Estaré en contacto.*'

Zodra ze weer in haar auto zat pakte Ballard haar telefoon en belde Harry Bosch. De adrenaline raasde door haar aderen vanaf het ogenblik dat Jorges moeder het armbandje had herkend. Ballard moest nu iemand deelgenoot maken van de wending die de zaak had genomen, en Bosch was haar eerste keus.

Maar alweer kreeg ze meteen zijn voicemail.

'Harry, met mij weer. Waar zit je, verdomme? De dingen gaan hier opeens hartstikke snel en ik heb je nodig voor Rawls. Ik heb nog een zaak met hem in verband gebracht en weet je, er zit nu iemand in de cel voor een moord die Rawls heeft gepleegd. Ik ben er zeker van. Bel me zo gauw mogelijk.'

Ze verbrak de verbinding en zuchtte diep van frustratie. Maar algauw veranderde haar irritatie in bezorgdheid. Bosch was oud en zijn gezondheid was matig. Afgezien van de zichtbare verwondingen leek de klap van die zondag hem harder te hebben geraakt dan hij op het eerste gezicht liet blijken.

Ze opende haar contactenlijst en belde Bosch' dochter. Hij had eerder gezegd dat ze in de nachtdienst werkte, dus zou ze nu noch in bed, noch aan het werk moeten zijn.

Maddie Bosch nam meteen op.

'Hoi Maddie, met Renée Ballard.'

'Hoi Renée, wat kan ik voor je doen?'

'Eh, heb jij je vader onlangs nog gesproken? We zouden samen ergens aan moeten werken, maar ik kan hem maar niet bereiken.'

'Nou, ik heb hem dinsdag nog gezien. We hebben geluncht en

daarna heb ik hem ergens afgezet waar hij een auto ging huren. Daarna heb ik hem niet meer gesproken. Wat is er...'

'Ik denk dat er niets aan de hand is, maar ik moet hem echt gauw te spreken krijgen. Zou je iets voor me kunnen doen? Hij heeft me een keer verteld dat jullie elkaars telefoon kunnen volgen. Doen jullie dat nog steeds?'

'Ja. Dus nu wil je dat ik kijk waar hij zit?'

'Dat zou heel fijn zijn, als je het niet erg vindt. Ik heb hem echt nodig.'

'Moment.'

Ballard wachtte af, terwijl Maddie de locatie van haar vader en zijn telefoon opspoorde.

'Hm... oké... Hier zie ik dat hij bij West Bureau in de garage is. O nee, wacht, dat is oud. Zijn telefoon staat uit of de accu is leeg. Want dit is van zondagavond en dat is de laatste locatie die ik heb.'

Ballards kwartje viel. Die zondag, na de botsing met Rawls, hadden ze Bosch' auto naar de officiële politiegarage gebracht.

'De telefoon ligt in zijn auto,' zei ze. 'Hij had mij net aan de lijn toen hij door Rawls werd aangereden. De telefoon moet uit zijn hand zijn gevlogen. Hij zal nog wel in de auto liggen en zondagnacht was de accu leeg.'

'Maar waar is hij nu dan?' vroeg Maddie, nu met een ongeruste klank in haar stem.

Ballards denken begaf zich nu op het terrein tussen bezorgdheid en paniek.

'Ik weet het niet,' zei ze. 'Hoe laat moet jij weer op, vandaag?'

'Nou, eigenlijk heb ik vrij,' zei Maddie.

'Heb jij een sleutel van Harry's huis? Volgens mij moeten we daar even gaan kijken.'

'Ja, die heb ik. Hoe laat?'

'Ik ben nu in de Valley. Ik kan er over minder dan drie kwartier zijn.'

'Oké, ik ook. Tot straks, zien we elkaar daar.'

'Oké. Als jij er eerder bent moet je misschien even op me wachten voor we naar binnen gaan.'

'Ik kijk wel.'

'Nou, ik ga nu op weg.'

Ze beëindigden het gesprek en Ballard startte de motor. De banden piepten op het asfalt terwijl ze wegreed. Ze wilde beslist eerder bij Bosch' huis zijn dan zijn dochter.

48

Bosch zat op bed met zijn slechte been op een stoel en een zak ijs op zijn knie; de kou leek de pijn te verlichten die de ibuprofen nog niet had weten te stillen. Hij zat in zijn kamer in het Pier House en bekeek de toeristenkaart van Old Town die hij van de receptionist had gekregen toen hij incheckte. De plekken waar je de zonsondergang kon bekijken en de aanlegplaatsen van de cruiseschepen waren er duidelijk op aangegeven. Finbar McShane was de naald; dit waren de hooibergen.

Zijn kamer was voorzien van een klein balkon met uitzicht op het turquoise water. Dat leidde hem voortdurend af, gewend als hij was aan het koude, ongastvrije, blauwzwarte water van de Stille Oceaan. Een grote catamaran voer langzaam voorbij; elke vierkante centimeter van het dek leek bezet door een passagier. Op de romp stond een telefoonnummer waarmee je een plaats op een zonsondergangsexcursie kon reserveren.

Op een kaart van het resort had hij nog voor hij naar zijn kamer ging de Chart Room opgezocht, maar er stond bij dat die pas om vijf uur openging. Hij wilde er ook op dat tijdstip zijn, in de hoop de barbediende te kunnen spreken voor het druk werd.

Hij moest nog een uur wachten en besloot een wandelingetje door Old Town te maken en hier en daar de flyer met de gezichten van Finbar McShane te laten zien. Hij stond op en legde de zak ijs in de wasbak in de badkamer. Met vereende krachten hadden het ijs en de pijnstiller zijn knie weer bruikbaar gemaakt. Voorlopig.

Hij ging weg uit de kamer en uit het hotel en liep Duval Street in. Bij Sloppy Joe's en andere cafés vroeg hij het barpersoneel of ze de man op de foto herkenden.

Dat was niet zo. Maar hij kreeg wel het idee dat de meeste barlieden en serveersters aan wie hij de flyer liet zien vooral zélf ergens voor waren gevlucht voordat ze in Key West terecht waren gekomen. Een verkeerd leven, een verkeerde relatie, het verkeerde pad – de precieze reden deed er weinig toe, maar weerhield hen er wel van een medereiziger op de vlucht aan te wijzen. Bosch vertelde er niet bij dat de man op de flyer de enige verdachte was van de moord op een heel gezin. Hij wilde hun geromantiseerde versie van de vlucht voor het verleden geen geweld aandoen.

Om vijf uur was hij terug in het Pier House en ging meteen naar de Chart Room, die een plaatsje had op de begane grond in de centrale vleugel van het hotel. Terwijl hij kwam aanlopen deed een man met grijs haar in een paardenstaart net de deur open.

De man ging hem voor. Het café was maar klein, ongeveer zo groot als een hotelkamer, en dat was het ook duidelijk ooit geweest. Links was een bar met zes krukken ervoor, rechts een rijtje tafeltjes met een lange leren bank langs de muur. Bosch schatte de capaciteit op twintig bezoekers max.

Hij ging op de eerste kruk zitten en wachtte tot de man met de paardenstaart plaatsnam achter de bar. Die was van donker hout en werd gelig verlicht vanuit de drie kasten met drankflessen erboven. Aan de muren hing een groot aantal foto's, het merendeel even geel als de barverlichting. Er waren geen ramen met uitzicht op het water. Hier werd de drank aanbeden, niet de ondergaande zon.

'Dat zal wel pijn doen,' zei de barman. Hij wees naar Bosch' oor.

'Valt mee,' zei Bosch.

'Vishaak?'

'Was het maar waar.'

'Een kogel, dus.'

'Hoe weet je dat?'

'Vishaken heb ik hier leren kennen. Kogels ken ik sinds Vietnam.'

'Juist. Met wie was u daar?'

'Marine 1-9.'

'De wandelende doden.'

Daar wist Bosch van, de wandelende doden. Van het eerste bataljon van het negende regiment waren meer manschappen gesneuveld dan bij welke andere eenheid ook. Vandaar de naam waaronder ze bekend werden.

'En u?' vroeg de barman.

'Leger,' zei Bosch. 'Eerste regiment infanterie, genie.'

'Tunnels.'

'Ja.'

De barman knikte. Hij wist van de tunnels.

'Zit u hier in het hotel?'

'Kamer 202,' zei Bosch.

'U ziet er niet uit als een toerist.'

'Ja, ik moest misschien maar eens uit op een korte broek en sandalen en een hawaïhemd.'

'Dat zal helpen, ja.'

'Bent u Tommy?'

De barman hield even op met zijn drukke geredder achter de bar, die hij gereed moest maken voor de avond, en keek Bosch recht aan.

'Kennen we elkaar?'

'Nee, ik ben voor het eerst hier in Key West,' zei Bosch. 'Maar bij het politiebureau werd me gezegd dat ik met u moest praten.'

'Waarover?'

'Over de branche hier in Key West. Ik probeer een bar te vinden die zo'n zes, zeven jaar geleden sloot.'

'Hoe heette die dan?'

'Tja, dat is het nou juist. Ik weet de naam niet.'

'Nogal vaag. Bent u van de politie?'

'Vroeger wel. Maar nu probeer ik alleen een kerel te vinden die hiernaartoe kwam vanuit L.A., hier in een café investeerde en alles kwijtraakte. Zeg maar Harry, trouwens.'

Hij stak zijn hand uit. Tommy veegde zijn handen droog aan een doek en gaf hem een hand.

'Hoelang ben jij hier al, Tommy?' vroeg Bosch.

'Laten we zeggen: langer dan wie ook,' zei Tommy. 'Die gast naar wie je op zoek bent – die heeft toch wel een naam, hè?'

'Zeker, maar ik denk niet dat hij die hier nog gebruikt. Finbar McShane. Komt uit Ierland.'

Bosch keek Tommy oplettend aan. Er was een flits van herkenning in diens blik.

'De Irish Galleon,' zei Tommy.

'Wat is dat?'

'Dat is dat café. Twee kerels uit Ierland openden die tent een jaar of acht geleden. Nou ja, de ene opende de zaak en toen kwam die ander erbij en waren ze partners. Alsof we nóg een Ierse pub in Key West nodig hadden. Vanbuiten zag het eruit als een Spaans galjoen, begrijp je? Ze hielden het een paar jaar vol en toen gingen de luiken ervoor. Ze raakten alles kwijt wat ze hadden, en dan waren er nog een hele hoop schuldeisers die hun geld niet kregen.'

Er waren overheidsdiensten en plaatselijke handelskamers die bijhielden wie er een vergunning had, wist Bosch. De naam van de bar was een goede aanwijzing.

'Kende je ze, die twee?'

'Nee, ze kwamen van buiten, niet van hier,' zei Tommy.

'Weet je hun naam nog?'

'Ah, welnee. Ik denk niet dat ik die überhaupt ooit heb geweten.'

'Weet je misschien wie wel?'

'Goeie vraag. Ogenblik. Wil je ook wat drinken bij de vragen?'

'Bourbon, graag.'

'Ik heb Michter's, Colonel Taylor en er is nog een scheutje Blanton's.'

'Doe die Blanton's maar.'

'Mooi. Ik zit nog op ijs te wachten.'

Tommy wreef een tumbler op met de handdoek, schonk een gulle bel Blanton's in en zette het glas voor Bosch neer. Er leek nog genoeg in de fles te zitten voor een volgend glas.

'*Sláinte*,' zei hij.

'Cheers,' zei Bosch.

Er kwam een man de bar binnen met een grote roestvrijstalen emmer vol ijs. Hij tilde hem op de bar, Tommy nam hem over, goot hem leeg in een bak en gaf de emmer terug.

'Dank je, Rico.'

Tommy keek Bosch even aan en knikte naar de bak met ijs.

'Is goed zo,' zei Bosch.

Tommy stak zijn vinger op alsof hij alles even stil wilde zetten terwijl hij een nieuw idee overwoog.

'Ik geloof dat ik iemand weet,' zei hij. 'Zeg, er zit toch wel iets voor mij in, hè?'

'Zeker,' zei Bosch.

Hij keek toe terwijl Tommy een draadloze telefoon onder de bar vandaan pakte, een nummer koos en afwachtte. Waarna Bosch naar zijn kant van het gesprek luisterde.

'Hé, met mij. Zeg, weet je de Irish Galleon nog? Weet jij nog wat er achteraf met die gasten is gebeurd?'

Bosch voelde aandrang de telefoon over te nemen en zelf de vragen te stellen, maar besefte dat dat de snelste manier was om het gesprek én Tommy's medewerking te beëindigen.

'O ja, natuurlijk. Dat heb ik eerder gehoord,' zei Tommy. 'Zeg, weet jij nog hoe ze heetten?'

Bosch knikte. Tommy hoefde niet gecoacht te worden.

'En waar is Davy naartoe?' vroeg Tommy.

Een paar tellen later was het gesprek afgelopen. Tommy keek Bosch aan maar zei niets. Bosch begreep hem en stak zijn hand in zijn zak. Al voor hij de vorige dag op het vliegtuig stapte had hij vierhonderd dollar uit de muur getrokken, in vijftigjes en twintigjes. Hij telde vier briefjes van vijftig uit op de bar.

'De oorspronkelijke eigenaar was Dan Cassidy,' zei Tommy. 'Maar hij ging weg van het eiland na de sluiting van het café.'

'Waarnaartoe?' vroeg Bosch.

'Dat wist mijn maat niet. De vriend uit Ierland die zijn partner werd noemde zichzelf Davy Byrne, maar niemand die dat geloofde.'

'Hoe bedoel je?'

'Dat was een schuilnaam. Kom op. Davy Byrne, zo heette de pub in *Ulysses*, de roman van Joyce over Dublin. Die tent schijnt echt te bestaan ook, nu nog, na honderd jaar. Vandaar dat de mensen hier dachten dat hij van de IRA was of zo, en hier een andere naam aannam omdat hij daar in Ierland gezocht werd.'

Bosch hield voor zich dat de 'troubles' zich grotendeels in Noord Ierland hadden afgespeeld en niet in Dublin.

'Heeft je maat ook gezegd of hij hem ooit heeft ontmoet?' vroeg hij in plaats daarvan. 'Denk je dat hij hem van een foto zou kunnen herkennen?'

'Dat zei hij niet, maar het zou me verbazen,' zei Tommy. 'Hij vertegenwoordigt Bud in het hele district Monroe. Hij weet dus wel wat er allemaal gaande is in de cafés op de Keys, maar hij heeft zelf al jaren geen bier meer afgeleverd. Hij zei wel dat die gasten hem een paar duizend dollar aan bier door de neus hadden geboord.'

'Heb je een mobiel?'

'Natuurlijk.'

'Zou je hier een foto van kunnen maken en die aan je vriend kunnen sturen? Je weet nooit.'

Bosch vouwde de flyer open en legde hem op de bar. Tommy keek er een lang ogenblik naar. Toen schoof hij hem verder over de bar tot onder een van de lampen, haalde zijn mobiel uit zijn zak en nam er een foto van. Schoof de flyer weer terug naar Bosch.

'Los Angeles Police Department,' zei hij. 'Je was toch geen agent meer?'

'Ben ik ook niet,' zei Bosch. 'Het is een oude flyer. Van een zaak waar ik destijds aan werkte, toen ik nog een badge had.'

'Is hij die ene die ertussenuit kneep, zeg maar? De witte walvis? "Noem me Ismaël" en zo?'

'*Moby Dick*, bedoel je?'

'Ja, dat. 't Is de eerste zin van het boek.'

Bosch knikte. Hij had het nooit gelezen, maar wist wel wie het had geschreven. Tussen de verwijzingen naar Joyce en Melville door kreeg hij het idee dat hij de meest belezen barman op Key West had getroffen. Tommy leek zijn gedachten te lezen.

'Als er weinig volk is pak ik er een boek bij,' zei hij. 'Maar vertel. Wat heeft-ie gedaan, je witte walvis?'

'Een gezin vermoord. Twee ouders, twee kinderen.'

'Shit.'

'Met een spijkerpistool. Het meisje was negen en de jongen dertien. En daarna begroef hij ze in de woestijn.'

'Dat meen je niet.'

Tommy legde zijn hand op de vijftigjes en schoof ze terug naar Bosch.

'Daar wil ik geen geld voor. Niet voor zoiets.'

'Je helpt me toch.'

'Ik weet wel zeker dat niemand jou betaalt om die gast op te sporen.'

Bosch knikte. Daar zat wat in. Toen stelde hij de belangrijkste vraag.

'Zei je vriend de bierhandelaar of Davy Byrne nog steeds op het eiland is?'

'Hij zei dat het laatste wat hij over Davy hoorde was dat hij in de oude charterdokken werkte. Maar dat was al een paar jaar geleden.'

'Waar zijn die dokken?'

'Onder langs Palm Avenue Causeway. Heb je een auto?'

'Ja.'

Tommy wees naar het achtereinde van de bar.

'Vanuit Old Town kun je het beste Front Street nemen richting Eaton,' zei Tommy. 'Eaton gaat vanzelf over in Palm Avenue. Je gaat de brug over en dan heb je daar de jachthaven. Kan niet missen.'

'Hoeveel boten liggen daar?' vroeg Bosch.

'Nou, nogal wat. Mijn maat wist niet op welke boot die kerel precies werkte. En als ik jou was zou ik nu gaan. In dit deel van de stad wordt het druk tegen zonsondergang. Het staat hier straks helemaal vast en dan kom je niet meer weg.'

Bosch pakte zijn glas en nam er het eerste en laatste slokje van. De bourbon was zoet op zijn tong maar brandde in zijn keel. Hij besefte dat hij beter iets had kunnen bestellen dat makkelijker weg dronk, zoals port of een cabernet.

'Dank je wel voor je hulp, Tommy,' zei hij. 'Semper fi.'

'Semper fi,' zei Tommy, de mariniersgroet aanvaardend van een niet-marinier. 'Die tunnels, man... gestoorde toestanden daar.'

Bosch knikte.

'Het is een gestoorde wereld,' zei hij.

'Het is een boze wereld,' zei Tommy. 'Mensen doen dingen die je nooit zou hebben zien aankomen.'

Bosch nam twee van de vijftigjes van de bar en stak ze in zijn zak. En schoof de andere twee weer terug naar Tommy.

'Drink die Blanton's alsjeblieft namens mij op,' zei hij.

'Tot je dienst.'

Bosch liet zich van zijn kruk glijden en ging weg uit de Chart Room. Onderweg naar buiten hield hij de deur open voor een stel in korte broek, hawaïhemd en op sandalen.

49

Ballard stond voor het huis van Bosch tegen haar auto geleund en dacht na over het laatste gesprek dat ze met hem gevoerd had. Bosch had gezegd dat hij opnieuw met Sheila Walsh wilde gaan praten over de zaak-Gezin Gallagher. Zij had haar zoon willen beschermen en hij had gehoopt dat ze in ruil daarvoor zou willen onthullen wat ze over Finbar McShane wist. Ballard besloot dat ze Sheila Walsh zou gaan opzoeken als Bosch aan het eind van de dag nog steeds niet boven water was.

De auto van Maddie Bosch kwam de hoek om en reed de vrije carport in. Ballard trof haar bij de voordeur.

'Ik heb al geklopt,' zei Ballard. 'Geen reactie.'

'Dan hoop ik maar dat hij niet thuis is,' zei Maddie.

'Zal ik anders even snel een rondje door het huis maken voordat jij naar binnen gaat?'

'Ik ben een grote meid, Renée.'

'Ik wilde het toch aangeboden hebben.'

'Snap ik. Dank je.'

Maddie viste een sleutelbos uit haar zak en haalde de deur van het slot. Zonder aarzelen duwde ze hem open en ging voor Ballard naar binnen.

'Pap?'

Geen antwoord. Ballard liep de woonkamer in en keek rond of ze iets ongebruikelijks zag. Ze bekeek Bosch' stereo-installatie en zag op de platenspeler nog steeds de plaat van King Curtis liggen die hij twee weken geleden had gedraaid toen ze hem kwam ophalen. Ze vermoedde dat het coldcaseteam hem zo opslokte dat hij zelfs geen tijd meer voor zijn muziek had.

'Pap, ben je thuis?'

Niets.

'Ik kijk even achter,' zei Maddie.

Ze verdween de gang in terwijl Ballard in de keuken ging kijken of de gootsteen en de vuilnisemmer tekenen van leven vertoonden. Beide waren schoon en leeg. Ze ging terug naar de woonkamer en liep het eetgedeelte in. Op de eettafel laten nette stapeltjes documenten. Ze liep om de tafel heen en boog zich voorover om te lezen waar Bosch het laatst aan had zitten werken.

Ze hoorde Maddie over de houten vloer van de slaapkamer lopen; zolang ze in beweging was, was dat een teken dat ze haar vader niet had gevonden.

Al snel kwam Maddie weer tevoorschijn.

'Hij is er niet,' zei ze.

'De keuken is schoon en de vuilnisbak is leeg,' zei Ballard. 'Het ziet ernaar uit dat hij niets wilde achterlaten dat kon gaan liggen stinken tijdens zijn afwezigheid.'

'Maar waar kan hij heen zijn?'

'Goeie vraag. Weet jij wat voor koffer hij heeft?'

'Jazeker. Hij heeft één koffer. Die is zo oud en versleten dat de wieltjes bijna niet meer draaien.'

'Zou je even kunnen zien of die er nog is?'

'Ik zal eens in zijn kast kijken.'

Maddie liep de gang weer in en Ballard bladerde door een van de stapels op tafel. Het bleken de documenten te zijn van de zaak-Gezin Gallagher.

Ballard zag dat de tafel een lade had, waar normaal gesproken waarschijnlijk het bestek en de servetten lagen als hij niet als werktafel maar als eettafel werd gebruikt. Ze trok de la open. Hij bevatte vooral bestek van afhaalmaaltijden plus een paar pennen, paperclips en memoblokjes. Ook lagen er een paar losse pillen en een envelop met MADDIE erop. Nieuwsgierig pakte ze de envelop op en zag dat die was dichtgeplakt. Toen pakte ze een van de pillen. Hij was lichtblauw en plat en rond. Er stond geen merknaam of ander herkenningsteken op behalve het getal 30, dat erin gedrukt was. Dat zou wel betekenen dat het een pil met een dosering van 30 milligram was, dacht ze.

Ze hoorde Maddie weer door de gang teruglopen. Zonder er verder bij stil te staan sloot Ballard haar hand rond de pil en deed de la dicht toen Maddie binnenkwam.

'Zijn koffer staat er nog,' zei Maddie. 'Maar hij heeft ook nog een plunjezak die hij voor korte tripjes gebruikt. Die is weg. Hij is ergens naartoe gegaan zonder het te zeggen.'

'Is dat wel eens eerder gebeurd?' vroeg Ballard.

'Niet dat ik weet. Vorige week belde hij nog toen hij één nachtje naar Chicago ging. Maar wie weet hoeveel reisjes hij heeft gemaakt waar ik niets van afweet.'

'Tja.'

'Maar ik heb er geen goed gevoel over dat we nu in zijn privédomein lopen rond te snuffelen. Laten we maar gaan.'

'Prima. Ik moet sowieso nog naar een afspraak in het centrum.'

Maddie haalde haar sleutels tevoorschijn om de deur af te sluiten en deed een stap naar achteren om Ballard voor te laten gaan. Zodra ze buiten stond draaide Ballard zich om naar Maddie.

'Sorry dat ik wat overspannen reageerde, Maddie. Maar we zitten midden in een zaak en omdat hij zondag zo'n tik heeft gehad was ik een beetje bezorgd toen hij zonder iets te zeggen zomaar verdwenen was. Maar hij duikt vast wel weer op.'

Maddie knikte.

'Vast,' zei ze, maar ze leek niet echt overtuigd.

'Hoe was hij toen jullie dinsdag gingen lunchen?' vroeg Ballard.

'Eh, wel oké. Normaal. Ik bedoel, die botsing was hem natuurlijk niet in de koude kleren gaan zitten en hij had last van zijn knie, maar verder was hij niet anders dan anders. Hij had het erover dat hij snel weer verder wilde met een zaak. Zoals gewoonlijk.'

'En hoe spraken jullie af, nu hij zonder telefoon zit?'

'Via de e-mail. Hij stuurde me een mailtje en vroeg of ik hem kon komen ophalen omdat zijn auto total loss was.'

'En sinds die lunch geen mailtjes meer van hem?'

'Nee. Moet ik me zorgen maken, Renée?'

'Ik zou het echt niet weten. De laatste keer dat we elkaar spraken was hij op weg naar een getuige die hij eerder had gesproken, maar die niet bepaald op hem zat te wachten. Dat was het.'

'Misschien moeten we eens bij die getuige langsgaan.'

'We?'

'Het is dan wel mijn vrije dag, maar ik ben wel een politieagent en hij is mijn vader. Wie was die getuige?'

'Wacht even. Laten we niet te hard van stapel lopen. Misschien…'

'Wie loopt er nou hard van stapel? Jij zei dat hij een getuige ging opzoeken – in een moordonderzoek, neem ik aan. En sindsdien heeft niemand meer iets van hem gehoord. Wat klopt hier niet?'

'Oké, luister, ik moet naar de stad voor een bespreking bij het openbaar ministerie. Laat me dat eerst even doen en dan zal ik daarna het adres van die getuige opzoeken. Als je vader er tegen die tijd nog niet is gaan we vanavond bij haar langs.'

Maddie zei niets en Ballard zag dat het uitstel haar niet zinde.

'Wat je nu kunt doen,' zei Ballard, 'is terug naar binnen gaan en een briefje voor je vader neerleggen dat hij je moet bellen zodra hij thuis is. Gewoon voor het geval hij alleen maar zonder telefoon zat en wij ons zorgen maken om niets. Zou je dat willen doen?'

'Goed,' zei Maddie stuurs.

'Oké, dan ga ik nu. We houden elkaar op de hoogte. Gaat het?'

'Jawel.'

'Mooi. Er is vast niets aan de hand. Ik spreek je later.'

Ze gingen ieder huns weegs: Ballard naar haar auto en Maddie weer naar binnen.

Ballard reed heuvelafwaarts de Hollywood Freeway op, zuidwaarts richting centrum.

Ze keek op het dashboard hoe laat het was en zag dat ze voor haar afspraak bij de officier van justitie nog net even tijd had om bij het lab langs te gaan. Ze wilde weten wat voor pil Bosch had rondslingeren in de lade van zijn werktafel en waar hij die voor slikte. Ze was zich ervan bewust dat dit een schending van zijn privacy was die nog een stuk verderging dan het gedrag waartegen zijn dochter zojuist nog bezwaar had gemaakt. Maar er was iets met Bosch aan de hand en ze moest erachter zien te komen wat.

50

Het parkeerterrein van Charter Boat Row was zo goed als leeg. Er was die dag verder niets meer te doen en de meeste boten lagen alweer netjes op hun plek voor de nacht. Bosch liep over de kade en las de namen van de boten en de borden waarop de contactgegevens en de charterinformatie stonden. De boten varieerden van tien meter lange open vissersboten tot motorjachten met verschillende dekken, hutten en kraaiennesten.

Aan het eind stond een man met een slang het dek schoon te spuiten van een groot jacht met een open kajuit en ruimte voor een grote groep vistoeristen. Het was laagwater, waardoor de boot en de man zich een stuk lager dan Bosch en de kade bevonden. Na een tijdje keek de man op en zag Bosch. Hij droeg een door het zout uitgebeten honkbalpet, waar DECK DOCTOR op stond. Hij wees naar de kraan waar zijn waterslang aan was gekoppeld.

'Hé maat, kun je het water even voor me uitzetten?' riep hij naar boven.

Bosch liep naar de kraan en draaide die dicht.

'Nog laat binnengekomen?' vroeg Bosch terloops. 'De rest is al naar huis.'

'Ik vaar niet,' zei de man. 'Ik maak de boten alleen maar schoon.'

'Oké, Deck Doctor. Ook de boot van Davy Byrne?'

De man schudde zijn hoofd.

'Die heeft geen boot,' zei hij. 'De CJ is van Henry Jordan.'

'De CJ,' zei Bosch. 'Welke is dat?'

'Een stuk of negen à tien boten terug. Je bent er voorbij gelopen. Calamity Jane.'

'O, ja. Die heb ik gezien.'

'Davy doet dan wel tegen de toeristen alsof die schuit van hem is, maar Henry is nog altijd voor het grootste deel eigenaar. Dat weet ik toevallig.'

'Dus Davy is niet meer dan een investeerder?'

'Meer een werknemer. Maar dat moet je aan Henry vragen wanneer hij terugkomt.'

'Terug waarvandaan?'

'Geen idee. Kun je me die elektriciteitskabel aangeven?'

Bosch keek om zich heen en zag een dik geel snoer dat opgerold aan een haak aan een stalen balk hing. De balk steunde een golfplaten overkapping die over de hele lengte van de rij boten liep. Aan één eind van het snoer zat een krachtstroomstekker. Hij haalde het snoer van de haak, rolde het een stukje uit en wierp de rest omlaag naar de Deck Doctor. De man liep met het andere uiteinde naar een stopcontact onder het gangboord en stak de stekker erin. Bosch nam aan dat daarmee de accu's en elektrische apparaten op de boot werden opgeladen.

'En,' zei Bosch, 'hoelang is Henry al weg?'

'Bijna een jaar, schat ik,' zei de Deck Doctor. 'Hij schijnt Byrnes geld te hebben aangepakt en toen tabee te hebben gezegd. Hij is met zijn vrouw een wereldreis gaan maken en Davy mag de boot, de woonboot en alles runnen. Mooi voor elkaar, als je het mij vraagt. Maar dat zijn mijn zaken niet.'

'Een woonboot?'

'Aan de andere kant van de weg, op Garrison Bight, is een jachthaven. Daar liggen alle woonboten. Die van Henry ook. Een hoop van die lui met een boot hier wonen daar. Kunnen ze zo naar hun werk lopen.'

Bosch knikte.

'Handig,' zei hij. 'Je weet toevallig niet welke van Henry is, of wel?'

'Als je een huisnummer bedoelt: nee,' zei de Deck Doctor. 'Maar die met de lachende piraat op het dak is van hem.'

Bosch wist niet goed wat hij zich daarbij moest voorstellen, maar vroeg geen nadere uitleg.

'Je ziet het vanzelf,' zei de Deck Doctor. 'Ben je van de politie of zoiets?'

'Zoiets,' zei Bosch. 'Hoelang doe je dit al, dit botenwerk?'

'Het korte antwoord is: mijn hele leven. Maar als je het werk aan de charterschepen bedoelt: ik maak hier al zo'n acht jaar schoon.'

'En hoelang loopt Davy Byrne hier rond?'

'Hier? Hij is in ieder geval na mij gekomen. Ik denk een jaar of zes geleden. Dat weet ik nog omdat Henry een partner zocht en ik daar geld voor bij elkaar aan het harken was. Maar Davy Byrne was me voor. Tot op de dag van vandaag weet ik niet hoe hij het geflikt heeft. Hij schijnt alles kwijt te zijn geraakt met dat café dat hij runde voordat hij hier opdook.'

'Daar heb ik van gehoord.'

'Ja. Hij kon nog niet eens een kroeg draaiende houden, en dan komt hij hier en denkt ineens alles te weten over charters en vissen.'

Bosch knikte. Hij had de vinger op de zere plek van de Deck Doctor gelegd.

'Je zei dat Henry al bijna een jaar weg is?' vroeg Bosch.

'Precies weet ik het niet, in ieder geval een maand of acht à negen,' zei de Deck Doctor. 'Ze schijnen de zeven continenten af te reizen. Maar dat heb ik van Davy Byrne.'

'Goed, bedankt voor je hulp. Zou je nog iets voor me willen doen? Als je Davy ziet, wil je dan je mond over mij houden?'

'Geen enkel probleem. Ik praat niet met die vent.'

Bosch liep langs de schepen terug naar zijn auto. Hij zag dat de zon al laag aan de hemel stond. Hij was van plan geweest om naar Mallory Square te gaan, dat bekendstond als hét punt op Key West waar je de zonsondergang moest zien, maar hij had geen rust in zijn lijf. Hij dacht dat hij wist waar Finbar McShane was. Morgen was er weer een zonsondergang. Hopelijk was hij er dan nog om die mee te maken.

De parkeerstrook kon hij maar één kant op verlaten. De route voerde onder de weg door naar de ingang van een andere jachthaven. Hij zag een paar trailerhellingen en erachter een groepje woonboten als een drijvend dorp. De meeste hadden kleinere bootjes met buitenboordmotoren die aan de achterkant aan steigers en vlonders lagen aangemeerd. De arken waren in pastelkleuren geschilderd; het waren woningen van twee verdiepingen die op casco's waren gebouwd en bij elkaar op een kluitje lagen.

Voor zover Bosch kon zien telde hij acht woonboten die tot in Garrison Bight lagen. De een-na-laatste had een schuin grijs dak waarop een grote gele smiley was geschilderd met een zwart ooglapje en een rode hoofddoek met een doodshoofd met gekruiste beenderen erop. De zijkant van de ark had dezelfde kleur geel en aan de vlonder aan de achterkant lag een bootje met buitenboordmotor aangemeerd.

Het parkeerterrein voor de woonboten was helemaal vol. Bosch moest een eindje terug parkeren en teruglopen. Zijn knie begon weer op te spelen, maar het flesje met pijnstillers lag nog op zijn hotelkamer. Tegen de tijd dat hij bij de loopplank omlaag naar de woonboten kwam liep hij mank.

Er was geen hek om de toegang naar de boten te verhinderen. Bosch pakte de leuning vast en stapte voorzichtig op de steile loopplank tot hij op de brede, vlakke betonnen pier was die alle woonboten met elkaar verbond.

Nonchalant liep hij over de pier alsof hij een toerist was die zich vergaapte aan dit drijvende buurtje. Onder het lopen bekeek hij op zijn gemak elke woonboot aan beide zijden van de pier. Toen hij bij de gele ark kwam, de een-na-laatste voor het einde, zag hij dat de schuifdeur op het balkon op de eerste verdieping openstond met een hordeur die ervoor langs dicht was getrokken. Hij hoorde muziek binnen – een reggaebeat, maar het was geen nummer dat hij kende.

Bosch deed nu zijn voordeel met zijn blessure. Hij bleef staan en leunde tegen een lantarenpaal aan het eind van de pier. Hij hief zijn been op en bewoog zijn voet op en neer alsof hij een stijf gewricht los probeerde te maken. En ondertussen bestudeerde hij de gele woonboot. Hij zag dat de vlonder doorliep langs de rechterkant van de woning, waardoor er een smalle doorgang was naar het achterdek en het bootje dat daar lag. Ook vielen hem de dubbele sloten op de voordeur op.

Tevreden met de informatie die hij vergaard had zette Bosch weer koers naar de loopplank. Hij had genoeg gezien. Hij was ervan overtuigd dat de man die hij al die jaren had gezocht in dat gele huis was. Nu moest hij terug naar zijn hotelkamer. Hij moest nog wat pijnstillers nemen en een plan smeden voor als hij later, onder dekking van de duisternis, terug zou komen.

51

Ballard was tien minuten te laat aangekomen op haar afspraak van vier uur met Vickie Blodget, de aangewezen openbaar aanklager voor zaken van de eenheid. Ballard was altijd los en open met Blodget omgegaan, maar toen ze de zaak voor haar samenvatte was ze er niet met haar hoofd bij. Ze sloeg details over of vertelde ze in de verkeerde volgorde. Sinds ze uit het lab was gekomen was ze in de war. De noodzaak om Sheila Walsh te vinden had de zaak-Olga Reyes in haar hoofd naar de achtergrond geduwd.

'Begrijp ik het goed,' zei Blodget, 'dat Bosch Rawls de doos in de container zag gooien, maar dat jullie toen drie dagen hebben gewacht voor je ging kijken? Waarom was dat?'

'Nee, nee, dat bedoelde ik niet. Sorry als ik niet duidelijk ben,' zei Ballard. 'Bosch zag hem niet de doos weggooien. Hij realiseerde zich later dat Rawls misschien bezig was geweest om bewijsmateriaal te verdonkeremanen toen hij Bosch zag en besloot het hazenpad te kiezen. Dus, met andere woorden: hij dumpte de doos, zag Bosch, rende naar zijn auto en ging er toen vandoor.'

'Maar waarom hebben jullie dan drie dagen gewacht voordat jullie teruggingen? Zie je, dat is een probleem. Als hij niet zag dat Rawls de doos weggooide wordt het ingewikkeld om die dingen met elkaar in verband te brengen.'

'Maar wie kan het anders geweest zijn? De container staat letterlijk op twintig meter van de achterdeur van de winkel van een seriemoordenaar. Bosch heeft zondag bij die aanrijding een flinke dreun opgelopen. Zijn knie en zijn ribben waren kapot, nog afgezien van die kogel die langs zijn hoofd suisde en een stuk van zijn oor meenam. Het duurde een paar dagen voor het hem duidelijk werd en toen zijn we meteen die kliko's in gedoken.'

Blodget knikte en maakte een korte aantekening in een schrijfblok.

'Tja, dat is het punt,' zei ze. 'Die drie dagen. Iederéén kan die doos hebben gedumpt. Zoals je weet is dat vuurgevecht met Rawls uitgebreid in de media geweest. Iemand kan ervan gehoord hebben en toen de doos daar zijn gaan weggooien in de hoop dat hij gevonden zou worden en aan Rawls gekoppeld.'

De mist in Ballards hoofd klaarde op. Ze staarde Blodget ongelovig aan.

'Dat meen je niet,' zei ze. 'Dat slaat toch nergens op? Die jongen zit al dertien jaar in de gevangenis. Hij is intussen al geen jongen meer. Hij hoort daar niet te zitten.'

'Ben je daar honderd procent zeker van?' vroeg Blodget.

'Honderd procent. Jorge Ochoa is onschuldig.'

'Er was een DNA-match.'

'Ja, ze was zijn vriendinnetje. Dat was ook zijn verdediging: ze hadden die avond seks gehad, hij was naar huis gegaan en daarna was de moordenaar gekomen. En nu weten we dat dat klopt. Het was Rawls, niet Ochoa. Het moordwapen zat in de doos. Je hebt het autopsieverslag voor je neus liggen. Letsel door een stomp voorwerp, cirkelvormige sporen van slagen op de schedel, met een diameter van tweeënhalve centimeter. Dat waren klappen met een hamer, Vickie. Kan niet missen.'

'Dat weet ik ook allemaal, Renée. Maar daar gaat het niet om. We moeten dit kunnen koppelen aan Rawls. Zaten er vingerafdrukken op die doos? Iets wat die doos of de inhoud rechtstreeks met hem in verband brengt?'

'Nee, ik heb hem laten onderzoeken. Geen vingerafdrukken, geen vezels en geen DNA van Rawls. Maar bedenk dat hij zich ervan ging ontdoen. Hij zal ervoor gezorgd hebben dat hij schoon was en niet met hem in verband kon worden gebracht. Het enige zwakke punt in het plan was dat wij hem in de smiezen hadden en dat Bosch hem zag. Voordat hij Bosch zag en probeerde te vluchten had hij daar niet op gerekend.'

'Ik kan er nog te veel gaten in schieten. Hiermee kan ik niet naar de overkant. Nu nog niet. Ik moet meer bewijs hebben.'

Blodgets kantoor bevond zich in het paleis van justitie aan Temple Street, recht tegenover de strafrechtbank, waar op de vijftiende verdieping het kantoor van de huidige gekozen officier van justitie zat.

'Je zei dat Bosch een aanvaring had met een bewoner daar,' zei Blodget. 'Heb je die gesproken? Heeft hij gezien dat Rawls die doos weggooide?'

'Ik vraag me af of hij dat van daaruit had kunnen zien,' zei Ballard. 'Maar, nee, we hebben hem nog niet gesproken. Het leek me niet nodig omdat de rest zo voor de hand ligt.'

'En we hebben niets meer van die zaak in het beslaghuis of in de bewijsopslag?'

'Nee. Toen Ochoa's beroep werd afgewezen gaf de rechtbank opdracht het bewijs te vernietigen. Dit hier is alles wat we hebben. Geen plaats delict meer om naar terug te keren, geen getuigen om foto's van Rawls aan te laten zien. Alleen die doos.'

Blodget knikte en schreef weer iets op.

'Dan is er niets wat ik op dit moment kan doen,' zei ze. 'Sorry, Renée.'

'Komt het door de ingelaste verkiezingen?' vroeg Ballard.

De officier van justitie stond aan de vooravond van een terugroepingsstemming omdat zijn liberale beleid, dat het lastiger maakte om delinquenten naar de gevangenis te sturen, in heel Los Angeles County een enorme stijging in de misdaadcijfers had opgeleverd. Door de nieuwe richtlijnen van de vijftiende verdieping dat er voor de meeste vergrijpen geen borg meer vereist was konden openbaar aanklagers geen strafverhogingen meer toevoegen voor wapengebruik bij het plegen van een misdrijf, en daarbij hadden vertragingen in de vervolging voor overtredingen en zelfs meer gewelddadige misdrijven een draaideureffect gecreëerd in het rechtsstelsel. De media berichtten stelselmatig over verdachten die zo vanuit het huis van bewaring zonder borg of zonder verdere vervolging weer op straat werden gezet, en vervolgens verdergingen met het plegen van precies dezelfde vergrijpen – soms alweer binnen een paar uur.

De officier van justitie had geprobeerd de schuld hiervan af te schuiven op de coronapandemie en de noodzaak om de gevangenissen tijdens de crisis niet te vol te laten lopen, maar desondanks was hij de steun kwijtgeraakt van de wetshandhavingsinstanties in het district, evenals van een belangrijk deel van de bevolking. Inmiddels liep er een goed gefinancierde terugroepingscampagne. Een verhaal dat justitie een onschuldige gevangen had gezet – ook al was dat lang voordat de huidige officier van justitie gekozen was – zou het er voor hem niet makkelijker op maken om aan te blijven.

'Luister, ik zal niet ontkennen wat er aan de overkant aan de hand is,' zei Blodget. 'Maar ik weet nu al hoe het zal gaan. Ik kom bij ze aan met deze zaak zoals hij er nu uitziet, zij schieten hem af en Ochoa komt nooit vrij.'

'Dus wat je zegt is eigenlijk dat we moeten wachten tot na de verkiezingen,' zei Ballard. 'We laten Jorge Ochoa nog een half jaar langer in Corcoran zitten voor iets wat hij niet gedaan heeft. En dan hebben we het nog niet eens over al die jaren dat hij er al zit.'

'Wat ik zeg is dat als ik nu met die zaak naar de overkant ga en hij wordt afgewezen, je dan wel met heel goeie argumenten moet komen als je er voor de tweede keer mee komt. Wie er tegen die tijd ook in dat hoekkantoor op de vijftiende zit.'

Ballard knikte en hield haar mond. Ze wist dat Blodget niet de vijand was. De situatie was zoals ze was. En zij moest zorgen dat ze Blodget aan haar kant hield, want in de toekomst zouden er wel vaker zaken zijn waar iets aan schortte. En dan zou ze Blodget ook weer nodig hebben.

Ballard wist ook dat dit niet de enige plek was waar ze met haar zaak naartoe kon. Er was nog een andere manier om Jorge Ochoa vrij te krijgen, als ze het aandurfde.

'Oké,' zei ze. 'Bedankt voor je tijd. Maar zodra de tijd er rijp voor is en we het bewijs op orde hebben kom ik hiermee terug.'

'Ik hoop dat je ermee naar mij komt, Renée,' zei Blodget.

Ballard stond op.

Bij het verlaten van de eenheid Zware Criminaliteit voelde ze haar wangen rood worden van vernedering bij de gedachte aan de ontmoeting eerder die dag in het huis waar Jorge Ochoa was opgegroeid. Het wantrouwen ten aanzien van de politie en het rechtsstelsel dat Jorges broer aan de dag had gelegd was zojuist bevestigd. Ballard had beloofd Jorges moeder en broer op de hoogte te houden, maar nu had ze geen idee of ze hun ooit nog onder ogen durfde te komen.

Terwijl ze op de lift stond te wachten keek Ballard op haar telefoon en zag dat ze geen bereik had. Dat verbaasde haar niet. De eenheid Zware Criminaliteit was gevestigd in het voormalige huis van bewaring boven in het Paleis van Justitie. Ook al was het al jaren geleden tot kantoren verbouwd, de vloeren en muren waren nog altijd van met staal versterkt beton om ontsnappingen te voorkomen. Het pand stond bekend om het slechte mobiele bereik. Pas toen Ballard op de begane grond de lift uit stapte begonnen de appjes en voicemailberichten binnen te stromen. Er waren er een aantal van Maddie Bosch.

Bel me.
Moet je zsm spreken.
Waar zit je?

Er waren ook nog twee voicemails, maar Ballard nam niet de moeite die af te luisteren. Terwijl ze over Spring Street naar het hoofdbureau liep besloot ze dat ze beter meteen kon terugbellen. Maddie nam direct op en begon onmiddellijk te praten alsof ze al midden in een gesprek zaten.

'Dit is zo bizar. Toen ik weer naar binnen ging om een briefje voor mijn vader neer te leggen vond ik in een la een envelop met mijn naam erop. Ik maakte hem open en het was een lange brief aan mij, over wat een goed mens ik ben en dat ik zo sterk ben en wat een goede politieagent ik zal worden. Het leken wel allemaal dingen die hij me nog wilde zeggen voor als hij er niet meer is.'

Ballard wist precies waar die brief voor bedoeld was, maar wilde Maddie niet nog meer van streek maken.

'Tja, Maddie,' zei ze. 'Misschien is het gewoon iets wat hij...'

'En toen miste ik verdomme een telefoontje van hem,' onderbrak Maddie haar. 'Ik was zo gestrest over die brief die ik had gevonden en dat ik jou niet te pakken kreeg, dat ik naar het bureau ben gegaan om te trainen en toen belde hij terwijl ik na afloop onder de douche stond.'

'Heeft hij iets ingesproken?'

'Ja. Hij zei dat hij in Key West was en dat alles in orde was, maar het was een beetje gek.'

'Hoezo? Wat was er gek aan?'

'Hij was zichzelf niet. Hij zei dat het goed ging en dat hij aan een zaak werkte en dat hij heel veel van me hield. Maar hij klonk zo raar. Hij zei dat ik het beste was wat hem ooit was overkomen. En dan met die brief die ik gevonden had... ik weet het niet, hoor. Ik maak me echt zorgen.'

'Heb je het nummer waarmee hij je belde op je telefoon?'

'Ja, ik belde meteen terug toen ik die voicemail had afgeluisterd. Het is een hotel in Key West. Ik vroeg naar de kamer van Harry Bosch en ze verbonden me door. Maar hij nam niet op. Ik heb drie keer gebeld en ik kreeg geen gehoor.'

'Welk hotel is het?'

'Het heet Pier House.'

'Oké, ik ga erachteraan, Maddie. Ik bel je zodra ik iets weet.'

'En hoor eens, er is nog iets wat het allemaal nog bizarder maakt.'

'Wat?'

'Ik zocht een stuk papier om een boodschap op achter te laten, dus trok ik de la van zijn werktafel open. Daar vond ik die brief aan mij. Maar er lagen ook een paar losse pillen. En met de eenheid waar ik nu bij werk heb ik genoeg drugsoperaties ondersteund om te weten dat het fentanyl is. Ik weet niet waar hij het vandaan heeft of waarom hij het heeft, maar hij heeft dus gewoon fentanyl in zijn la liggen.'

Het was een bevestiging van wat Ballard al eerder in het lab had gehoord.

'Oké Maddie, kalm aan,' zei Ballard. 'Er is vast een verklaring voor. En hij zal het ons vertellen zodra we hem hebben gevonden. Dus laten we vooral rustig blijven tot het zover is.'

'Oké, ik zal het proberen,' zei Maddie. 'Maar alsjeblieft, zorg dat je hem vindt. En laat me weten of ik kan helpen. Dat meen ik.'

'Snap ik. En doe ik.'

Ballard hing op en begon meteen op haar telefoon op het internet naar de politie van Key West te zoeken. Ze belde het centrale nummer, vertelde wie ze was en vroeg naar de dienstdoende commandant. Ze zei tegen een inspecteur met de naam Burke dat er met spoed een welzijnscheck moest worden gedaan van een gast in hotel Pier House. Ze beschreef Bosch' uiterlijk en vroeg te worden teruggebeld zodra de controle had plaatsgevonden.

Omdat ze geen idee had hoelang het ging duren voor het KWPD zou reageren belde Ballard daarna met hotel Pier House en sprak met de man die over de beveiliging van het hotel ging. Ze legde de situatie uit en vroeg of hij naar Bosch' kamer wilde gaan om te zien of alles in orde was. Hij legde haar op zijn beurt uit dat het hotelbeleid het niet toeliet de deur te openen van een hotelkamer die mogelijk in gebruik was zonder dat de politie daarbij aanwezig was.

'Die is onderweg,' zei Ballard.

Ze verbrak de verbinding en voelde zich nutteloos nu ze niets meer kon doen dan wachten tot ze iets hoorde van mensen die bijna vijfduizend kilometer verderop zaten. Ze opende een zoekvenster op haar telefoon en probeerde erachter te komen hoe snel ze in Key West kon zijn. Een kwartier later had ze net een huurauto gereserveerd bij de nachtvlucht naar Miami die ze geboekt had, toen er een telefoontje binnenkwam met het kengetal 786.

'Met Bob Burke, KWPD.'

'Bent u op zijn kamer geweest?'

'Ja, maar die was leeg. Bosch is er niet en niets wijst erop dat er iets loos is. Twee overhemden aan hangertjes in de kast, een tandenborstel, een plunjezak. Zijn portefeuille ligt in een la naast het bed. Een van mijn mannen heeft wat navraag gedaan en de barman van de Chart Room zei dat Bosch daar eerder was geweest en een glas dure bourbon had gedronken. Ik weet niet of u er iets aan hebt, maar de barman zei dat hij naar een Ier vroeg met de naam Davy Byrne. Komt u dat bekend voor?'

Ballard aarzelde. Het klonk alsof Bosch Finbar McShane had gevonden, of in elk geval het alias dat hij gebruikte.

'Eh, de naam klopt niet,' zei ze. 'Maar hij volgde het spoor van een verdachte in een cold case waar we hier aan werken. Die verdachte is een Ier.'

'Nou, misschien heeft hij hem gevonden,' zei Burke. 'Maar nogmaals, zijn kamer vertoont geen tekenen dat er iets niet in de haak is. Ik zal hier nog eens navraag doen, kijken of de mensen van de dagdienst hier iets van weten.'

'Heel graag, en belt u me alstublieft zodra u iets weet. Ik vlieg vannacht die kant op en land tegen de ochtend in Miami.'

'Doe ik. En o, dat zou ik bijna vergeten. Er was wel nog iets anders in de kamer. Op het bureau lag een envelop. Die was dichtgeplakt en geadresseerd aan ene Renée. Kan dat…'

'Dat ben ik. Ik ben Renée. Waarom zou hij daar een bericht voor me achterlaten? Ik zit in L.A.'

'Dat weet ik niet. Misschien wist hij dat u zou komen.'

Die suggestie zette Ballard aan het denken. Zat Bosch haar op vijfduizend kilometer afstand te manipuleren?

'Ik kan hier geen chocola van maken,' zei ze. 'En waarom zou hij weggaan zonder zijn portefeuille? Dat is niet logisch.'

'Hij lag in een la. Misschien was hij hem vergeten. Misschien wilde hij niet het risico lopen hem te verliezen.'

Geen van beide mogelijkheden klonk Ballard plausibel in de oren. Haar ongerustheid over Bosch nam toe.

'Zou u terug naar binnen willen gaan en die brief aan mij willen openen?' vroeg ze.

'Eh... nee, dat kunnen we zonder goede aanleiding niet doen,' zei Burke. 'Zoals het er nu voor staat hebben we geen delict of bewijs van een delict. Verder dan die welzijnscheck kunnen we niet gaan. Ik hoef u toch niets te vertellen over het Vierde Amendement en wederrechtelijke doorzoekingen en inbeslagnemingen.'

'Nee, inspecteur. Alleen...'

'Ik neem contact op zodra ik iets hoor van de dagploeg. Oké, inspecteur?'

'Oké. 'Bedankt.'

Ballard hing op en keek hoe laat het was. Haar nachtvlucht zou over vier uur vertrekken. Ze had nog genoeg tijd om Sheila Walsh op te sporen en erachter te komen waarom Bosch naar Key West was gegaan.

52

Bosch zat in zijn auto op het parkeerterrein op Garrison Bight en bekeek de drijvende woningen in het donker. Het licht van de volle-maan werd als een golvende gele streep door het water weerkaatst, als een pad naar het huis met de piratensmiley op het dak. Hij keek toe hoe een voor een de lichten in de boten uitgingen. In de ark waar Davy Byrne woonde werd het als laatste donker.

Bosch bleef nog een uur zitten kijken en wachten. De bourbon van uren eerder joeg nog steeds de vlammen omhoog naar zijn keel. Hij overdacht zijn plan en de risico's die het inhield, en wist dat Stephen Gallagher, zijn vrouw, en zijn zoontje en dochtertje op de een of andere manier voor de dageraad gewroken zouden zijn.

Om drie uur 's nachts stapte hij eindelijk de auto uit en liep hij naar de loopplank die omlaag naar de woonboten leidde. Zijn kleren waren zo donker als de nacht. Hij droeg handschoenen en had een schroevendraaier bij zich die hij had gekocht bij de CVS aan Front Street tegenover het hotel.

De loopplank was glad van het vocht als gevolg van de dalende temperatuur aan het eind van de dag. Hij greep de leuning en liep langzaam en voorzichtig naar beneden, erop bedacht dat een misstap een felle pijnscheut door zijn knie zou jagen. Momenteel kon hij de pijn nog onder controle houden dankzij een tweede dosis pijnstillers.

Zodra hij voet op de betonnen pier zette verwachtte hij direct in het volle licht te worden gezet door bewegingsmelders op de woningen, maar het bleef volkomen donker. Hij vermoedde dat het zachte deinen van de woonboten constant die apparaten in werking zou stellen, wat deze eenvoudige beveiligingsmaatregel hier ongeschikt maakte.

Toen hij bij de een-na-laatste woning kwam stapte hij zonder aarzelen via het gangboord het voordek op. Daar bleef hij staan. Hij wachtte en luisterde om te proberen vast te stellen of zijn komst was opgemerkt.

Er gebeurde niets en hij liep over het zijdek naar de achterkant van de woning. Hij had zijn schroevendraaier meegenomen om de schuifdeur op het achterdek te forceren en binnen te komen, maar toen hij daar aankwam zag hij dat de schuifdeur een centimeter of dertig openstond en dat het enige wat hem ervan weerhield binnen te komen, een hordeur was.

De hordeur zat op slot, maar met zijn schroevendraaier kon hij gemakkelijk een gat in het gaas prikken. Toen trok hij het met zijn vingers verder open tot het groot genoeg was om zijn hele hand erdoorheen te steken. Hij ontgrendelde de deur aan de binnenkant en schoof die vervolgens zachtjes open.

Hij sloop de woning binnen. Nu de maan hem niet meer bijlichtte stond hij volledig in het duister. Hij wachtte even tot zijn ogen aan het donker gewend waren. Hij zag een grote flatscreen-tv aan een wand en tegen de wand ertegenover een bank met een laag tafeltje ervoor. Voorbij de kamer waar hij zich bevond was een eetkamer met een doorgeefluik naar de keuken. De oplichtende cijfers van een digitale klok op de magnetron zeiden dat het 03.10 uur was.

Rechts onderscheidde hij de vorm van een trap die naar de eerste verdieping leidde. Hij zette een stap in de richting van de trap, maar stokte toen hij een stem achter zich hoorde.

'Geen beweging, klootzak.'

Bosch bevroor. Achter hem ging het licht aan. Hij stak zijn handen omhoog tot op schouderhoogte en draaide zich langzaam om. Daarbij liet hij de schroevendraaier in zijn mouw glijden.

Op een fauteuil in de hoek naast de schuifdeur zat een man. Bosch was hem bij zijn binnenkomst in het donker straal voorbijgelopen. De man richtte een pistool op Bosch' borst.

Het was Finbar McShane. Bosch herkende hem meteen van de foto's op het opsporingsbericht in zijn achterzak. Hij had nu een volle grijze baard en een kaalgeschoren schedel die sterk gebruind was van de dagen op het open water op de Calamity Jane. Het was duidelijk dat hij in het donker op Bosch had zitten wachten.

'Wie ben je?' vroeg hij.

'Doet er niet toe,' zei Bosch. 'Van wie wist je dat ik zou komen?'

Niet Tommy, de barman van de Chart Room, hoopte Bosch.

'Dat hoefde niemand me te vertellen,' zei McShane. 'Ik zag hoe je hier vandaag de toerist liep uit te hangen in je smeriskleren. Ik kan een toerist wel van een agent onderscheiden.'

'Dat ben ik niet. Niet meer.'

'Wat moet dat nou weer betekenen?'

'Het betekent dat het afgelopen is. Ik ben niet alleen, anderen weten dat ik hier ben. Ze komen eraan. Het is uit... McShane.'

Toen hij zijn echte naam hoorde verscheen er een klein moment iets van schrik in zijn ogen, maar dat maakte ook weer snel plaats voor het zelfvertrouwen van iemand die wist dat hij het wapen en de controle had.

'Draai je om. Helemaal rond.'

Bosch droeg een zwarte spijkerbroek en een donkerbruin overhemd. Toen hij zijn spullen pakte had hij niet voorzien dat hij onder dekking van de nacht zou moeten opereren. Hij draaide zich om met zijn handen nog steeds omhoog, om te laten zien dat hij niet gewapend was. Hij draaide een keer helemaal om zijn as, tot ze elkaar weer aankeken.

'Laat me je enkels zien,' zei McShane.

Bosch knikte. McShane speelde het slim door bij Bosch uit de buurt te blijven voor het geval die ergens een wapen verborgen hield. Bosch bukte en trok de pijpen van zijn broek omhoog, waarbij hij erop lette de schroevendraaier niet uit zijn mouw te laten vallen. Hij liet zien dat hij geen enkelholster droeg.

'Ongewapend,' zei McShane. 'Je komt me vermoorden zonder een wapen mee te nemen?'

'Ik kwam je niet vermoorden,' zei Bosch.

'Wat dan wel? Wat doe je hier dan?'

'Ik wil het je horen zeggen.'

'Wat dan, klootzak? Zeg gewoon wat je bedoelt.'

'Dat je de Gallaghers hebt vermoord.'

'Jezus christus... kom je daarvoor helemaal uit L.A.? Nou, dan ben je dat hele eind voor niks gekomen, ouwe. Om tien meter diep aan een ankerketting te eindigen.'

'Heb je dat ook met Henry Jordan en zijn vrouw gedaan? Met een ketting om ze heen in het water gedumpt? En Dan Cassidy? Ligt hij daar ook?'

Nu zag Bosch even een blik van verrassing op McShanes gezicht.

'Zoals ik al zei, er zijn meer mensen die alles van je weten,' zei Bosch. 'En die komen vlak achter me aan. Dit keer kom je er niet mee weg.'

'O nee? Denk jij dat?'

'Ik weet het. Dus ik geef je de keuze. Vertel me over de Gallaghers en dan gaan we terug naar L.A. Of je probeert hier weg te komen.'

McShane lachte.

'Dat lijkt me geen moeilijke keuze,' zei hij.

'Ik denk niet dat je veel verder dan Marathon komt,' zei Bosch.

'O, ja? Nou, je durft wel, ouwe, dat moet ik je nageven. Maar ik zal je zeggen: ik ga niet terug. En waarom denk je eigenlijk dat ik de auto zal pakken?'

'Omdat ik net bij je boot ben geweest. De Calamity Jane. Met water in de brandstoftanks zul je niet ver komen.'

'Ik geloof er geen barst van.'

'Je zou natuurlijk met het vliegtuig kunnen gaan, maar een vliegtuig is makkelijk te volgen. De Overseas Highway is je enige keuze en die is lang. Voordat je op het vasteland bent hebben ze je al te pakken.'

'Je hebt het allemaal goed uitgedacht, hè?'

Bosch antwoordde niet. Hij staarde alleen maar naar het pistool. Hij was er klaar voor, klaar voor het einde. McShane stond op, het pistool nog altijd op Bosch' hart gericht.

'Ben je soms gezenderd? Op me af gestuurd om een bekentenis los te peuteren? Maak je hemd open, zak.'

Bosch begon met zijn rechterhand zijn overhemd los te knopen.

'Nee, geen zender,' zei hij terwijl hij zijn overhemd opensloeg. 'Jij en ik, verder niemand. Ik wil het je horen zeggen. En dan doen wat ik moet doen.'

McShane deed een stap dichterbij.

'Jij je zin, ouwe. Ik zal het je vertellen. Maar dat worden wel de laatste woorden die je zult horen.'

'Lagen ze te slapen?'

'Wat?'

'Emma en Stephen. De kinderen. Lagen ze te slapen toen je ze vermoordde? Of wisten ze wat ze te wachten stond?'

'Voel je je dan beter? Als ze sliepen, als ze van niks wisten?'

'Nou?'

'Nee, ze zaten op hun knieën. En ze wisten wat ze te wachten stond. Net als hun ouders. Nou jij weer.'

McShanes ogen lichtten op bij de herinnering, en in zijn donkere pupillen zag Bosch een peilloze leegte waarin alle menselijkheid ontbrak. Er welde een diepgewortelde woede in hem op toen hij zich de foto's van Emma en Stephen weer voor de geest haalde die hij ooit bij zich gedragen had. Uit de diepste krochten van zijn hart borrelde een oerkreet om gerechtigheid omhoog.

McShane leek aan te voelen wat er in de lucht hing. Met een snelle beweging richtte hij zijn pistool op Bosch' gezicht.

'Draai je om. Tegen de muur. Nu.'

Bosch was er klaar voor. Hij liet zijn handen zakken en helde met zijn schouders over naar rechts alsof hij aanstalten maakte om zich om te draaien. Maar toen zette hij een klein stapje terug naar links en liet de schroevendraaier uit zijn mouw in zijn hand zakken.

Toen McShane dichtbij genoeg was schoot Bosch' rechterhand uit, greep het pistool en duwde de loop omhoog. Tegelijkertijd hief hij zijn linkerarm op en plantte de schroevendraaier met kracht tussen McShanes ribben.

McShanes lichaam verstarde en hij kreunde. Bosch had hem nog steeds vast, trok de schroevendraaier terug en stootte hem woest een tweede keer, nu onder een andere, omhoog gerichte hoek, in zijn borst. Toen wierp hij zich met zijn volle gewicht tegen McShane aan en duwde hem een meter naar achteren, waar hij tegen de muur klapte.

Daar hield hij hem vastgepind. Met zijn ene hand hield hij nog steeds de hand met het pistool omhoog en met de andere hield hij de schroevendraaier op zijn plaats. Hij voelde stroperig, warm bloed van McShane op zijn hand druppelen.

Zo dicht tegen McShane aan geleund kon Bosch zijn laatste, wanhopige ademscheuten in zijn gezicht voelen. Sinds de tunnels van vijftig jaar geleden had hij niet meer iemand van zo dichtbij gedood. Hij hield McShanes blik vast, terwijl hij de spanning en kracht samen met het leven uit diens lichaam voelde wegstromen.

McShanes greep op het pistool verzwakte en uiteindelijk liet hij los. Het wapen stuiterde tegen Bosch' schouder en kletterde op de vloer. Toen begon McShane met een verbijsterde blik in zijn ogen langs de muur omlaag te glijden.

Bosch liet hem los. McShane bleef rechtop tegen de muur zitten, met de schroevendraaier nog altijd tussen zijn ribben. Even later stroomde zijn bloed langs zijn lichaam en op de vloer.

Bosch schopte het pistool weg, deed een stap naar achteren en keek toe hoe McShane leegbloedde, hoe zijn ogen glazig werden en uiteindelijk leeg in het niets staarden.

53

De nachtvlucht landde om zes uur op Miami International, en binnen een uur was Ballard al met een grote beker koffie in de bekerhouder van haar huurauto op weg naar Key West. Omdat het in Los Angeles nog midden in de nacht was leek het haar beter om nog niet iemand van het coldcaseteam te bellen om te vertellen dat ze vandaag niet op kantoor zou zijn. Dat kwam later wel. Haar grootste zorg was nu de komende vier uur wakker te blijven en haar huurauto tussen de strepen van de Overseas Highway te houden. Ze had een van de laatste plaatsen toegewezen gekregen in een vol vliegtuig uit L.A., een stoel in het midden in de economyclass. De twee mannen aan weerszijden waren allebei zonder problemen in slaap gevallen en hadden de hele vlucht zitten snurken.

Zij had daarentegen geen oog dichtgedaan. Ze had zitten denken aan Harry Bosch en wat hij zo ver van huis aan het doen zou zijn.

Halverwege de eilandengroep raakte ze buiten bereik van de radiozenders uit Miami en moest ze genoegen nemen met een weerstation op de Florida Keys, dat elk kwartier hetzelfde nieuws herhaalde. Voor de kust van Afrika was er nog voor het orkaanseizoen een ongebruikelijke storm ontstaan die zich in de richting van het Caribisch gebied bewoog. De nieuwslezer van het weerstation in Marathon zei dat ze de ontwikkelingen nauwgezet in de gaten hielden.

Met nog maar zo'n vijftien kilometer te gaan tot Key West wilde ze net het KWPD bellen toen haar telefoon zoemde. Het was een telefoontje uit L.A., waar het nu net zeven uur geweest was. Ze nam op.

'Met Renée Ballard.'

'Ja, u spreekt met Mick Haller. U hebt gisteravond een boodschap achtergelaten.'

'Klopt.'

'Zit u in de auto? Komt het wel gelegen?'

'Ik kan praten. Ik ben rechercheur bij het LAPD. Uw broer Harry was een collega van me.'

'Mijn halfbroer. Ik heb van je gehoord, Ballard. Gaat dit over Harry? Is er iets met hem?'

Ze wilde niet de mogelijkheid opperen dat er iets met Bosch aan de hand was.

'Het gaat over een zaak die me iets voor u lijkt,' zei ze.

'Interessant,' zei Haller. 'Ik krijg niet vaak een tip van de politie. Maar vertel verder.'

'Allereerst wil ik zeggen dat dit geen officiële doorverwijzing is. U mag niet zeggen dat ik u getipt heb.'

'Duidelijk.'

'Kunt u dat voor me uitspreken?'

'Dit is geen officiële doorverwijzing. Als ik actie onderneem op hetgeen je me nu gaat vertellen eindigt jouw betrokkenheid na dit gesprek en ik zal het aan niemand doorvertellen. Zo goed?'

'Ja, goed.'

'Dan ben ik nu benieuwd. Ik moet zo meteen naar de rechtbank.'

'Olga Reyes. LAPD-zaak nummer 09-0418. Misschien is het handig als u dat even opschrijft. Ze werd vermoord in 2009. Haar vriend, Jorge Ochoa, werd ten onrechte beschuldigd en veroordeeld voor moord.'

'Een *habeas*-zaak. Weet je hoe moeilijk dat soort zaken zijn?'

'U hebt onschuldige mensen vrij gekregen. Dat heeft Harry me verteld.'

'Ja, een doodenkele keer.'

'Dit is een doodenkele keer. Ochoa is onschuldig en het LAPD en het openbaar ministerie weten dat. Ze doen er alleen niets mee vanwege de terugroepingsverkiezingen.'

Aan de andere kant van de lijn bleef het stil.

'Bent u daar nog?' vroeg Ballard.

'Jazeker,' zei Haller. 'Ga verder.'

'Ik leid de eenheid Cold Cases. Hebt u van de zaak-Ted Rawls gehoord?'

'Natuurlijk. Harry kon het bijna niet meer navertellen. Ik heb vijf berichten ingesproken, maar hij heeft me niet teruggebeld.'

'Hij heeft ze waarschijnlijk niet kunnen beluisteren. Hij heeft zijn telefoon nog niet terug. Bewijsmateriaal. Maar goed, Ochoa is veroordeeld voor de moord op zijn vriendin. Het was in één keer raak met het DNA. Alleen was hij niet de moordenaar, maar Rawls.'

'Dus in het kort: je hebt bewijs dat Rawls met Olga Reyes in verband brengt en de officier van justitie doet er niets mee.'

'U hebt 'm door.'

'Ik ben vooral zwaar geïrriteerd. Waar zit die Jorge?'

'Corcoran.'

'Oké, wat moet ik in de dagvaarding zetten? Wie moet ik dagvaarden?'

'U dagvaardt mij en al het bewijs met betrekking tot de zaak-Olga Reyes. U hebt het nummer. In een afvalcontainer achter het kantoor van Rawls' onderneming hebben we spullen gevonden die afkomstig zijn van de plaats delict van Reyes. Hij was bezig die te dumpen toen hij zag dat Harry hem in de gaten hield. De rest weet u van het nieuws.'

Haller floot zachtjes en zei toen: 'Wat voor bewijsstukken heb je?'

'Haar nachtjapon en een armband die ze van Jorge had gekregen. Ik ben bij zijn moeder langs geweest en die herkende de armband.'

'Dan zal ik het zo aanpakken: ik ga naar de moeder, zorg dat ik haar meekrijg en pak het daarvandaan verder op. Niemand hoeft te weten te komen dat de tip bij jou vandaan kwam.'

'Dat stel ik op prijs. We hebben trouwens ook het moordwapen, een hamer. Rawls had alles bewaard. U kunt de hamer koppelen aan het autopsieverslag.'

'Ik krijg het op een presenteerblaadje aangereikt. Heb je de naam en het adres van de moeder bij de hand?'

'Zodra ik de auto uit ben stuur ik die door.'

'Goed. Dan denk ik dat ik voldoende weet.'

'Heel fijn dat u dit wilt doen.'

'Met alle liefde, inspecteur Ballard. Je hoort nog van me, en als ik dit bij de rechter kan aanbrengen en je als getuige oproep zul je nog spijt hebben dat je me gebeld hebt.'

'Daar maak ik me geen zorgen over. Als u me behandelt als een onwillige getuige hebben we een goed verhaal. Maar u zult ook Harry moeten oproepen. Die heeft hier met mij aan gewerkt.'

'Dat zien we tegen die tijd dan wel.'

Nadat ze hadden opgehangen dacht Ballard na over wat ze gezegd had over het oproepen van Bosch als getuige.

De gedachte aan Bosch zette haar ertoe aan het KWPD te bellen om te regelen dat er straks een agent aanwezig was bij hotel Pier House, zodat ze Bosch' kamer door de beveiliging open kon laten maken. Ze wilde de brief lezen die hij daar voor haar had neergelegd. Ze hoopte dat ze daaruit zou kunnen opmaken waar Bosch was en waar hij mee bezig was.

Toen ze een kwartier later bij Pier House aankwam stond er al een auto van het KWPD op het parkeerterrein. Ballard parkeerde ernaast en liep de lobby in, waar twee agenten in uniform samen met het hoofd beveiliging van het resort op haar stonden te wachten. Ze liet haar badge en accreditatie zien, waarop de man van het resort, Munoz, zei dat hij een keycard voor de kamer van Bosch klaar had. Ze liepen met z'n allen door een achterdeur de lobby uit en kwamen bij een pad dat via een labyrint van welige tropische bomen en planten en om een zwembad heen naar een ander gebouw leidde met vier verdiepingen aan kamers.

Ze persten zich met z'n vieren in een krappe lift omdat de beveiligingsman zei dat die dichter bij kamer 202 uitkwam dan de trap.

Bij de kamer klopte de beveiligingsman op de deur en boog zijn hoofd naar voren om te luisteren of hij iets hoorde.

'Beveiliging,' riep hij. 'Meneer Bosch? Beveiliging.'

Hij wachtte even en klopte toen opnieuw. Hij viste een keycard uit zijn zak op de deur te ontgrendelen.

'Beveiliging,' zei hij nogmaals. 'We maken nu de deur open.'

54

Bosch was zo diep in slaap dat het eerste kloppen op de deur nauwelijks tot zijn dromen doordrong. Hij droomde over de tunnels. Hij kroop eindeloos door een krappe, donkere ruimte zonder begin en zonder einde.

Toen er voor de tweede keer werd geklopt deed hij zijn ogen open. Hij lag op een bed in een vreemde kamer. De gordijnen waren dicht, dus het was donker. Alleen uit de badkamer kwam wat licht. Hij hoorde zijn kamerdeur openklikken. Meteen zat hij rechtop.

'Niet schieten,' riep hij. 'Niet schieten.'

De deur ging open en hij hoorde mensen het entreehalletje binnenkomen. Toen stonden ze in zijn kamer.

Hij zag dat het Ballard was. Ze had een man in een pak bij zich en twee uniformagenten.

'Harry,' zei ze. 'Gaat het?'

'Renée,' zei hij. 'Wat doe jij... Je bent gekomen.'

Ze antwoordde niet. Ze draaide zich om naar de mannen achter haar met haar handen omhoog in een gebaar dat ze afstand moesten houden.

'Niets aan de hand,' zei ze. 'Vals alarm. Alles is in orde. Jullie kunnen...'

'Weet u het zeker, mevrouw?' vroeg de man in pak. 'Hij ziet er nogal verward uit.'

'Nogal wiedes, ik lag te pitten,' zei Bosch. 'Vind je het gek dat ik in de war ben?'

Hij keek tersluiks of er geen bloed aan zijn handen en kleren meer zat, maar alles zag er schoon uit. Hij was met zijn kleren aan in slaap gevallen. Zijn haar was nog klam van het douchen nadat hij had schoongemaakt.

De oudste van de twee agenten wurmde zich langs Ballard heen de slaapkamer in. Hij knipte de lamp op het nachtkastje aan en bekeek Bosch, die nu op de rand van het bed zat. Bosch had blote voeten maar hij droeg een schoon overhemd met lange mouwen en een schone broek. Hij had niets bij zich gehad om in te slapen.

'Is alles in orde, meneer?' vroeg de agent.

'Ja hoor,' zei Bosch. 'Ik ben alleen niet gewend dat er midden in de nacht ineens mensen in mijn kamer staan.'

'Meneer, het is al bijna middag. Hebt u misschien drugs of alcohol gebruikt?'

'Nee, niets. Het gaat prima. Ik ben alleen wat... moe. Ik heb het gisteravond te laat gemaakt.'

'Hebt u medische verzorging nodig?'

'Nee, ik heb geen medische verzorging nodig.'

'Bent u voornemens uzelf of anderen iets aan te doen?'

Bosch perste er een geforceerd lachje uit en schudde zijn hoofd.

'Nee, zeker niet. Ik ben niet voornemens om iemand iets aan te doen, ook mezelf niet.'

'Goed meneer, dan laten we u verder alleen met uw collega. Is dat goed?'

'Dat is goed. Het zou me zelfs plezier doen.'

'Mooi. Prettige dag dan nog verder, meneer.'

'Bedankt. Sorry dat u moest komen. Ik slaap blijkbaar nogal vast.'

De agent liep naar de deur, met zijn partner in zijn kielzog. Op zijn schouder had hij een zendertje. Hij draaide zijn hoofd opzij en meldde aan de centrale dat ze de locatie zonder incidenten verlieten. De man van de beveiliging ging achter de agenten aan mee naar buiten.

'Bedankt, mannen,' riep Ballard hun na. 'Sorry voor het valse alarm.'

Bosch hoorde de deur dichtvallen. Hij wachtte tot Ballard iets zou zeggen.

'Harry, waar ben je in godsnaam mee bezig?'

'Hoezo? Wat doe jij hier?'

'Hetzelfde als wat zij kwamen doen: kijken of alles in orde is met je.'

'En daar ben je het halve land voor overgevlogen?'

'Volgens mij was je daarop uit. Met dat gesprek met Sheila Walsh. En dat telefoontje naar Maddie. Je was een spoor van broodkruimeltjes aan het uitstrooien.'

'Als jij het zegt.'

'Ik zeg het.'

Bosch stond op en ging op zoek naar zijn sokken en schoenen. Ze lagen in een hoek op de grond naast een stoel. Hij ging zitten om ze aan te trekken.

'Je hebt McShane gevonden, hè?'

Bosch antwoordde niet. Hij concentreerde zich op het strikken van zijn veters. Toen stond hij op en trok de gordijnen open. Hij knipperde tegen het felle zonlicht dat via de weerspiegeling op het water als geslepen diamanten in zijn ogen scheen.

'Waar is die brief die je voor me had klaargelegd?' vroeg Ballard.

Bosch keek haar aan. Ze stond nog steeds bij de deur van het halletje, alsof ze niet helemaal de kamer in wilde komen.

'Wat voor brief?' vroeg hij.

'Dit was niet de eerste keer dat ze kwamen kijken, Harry. Ze waren hier gisteravond ook. Je was er niet, maar je portefeuille lag in de la en er lag een envelop met mijn naam erop op tafel. Broodkruimeltjes.'

'Ik heb geen idee waar je het over hebt.'

'Dat zal wel niet.'

'Er is geen brief, Renée.'

Ze zweeg en Bosch wist dat ze alles allang doorhad.

'Dan zul je hem inderdaad wel gevonden hebben. Wat is er gebeurd?'

Bosch keek weer uit over het water.

'Laten we maar zeggen dat de zaak gesloten is,' zei hij, 'en het daarbij laten.'

'Harry,' zei Ballard. 'Wat heb je gedaan?'

'Gesloten. Meer hoef je niet te weten. Soms...'

'Soms wat?'

'Soms doe je iets verkeerds om de juiste reden. Dat was nu het geval met deze zaak.'

'O, Harry...'

Alleen al aan de manier waarop ze zijn naam zei hoorde Bosch haar teleurstelling en pijn. Hij kon het niet opbrengen haar aan te kijken.

'Helpt het als je weet dat ik geen keus had?' vroeg hij.

'Niet echt,' zei Ballard. 'Wat er ook gebeurd is en hoe het gebeurd is, jij hebt er de aanzet toe gegeven.'

Bosch knikte. Dat was waar.

'Kunnen we het ergens anders over hebben?' vroeg hij.

'Zoals?' vroeg Ballard. 'Die blauwe pilletjes van je?'

'Wat is dat nu weer?'

'Die fatale dosis fentanyl die ik bij jou thuis in de la vond. En die Maddie trouwens ook heeft zien liggen.'

Bosch liet het uitzicht voor wat het was en keek haar aan.

'Waren jullie in mijn huis?'

'Je was opeens weg. Ik maakte me zorgen. En Maddie ook. Ze vond die pillen en de brief die je voor haar achterliet.'

'Shit, die ligt daar al heel lang. Al maanden.'

'Nou, ze heeft hem gelezen en is er flink overstuur van, zoals je zult begrijpen. Plus die pillen, en die afscheidsbrief. Wat is er met je, Harry?'

'Ik praat wel met Maddie. Het was niet de bedoeling dat ze die brief zou vinden. Althans, de komende paar maanden nog niet.'

'Wat bedoel je daar nou weer mee?'

Bosch ging met zijn rug naar haar toe op de rand van het bed zitten.

'Die empaat van je, Colleen? Die had gelijk.'

'Waar heb je het over?'

'Over dat donkere aura, waarvan ze dacht dat het van mij kwam.'

'Verklaar je nader.'

'Weet je nog, die zaak die ik ooit had, toen ik dat verdwenen cesium vond?'

'Ja.'

'Ja. Nou, het is terug. De pillen die ik kreeg hebben de boel alleen vertraagd. Het zit nu in mijn beenmerg.'

Het was lang stil voordat Ballard iets zei.

'Wat erg, Harry. Ben je nog onder behandeling?'

'Ik ben bestraald, ja.'

'Wat is de prognose? Hoelang nog tot...'

'Dat heb ik niet gevraagd want dat wil ik niet weten. Ik heb die pillen in de la liggen voor wanneer het moment daar is.'

'Harry, dat kan toch niet? En Maddie weet nergens van?'

'Nee, dat wilde ik niet.'

Bosch keek haar over zijn schouder aan.

'Oké,' zei Ballard. 'Maar je moet het haar vertellen. Sterker nog, we moeten haar nu meteen bellen om te zeggen dat ik je gevonden heb en dat je ongedeerd bent.'

'Dat kunnen we haar vertellen, maar dat andere hoeft ze niet te weten,' zei Bosch. 'Ze staat nog aan het begin van haar leven en ik wil niet dat ze zich zorgen maakt om mij.'

'Dit is echt goed klote.'

'Het is wat het is. Ik haal elke ochtend die pillen uit de la. En aan het eind van de dag leg ik ze weer terug. Tot het zover is.'

'Dat kan toch niet, Harry.'

'Als ik dat niet doe wordt het alleen maar heel akelig. En dat wil ik niet. Ik wil dat Maddie het huis krijgt en een leven kan leiden zonder spoken uit het verleden.'

'Maar dat is precies wat je haar nu nalaat. Een spook.'

'Eigenlijk wil ik het er niet meer over hebben, Renée. Ik zal met

Maddie praten zodra ik terug ben in L.A. Maar nu moet ik dringend iemand bellen.'

'Wie dan?'

'Stephen Gallaghers zus in Ierland.'

'Wat ga je haar vertellen?'

'Niet veel. Gewoon dat het recht heeft gezegevierd. Daar laat ik het bij. Volgens mij is het daar vijf uur later, dus ik wil niet te lang wachten. Ik wil haar niet bellen als het daar al donker is.'

'En wat dan?'

'Dan rij ik terug naar Miami en probeer een vlucht naar huis te krijgen.'

'Wil je je dochter dan op z'n minst even appen om te zeggen dat alles goed met je is?'

'Ik heb geen telefoon. App jij haar maar dat ik haar morgen spreek. Ik moet nog nadenken over wat ik moet zeggen.'

'Oké, Harry. Doe ik.'

'Bedankt. En jij? Je bent hier net. Ga je met mij mee terug?'

Ballard keek langs hem heen over het water.

'Ik zat te denken om nog even tot zonsondergang te blijven,' zei ze. 'Die moet hier fantastisch zijn.'

Bosch knikte.

'Dat schijnt,' zei hij.

'Kun je me nog één ding zeggen?' vroeg Ballard. 'Off the record, of op wat voor manier je het maar wilt.'

'Ik zal mijn best doen.'

'Ben je hiernaartoe gegaan om hem te doden?'

Het was lang stil voordat Bosch antwoordde.

'Nee,' zei hij uiteindelijk. 'Dat was ik niet van plan.'

Epiloog

Zoals afgesproken reed Ballard, omdat Bosch' auto nog steeds was geconfisqueerd en hij liever niet zo veel kilometers met zijn huurauto wilde maken. Ze haalde hem om zes uur op en ze waren voor achten op hun plaats van bestemming langs de Old Spanish Trail, omdat zij haar zwaailichten had aangezet en aan één stuk dik 140 had kunnen rijden.

Bosch stapte uit met het houten kistje waar de as van het gezin Gallagher in zat. Jaren eerder had Siobhan Gallagher Bosch gevraagd de as van haar broer en zijn gezin uit te strooien, omdat het niet goed voelde om hen terug naar haar te laten sturen in Ierland, het land dat Stephen al zo lang geleden achter zich had gelaten. Bosch had het toegezegd, maar later had hij besloten die laatste taak uit te stellen tot hij de zaak op de een of andere manier had kunnen sluiten en het gezin recht had kunnen doen.

Dat moment was nu aangebroken.

Ze liepen door het lage struikgewas naar de plek bij de mesquiteboom waar de vier keienformaties stonden. Sinds Bosch' laatste bezoek waren alle vier de steenhopen nog intact. Ze stonden nog stevig overeind en hadden vier verschillende hoogten: vader, moeder, zoon en dochter.

Ballard en Bosch hadden tijdens de rit niet veel gezegd. Zo was het al sinds Key West. Maar toen hij haar van zijn plan vertelde om naar de woestijn te gaan en de as te verstrooien had ze meteen gevraagd of ze mee mocht. En nu waren ze er, op die gewijde grond waaruit Bosch het vuur en de energie had geput om de zaak tot een einde te brengen – ergens waar hij iets verkeerds gedaan had om de juiste reden.

Nu stonden ze voor de op elkaar gestapelde keien, Bosch met het kistje in zijn handen. Een droge wind stak op uit het noorden en bracht de bloemblaadjes aan hun voeten zachtjes in beweging. Ballard begon met een makkelijke vraag.

'Hoe is het gegaan met Maddie?'

Bosch leek een tijdje na te denken over een antwoord voordat hij iets zei.

'We hebben gepraat en ze weet nu wat er met me aan de hand is. Ze heeft er nog wel de pest over in dat ik het bij haar weg wilde houden, maar ik denk wel dat ze begrijpt waarom. Ze zei dat ze weer thuis wilde komen wonen om voor me te zorgen, maar daar heb ik nee op gezegd. Ze moet haar eigen leven leiden. Ik hoop alleen niet dat ze zo met me bezig zal zijn dat ze zich niet meer op haar werk kan concentreren.'

Ballard knikte.

'Ze is goed in haar werk,' zei ze. 'Het zal wel goed komen.'

Bosch zei verder niets. Ballard hurkte en plukte een van de witte bloemetjes. Met de steel tussen duim en wijsvinger draaide ze het rond als een molentje.

'Waarom heeft McShane voor deze plek gekozen?' vroeg ze. 'Zomaar?'

'Waarschijnlijk,' zei Bosch. 'Maar we zullen het nooit weten. Weer een van de dingen waarvan we weten dat we ze niet weten.'

'Ik dacht dat hij het je misschien had verteld.'

Bosch, die naar de steenhopen had staan kijken, keek haar aan.

'Nee, dat heeft hij niet,' zei hij.

'Helaas,' zei Ballard. 'Heeft hij er iets van opgebiecht?'

Ze kwam overeind en hij knikte.

'Ja. Alles. Hij zei dat hij het heeft gedaan.'

'Onder dwang?'

Spottend zei Bosch: 'Hij had het pistool, niet ik.'

Ballard begreep nu hoe het was gegaan.

'Weet je wat ik denk? Je bent daarnaartoe gegaan om jezelf uit te wisselen voor een bekentenis. Je hebt je kruimels achtergelaten en was bereid jezelf op te offeren als daardoor iemand het spoor kon oppakken en hem in de kraag grijpen. Dat wij hem dan tenminste voor jou zouden pakken. Maar toen gebeurde er iets... en veranderde je van gedachten.'

Bosch zei niets, bijna een minuut lang. Toen knikte hij in de richting van de twee laagste steenhopen.

'Ze waren wakker en... volledig bewust... toen hij ze vermoordde. Die twee kinderen. Dat was de vraag waar ik al die tijd mee rondliep en die me nog meer bezighield dan het feit dat hij ermee weg was gekomen.'

Hij liet een stilte vallen, maar Ballard zei niets.

'Het is een boze wereld,' zei Bosch. 'Mensen doen dingen die je nooit zou verwachten. Die ze zelf nooit verwacht hadden.'

Ballard knikte.

'Ik begrijp het.'

'Nee. Ik mag hopen dat je het nooit begrijpt.'

De stilte viel weer in. Ballard keek om zich heen, zag de bergkam in de verte en de zoutvelden, en liet haar ogen toen weer vallen op de blocmctjcs aan haar voctcn.

'Je zou zo makkelijk vergeten dat de woestijn ook grote schoonheid herbergt,' zei ze.

Bosch knikte.

'Wat een prachtige bloemetjes,' zei Ballard.

'Woestijnster,' zei Bosch. 'Ik ken iemand die zegt dat ze een teken van God zijn in deze puinhoop. Dat ze onverwoestbaar zijn en bestand tegen de hitte en de kou, tegen alles wat ze bedreigt.'

Ballard knikte.

'Net als jij,' voegde Bosch daaraan toe.

Ballard keek hem aan. Verder zei hij niets. Het duurde even voor ze haar stem weer vond.

'Dank je, Harry,' zei ze. 'Dat je me de waarheid hebt verteld.'

Ze zwegen een tijdje en toen zei hij: 'Je weet dat ik niet meer terugkom in het team, hè?'

'Ja. Ik weet het.'

Bosch opende het deksel van het houten kistje en deed een stap in de richting van de keienformaties. Hij nam een handvol grijs stof uit het kistje, stak zijn hand uit en liet het gruis door zijn vingers lopen. Dat deed hij nog drie keer en toen hield hij het kistje ondersteboven om de rest eruit te laten lopen. Het grootste deel werd door een windvlaag meegenomen en meegevoerd over het land.

'Tot stof zult gij wederkeren,' zei hij. 'Zo zeggen ze dat toch?'

Toen sloot hij het kistje, draaide zich om en begon terug te lopen naar de auto.

'Ik ben klaar,' zei hij.

Ballard liep achter hem aan.

Ze stapten in en reden weg, terug naar de stad.

Dankwoord

De auteur bedankt iedereen die heeft geholpen bij en bijgedragen aan deze roman. Dit zijn onder andere: Asya Muchnick, Emad Akhtar, Bill Massey, Pamela Marshall, Mitzi Roberts, Rick Jackson, Tim Marcia, David Lambkin, Dennis Wojciechowski, Jane Davis, Heather Rizzo, Henrik Bastin, Linda Connelly, Paul Connelly, Terrill Lee Lankford, Shannon Byrne en William Ahmanson. Eventuele feitelijke onjuistheden of vergissingen op het gebied van beleid, procedures, forensisch onderzoek, nefrologie, geografie, botanie of forensische genetische genealogie komen uitsluitend voor rekening van de auteur.